"十三五"国家重点图书出版规划项目

| 当代中国文学批评史丛书 |

张江 主编

当代中国外国文学批评史

王 宁 著

中国社会科学出版社

图书在版编目（CIP）数据

当代中国外国文学批评史/王宁著 . —北京：中国社会科学出版社，2019.9
（2021.4 重印）
（当代中国文学批评史）
ISBN 978-7-5203-5165-2

Ⅰ.①当… Ⅱ.①王… Ⅲ.①外国文学—文学批评史—现代
Ⅳ.①I109.5

中国版本图书馆 CIP 数据核字（2019）第 202433 号

出 版 人	赵剑英
项目统筹	王 茵 张 潜
责任编辑	张 潜
责任校对	王丽媛
责任印制	王 超

出　　版	中国社会科学出版社
社　　址	北京鼓楼西大街甲 158 号
邮　　编	100720
网　　址	http://www.csspw.cn
发 行 部	010-84083685
门 市 部	010-84029450
经　　销	新华书店及其他书店
印刷装订	北京君升印刷有限公司
版　　次	2019 年 9 月第 1 版
印　　次	2021 年 4 月第 2 次印刷
开　　本	710×1000　1/16
印　　张	26.25
字　　数	293 千字
定　　价	99.00 元

凡购买中国社会科学出版社图书，如有质量问题请与本社营销中心联系调换
电话：010-84083683
版权所有　侵权必究

总　　序

　　经过各位专家学者四年多的努力，这套"当代中国文学批评史"终于在中华人民共和国成立70周年之际问世了。编著这套丛书，在于对1949年特别是改革开放以来的当代中国文学批评发展史，从各个不同的侧面进行回顾和研究，总结经验教训，为当下及今后文学批评的发展提供借鉴，推动中国文学艺术走上高峰之路。

　　70年来，中国文学批评从自我封闭到对外开放，从体系构建到自主创新，经历了曲折而辉煌的不平凡发展历程。从中国文学批评发展的主流看，我们似乎可以概括为"新开端、新变化、新时期、新世纪、新时代"这样一些时段，并对这些时段分别进行分析研究。我们也可以确定诗歌、散文、小说、戏剧等各种文学体裁，分述针对这些文学体裁进行文学批评的历史。我们还可以把文学与艺术交叉形成的一些新艺术门类考虑进来，考察文学批评活动是如何进入这些复杂的文学现象之中的。文学批评研究是一个理论群，涉及批评对象、批评方法、批评者身份、批评目的等，包含十分丰富的内容。我们编写这套丛书，就是要积极面对这种复杂性，以更为宽阔的视野，尽可能收纳更多内容，期待对70年中国文学批评做比较全面的评述和总结。

相比理论著作的撰写，历史著作的写作有很大不同。历史著作要展现一个过程，归纳出一些有规律性的东西；而理论著作要通过逻辑推理的展开，阐明一些道理或原则。写70年的文学批评史，就是要将一些历史事件，历史上出现的观念、思潮、理论，放回历史语境之中来考察，再从中看到历史是如何演进过来的。

20世纪50年代初，中国出现了社会主义建设的高潮，同时也出现了建设社会主义新文化的要求。当时，文化建设是以对旧文化进行批判为背景进行的，因此，理论的指导特别重要。以革命的理论为指导，通过文艺批评，改造旧文艺，建立新文艺，是当时文化建设的中心任务。

在这一大背景之下，当时的文学理论是以毛泽东的《新民主主义论》和《在延安文艺座谈会上的讲话》等著作及其他领导人的著作和讲话提出的文学思想、方针和政策为主体形成的。在中华人民共和国成立之前，毛泽东文艺思想是马克思主义普遍真理与当时中国革命根据地文艺实践相结合的产物。中华人民共和国成立后，中国共产党及其领导的人民政权，面临着比革命战争时期更为复杂的情况，面临着让新的文艺思想占领文艺批评领域，以及在大学课堂里讲授新的文学理论的任务。基于这一需要，我们在当时引进了许多苏联的文学理论，包括苏联的文论教材体系。

20世纪50年代中期以后，形成了理论和批评建设的热潮，当时所倡导的文艺上的"百花齐放"、学术上的"百家争鸣"，使文艺批评的理论和实践建设都有了长足的发展。50年代的文艺争鸣，以及当时出现的一些关于"现实主义"的批评观念，都是极其宝贵的。但是，这些积极探索在"文化大革命"时期遭到错误的批判。改革开放后，文艺批评展现出前所未有的活力，对新时期文艺的繁荣发展起到了推动和引领的作用。在此后的一些年，随着国外一些文学批评理论的引入，中国的文学批评又有了新的变化。一方面，引进国外的文学理论和批评方法，给中国的文艺理论批评注入了新的活力，另一方面，也出现了用国外理论剪裁中国文艺，使之成为西方理论注脚的现象。一些引进的理论不仅不能帮助我们更好地进行有效的文艺评论，反而扭曲中国的文艺，或者将文艺现象抽离，成为理论的空转。在这种情况下，回到文艺本身，构建立足于本土经验的文艺批评理论，就显得尤为迫切和重要。

今天，站在一个重要的历史节点之上，回顾历史，我们可以感慨、感叹、感动，但更重要的，是要有所感悟。中国人讲"以史为鉴"，历史要成为当下的"资治通鉴"。研究历史，要照亮当下，指引未来。努力创建新时代中国文论话语体系，应该是我们今天的中心任务。

构建新时代中国文论话语体系，要坚持实践性。理论要与实践结合，特别是与批评结合。文学理论要指导文学批评，文学批评要在文学理论的指导下进行。由此更进一步，要发展批评的理论。这种批评的理论，不是实用批评手册，而是关于批评的深层理论思考。这种批评的理论，也不寻求在各种文学体裁和各门艺术中普遍适用，而是在研究它们各自的特殊性的基础上，寻求其相通性。从实践中来，形成理论之后，再回到实践中接受检验。

构建新时代中国文论话语体系，要本着"古为今用，洋为中用"的方针，吸收一切对我们有用的理论资源。但是，这绝不是照搬照抄、简单套用。我们曾经用古代文论和西方文论来阐释当代的文艺实践，从历史上看，这样做在当时似乎也有一定的合理性。黑格尔说，凡是现实的都是合乎理性的。从这个意义上，也可以说上述做法曾有其特定历史语境下的合理性。但是，黑格尔还说，一切合乎理性的东西都是应当实现出来的。古代文论不能完全符合当代中国的文艺实际，西方文论更不能很好地符合当代中国的实际。我们必须在吸取多方资源的基础上，立足中国实际，推进理论创新，用新时代的新理论，阐释和指导当代中国的文艺实践，包括中国文艺批评实践。

构建新时代中国文论话语体系，是与中华人民共和国成立70年特别是改革开放40多年来理论建设的努力一脉相承的。这也是我们编辑这套"当代中国文学批评史"的初衷。冯友兰先生在谈到哲学史时，曾区分了"照着讲"和"接着讲"。对于历史事实，对于历史上的重要人物的思想，我们要"照着讲"，不要讲错了，歪曲了前人的思想。但仅仅是"照着讲"还不行，照着讲完了，还需要"接着讲"。历史的车轮滚滚向前，我们要面对新情况、进行新总结、讲出新话来。反过来看，"接着讲"与"照着讲"也是一种承续关系。历史不能隔断，只有反思历史，才能展望未来。

中国特色社会主义进入了新时代。习近平总书记在《在文艺工作座谈会上的讲话》中指出,要用"历史的、人民的、艺术的、美学的观点评判作品",这对文学批评提出了新的要求,确立了新的标准。我们要守正创新、不离大道,在新的时代,创新发展文学批评理论,助力中国文艺走向繁荣昌盛。

张 江

2019 年 9 月

目　　录

绪　论 ……………………………………………………（1）
　　第一节　在边缘处发出独特的声音 ……………………（4）
　　第二节　游离于主流与非主流之间 ……………………（15）
　　第三节　走向世界文学的外国文学批评 ………………（19）

第一章　中国现代外国文学批评的历史回顾 ……………（28）
　　第一节　新文化运动的兴起 ……………………………（28）
　　第二节　新文化运动的世界意义 ………………………（34）
　　第三节　大规模译介与批判性吸纳 ……………………（39）
　　第四节　翻译之于中国现代文学的意义 ………………（47）

第二章　马克思主义文论的中国化 ………………………（50）
　　第一节　马克思主义在中国：回顾与反思 ……………（51）
　　第二节　改革开放时代的外国文学批评 ………………（63）
　　第三节　比较文学的引进及其当代复兴 ………………（77）
　　第四节　世界文学语境下的外国文学批评 ……………（90）

第三章　关于批评大家的讨论（一） ……………………（99）
第一节　朱光潜的批评理论再识 ……………………（100）
第二节　季羡林的东方文学批评与研究 ……………（126）
第三节　杨周翰的比较文学和西方文学批评 ………（146）
第四节　王佐良的英国文学批评 ……………………（167）

第四章　关于现代派文学的论争 ………………………（188）
第一节　重访现代主义：一个文学史现象 …………（189）
第二节　中国语境下建构的"现代派"文学 ………（201）
第三节　现代主义在中国的两次高涨及其影响 ……（214）

第五章　关于批评大家的讨论（二）…………………（223）
第一节　袁可嘉的现代主义和诗歌批评 ……………（224）
第二节　钱中文的俄苏文学和文论批评 ……………（243）
第三节　柳鸣九的法国文学批评 ……………………（262）

第六章　关于后现代主义的论争与批评 ………………（283）
第一节　后现代主义：现代主义的叛逆与超越 ……（286）
第二节　后现代主义批评的多元视角 ………………（299）
第三节　后现代主义：从北美到中国 ………………（307）
第四节　后现代主义在外国文学批评界的回应 ……（316）

第七章　21世纪以来的外国文学批评 (333)

第一节　"后理论时代"的来临 (335)
第二节　后理论时代的外国文学批评 (343)
第三节　"强制阐释论"及其批评性回应 (349)
第四节　走向世界的中国文学理论与批评 (358)
第五节　"强制阐释论"之于中国当代文学批评的意义 (378)

参考文献 (388)

后记 (406)

绪　　论

本书是一部较为全面梳理和评价中华人民共和国成立以来中国的外国文学批评发展史的专著，如果按照所涉及的时段来分，则大致可分为六个部分：（1）中国现代外国文学批评的历史回顾；（2）十七年外国文学批评的批判性评述；（3）"文化大革命"期间的外国文学批评；（4）1976—1989年的外国文学批评；（5）20世纪90年代的外国文学批评；（6）21世纪以来的外国文学批评。

与以往的各类文学批评史所不同的是，本书试图将中国的外国文学批评放在一个世界文学及其理论批评的大背景之下，并且有意识地将中国的外国文学批评与国际文学理论批评进行比较，从而彰显中国的外国文学批评的特色和国际性。另一特点则在于，本书并不囿于上述六个部分的顺序，而是以问题为导向，以史带论，同时以在中国当代文学理论批评界产生重要影响的外国理论思潮和讨论为焦点，通过这些讨论带出历史的发展。因此，虽然是一部文学批评史，但本书的写作模式并非一般的历史的客观梳理，更带有作者本人的批评主体性特色。

毫无疑问，中国的外国文学批评大概是当今世界各国的一个独特现象，它与我们中国学者对外国文学的翻译和研究是交织在一起的，但本书的写作则要将这二者予以区别。虽然早在20世纪初以及其后的新文化运动中，伴随着大规模的外国文学作品以及人文学术著作的翻译，外国文学批评在中国就已经开始了，但是那些批评大多是依附于译作的介绍和有限的评点，远远未达到我们今天所说的"批评"的理论和学术层次。因此，正如陈众议所指出的，"新中国成立初期我国的外国文学研究几乎可以说是从一张白纸开始的"①，中华人民共和国刚成立，毛泽东就为我们党和国家的各项工作作出了一些规定，其中，在外交上采取的就是对社会主义苏联"一边倒"的态度，这样，在外国文学研究和批评中，"社会主义苏联则顺理成章地成了我们的榜样。'向苏联老大哥学习'，'沿着社会主义现实主义道路前进'无疑是50年代我国外国文学研究的不二法门"②。这自然也为本书的写作造成了一定的困难。

虽然陈众议主编的《当代中国外国文学研究（1949—2009）》集中了国内多语种的专家学者，为我们提供了翔实的资料文献，但这并非本书写作的方向。本书所要进行的并非是一般意义上的资料梳理和学术史的编写，这样的工作已经由上述著述以及其他学者的著述完成了。③ 本书所讨论的是在中华人民共和国成立以来有着重

---

① 陈众议主编：《当代中国外国文学研究（1949—2009）》，中国社会科学出版社2011年版，"序言"，第1页。
② 同上。
③ 这方面尤其可以参见陈厚诚、王宁主编《西方当代文学批评在中国》，百花文艺出版社2000年版；以及陈众议主编的《当代中国外国文学研究（1949—2009）》，等等。

要影响的外国文学理论思潮、围绕其产生的批评学派以及其代表人物的著述及贡献。本书所讨论的几位重要批评大家都是专门从事某一国别的文学批评和研究或者在一个更大的语境下从事文学批评和理论建构的学者型批评家，他们的著述都是基于对外文原文的阅读和理解之上的批评，而不是依靠第二手翻译作品来从事批评，而对那些仅活跃于报纸杂志上以翻译过来的作品为研究和批评对象的批评家，本书不予专门讨论和评述，但若是涉及重要的理论讨论者，本书也简要提及他们的具有启迪意义的观点。因此在中国的语境下讨论外国文学批评和研究的成败得失，我们首先要基于这样几个问题：中国的外国文学批评和研究在中国的人文学科各分支学科中占有何种地位？中国的外国文学批评和研究有未跻身国内文学批评和研究的主流？中国的外国文学批评和研究在国际上的地位如何？在回答了上述三个问题后我们才能在一个广阔的世界文学背景下重新评估中国的外国文学批评和研究的历史意义和理论价值以及其在未来的发展走向。

此外，中国的外国文学批评和研究与目前国际学界公认的学科——比较文学与世界文学学科是不对等的，它是一个产生自中国的文化土壤中的独特产物，正因为如此，也就造成了中国的外国文学无法像比较文学、美学以及文学理论等学科那样与国际同行有着频繁的交流和平等的对话，甚至跻身于自己相对应的国际学术组织中并发挥重要的作用。它常常陷入一种十分尴尬的情境之中。这也许正是中国的外国文学学科处于一个比较边缘的位置的原因。但是在过去的七十年里，中国的外国文学批评还是取得了一些令国内外学界瞩目的成就，逐步使得这一长期处于"边缘"的学科跻身国际学术主流，并发出中国学者的独特声音。

第一节　在边缘处发出独特的声音

作为人文社会科学学者，我们经常在不同的场合听到这样一些问题：如何加快中国人文社会科学研究的国际化步伐？我们究竟应该采取何种对策使我国的人文社会科学研究迅速地进入国际学术前沿？中国是一个文化大国，但是为什么中国文化在世界范围内仅为少数人所知？中国同时也是一个人文社会科学大国，但为什么中国的人文社会科学学者在国际学术界发出的声音如此微弱以至于被人认为患了"失语症"？如何使我们的人文社会科学研究产生国际性的影响并且跻身国际一流的行列？等等。具体到我们所从事的学科，外国文学研究和批评，我们则会碰到更加尴尬的境遇，即，作为外国文学批评者和研究者，我们经常听到人们提出这样一些问题：你们从事外国文学批评究竟有什么用？你们的外国文学批评能引起国外同行的关注吗？他们会参考你们的批评和研究成果吗？如果你们的批评和研究仅仅是一种关起门来的自娱自乐，那还有什么存在的必要和价值？当然，要回答前一组问题并不简单，因为这些问题并非我们从事外国文学批评和研究的学者所能回答。这其中确实有着许多复杂的意识形态方面的因素，对此我们曾在其他场合作过探讨，并且比较了西方的汉学在中国受到"追捧"的状况，旨在说明这种实际存在的不对等状态。① 我们认识到，长期以来在西方学界占主导地位的是一种"西方中心主义"的思维模式，基于这一模式，西方学者对东方文化抱有一种"东方主义"的偏见。他们认为，中国的外国文学批评家和研究者仅仅是在向国内的读者介绍外国文学及其理论批评思潮，并没有达到批评性讨论和研究的高水平，因此他们在撰写自己的批评和研究性著述时几乎从不参照中国批评家和学者的著述。但另一方面，我们又不得不正视这一事实，中国的外国文学批评和研究在国外与西方的汉学在中国的境遇也呈现出鲜明的对比：中国学界历来十分看重外国学者，尤其是西方学者是如何看待中国文化的，甚至在某种程度上说来，更喜欢在自己的著述中引证西方汉学家的著作。这当然是无可厚非的，因为如果真正做到学术无禁区的话，任何人的研究成果只要对我们的进一步研究有所启发和推进，或成为我们进一步深入研究的起点，我们又何乐而不为呢？但是，人们也许会提出另一个问题：作为专事比较文学和西方文学研究的学者，我们也会在国外，更为确切地说，在西方，受到同等的待遇吗？或者说，西方学者也会在意我们对西方文学和文化的看法吗？答案自然是基本否定的。西方稍有些名气的学者的著述一经出版，国内学界就争相译介，而相比之下，中国顶尖学者的著述问世多年也见不到外语译本，如果不是少数佼佼者自己直接用外语著述的话，中国学者在国外几乎陷入了完全失语的状态。但是，在过去的七十年里，中国的外国文学批评界仍然出现了一批学贯中外的文学

---

① 参见王宁《西方的汉学研究与中国人文学术的国际化》，《上海交通大学学报》（哲学社会科学版）2012年第4期。

批评家和研究者，他们的批评性著述和研究成果不仅在国内学界起着某种导向的作用，而且也引起了国际同行的瞩目和褒奖，因此将他们的批评性成果写入历史应该是完全可能的和十分必要的。本书所评述和讨论的主要就是这些批评大家的研究成果和批评性著述，虽然这些著述发表于不同的历史时段，但经过几十年历史的考验，今天的学者仍然在阅读它们，甚至在研究它们的作者。

当然，读者们也许会问：在这部名为"当代中国外国文学批评史"的著作中，为什么没有开辟专节介绍钱锺书？这里需要说明的是，确实，在20世纪的中国学术史上，钱锺书的出现确实如不少人所言，是前无古人，后无来者的。也许有人会认为，他的超凡记忆力在这个网络时代已成为多余，但我们却认为，钱锺书的不同凡响之处并不仅仅在于他有一个超凡的记忆力，而更在于他能够在记忆的海洋中恰到好处地将某个理论概念信手拈来，然后创造性地用于解释某个具体的文学现象。此外，钱锺书的批评思想也是十分独到的，早在20世纪40年代，他就在国内外刊物上发表过讨论中国文学批评的文章，并曾产生过较大的反响。更令人钦佩的是，他对前人的解释往往是基于批判性的阅读，对西方理论的借鉴也是批判性的借鉴，最终起到的效果是以中国的文学实践来与西方的理论观点进行对话。这实际上就达到了理论本身的超越和理论旅行的双向路径，恰恰是一般人难以做到的。但是，中华人民共和国成立后，钱锺书便极少从事外国文学批评和研究，所发表的著述大多是讨论中国古典文学的，他对现当代西方文论的旁征博引和点到即止的评点更值得比较文学和比较诗学研究者专门研究。本书主要讨论那些在外国文学批评方面取得卓越成就的大家，如杨周翰、王佐良和袁可嘉等都曾经是他的学生，而钱中文和柳鸣九也间接地受到他的启发和教诲，也可以算作他的学生辈。可以说，钱锺书之于中国当代外国文学批评的意义正在与此：他为新中国的外国文学批评和研究培养出了一批杰出的人才。当然，也有人在承认钱锺书博学的同时，认为他不是一位思想家或原创性的理论家，这自然有几分道理。我们认为，钱锺书虽然没有构建一个自己的理论体系，但这并不说明他不具备这方面的才能，而恰恰说明，他对国学和西学了解得太多而且太深了，以致于他不屑去重复前辈理论大师，或照搬西方的理论同行去"构建"所谓的体系。在当今的中国学界，动辄试图构建一个庞大的理论体系者大有人在，而我们这个时代却恰恰缺乏钱锺书这样的博学之士。按照美籍华裔批评家张隆溪的看法，"打通中西文化传统，在极为广阔的学术视野里来探讨人文学科的各方面问题，可以说是钱锺书治学方法最重要的特点，也是他对中国现代学术最重要的贡献"。这应该是对钱锺书之于中国的外国文学批评和研究的意义的恰如其分的评价。

当然，我们在评价钱锺书的同时，也切不可将其神化。他生活在一个特定的时代，自然难免有其时代的局限。但是对于有人出于无知，妄加评论钱锺书的国学和外语功底，却是我们不能苟同的。一些不知深浅的学人抓住钱锺书的某些记忆上的失误就认为他的国学功底不好，从他的英语写作中对生僻词汇的偏爱而认为他英语写作不合语法规范，如此等等，都是无稽之谈。在打通中学和西学方面，在将西学恰到好处地应用于解释中国的文化现象进而提出自己的批判性见解方面，无论在中国还是在西方都无人能与他相匹敌。我们甚至可以提出这样一种假想：假如钱锺书生前充分发挥他的英语写作专长，把他对西方学术同行的批判性见解直接诉诸批评性的文字，进而在英语世界的学术刊物上发表，肯定能引起一些理论争鸣，那样一来，也许中国人文学术的国际化进程就会提前几十年，我们的人文学术在国际学术界也不至于被人认为患了"失语症"了。因此，他在世时，一些汉学家迟迟不敢问津他的巨著《管锥编》，生怕被十分挑剔的钱锺书找出翻译中的毛病。后来英译本还是在他临终前问世了，可惜病入膏肓的钱锺书已经不可能去阅读并核对它的准确性了。这应该是我们对本书为何没有开辟专门讨论钱锺书的外国文学批评章节的解释。

诚然，对于那些虽然外语掌握得并不娴熟，主要依靠翻译来评价并讨论外国文学理论思潮以及作家作品，但却在同行中有着重大影响的学者及其著述，我们也不应忽视，必须给予应有的记载和评价。因为在这样一个全球化的时代，随着中国的国际地位的日益提高，中国的人文学术也越来越受到国际同行的关注，学术交流再也不可能只是单向的路径，而应该是一种双向的路径：国外的研究成果和批评著述继续引进中国，中国学者的批评和研究成果经过翻译的中介正在逐步走向世界，最终将引起国际同行的关注。①

---

① 这方面尤其可参阅中国学者张江和美国学者米勒就文学意义及其理论阐释问题的一组对话："Exchange of Letters about Literary Theory Between Zhang Jiang and J. Hillis Miller", in *Comparative Literature Studies*, Vol. 53, No. 3 (2016), pp. 567 – 610; 以及王宁撰写的导言："Introduction: Toward a Substantial Chinese – Western Theoretical Dialogue", pp. 562 – 567.

但是，外国文学在中国学界所处于的"边缘"地位也是事实。在当今中国的众多学科划分中，人文学科仍然处于边缘的地位，而在这些处于边缘地位的诸学科中，我们虽然经常按照这样的顺序来排列人文学科的各分支学科：文学、历史和哲学，但是若根据其实际情况则应该倒过来排序，即哲学、历史和文学。作为人文社会科学诸学科之领头羊，哲学显然可以向整个人文社会科学提供世界观和方法论，因此充当了人文学科领军的角色；历史则常常被人认为具有科学性和客观性，尤其其具有记载重大历史事件的功能，因而在人文学科中位居第二也不足为奇。这样文学就只能屈居第三了，其地位略高于各艺术分支学科。而在文学学科中，由于中国文学创作十分发达，每年都有数以万计的各种文类的作品问世，有些优秀的作品不仅受到批评家的关注和学者的研究，同时也有着广大的读者大众，少数优秀的作家或作品经过翻译以及激烈的竞争而获得各种国际性的文学大奖。因此从事中国文学批评和研究的对象是我们中华民族优秀文化的结晶，它的地位理应排在外国文学批评和研究之前，这样看来，研究中国文学的学科自然也就大大地高于研究外国文学的学科。这完全可以从今天国家社会科学基金所包括的各种等级的科研项目的立项数量比上见出端倪。从国内文学研究领域的各个一级学会的设立也可见出这种不对等的例子：研究中国文学的学者组织了二十多个国家一级学会，而研究外国文学的学者却只能屈居在一个无所不包的中国外国文学学会之下。就目前的实际情况而言，一些专事外国文学批评和研究的学者更乐意参加那些注重前沿理论探讨和中外文学比较的以中国文学研究者为主的学术研讨会。因为在这些研讨会上，他们有可能受到一些来自中国文学研究领域的学者的启发，尤其是他们娴熟地运用国外的前沿理论去批评或研究中国文学现象的著述颇能激发外国文学研究者的进一步思考和深入研究。而外国文学研究者的著述则大多缺乏理论深度和开阔的视野，不要说对国外同行产生影响，就是对国内文学界的同行也难以产生较大的影响。这大概就是中国的外国文学批评和研究目前所处的状况。尽管如此，我们仍然可以说，中国的外国文学批评和研究也曾经有过自己的"蜜月"或"黄金时代"。但这却与历史上中国所遭受的"凌辱"是联系在一起的。

中国作为世界上最古老的文明古国之一，有着悠久的文化、历史和丰富的文学资源。早在盛唐时期，中国文学就已经达到了世界文学的巅峰，而那时的西方文学的发源地欧洲却处于黑暗的中世纪。蜚声世界文坛的西方作家但丁、莎士比亚、歌德、巴尔扎克和托尔斯泰的出现也远远晚于与他们地位相当的中国作家屈原、陶渊明、李白、杜甫、李商隐和苏轼。可以说，中国古代文学的发展基本上是自足的，很少受到外来影响，尤其是来自西方的影响，这显然与当时中国强大的综合国力不无关系。受到儒家文化影响的中国人曾一度认为自己处于一个幅员辽阔、人口众多的"中央帝国"，甚至以"天下"自居，而周围的邻国则不是生活在这个"中央帝国"的阴影之下，就是不得不对强大的中华帝国俯首称臣。这些国家在当时的中国人眼里，只是"未开化"的"蛮夷"，甚至连欧洲也不在中国人的眼里。但曾几何时，这种情况发生了戏剧性的变化，昔日处于黑暗的中世纪的欧洲经历了文艺复兴的洗礼和资产阶级革命，再加之英国的工业革命和美国的建国等诸多事件，到了 19 世纪末和 20 世纪初，西方国家一跃而从边缘进入世界的中心，而昔日的"中央帝国"却由于腐朽无能的专制统治而很快沦落为一个二流的大国和穷国。不仅西方列强的"八国联军"长驱直入占领了中国的京城和大片土地，就连其面积和人口均大大小于中国的日本帝国也将其铁蹄踏上中国的国土，蹂躏中国的人民。一般人总会认为，弱国无文化，即使有也很难引起世人瞩目。在中国的国际地位急转直下的情况下，中国文化和文学也退居到了世界文化和文学版图的边缘地位。这些作品无论多么优秀，都难以有幸被翻译成世界各国语言，只有少数佼佼者除外。

为了起到唤起民众、团结抗敌的作用，一批中国知识分子把目光转向西方世界和俄苏，试图通过大量翻译国外，尤其是西方的文学作品和人文学术著作来达到启蒙国人的目的。更有人将文学的作用夸大到一个不恰当的地位，因此在这样一个崇尚"拿来主义"的时期，外国文学及其批评确实是颇受重视的，尤其是外国文学翻译的作用更是被夸大到了一个极致。虽然早在汉朝的时候，翻译研究在中国就已经开始发展了，但是在过去的几个世纪里中国始终是一个封闭的国家，直到 20 世纪，西方的学术著作和文学作品蜂拥进入中国，对中国的新文学兴起以及五四新文化运动均产生了巨大的影响。那时，翻译被那些极力倡导"全盘西化"的人们视为与创作具有同等的重要性，这一点尤其体现在梁启超的翻译观中。在梁氏看来，"欲新一国之民，不可不先新一国之小说。故欲新道德，必新小说；欲新宗教，必新小说；欲新政治，必新小说；欲新风俗，必新小说；欲新学艺，必新小说；乃至欲新人心，欲新人格，必新小说"。① 那么通过何种方式来"新"小说呢？无疑是通过大量地翻译外国小说。而发展到现在，对西方文学认同的现象更是不足为奇了。② 严复这位中国近现代翻译理论的先驱则以其十分重要但不断引发争议的翻译标准而闻名，尤其是在文学翻译中倡导的信、达、雅，从他提出这一原则时起，就在国内的翻译理论界引起了没完没了的讨论和争议。一些有着现代先锋意识的中国作家甚至坦率直白地承认，自己所受到的外国文学的影响大大多于来自中国文学的启迪。但即使在这样的情形下，人们似乎更重视外国文学的翻译和介绍，而非外国文学的批评和研究。林纾、梁启超、鲁迅、胡适等人就大力主张译介西方文学及其理论著作，但直到五四运动前后，这种大规模的"全盘西化"才达到高潮。我们今天的比较文学学者和翻译研究者完全有理由将这一时期的翻译文学当作中国现代文学的一个不可分割的组成部分，因为就其影响的来源来看，中国现代作家所受到的影响和得到的创作灵感更多的是来自外国作家，而非本国的文学传统。鲁迅就曾十分形象地描绘过自己开始小说创作的过程：

---

① 梁启超：《小说与群治之关系》，《新小说》第 1 卷第 1 期，1902 年 11 月。
② 在此，我仅举一个当代的例子。对于大多数中国作家来说，他们大都受到西方文学的影响，更确切地说，是受到西方的翻译文学，而不是中国古典文学的影响。中国当代先锋派小说家之一——余华，曾经开诚布公地承认："像我们这一代的作家开始写作时，受影响最大的应该是翻译小说，古典文学影响不大，现代文学则更小。我一直认为，对中国新汉语的建设和发展的贡献首先应该归功于那群翻译家们，他们在汉语和外语之间寻找到一条中间道路……"参见《作家》1996 年第 3 期，第 6 页。这种言论与当年鲁迅谈他自己的小说创作时是多么相似！

绪　论

　　但我的来做小说，也并非自以为有做小说的才能，只因为那时是住在北京的会馆里的，要做论文罢，没有参考书，要翻译罢，没有底本，就只好做一点小说模样的东西塞责，这就是《狂人日记》。大约所仰仗的全凭先前看过的百来篇外国作品和一点医学上的知识，此外的准备，一点也没有。①

　　众所周知，鲁迅的国学功底是很深厚的，他所受到的中国传统文化的影响也是显而易见的，那么他为什么要强调自己所受到的外来影响而闭口不谈中国传统文化的启迪呢？因为他对中国的传统文化太了解了，以至于对其缺陷也十分熟悉。在他看来，唯有通过大面积地译介外国文学的文化观念和作品，才能使中国传统文化全面更新，使中国的文学得以跻身世界文学之林。可以说，鲁迅的这番非常直率的陈述至少在某种程度上反映了相当一批五四作家的创作道路，这也许正是为什么一些恪守传统观念的学者对五四以及鲁迅本人大加指责的一个重要原因。

　　诚然，除了极少数既从事外国文学翻译同时又从事中国文学创作和理论批评的佼佼者外，大多数在高校从事外国文学教学和研究的学者至多不过充当了某种教书匠的角色，很少对当代社会和文化进程发生任何实质性的影响。例如在改革开放初期，中国学界兴起的关于现实主义传统的恢复和现代派文学现象的大讨论中，除了朱

---

① 鲁迅：《我怎么做起小说来》，载《鲁迅全集》第4卷，人民文学出版社1981年版，第512页。

光潜、陈焜、袁可嘉、陈燊、柳鸣九、冯汉津等著述甚丰的批评家来自外国文学界外，其余著述甚丰的学者大都来自中国文学界。在引进比较文学这门学科的进程中，除了季羡林、杨周翰、李赋宁、王佐良、张隆溪等学者来自外国文学界外，其余的推波助澜者几乎都来自中国文学界。至于钱锺书这位学贯中西、博通古今的人文学术大师则更是难以归属某个特定的学科。在引进西方现当代文学理论并对之进行批评性讨论的进程中，除了袁可嘉、叶廷芳、王逢振、盛宁、章国锋、赵一凡、王宁、申丹等来自外国文学界外，其余的活跃学者几乎都来自中国文学界，或在中国语言文学一级学科之下从事外国文学批评和研究。在介入关于后现代主义问题的讨论中，那些著述甚丰并引起国际学界瞩目的批评家中，除了王宁、赵毅衡和王逢振外，其余的都来自中国文学界。如此可以说，中国的外国文学批评家和研究者只能在边缘地带不时地发出一种独特的声音，这种声音有时强劲，而在更多的时候却十分微弱。每当政治风云变幻时，外国文学便首当其冲，遭到无尽的打压和批判，"文化大革命"中，连莎士比亚、歌德、巴尔扎克、托尔斯泰这样的受到马克思主义创始人高度评价且举世公认的世界文学经典作家也遭到了无情的批判。我们所能阅读的外国文学作品也就是高尔基的《母亲》、苏联作家奥斯特洛夫斯基的《钢铁是怎样炼成的》以及爱尔兰女作家伏尼契的《牛虻》等有限的几部"无产阶级的"或具有进步意义的作品。尽管"文化大革命"结束后，外国文学翻译迎来了新的高潮，外国文学批评也迎来了自己的春天，外国文学批评家和研究者得以从边缘步入中心，再次充当了新时期文化建设的先锋，他们不时通过引进外国文化理论思潮和翻译外国文学作品来参与中国的文学和文化建设。但是所起到的作用仍远远不如他们的中国文学研究同行。

第二节　游离于主流与非主流之间

综上所述，人们也许会萌发另一个问题：中国的外国文学批评和研究为什么会处于这样的边缘地位呢？简单地回答这个问题是无济于事的，我们还得从根子上来找原因。我们认为，除了教育体制和科研主管部门不予以充分重视外，也应该从我们的学者自身的理论素养和批评风格来找原因。

不可否认，中国的外国文学批评和研究无论在数量上、质量上以及在学科的重要程度上，长期以来都无法与专事中国文学的批评和研究相比，在中国高校的外国语言文学院系中，有相当大的一批教师所从事的是公共外语教学，或直接为教学服务的外国语言学及应用语言学研究，而从事外国文学批评和研究的学者则属于少数，这在很大程度上决定了我国的外国文学研究者在理论视角和研究方法上较之国际同行的滞后性。但正如我们在前面所指出的，即使在当代中国，外国文学批评和研究也有过自己的黄金时代或"蜜月期"。人们也许还记得，当中国刚刚结束持续十年之久的"文化大革命"后，国门打开了，封闭已久之后域外的新风一旦吹进来，就在国内产生了极大的效应。当时的外国文学批评者和研究者确实在中国的文学研究领域内充当了排头兵和学术先锋的角色：改革开放之初就率先在学界为现实主义和人道主义正名，涉及如何评价西方文学，包括对西方浪漫主义和现实主义文学的重新评价；随后又率先在国内学界掀起了关于"现代派文学"问题的讨论。毫无疑问，关于"现代派文学"的讨论在国内学术界产生了较大的反响，对当时的中国当代文学创作和理论批评都起到了某种程度上的"拨乱反正"和引领潮流的作用。但是若从一个更为广阔的国际视角来看，或者说与在当时的国际学术理论界已经如火如荼的关于后现代主义问题的讨论相比，我们的这些在很大程度上缺乏与外界交流的学术讨论和理论争鸣，便显得大大地落后于国际学术同行的研究。就在国际学界关于后现代主义问题的讨论进行得如火如荼的时候，国内学界还沉溺在关于现代主义文学的讨论，甚至还为"中国要不要现代派文学"这类浅层次的问题而争论不休，更不用说与国际学术和批评同行进行平等对话和讨论了。当然，随后不久，中国的外国文学批评家和研究者很快就意识到了后现代主义文学的重要性，及时地将其介绍给国内学界，并通过中国的文学创作和批评实践扩大和推进了国际性的后现代主义讨论。显然，这种相对的滞后状态直到文化研究和生态批评在中国兴起时我们才与西方乃至国际同行处于同一水平线上并能进行平等的对话。应该承认，这时中国的外国文学学者只能在西方学者后面亦步亦趋，力求比较完整地、准确地将西方的现代主义和后现代主义理论及文学作品介绍到中国。但无论如何，在当时的中国，外国文学批评者和研究者仍然扮演了一个文化启蒙者的角色。

随着国门的进一步打开，以及西方后现代主义文学和理论思潮

绪　论

进入中国，大量西方学术理论思潮通过翻译的中介蜂拥进入中文世界，国内学界终于在这个层面上接近了国际同行的研究，至少在文化研究、世界文学和生态批评这三个层面我们已经和西方乃至国际同行在同一水平线上进行平等对话了。其中少数思想敏锐并有着卓越的英语写作才能的学者更是能自觉地用中国文学创作中的例子来和西方的后现代理论家进行平等的直接对话，并在相当程度上改变了国际后现代主义研究领域内实际上存在着的"欧洲中心主义"或"西方中心主义"的既定格局。① 如今，后现代主义早已成为历史或新的"经典"，在告别了"后现代主义"之后，中国的外国文学研究者还能有何作为？可以说，面对大量的外国文学作品和理论著作的译介进入中国，这时的外国文学批评家和研究者所曾经起过的先锋和启蒙作用便黯然失色了。毕竟较之中文系的教师和研究人员，外国文学研究者无论在理论素养还是在中文表达方面都大大逊色，国内专门发表外国文学评论和研究成果的期刊也大大少于中国文学期刊。此外，从事外国文学教学和研究的学者往往并不关注中国文学的创作和理论批评，他们有意无意地把自己关在一个封闭的小圈子里，自娱自乐，所发表的成果既没有影响国外汉学家，更无法影响国际主流学者的研究。这也正是为什么外国文学研究和理论批评

---

① 20世纪末以来，王宁受一些国际学术期刊主编的委托，在下面这十多家国际权威的 SSCI 或 A&HCI 国际英文期刊上主编了二十多个主题专辑：*ARIEL*, *ISLE*, *Telos*, *Perspectives: Studies in Translatology*, *Modern Language Quarterly*, *Semiotica*, *Neohelicon*, *Comparative Literature Studies*, *Modern Fiction Studies*, *Narrative*, *European Review*, *Journal of Chinese Philosophy*, and *Journal of Modern Literature*，发表了几十位中国学者和文学批评家的论文，在国际文学和文化理论界发出了中国学者和批评家的声音，产生了广泛的影响。

越来越在中国的人文学科以及文学研究中被"边缘化"的一个重要原因。

20世纪70年代末和80年代初，比较文学在中国学界的复兴倒是为从事外国文学批评和研究的学者提供了一个振兴本学科的机会。尽管早在20世纪初，比较文学就从西方旅行到了中国，几乎和外国文学学科是同步的，但在中华人民共和国成立后的相当长一段时间内，由于比较文学在苏联受到了打压，因而在中国也一度处于停滞的状态，直到改革开放时期，在一批学贯中西的学者（其中大多数来自外国文学界）的大力推进下，这门学科才再度在中国当代复兴，并促使中国的外国文学研究者与中国文学研究者有了某种交流和合作的机会。

可以说，这时的外国文学研究在中国的人文学科中基本上扮演了一个虽不显赫但又不可缺少的角色，因为改革开放中的中国要走向世界就势必要了解世界，而要了解世界就首先要掌握世界上的主要语言，这样看来，不少在高校从事外国文学教学和研究的学者首先要承担的任务是要搞好外语教学，以自己的外语所长不时地向国内学界介绍域外的最新理论思潮和文学作品。但久而久之，许多外国文学研究者在不遗余力地向国人介绍外国文学及其理论思潮的同时，却忽略了自身外语写作和学术交流水平的提高以及中国文学知识的积累，因而面对国际同行时常常无话可说，或者说了一些无关痛痒的话也引不起国际同行的关注。这也是中国的外国文学研究者和批评者很少在国际学术期刊上发表高水平论文的原因所在。客观说来，并非这些学者的语言表达能力不够好，而是因为他们未能娴熟地掌握外语表达的技能和基本的学术话语，在学术理论水平上也未达到与国际同行平等对话的境地，再加之很少受到学术写作的训练，因此久而久之便很难写出达到在国际学术刊物上发表水平的论文，这确实是中国的外国文学研究者和批评者的悲哀。实际上，外国文学批评者和研究者应该充分发挥自己的专业所长，自觉地将中国的外国文学批评和学术研究放在一个广阔的世界文学和文论的大语境下，这样他们就能彰显出自己的独特优势，并能够娴熟地用外语讲好中国的故事。

第三节　走向世界文学的外国文学批评

在当前的中外文学理论和比较文学界，"世界文学"已经成为一个前沿理论话题，毫无疑问，世界文学的再度兴起，为中国的外国文学批评和研究提供了一个广阔的平台，同时也为中国的文学创作和理论批评走向世界提供了难得的机遇。人们不禁要问，为什么在全球化的语境下，"世界文学"这一话题不仅为比较文学学者所谈论，而且也为不少国别/民族文学研究者所谈论？因为人们就这个话题有话可说，而且从事民族/国别文学研究的学者也发现，他们所从事的民族/国别文学研究实际上正是世界文学的一部分。这对于中国的外国文学批评家和研究者来说，尤其有着特殊的意义。在过去的几十年里，世界文学在中国通常是以外国文学的名义出现和存在的，它在大学的学科建制中长期隶属于中国语言文学一级学科，现在与比较文学合并成为一个二级学科，但在过去则与比较文学有着泾渭分明的界限：从事比较文学的学者广泛涉猎中外文学，并进行比较研究；而从事世界文学研究的学者则不涉及中国文学，他们所从事的正是（翻译过来的）外国文学教学和研究，与外国语言文学一级学科下的以国别文学为主的外国的国别语言文学教学和研究也不沟通和交流。这也是中国的外国文学批评和研究长期以来被排斥在中国的文学批评和研究主流之外的一个原因。现在世界文学的兴起则唤起了中国作家和理论批评家的世界意识，使他们认识到，中国文学也是世界文学的一个重要的组成部分，我们作为从事外国文学批评的学者，完全应该承担其在世界文学语境中弘扬中国文学及其理论批评的重任。

尽管一个新的"世界文学热"已经再度兴起，但是人们对于世界文学在这里的真实含义究竟是什么仍然不断地讨论甚至争论。我们都知道，"世界文学"（weltliteratur）这一术语并不是一个全新的术语和概念，而是德国作家和思想家歌德在1827年和青年学子艾克曼谈话时创造出来的一个充满了"乌托邦"幻想色彩的概念，虽然在那以前，德国哲学家赫尔德和诗人魏兰也都在不同的场合使用过"世界文学"或"世界的文学"这类术语，但他们也只是淡淡地提及一下，并没有像歌德那样全面、系统地对之进行理论上的阐述。当时年逾古稀的歌德在读了一些包括中国文学在内的非西方文学作品后总结道："诗是人类共有的精神财富，这一点在各个地方的所有时代的成百上千的人那里都有所体现……民族文学现在算不了什么，世界文学的时代已快来临。现在每一个人都应该发挥自己的作用,使它早日来临。"① 具有反讽意味的是,歌德当年之所以提出"世界文学"的概念,在很大程度上得益于他对包括中国文学在内的非西方文学的阅读,今天的中国读者们也许已经忘记了歌德读过的《好逑传》《老生儿》《花笺记》和《玉娇梨》这样一些在中国文学史上并不占重要地位的作品,但正是这些作品启发了年逾古稀的歌德,使他得出了具有普遍意义的"世界文学"概念。这一点颇值得比较文学和外国文学学者深思。

实际上,在歌德之前,世界上不同的民族/国别文学就已经通过翻译开始了交流和沟通。在启蒙时期的欧洲,甚至出现过一种世界文学的发展方向。② 但是在当时,呼唤世界文学的出现在相当长的一段时间内只是停留于一种乌托邦式的幻想和推测阶段。之后马克思和恩格斯在考察了资本在全世界范围内的扩张和发展后总结道:"物质的生产是如此,精神的生产也是如此。各民族的精神产品成了公共的财产。民族的片面性和局限性日益成为不可能,于是由许多种民族的和地方的文学形成了一种世界的文学。"③ 马恩在此所说的世界文学较之歌德早年的狭窄概念已经大大地拓展了,实际上专指一种包括所有知识生产的世界文化。在这里,一种具有审美特征的乌托邦想象已经发展演变成一个社会现实。用于外国文学的批评

---

① Cf. David Damrosch, *What Is World Literature?* Princeton and Oxford: Princeton University Press, 2003, p. 1.
② Cf. Douwe Fokkema, "World Literature", in *Encyclopedia of Globalization*, edited by Roland Robertson and Jan Aart Scholte, New York and London: Routledge, 2007, p. 1290.
③ 参见[德]马克思、恩格斯《共产党宣言》,人民出版社1966年版,第30页。

和研究，我们不能仅仅关注单一的民族/国别文学现象，还要将其置于一个更加广阔的国际视野下来比较和考察。我们今天若从学科的角度来看，世界文学实际上就是比较文学的早期雏形，它在某种程度上就产生自经济和金融全球化的过程。为了在当前的全球化时代凸显文学和文化研究的作用，我们自然应当具有一种比较的和国际的眼光来研究文学现象，这样就有可能在文学研究中取得进展。这也许正是我们在中国的语境下，要把外国文学批评和研究放在一个广阔的全球文化和世界文学语境下的重要意义。

在今天的世界文学语境下，传统的民族/国别文学的疆界变得越来越模糊，没有哪位文学研究者能够声称自己的研究只涉及一种民族/国别文学，而不参照其他的文学或社会文化背景知识，因为跨越民族疆界的各种文化和文学潮流已经打上了区域性或全球性的印记。在这个意义上说来，世界文学也就带有了"超民族的"（transnational）或"翻译的"（translational）的意义，意味着共同的审美特征和广泛的社会影响。在这方面，翻译在过去曾经而且在未来仍将扮演一个重要的角色，没有翻译的中介，一些文学作品充其量只能在其他文化和文学传统中处于"死亡"或"边缘化"的状态。同样，一些本来仅具有民族/国别影响的文学作品经过翻译的中介将产生世界性的知名度和影响，因而在另一些文化语境中获得持续的生命或来世生命。① 而另一些作品也许会在这样的过程中由于本身

---

① 在这方面，除了赛义德的"理论旅行"概念外，我们还可以参见 J. Hillis Miller, *New Starts: Performative Topographies in Literature and Criticism*, Taipei: Academia Sinica, 1993, "Foreword", p. Ⅶ, and p. 3.

的可译性不明显或译者的误译而失去其原有的意义和价值，因为它们不适应特定的文化或文学接受土壤。

国际文学理论界和比较文学界对世界文学现象的关注并非偶然，而是受到特定的文学和文化氛围的影响。在一个越来越具有"全球化"特征的时代，我们每一个人都或主动或被动地与这个世界连接为一体：互联网和智能手机可以在瞬间就使我们得以与生活在世界各地的学术同行取得联系，我们通过电子邮件的往来和微信的交流可以进行深度的学术理论对话，并使我们的对话成果得以在国际学术期刊上发表。① 正如已故荷兰学者、比较文学理论家杜威·佛克马所注意到的，当我们谈到世界文学时，我们通常采取两种不同的态度：文化相对主义和文化普遍主义。前者强调的是不同的民族文学所具有的平等价值，后者则更为强调其普遍的共同的审美和价值判断标准，这一点尤其体现于通过翻译来编辑文学作品选的工作。他的理论前瞻性已经为今天比较文学界对全球化现象的关注所证实。例如，戴维·戴姆拉什（David Damrosch）的《什么是世界文学？》（*What Is World Literature*, 2003）就把世界文学界定为一种文学生产、出版和流通的范畴，而不只是把这一术语用于价值评估的目的。他的另一本近著《如何阅读世界文学》（*How to Read World Literature*, 2009）中，更是通过具体的例证说明，一位诺贝尔文学奖获得者的作品是如何通过翻译旅行到世界各地进而成为世界

---

① 尤其需要在此指出的是，中国文学理论家张江和美国文学理论家希利斯·米勒就文学阅读、文学阐释、文学经典以及解构式文学批评等问题进行的深度对话通过通信的形式取得了良好的效果。

文学的。① 当然，世界文学这一术语也可用来评估文学作品的客观影响范围，这在某些方面倒是比较接近马克思和恩格斯的原意。因此，在佛克马看来，在讨论世界文学时，"往往会出现两个重要的问题。其一是普遍主义与文化相对主义之间的困难关系。世界文学的概念预设了人类具有相同的资质和能力这一普遍的概念"。② 因此，以一种国际公认的标准来评价不同的民族和语言所产生出的文学作品的价值就成了包括诺贝尔文学奖在内的不少重要国际文学奖项所依循的原则。但是，正如全球化在不同的文化语境中的实现在很大程度上取决于它与本土实践的协调，人们对世界文学的理解和把握也不尽相同。考察各民族用不同语言写作的文学作品也是如此，即使是用同一种语言表达的两种不同的文学，例如英国文学和加拿大文学，其中的差别也是显而易见的，因而一些英语文学研究者便在英美文学研究之外又创立了一门学科——国际英语文学研究（international English literature studies），他们关注的重点是那些用"小写的英语"（english）或不同形式的英语（englishes）写作的后殖民地文学。③ 这样，在承认文学具有共同的美学价值的同时，也应当承认各民族/国别文学的相对性。因此，在对待具体作品时，不妨采用一种文化相对主义的态度来评价产生自不同民族和国家的

---

① Cf. David Damrosch, *How to Read World Literature*, Oxford: Willey - Blackwell, 2009, p. 65.

② Douwe Fokkema, "World Literature", in *Encyclopedia of Globalization*, p. 1291.

③ 确实，国际英语文学研究在近三十年里长足发展，一些重要的研究成果常以单篇论文的形式发表在加拿大卡尔加里大学主办的刊物《国际英语文学评论》（*ARIEL: A Review of International English Literature*）上。

文学。将上述两种态度结合起来，我们就能得出较为公允的结论：一种世界性的文学正是通过不同的语言来表达的，因此世界文学也应该是一个复数的形式。也就是说，我们应该有两种形式的世界文学：作为总体的世界文学（world literature），和具体的世界各国的文学（world literatures）。前者指评价文学所具有的世界性意义的最高水平的普遍准则，后者则指世界各国文学的不同表现和再现形式，包括翻译和接受的形式。应该指出的是，世界文学概念的提出并进入中国，对中国的外国文学批评和研究提供了一个全新的视角，使我们能够自觉地将中国的外国文学研究和批评置于一个与世界文学对话的语境之下，关于这一点，本书后面几个章节还要详细描述并讨论。

现在我们再回过头来看看这个问题：为什么中国的外国文学批评和研究处于边缘的状态？因为我们的外国文学研究者和批评家的研究成果并未达到国际水平，同时也未能紧跟国际学术前沿理论的研究并且发出中国学者独特的批评性声音。再者，他们对国内的文学批评和研究也未产生较大的影响。因而随着中国的综合国力的提高，中国文化和文学的地位也会逐步攀升，在一个全球化的时代，越来越多的人都掌握了一两门外语并能阅读外国文学原著，再加之国家社会科学基金中华学术外译项目的有力资助和国外出版机构的青睐，将有越来越多的中国文学理论批评著述通过翻译的中介走向世界，那么外国文学批评家和研究者的作用又体现在何处呢？这就促使我们一定要把我们的理论批评和研究置于一个广阔的世界文学语境下，用一种国际标准来检验我们的理论建构和文学研究，这样我们才能发挥我们的特长，使我们的扎实的理论建构和研究成果不仅能得到国际同行的承认，同时也能回过头来给国内的文学批评和研究带来域外的新风。由此看来，把外国文学批评置于一个世界文学的语境下是十分必要的。

最后再来谈谈本书的写作原则。按照项目主持人的构想，本书并不是一般意义的文学学术史的梳理和研究，而是对从1949年中华人民共和国成立以来这七十年中国的外国文学理论批评所走过的道路以及所取得的成果的一次批评性筛选和记载。本书以史为纵轴，按照历史上各个阶段的划分来讨论该时段的具有影响和学术价值的外国文学批评理论思潮和批评著述。此外，本书在历史的维度下以问题为导向，所讨论的外国文学理论思潮一定是在中国的文学理论批评界产生广泛影响并引起批评性论争的理论思潮和由此而产生的具有重要影响的理论批评著述。有些并非出自外国文学学者之手笔，但其影响却渗透到外国文学批评家和研究者的批评观念和方法中，本书予以批评性讨论。有些著述虽出自外国文学学者之手，但仅仅是一种教科书式的文学史编写或一般意义的专题研究，并未在国内产生批评性的讨论，本书基本不予以讨论。再者，本书虽然花费一些篇幅介绍比较文学这门独立的学科，但也仅限于描述和评论外国文学学者对它的贡献，而不太涉及来自中国文学学科的学者对它的研究和批评性著述。当然，作为一部外国文学批评史的撰写者，本书作者在参照国际权威的文学批评史的编写方式的同时，着力向世界推出自己的批评大家，通过对这些批评大家的深入讨论和评述凸显他们的批评风格和理论建树。最后，本书不同于国内所有已出版的文学批评史的一个特点就在于，对那些国内的外国文学批评家和研究者用外语撰写并在国际学界产生反响的理论著述和论文也予以批评性关注，从而真正实现在一个世界文学和文论的大背景下讨论中国的外国文学批评的目的。当然，这只是本书撰写者的一个良好的愿望，能否实现这一目标还有待于国内外广大读者和研究者的评判。

第一章　中国现代外国文学批评的历史回顾

中国的外国文学批评和研究与中国古典文学批评和研究不同的是，它并非古已有之，而是随着大规模的翻译外国文学和人文学术著作而诞生的一门年轻的学科。在中国的几所著名大学创立之初，外国文学学科就应运而生了，这在很大程度上得益于现代西方大学教育体制的引进，此外还有中国新文化运动的爆发以及在此之前就已经开始的翻译西学的工作。我们在讨论当代中国的外国文学批评，尤其是改革开放四十年的外国文学批评和研究之前，简略地回顾一下新文化运动之于外国文学批评的历史意义和作用是颇有必要的。

第一节　新文化运动的兴起

在过去的几十年里，特别是在不少国内学者看来，新文化运动的意义主要体现于其反帝、反封建的革命精神，而对于人文主义在其中所起到的作用则或者较少提及，或者对其批判有加，其原因恰

第一章 中国现代外国文学批评的历史回顾

在于它始终被看作是一种资产阶级的意识形态。因此他们为了保险起见,往往将五四运动当作中国新文化运动的开始,因为五四运动也被看作是中国的另类现代性大计的开始。人文主义(humanism)又译人道主义或人本主义,只是不同的译法表明了其在中国语境下的特定含义。应该指出的是,在新文化运动中,它的主要含义是人文主义。① 近几年来,从文化和人文主义的视角出发,或者按照海外汉学家现有的研究,越来越多的学者开始认识到新文化运动实际上始于1915年。② 正是在这前后,鲁迅、周作人等一些杰出的中国知识分子已经在自己的文学作品或批评著述中提出了"人的文学"的观念,因而开启了中国现代文学和文化的人文主义方向。这显然是在中国的语境下对人文主义这一来自欧洲的概念的创造性运用和发展。

然而,从历史的观点来看,我们应当说,新文化运动可以分为三个阶段:1915—1919年为其起始阶段;1919—1921年为第二个阶段,也即其高涨阶段;1921—1923年则是其衰落期。在第一个阶段,文化和知识导向更为明显,其标志是《新青年》杂志的创刊;而在第二个阶段,由于1919年五四运动的爆发,其政治和革命的导

---

① 关于中国的另类现代性特征,参阅拙作《消解"单一的现代性":重构中国的另类现代性》,《社会科学》2011年第9期,第108—116页;以及 Wang Ning, "Translating Modernity and Reconstructing World Literature", *Minnesota Review*, Vol. 2012, No. 79 (Autumn 2012):101-112;"Multiplied Modernities and Modernisms?" *Literature Compass*, 9/9 (2012):617-622。

② 在所有关于这一论题的英文专著中,周策纵的专著堪称奠基性的著作,参阅 Chow Tse-tsung, *The May Fourth Movement, Intellectual Revolution in Modern China*, Cambridge, Mass.: Harvard University Press, 1960。

向越来越明显。胡适、陈独秀、鲁迅、蔡元培、钱玄同和李大钊等人率先发起了大规模的"反传统、反儒学和反古文"的思想文化运动,其目的在于使得中国全方位地进入现代化的进程。这一时期的一个最为重要的事件就是中国共产党于1921年在上海的成立。而在这之后,由于新文化运动的领导集团内部的观点不一而导致新文化运动逐渐解体。因此当我们今天纪念这场运动百年时,我们应该认识到,新文化运动确实不仅在政治上和科学上取得了巨大的成就,同时也在文化和文学上取得了令人瞩目的成就,而后者所取得的成就更为学界所乐于讨论。①

在新文化运动前后,一些中国的进步知识分子发起了大规模的翻译运动,将大量的西方学术著作及文学作品译成中文,诸如尼采和马克思这样的西方思想家和哲学家在中文的语境下被频繁引证和讨论,浪漫主义、现实主义和现代主义这三种主要的西方文学思潮也依次进入中国。通过这样的大面积翻译,"德先生"和"赛先生"被引进到了中国,有力地影响了现代中国的科学和民主的发展进程。诚然,认为新文化运动发轫于1915年的另一个重要原因就是陈独秀创立了颇有影响的《新青年》杂志,通过这一平台他和另一些中国的主要知识分子发表了大量著述,向中国读者介绍了当时处于前沿的一些欧美文化理论和学术思想,对广大读者起到了某种启蒙

---

① 在"现代化和化现代:新文化运动百年价值重估国际研讨会"(2015年5月,上海)上,罗志田在主旨发言中提到一个观点我颇为赞同:即科学观和民主现在仍是一个未完成的大计,而语言革命,也即从文言文过渡到白话文的革命性转变则取得了决定性的胜利。

的作用，同时也有力地推进了中国的科学技术以及文学和文化的现代化进程，为后来马克思主义在中国的引进和传播奠定了重要的基础。在第二阶段，中国共产党的创立使其后来得以领导中国人民打败了日本侵略者，推翻了蒋介石政权，取得了中国新民主主义革命的胜利，并于1949年建立了中华人民共和国。因此，新文化运动在中国现代史上所起到的历史作用是其他任何思想文化运动都难以比拟的。当然，新文化运动最后在其第三个阶段逐渐消退，这在很大程度上体现于其领导核心并不健全，一些自由知识分子和信仰马克思主义的知识分子在反帝反封建这个大目标下暂时走到了一起，但没有形成一个坚强的领导核心，也没有一个明确的目标，因而它最后趋于解体也绝非偶然。

毫无疑问，关于新文化运动的历史意义和价值尽管在今天的知识界仍有着较大的争议，认为它破坏了中国的文化和知识传统，尤其是给了传统的中国思想和文化以沉重的打击，但是它的进步意义却在当时的几乎所有主要的知识分子中得到广泛的肯定，实际上，当时的中国正处于一个从旧的封建专制国家过渡到新的现代民主国家的转型期。确实，1911年的辛亥革命推翻了清王朝的统治，但却没有帮助中国走向真正的民主和繁荣，尤其是后来袁世凯掌权后一切又恢复了以往的旧秩序。因此一些进步知识分子便筹划另一场革命运动来彻底改变这一现状。在文化知识界他们发起了大规模的新文化运动，并且迅速地波及全国。新文化运动有着如下鲜明的特征：鼓吹民主、反对专制、弘扬科学、反对封建迷信，主张新的伦理道德、反对旧的儒家道德观念，并且建构一种新的具有现代意义的白话文，以取代日益失去生命力和使用价值的文言文，如此等等。因此它被称为新文化运动，尽管其政治和意识形态色彩十分鲜明，但主要仍是一场思想文化运动。在这其中，翻译起到了重要的作用，通过翻译，大量的西方思想和知识潮流被引进中国，包括马克思主义和尼采的超人哲学，因而有人认为这场运动对中国现代历史上出现的全盘西化潮流应该负责，因为在这一进程中，以儒家学说为代表的中国传统文化受到极大的抨击和批判，在推进白话文的同时摒弃了沿袭已久的古汉语。但另一方面，正是由于这场运动，中国文化和文学得以走向世界并试图跻身世界文化和文学之林。如果我们从历史的角度来评价这场运动的话，应该认识到它的重要意义和价值。即使在今天，当儒学在当代中国得以复兴时，也已经与"中国化"的马克思主义相结合，并以一种重新建构出的崭新面目出现在我们这个全球化的时代。正如许多学者已经注意到的，它与新文化运动并非全然对立，而是在很大程度上起到了某种互补和互动的作用，其目的都在于使得中国传统文化在新的时代焕发出新的生机，并作为一种具有普适意义的思想文化话语与西方的现代性话语进行平等对话。

当然，如同任何新的思想文化潮流在中国乃至全世界的传播一样，新文化运动的诞生也受到了保守的中国知识分子的严厉抨击和批判，认为它是全盘西化和摒弃中国文化传统的始作俑者。这些知识分子同时也认为，新文化运动的领导集团对于这场运动究竟应当向何处发展并没有一个相对一致的观点，这确实是事实，而且随着运动的发展，领导集团的分歧便逐渐暴露：它实际上是由一批激进的自由主义知识分子组成的,他们在反传统这一点上暂时走到了一起,认为应以一种更为先进的思想文化——西学来取代传统文化。但令人遗憾的是,他们从各自的角度来理解西学的意义,因而观点大相径庭。虽然我们不可否认这场运动最终取得了巨大的胜利,但胜利之后,其领导集团便由于意识形态和文化价值方面的分歧很快解体进而分道扬镳:陈独秀和李大钊等人成为坚定的马克思主义者和中国共产党的创始人,胡适则成为蒋介石集团的同路人和支持者,还有一些人,如鲁迅、周作人和蔡元培等,则依然致力于文化和知识的创新。从历史的观点来看,甚至从今天的观点来看,我们仍然认为,不管这场运动受到强烈的反对还是热情拥护,它都为推进中国现代思想文化以及整个中国的现代化进程迈出了坚实的一步:文言文虽然被摒弃了,但用现代白话文创作的中国现代文学却逐步形成了一个新的中国文学经典,它虽然是在西方文学的影响下诞生的,但它却既可以与自己的文学和文化传统对话,同时也可以与西方乃至国际同行对话。因此在我们看来,新文化运动除去其革命性意义外,还有着重要的人文主义意义,因为它帮助中国人民从黑暗和封建蒙昧中解放出来。它所弘扬的民主和自由精神今天仍激励着我们的文化建设和学术研究。我们今天在纪念这一历史事件百年时,不得不珍视其历史遗产以及它对全球文化和人文主义的巨大贡献,并给予客观的评价。如果从外国文学学科在中国的诞生和逐步发展的历程来看,我们有理由认为,正是在这场大规模译介国外先进思想和文化的过程中,中国的外国文学学科诞生了,中国的外国文学批评也诞生了。

第二节　新文化运动的世界意义

如果从历史的角度来看，我们完全可以认为，20世纪初出现的中国新文化运动绝非偶然或孤立的现象，它的出现也有着某种有利的国际背景。虽然它在国内学界同时受到褒贬不一的评价，但不可否认的是，它的世界性意义却长期以来得到国际学界的承认，其原因恰在于这一事实：经过新文化运动的洗礼，一个新的中国开始了现代化和民主化的进程，它虽然仍然遭受帝国主义的侵略和殖民主义的蹂躏以及国内的战乱，但它毕竟在朝着一个现代文明国家的方向发展。虽然当时在上海、青岛以及其他城市，仍有一些象征着殖民主义遗产的租界，但毕竟整个中国仍保持着自己独立的主权和领土完整。它已经走出了长期以来封闭的一隅，朝着外部世界开放并且逐步融入国际性的现代化进程。因此就这一点而言，这场运动的历史进步性应该得到充分的肯定。在这一部分，我们首先对新文化运动的国际背景作历史的反思以便接下来讨论它的世界性意义以及在这场运动中人文主义所扮演的角色。

如果说两次世界大战带给中国许多灾难的话，那么中国在遭受战争蹂躏的同时却迅速地变不利因素为有利因素，因而在某种程度上也受益于这两次战争：在第一次世界大战中，出现了新文化运动，在这场运动中，现代科学技术以及民主的观念从西方引进到了中国，极大地推进了中国的民主进程。随之作为一个直接的成果，就是中国共产党在1921年的诞生，诸如陈独秀和李大钊这样杰出的

第一章　中国现代外国文学批评的历史回顾

新文化运动的领袖成了中国共产党的领导人。在第二次世界大战中，在与日本侵略者进行殊死战斗的同时，中国共产党也壮大了自己的力量，有了自己独立的强大军队，确保了在随之而来的第三次国内革命战争中一举推翻了蒋介石政权，建立了社会主义的新中国。就这一点而言，当我们纪念新文化运动百年时，也应该考虑到其国际背景，因为正是有了这样有利的国际背景，这场运动才得以顺利发展，并得到全世界进步知识分子的大力支持。另一方面，在五四时期，人文主义成了当时发表的文学作品的主要主题之一，这一时期不仅标志着中国新文学的开始，同时也是中国的文化现代性的开始。但是人文主义一旦引入到中国，就形成了自己的独特形态：既具有建构性同时又具有解构性。一方面，它继承了西方人文主义的传统，大力弘扬人的作用和价值；另一方面，由于中国长期以来一直是一个等级制度森严的国家，尤其是贫富之间以及男女之间的差别巨大，在这个意义上说来，西方人文主义的引进也有助于我们消解男性中心主义的思维模式，使广大贫穷的人，特别是被压在社会最底层的广大妇女得到解放。

应该承认，人文主义作为一种理论思潮和价值观念，其得以进入中国在很大程度上是通过文学作品的翻译而实现的。在新文化运动的年代，几乎西方的所有文学大师以及他们的重要作品都被译成了中文，深刻地影响了中国的现代文学写作以及中国文学和文化理论话语的形成。具有讽刺意味的恰恰在于，一些杰出的中国保守知识分子在反对新文化运动的同时，却积极地投身到了这场大规模的译介运动中：林纾凭借着自己的古文造诣，竟然在不通外语的情况下与多位译者合作，翻译了一百多部世界文学作品，其中大部分是欧洲的文学名著；辜鸿铭则依靠自己超凡的多种外语技能和广博的中学和西学知识，将一些中国文化和哲学典籍译成英文，从而成为当时极少数从事中译外工作的翻译家。在那些被译介过来的欧洲作家中，挪威的易卜生影响最大。

十分有趣的是，那时易卜生并未主要地被当作一位伟大的戏剧艺术家译介到中国，而是作为一位革命者和人文主义思想家被介绍到中国的，尽管他的戏剧艺术促成了中国现代话剧的诞生。这是因为，他的作品与当时紧迫的社会问题以及中国社会妇女的命运更为相关。正如我们所知道的，中国作为一个封建国家有着沿袭已久的男性中心主义的思维模式和行为准则，这显然是一种反人文主义的意识形态。在旧社会，中国妇女所受到的疾苦大大地多于男人。这被认为是儒学造成的后果，因而新文化运动就以儒学为打击的靶子，把"打倒孔家店"和"火烧赵家楼"当作新文化运动的两大重要成果。确实，根据儒家的法典，中国的妇女应当遵守所谓的三纲五常和三从四德。任何人，特别是妇女，如果违反了这种封建道德法则，就会受到严厉的惩罚或伦理道德上的谴责。但是对男人来说，似乎就会宽容得多，比如说，一个社会地位显赫的男人完全可以娶上三妻四妾而不受任何惩罚，而女人若是红杏出墙则势必受到社会的谴责和伦理道德的诛伐，不少中国文学作品就描写了这样的悲剧性故事。

因此毫不奇怪，易卜生的《玩偶之家》在中国的上演立即引发中国文坛或剧坛出现了一批这样的"出走戏"或"出走作品"。在

第一章　中国现代外国文学批评的历史回顾

那些年月里，中国确实需要这样一位能够以其富有洞见的思想和精湛的艺术来启蒙人民大众的优秀的文学大师，这样易卜生就在实际上担当了这一重任。可以说，他在中国文坛和剧坛的出现确实有助于中国妇女摆脱男性中心社会的束缚和实现真正的人道主义的解放。因此，通过中国知识分子对他的作品的翻译和改编，再加上改编者本人的创造性建构，易卜生在中国的形象发生了变异，他的革命精神和人文主义的思想得到大大的弘扬，甚至一度遮盖了他的戏剧艺术。

我们都知道，在新文化运动知识分子中流行着一个口号，就是鲁迅提出的"拿来主义"，即为了反对封建社会以及传统的文化习俗，他们愿意将所有有利于批判中国传统文化习俗的外国的——尤其是西方的——文化学术理论思潮统统拿来"为我所用"。这也正是新文化运动常常被当作"全盘西化"的重要推手而备受诟病的一个重要原因。在西方的影响下，这一时期出版的相当一批文学作品中都大力弘扬了人文主义。周作人这位新文化运动的坚定鼓吹者甚至提出了一个"人的文学"的口号。1919年12月7日，周作人在《新青年》上发表了那篇题为"人的文学"的文章，被公认为是中国新文学的奠基性作品之一。[①] 人的文学，顾名思义也即文学作品应该为人类而写作。在周作人看来，一种新的中国文学应该基于人文主义，不仅应表达对人类的关怀同时也要关注人类所面临的各种

[①] 关于中国的新人文主义以及周作人所起到的开拓性作用，参阅 Li Tonglu, "New Humanism", *Modern Language Quarterly*, Vol. 69, No. 1 (2008), pp. 61–79, 特别是 pp. 72–77.

问题。显然，这种新的观念为新文学的发展指明了一个新的方向。这样，毫不奇怪，在中国现代文学史上，就出现了一种既不同于西方现代文学同时也不同于中国古典文学的新的"中国现代文学经典"，但是它却能够同时与这两种文学观念和创作实践进行交流和对话。

在所有这些译介过来的西方文学大师中，易卜生的地位是最为突出的，有鉴于此，《新青年》于1918年推出了一期"易卜生专号"，专门讨论易卜生的文学和戏剧艺术成就以及他的思想影响。也许在很大程度上，正是由胡适主编的这本"易卜生专号"所产生的持久性影响使得这位戏剧艺术大师在中国被认为是一位革命的思想家和坚定的人文主义者，使得他的思想预示着中国的妇女解放运动。更有意思的是，在中国的语境下竟出现了一种具有中国特色的"易卜生主义"（Ibsenism）。这种易卜生主义的建构具有更大的实用性，而非基于他的戏剧艺术成就和影响。[①] 因此易卜生不仅与中国的政治和文化现代性密切相关，同时也更为深刻持久地影响了中国的作家和戏剧艺术家。因此当我们今天纪念新文化运动百年之际，便应该更加珍视欧洲的人文主义传统，因为它确实对中国现代的人文主义思想产生了巨大的影响。我们在继承新文化运动的遗产时，自然应该继承在新文化运动中扮演了

---

① 关于易卜生在中国的接受和建构，参阅拙作《作为艺术家的易卜生：易卜生与中国重新思考》，《外国文学研究》2003年第2期；以及英文论文 Wang Ning, "Reconstructing Ibsen as an Artist: A Theoretical Reflection on the Reception of Ibsen in China", *Ibsen Studies* Vol. III, No. 1 (2003): 71–85; "Ibsen Metamorphosed: Textual Re-appropriations in the Chinese Context", *Neohelicon*, XXXX (2013) 1: 145–156.

重要角色的人文主义精神和传统。

第三节 大规模译介与批判性吸纳

现代性在不同的国家和地区有着不同的表现形式,在中国的语境下讨论现代性就免不了涉及文化的翻译和理论的旅行。① 就目前的中国现当代文学研究而言,学者们一般都不否认,在中国的语境下现代性有着自己独特的形式,它同时也是整个世界的现代性运动和计划的一个组成部分。但是不管中国的现代性与西方的现代性有何不同,我们都不否认,这是一个通过文化翻译从西方引进的理论概念。目前在中国的语境下广为学人们引证和讨论的后殖民理论家爱德华·赛义德,在出版于20世纪80年代初的论文集《世界、文本和批评家》(*The World, the Text and the Critic*, 1983)中收入了他的一篇著名的论文,也就是那篇广为人们引证的《旅行中的理论》(*Traveling Theory*),在文章中,赛义德通过卢卡契的"物化"(reification)理论在不同的时代和不同的地区的流传以及由此而引来的种种不同的理解和阐释,旨在说明这样一个道理:理论有时可以"旅行"到另一个时代和场景中,而在这一旅行过程中,它们往往会失去某些原有的力量和反叛性。这种

---

① Cf. Homi Bhabha, "How Newness Enters the World: Postmodern Space, Postcolonial Times and the Trials of Cultural Translation", in *The Location of Culture*. London and New York: Routledge, 1994, pp. 212–235; Edward Said, "Traveling Theory Reconsidered", in *Reflections on Exile and Other Essays*, Cambridge, Mass: Harvard University Press, 2000.

情况的出现往往受制于那种理论在被彼时彼地的人们接受时所作出的修正、篡改甚至归化,因此理论的变形是完全有可能发生的。毫无疑问,用这一概念来解释包括现代性和后现代性在内的西方理论在第三世界和东方诸国的传播和接受以及所产生的误读和误构状况是十分恰当的,因此这一论点所产生的影响也自然是巨大的。但赛义德对此并不感到十分满足,而是在另一场合又对之作了重新思考。那篇反思性文章就被收入他出版于2000年的论文集《流亡的反思及其他论文》(Reflections on Exile and Other Essays)。在这篇写于1994年的论文《理论的旅行重新思考》(Traveling Theory Reconsidered)中,他强调了卢卡契的理论对阿多诺的启迪,后又接着指出了它与后殖民批评理论的关系,这个中介就是当代后殖民批评的先驱弗朗兹·法农。这是卢卡契的理论旅行到另一些地方并产生新的意义的一个例证。在追溯了法农的后殖民批评思想与卢卡契理论的关联之后,赛义德总结道:"在这里,一方面在法农与较为激进的卢卡契(也许只是暂时的)之间,另一方面在卢卡契与阿多诺之间,存在着某种交接点。它们所隐含着的理论、批评、非神秘化和非中心化事业从来就没有完成。因此理论的观点便始终在旅行,它超越了自身的局限,向外扩展,并在某种意义上处于一种流亡的状态中。"[1] 这就在某种程度上重复了解构主义的阐释原则:理论的内涵是不可穷尽的,因而对意义的阐释也是没有终结的。而理论的旅行所到之处必然会和彼时彼地的接受

---

[1] Cf. Edward Said, "Traveling Theory Reconsidered", in *Reflections on Exile and Other Essays*, p. 451.

第一章 中国现代外国文学批评的历史回顾

土壤和环境相作用进而产生新的意义。这一点我们完全可以在本书后面几个章节中所讨论的西方现代主义和后现代主义理论思潮在中国语境下的传播、接受和引发的批评性讨论中得到验证。

既然我们承认，现代性是一个从西方引进的概念，而且又有着多种不同的形态，那么它又是如何有效地在中国的文化土壤中植根进而成为中国文化学术话语的一个有机组成部分的呢？这和一些鼓吹现代性的中国文化和文学革命先行者的介绍和实践密切相关，而他们的介绍和实践又在很大程度上是通过翻译的中介来完成的，当然这种翻译并非只是语言层面上的意义转述，而更是文化意义上的翻译和阐释。因此从翻译文学的视角来重新思考中国文化和文学的现代性形成和历史演进无疑是可行的。① 在这方面，鲁迅、胡适、梁实秋、康有为和林纾等新文化和文学先行者所作出的开拓性贡献不可忽视。

鲁迅作为中国新文化运动的先驱和新文学革命的最主要代表，不仅大力鼓吹对待外来文化一律采取"拿来主义"的态度，而且自己也从事翻译工作，为外来文化植根于中国土壤进而"为我所用"树立榜样。他的这些论述和实践至今仍在学术界的讨论中引起一定的理论争鸣。我们今天的比较文学学者和翻译研究者完全有理由把五四时期的翻译文学当作中国现代文学的一个不可分割的组成部分，因为无论从思想内容还是艺术形式来看，中国现代作家所受到的影响和得到的创作灵感都更多的来自外国作家，而非本国的文学

---

① 在这方面参阅乐黛云、王宁主编《西方文艺思潮与二十世纪中国文学》，中国社会科学出版社 1990 年版。

传统。鲁迅的创作道路就是这一外来影响和本土创造性转化的结合体。鲁迅当年非常直率地对自己的小说创作的灵感来源的陈述，在某种程度上也反映了相当一批五四作家的创作道路。他们不满日益变得陈腐和僵化的中国传统文化，试图借助于外力来摧垮内部的顽固势力，因此翻译正好为他们提供了极好的新文化传播媒介，不少中国新文学作家就是从翻译外国文学开始其创作生涯的。这也许正是一些恪守传统观念的学者对五四的革命精神大加指责的一个重要原因。既然鲁迅在所有的新文学作家中影响最大，鲁迅就成了他们攻击的主要对象。另一位新文化运动的主将胡适则通过为《新青年》杂志1918年4卷6号编辑的"易卜生专号"而开启了全面翻译介绍易卜生及其作品的先河。随后，由鲁迅挑起的关于"娜拉走后怎样"的讨论更是把对易卜生与中国的现代性之关系的研究推向了新的高度。①

如果我们再考察一下五四之前翻译文学所起到的奠基性作用，就应该关注另两位学人的建树。和上述两位新文学运动的主将一道，康有为也为五四前后大量翻译介绍外来文化作出了重要贡献，而对于这一点许多论者并未予以重视。康有为不仅是中国近代的思想家和革命家，同时也是一位有着自己独特思想的文学家。他曾以文学家的身份对大面积地向国人翻译介绍西方和日本的科学文化知识的现象有过一些精辟的见解，但是他所指的翻译并非传统意义上的字面层次上的翻译，而是我们现在经常讨论的"文化翻译"和

---

① 参阅王宁编《易卜生与现代性》，百花文艺出版社2001年版。

第一章 中国现代外国文学批评的历史回顾

"文化阐释"①，其目的在于唤起国内民众对新知和理想的向往，这对中国近现代文学思想和翻译思想产生过一定的影响。这里有必要简略叙述一下康有为的贡献。

早在光绪八年（1882），康有为便游览了香港和上海，这两个地方当时均为西方列强所控制，一度思想保守的他因而也有幸接触了西方人的治国方略。他不禁有感于清政府的弱势和无能，对香港等本属于中国的地方竟为他人所统治倍感惋惜。与此同时，他也读了不少西学经典，改变了他过去认为外域均为不开化之夷狄的看法。从此他认为，要使得国富民强，唯有大力提倡并弘扬西学，用西方先进的科学文化知识来更新旧的国学体系。毫无疑问，与一些激进的革命党人相比，康有为的思想显然是保守的。但他依然发愤向清帝上了万言书（《上清帝第一书》），提出"变成法，通下情，慎左右"。由于顽固派从中阻挠，此书虽未能上达，但却在朝野上下引起强烈的震动。康有为曾和与他齐名的另一位改良派文人梁启超一起上书清帝，试图实行戊戌变法。虽然他的初衷并未能实现，但他一生都念念不忘改良和变法。在中国新文化与传统文化的交替期间，康有为无疑属于今文经学派，他的著述之丰在近代中国文人中是罕见的，他的不少著作对后人的学术思想都产生了广泛的影响。在文学创作方面，康有为主要擅长作诗，但同时兼及散文政论。他一方面对中国传统的诗歌大家景仰不已，另一方面又不满于

---

① 实际上，在西方学术界，尤其是近十年来，越来越多的大师级理论家，如德里达、米勒、伊瑟尔、斯皮瓦克等，开始从文化的角度关注翻译问题，并将其视为一种文化阐释和建构策略，而国内从事翻译研究的学者对此却知之甚少。

旧的形式，试图锐意开拓创新，发展出自己的独特风格。康有为的文学思想和学术思想的形成，和他对国学的深厚底蕴及西学的通晓和娴熟掌握是分不开的。尽管他本人并不从事翻译实践工作，他所主张的翻译介绍西方典籍也仅用以服务于中国的改良革新，但他的不少文学思想却同时反映了他对西方的科学文化知识的渴求和深刻体悟。他也和一切学贯中西的大学问家一样，反对抱残守缺的思想，认为独尊东方的古老文化是没有出息的，这种故步自封不求上进的态度非但不能促进中国文化的进步，反而会导致中国文化的衰落，只有不断地从西方引进先进文化的成分，才能使古老的中国文化再创辉煌。这些精辟深刻的思想无疑对他的同代人梁启超所主张的翻译小说以推动文学革命的观点有一定的影响。

如果说，上述几位思想家主要是在理论上为中国的文化和文学现代性作了必要准备的话，那么林纾的文学翻译实践则大大加速了中国文化和文学的现代性进程，对于中国现代文学经典的形成作出了独特的贡献。与上述几位思想家的激进做法相比，林纾显然更为保守，但作为中国晚清最著名的文学家和翻译家，他的翻译实践所起到的启蒙作用却是无人可以比拟的。林纾知识极其渊博，广泛涉猎各学科知识门类，同时也爱好诗词书画。林纾的深厚古文功底，为他从事文学翻译打下了很好的中文表达基础。尽管林纾本人并不懂西文，而且他涉足翻译也纯属偶然，但他却依靠和别人合作翻译了大量西方文学作品。他最初和留法归来的王子仁（号晓斋主人）合作于1899年译出了法国著名作家小仲马的《茶花女》（中文译名为《巴黎茶花女遗事》），该译著的大获成功大大增强了林纾日后从

第一章 中国现代外国文学批评的历史回顾

事文学翻译的信心。当时正值甲午战争之后,国破家亡使得一切有良知和正义感的知识分子十分关心国家的命运。这时梁启超大力提倡翻译西方小说,试图用以改良社会。林纾自然受其影响,后又与魏易合作译出了美国女作家斯托夫人的反黑奴制小说《黑奴吁天录》(又译《汤姆叔叔的小屋》)。我们从今天的角度来看林纾的翻译,并非要从语言的层面上对他的一些误译吹毛求疵,更主要的是要着眼于他的翻译对中国现代性进程和现代文学经典的形成所起到的积极推进作用。林纾一生所翻译的世界文学名著数量之多且至今仍有着影响,极大地激发了中国现代文学先驱者们锐意创新的决心,他们在文学观念和语言形式上都深受启发,这在中国文学史和翻译史上都是极其罕见的。可以说,中国当代相当一批从事外国文学教学和批评的学者就是从阅读林纾翻译的作品而开始其外国文学教学和批评生涯的。

因此,从当今的文学经典重构理论来看,林纾的翻译至少触及了这样一些问题:翻译文学究竟与本国的文学呈何种关系?外来文学的翻译对本国文学经典的形成和重构究竟能起何种积极的和消极的作用?如何处理好翻译的"归化"和"异化"之张力?等等。这些问题即使是在今天的翻译理论界和文学理论界都属于前沿理论课题,而林纾的翻译实践却预示了这些理论问题在当代的重要性。应该承认,不少我们今天看作是经典的西方文学作品最初正是由林纾率先译出的。因此,在钱锺书看来,林纾的翻译最大的成功之处就在于其将外国的文字"归化"为中国的文化传统,从而创造出一种与原体既有相似之处又有更大差异的新的略微"欧化"的中国现代文学话语:"林纾认为原文美中不足,这里补充一下,那里润饰一下,因而语言更具体、情景更活泼,整个描述笔酣墨饱。不由使我们联想起他崇拜的司马迁在《史记》里对过去记传的润色或增饰。……(林纾)在翻译时,碰见他心目中认为是原文的弱笔或败笔,不免手痒难熬,抢过作者的笔代他去写。从翻译的角度判断,这当然也是'讹'。尽管添改得很好,终变换了本来面目……"①这就相当公正地对林译的意义给予了准确的客观评价。钱锺书虽未点明林译在文学经典和文化建构意义上的贡献,但却为我们今天重新评价林纾作为中国现代文化翻译和文学翻译先驱者的地位以及他的翻译对中国现代文学经典的形成所产生的积极意义奠定了基调。

毫无疑问,林纾的翻译在中国现代作家中产生了较大的影响,许多现代作家正是读了林纾的翻译文学作品才步入文坛并在日后成为大作家的。郑振铎曾十分中肯地评价了林纾的翻译对中国现代文学的积极作用和影响。在他看来,林译的三大功绩体现在:(1)使中国近现代知识分子通过阅读西方文学作品真切地了解了西方社会内部的情况;(2)使他们不仅了解了西方文学,而且知道西方"亦有可与我国的太史公相比肩的作家";(3)提高了小说在中国文学文体中的地位,开了中国近现代翻译世界文学作品之风气。② 我们认为,还应当再加上一点,就是林纾的翻译对于加快中国的文化现

---

① 钱锺书:《林纾的翻译》,载钱锺书等著《林纾的翻译》,商务印书馆1981年版,第26页。

② 关于郑振铎对林纾翻译的评价,参阅他的文章《林琴南先生》,载《中国文学研究》,作家出版社1957年版,第1215—1229页。

代性进程，进而重写中国现代文学史都起到了别人无法替代的作用。

第四节　翻译之于中国现代文学的意义

关于文学经典的构成与重构问题已经成为整个国际文学理论和比较文学界的一个热点话题，它也自然是中国当代外国文学批评界的一个重点讨论话题。诚然，导致一部文学作品成为经典的因素十分复杂，但最主要的因素不外乎这样三个：文学市场，文学批评家和大学的文学教科书。20世纪已经成为刚刚过去的一段历史，对这一历史阶段的文学进行书写无疑是文学史家的任务。既然产生于20世纪各个阶段的文学被称作现当代文学，而且从中西比较文学和现代性理论的角度来重新审视这一历史时期的文学，那么我们完全可以断言，中国现当代文学已经形成了一种既不同于自己的古代传统同时又与西方现代主义和后现代主义文学有着一定差异的独特传统。虽然中国现当代文学作品所探讨的大都是发生在中国土地上的事件和问题，但它所用的文学叙述话语却是"混杂的"和"不中不西"的，造成这一现象出现的一个重要因素就是翻译文学。可以说，通过文学翻译，我们实际上在进行文学史的重新书写；同样，通过文学翻译，我们也可以加速中国文学的世界性进程和全球性扩展。正是在文学经典的构成和重构这样一个重要话题上，中国的外国文学批评家和研究者起到了重要的作用。

三十多年来，在西方和中国的文学研究领域，重写文学史的呼声日益高涨，对于文学史的重新书写，不仅仅是文化现代性计划的一个重要组成部分，同时也是每一代文学研究者和批评家的共同任务。因为从长远的历史观点来看，每一代的文学撰史学者都应当从一个新的视角对文学史上的老问题进行阐释，因而写出具有自己时代特征和精神的文学史。同样，文学经典的确立也不是一成不变的，昨天的"经典"有可能经不起时间的考验而在今天成了非经典；昨天的被压抑的"非主流"文学也许在今天的批评氛围中被卓有见识的理论批评家"重新发现"而跻身经典的行列。但是究竟从何种角度来确立经典进而重写文学史，则是我们首先应当选定的。就20世纪中国文学越来越具有的现代性、世界性和全球性而言，我们不难发现，在20世纪西方各种批评理论中，接受美学对重写文学史有着最重要的启迪，尤其对于重写中国现代文学史的意义更是越来越引起我们的注意。确实，在整个漫长的中国文学史上，20世纪的文学实际上是一个日益走向现代性进而走向世界的一个过程，在这一过程中，中国文学日益具有了一种整体的意识，并有了与世界先进文化及文学进行直接交流和对话的机会。一方面，中国文学所受到的外来影响是无可否认的，但另一方面，这种影响也并非消极被动的，而更带有中国作家（以及翻译家）的主观接受—阐释的意识，通过翻译家的中介和作家本人的创造性转化，这种影响已经被"归化"为中国文化的一部分，它在与中国古典文学的精华的结合过程中，产生了一种既带有西方影响同时更带有本土特色的新的文学语言。同时，在与世界先进文化和文学进行对话与交流的过程中，中国文化和文学也

第一章 中国现代外国文学批评的历史回顾

对外国文化和文学产生了不可忽视的影响。① 因此可以预见,在当今的全球化语境之下,翻译的功能非但没有丧失,反而会得到加强,只是体现在文化翻译和文学翻译中,这种取向将发生质的变化:翻译的重点将体现在把中国文化的精华翻译介绍到世界,让全世界的文化人和文学爱好者共同分享中国文化的博大精深。在这方面,五四的新文学先行者所走过的扎实的一步至少是不可缺少的和可供我们借鉴的。而今天的中国外国文学批评家和研究者所做的奠基性工作也是不可忽视的。我们今天已经认识到,从事外国文学批评和研究的学者的一个长项就在于能够运用外国的语言讲述中国的故事,并且在国际文学理论批评界发出中国的声音,这一点我们将在后面的章节予以详细讨论。

---

① 至于中国现当代文学在西方的翻译、介绍和研究之现状,参阅拙作《中国现当代文学研究在西方》,《中国文化研究》2001年第1期。

第二章　马克思主义文论的中国化

中华人民共和国的成立标志着中国进入了社会主义阶段。在这样一个新的历史阶段，马克思主义被正式确立为全党、全军和全国各项工作的指导思想的理论基础，中国的外国文学批评和研究从此便在马克思主义文学理论的指导下进行。书写一部中国当代外国文学批评史自然无法回避马克思主义的文学理论对我们的指导作用，但是充当我们中国的文学批评和研究指导思想的马克思主义文学理论在很大程度上是一个"翻译过来"的马克思主义，它在某种程度上实际上是经过中国的马克思主义理论家的创造性阐释和发挥的"中国化"的马克思主义。因此探讨马克思主义与中国的外国文学批评和研究的关系，无疑也有着某种跨学科和跨文化的前沿理论意义，因为它实际上是在进行文学与意识形态之间的平行比较研究。此外，既然我们探讨马克思主义文学理论在中国的译介、传播和接受，又必然涉及比较文学的影响研究。首先，马克思主义是在西方文化土壤里产生的，它是由西方传入中国的，但是，马克思主义在旅行到世界各地的过程中，又经过了一种"本土化"的接受过程。实际上，在长期的"本土化"实践中，中国的马克思主义者已经创造性地发展了马克思主义，将其与中国革命和建设的具体实践相结合，形成了一种具有中国特色的马克思主义，即实现了马克思主义的"中国化"。同样，在文学理论批评方面，中国的马克思主义文学理论家也结合中国的国情，对马克思主义作了新的阐释，进而形成了马克思主义文学理论的中国化版本。但另一方面，不同于其在西方的接受情况，马克思主义作为中华人民共和国成立以来"指导我们思想的理论基础"，又一直在对中国的外国文学理论批评及研究产生着重要的影响并给予直接的指导。因此这一课题便全方位地涉及了比较文学批评的影响研究、平行研究和跨学科研究，只是这种影响呈现出的是一种跨学科的影响研究。我们通过对马克思主义进入中国以来的漫长历史进行梳理，无疑将对我们在马克思主义指导下进行的外国文学批评和研究有着重要的意义。

第一节 马克思主义在中国：回顾与反思

马克思主义与中国的外国文学翻译与研究，也可以追溯到五四新文化运动前后。当时，随着新文化运动的日益高涨，作为一种意识形态和哲学思潮的马克思主义逐步传入了中国，并从一开始就在广大进步知识分子中产生了强烈的反响。李大钊、陈独秀、瞿秋白这些新文化运动的先驱者或主将曾以传播马克思主义之功绩而深为中国文学界所瞩目。他们不仅是杰出的思想家和政治家，同时也是卓越的革命文学家和翻译家，他们的努力实际上也缩短了马克思主义与文学之间的距离，使我们有了一个直接可与之进行比较的渊源和影响关系。

在新文化运动中,那些重要的思想家和人文学者或者是在西方、日本受过教育的留学生,或者本身就是有着深厚的西学造诣的学者,例如胡适、陈独秀、鲁迅、蔡元培、钱玄同和李大钊等,他们率先发起了"反传统、反儒学和反文言文"的思想文化运动,试图通过此举达到全方位地促使中国步入现代化的目的。在那场运动中,或者说甚至在那之前,这些知识分子精英就发起了大规模的翻译西学的运动,诸如尼采和马克思这样的欧洲思想家在中国学界高视阔步,其著述频繁地在中文的语境下被引用和讨论。几乎当时所有主要的中国哲学家和文学家都受到他们的影响和启迪,他们的努力为马克思主义在中国的介绍和传播奠定了重要的基础。

既然中国是一个社会主义国家,那么马克思主义就必定成为指导我们思想的理论基础,这一点从一开始就得到了中国的马克思主义者的共识。在过去的数十年里,中国共产党人花了大量的时间和精力来翻译马克思、恩格斯、列宁和斯大林的著作,最终将马克思主义创始人的全部著作全面地介绍到了中国。但是实际上,早在中国共产党诞生之前,马克思主义就已经进入了中国。马恩的著作早期的翻译并非从德文原文译成中文,而是通过日文或俄文的中介译介到中国的。早期翻译马克思著作的译者熊得山(1891—1939),他早年留学日本,后来将马克思的一些著作从日文译成中文。他于1922年2月15日创办了《今日》杂志,由北京新知书社发行。他本人也先后发表了《公妻说的辟谬》《社会主义未来国》《社会主义与人口论》《无产阶级对于政治应有的态度》《名、实的讨论》

等文章，对资产阶级所诬蔑的共产主义"公妻"论予以了驳正。通过批判马尔萨斯的人口论，他还阐述了无产阶级对社会主义的目的和手段。此时他翻译了马克思的《哥达纲领批判》《马克思的社会学说》《国际劳动同盟的历史》等著作，并且在杂志上刊登了若飞、邝摩汉等人的译著以及大量宣传科学社会主义的文章。同年，他加入了中国共产党，但随后不久便脱党。① 另一位译者朱执信（1885—1920）也是最早把马克思主义介绍到中国的一位资产阶级革命家。早在1906年，他就从日文翻译了《共产党宣言》《资本论》等经典著述。对马克思主义的阶级斗争、社会革命和政治革命、人民群众的历史地位等理论，有着独特的理解。与此同时，他基于自己的能动性理解和带有主体建构意识的阐释，将马克思主义的基本原理介绍给了中国读者。②

李大钊作为中国最早的马克思主义者和中国共产党早期的领导人之一，积极地参与了《新青年》的编辑工作，并且热情地在中国传播马克思主义。他于1919年为该杂志编辑了一个专门讨论马克思主义的专辑（第6卷第5期，1919年9月）。在这本专辑中，李大钊发表了长篇论文《我的马克思主义观》，这篇文章全面地介绍了马克思主义的基本原理，在广大读者中产生了强烈的反响。李大钊等人的早期努力自然也启迪了在北京大学图书馆工作的青年毛泽东，使他以及他的青年伙伴们接触到马克思的著作。因此我们应当

---

① 参见胡为雄《马克思主义著作在中国的百年翻译与传播》，《中国延安干部学院学报》2013年第2期。
② 同上。

说，毛泽东所接受的马克思主义是一种"翻译过来的"马克思主义，或通过翻译的中介而得到"中国化"的马克思主义，其特征就在于将正统的马克思主义教义与儒学的一些教义在某种程度上加以结合，形成了一种"中国化"的马克思主义。毛泽东本人始终反对对马克思主义创始人的著作抱一种教条主义的态度，他主张创造性地理解马克思主义的基本原理，并将其与中国革命的具体实践相结合。因此，毛泽东实际上从中国的具体实践出发理解并发展了马克思主义，将其发展为一种"中国化"的马克思主义，即毛泽东思想。毛泽东思想在西方以"毛主义"（Maoism）著称，在广大左翼知识分子中有着广泛的影响。

在高扬科学和民主大旗、批判传统文化的五四时期，各种西方社会文化理论思潮通过翻译的中介蜂拥进入了中国。马克思主义文艺思想自然也伴随着非理性主义、社会达尔文主义、尼采的超人哲学、弗洛伊德的精神分析学等社会文化思潮以及浪漫主义、现实主义、自然主义、现代主义等文艺思潮渗入到作家的世界观和创作意识中。他们不满足于传统的中国文学观念和既定的创作模式，试图从异域汲取更多的精神食粮，于是大批外国文学（尤其是来自西方、俄罗斯以及日本的文学）作品被翻译介绍到了中国，强有力地冲击着传统的中国文学观念和人们固有的思维模式。这时，大多数中国作家并未具备自觉的马克思主义意识，而是采取了鲁迅早先的态度，对这些来自国外的东西一律采取"拿来主义"为我所用的态度。一时间，中国文坛出现了浪漫主义、现实主义和现代主义三种思潮并存的态势：拜伦、雪莱、普希金、莱蒙托夫、裴多菲这些革

第二章　马克思主义文论的中国化

命的浪漫主义作家，狄更斯、巴尔扎克、果戈里、契诃夫、托尔斯泰等现实主义作家以及马拉美、魏尔伦、叶芝、艾略特、庞德、霍普特曼、梅特林克、奥尼尔这些现代主义作家均可高视阔步，频繁出没于五四新文学作家们的书斋沙龙，其思想观念游移于这些作家的作品之字里行间。

应该承认，通过这种大面积的译介活动，马克思主义和另一些西方人文思想、学术理论思潮进入了中国的思想文化界，但它在当时主要是作为一种进步的、革命的理论学说，其次才以意识形态的力量影响到中国作家的世界观和创作思想，而对当时的外国文学批评和研究所起到的指导性作用则小得多。中国的翻译界和文学界对外国文学的介绍和接受带有很大的主观性和功利性。当年鲁迅等人极力推崇浪漫主义文学，其目的就在于借其威力来激发中国作家"立意在反抗；指归在动作"的战斗精神[1]，以"迕万应不慑"[2] 的大无畏精神，向吃人的旧世界发动猛烈的进攻。茅盾则主张作家应该"为人生而写作"，他甚至大声疾呼"尽量的把写实派自然派的文艺先行介绍"[3]。其原因并非在于马克思主义创始人对这些作家的创作甚为看重，而在于当时的中国文坛需要直面人生的写实派文学，因此在他们看来，中国文学"今后当趋向写实主义"。而对待各种现代主义思潮流派的纷至沓来，鲁迅等革命作家和评论家并未表示出太多的恶感，他本人也花了一番气力将其介绍到中国，只是

---

[1] 鲁迅：《摩罗诗力说》，载《鲁迅全集》第1卷，人民文学出版社1981年版。
[2] 鲁迅：《文化偏至论》，载《鲁迅全集》第1卷，人民文学出版社1981年版。
[3] 沈雁冰：《小说新潮栏宣言》，《小说月报》1920年第11卷第1号。

当时中国的政治、经济和社会条件以及文化氛围与之不相协调，因而现代主义终究未能在中国的土壤上扎下根来。应该说，这是马克思主义影响中国的外国文学批评和研究的第一阶段，在这期间，外国文学的专业队伍尚未形成，担负研究任务的主要是作家和翻译家，他们之所以大量地译介外国作家作品，主要是为了为我所用，而不是对之进行深入的研究。他们中的大多数人对马克思主义的接受并非自觉主动的，而是朦胧的和非自觉的。但尽管如此，他们对待西方文学的态度和欣赏趣味，在不少方面与马克思主义文艺观仍有着某种相通之处，这就为下一阶段的自觉接受马克思主义奠定了基础。

在"红色的三十年代"，不少东西方作家对马克思主义的态度发生了根本的变化，出现了一个世界范围内的"向左转"的倾向，中国的外国文学译介工作也逐步转向对十月革命后苏联文学的介绍，马克思主义文学思想开始通过苏联的阐释者这一中介逐步深入到中国的外国文学批评和研究界，列宁的"反映论"和其他一些经典作家的理论著作也有了中译本，"社会主义现实主义"的创作原则被运用到了中国的文学创作界和理论批评界。中国共产党对左翼作家和评论家的领导地位的确立，从某种程度上促进了马克思主义对外国文学批评和研究的指导作用的进一步确立和巩固，中国的外国文学批评和研究进入了第二阶段。在这一时期并未出现多少研究外国文学的力著，只有瞿秋白、周扬、胡风等在现实主义文学理论方面作了一些深入的阐释。20世纪40年代初，毛泽东的《在延安文艺座谈会上的讲话》不仅为作家的创作指出了一个新方向，对于

第二章 马克思主义文论的中国化

他们自觉地运用马克思主义的立场观点改造思想并指导文学创作起到了极大的推动作用，而且还第一次相当权威性地规定了对待外国文学的态度。毛泽东指出，无产阶级对待外国文学和文化遗产，既不可一概排斥，也绝不能全盘照搬，而应当采取一种兼收并蓄的态度，其"目的自然是为了人民大众"①，要根据中国的民族习惯和需要，加以认真地辨别，"排泄其糟粕，吸收其精华"②。毛泽东对此还作了进一步详细规定性的阐述："无产阶级对于过去时代的文学艺术作品，也必须首先检查它们对人民的态度如何，在历史上有无进步意义，而分别采取不同态度。"③ 根据这一标准和筛选原则，经过鲁迅、曹靖华、夏衍、郭沫若、侍衍、许天虹、傅雷、卞之琳、罗大冈、冯亦代、李健吾、朱生豪等翻译家的努力，一批曾经受到马克思、恩格斯和列宁等称赞过的西方经典作家的代表作，开始被系统地、有目的地译介过来，其中包括莎士比亚、巴尔扎克、狄更斯、歌德、席勒、果戈理、杰克·伦敦等作家的重要作品。与此同时，翻译界和研究界还选译了高尔基、法捷耶夫、绥拉菲摩维支等无产阶级作家以及海明威、罗曼·罗兰、奥尼尔、斯坦贝克等有着左翼倾向的西方现代作家的作品。《译文》《小说月报》《少年中国》《现代》等杂志和丛刊也开始发表篇幅较长的译者前言和有理论分析深度的评论文章，外国文学批评和研究开始从过去的一般性

---

① 毛泽东：《在延安文艺座谈会上的讲话》，《毛泽东选集》第3卷，人民出版社1991年版，第857页。
② 毛泽东：《新民主主义论》，《毛泽东选集》第2卷，第707页。
③ 毛泽东：《在延安文艺座谈会上的讲话》，《毛泽东选集》第3卷，第871页。

评介译著逐步过渡到较为专业化的理论分析和学术研究。在这方面，马克思主义文艺思想的指导作用是不可忽视的，但是这种指导常常并非直接的，而是在很大程度上通过毛泽东等中国的马克思主义者的阐释和发挥这一中介。这些早期的批评性研究无疑为后来改革开放时代的外国文学批评和研究奠定了坚实的资料和研究方法论基础。

1949年中华人民共和国的成立，标志着中国历史发展的新纪元。随着中国共产党的领导核心地位的确立，马克思主义终于成为全国各族人民各项工作的指导方针。毛泽东再次向全世界庄严宣布："指导我们思想的理论基础是马克思列宁主义。"① 从此，在马克思主义文艺思想的指引下，中国的外国文学批评和研究进入了第三阶段。在这一期间，外国文学翻译和研究工作也出现了前所未有的繁荣气象：高等院校开设了新的外国文学课程，出现了一批用马克思主义为指导思想的外国文学教科书；外国文学作品的翻译介绍和评论研究也逐步走向专业化和学科化；中国科学院设立了专门的研究机构，外国文学理论研究工作也逐步走向专业化，这方面的高质量专著和教材先后问世。20世纪50年代后期的美学大讨论在马克思主义文艺观的指导下，进一步批判了资产阶级唯心主义文艺思想，但与此同时，一系列政治风雨也给外国文学批评和研究的外表繁荣罩上了一层阴影。反右斗争的扩大化更是致使一批外国文学研究者蒙受了不白之冤，一些对马克思主义持教条主义态度的人把马

---

① 毛泽东：《为建设一个伟大的社会主义国家而奋斗》，《毛泽东选集》第5卷，人民出版社1977年版，第133页。

克思主义创始人的只言片语奉为金科玉律，而忽视了对马克思主义文艺思想的系统深入研究，对马克思主义的片面理解甚至曲解和对苏联模式的盲目照搬导致我们的外国文学批评和研究教材中充斥了大量"左"的东西。这一切均孕育着外国文学批评和研究领域的"危机"，直到1966年开始的十年浩劫，终于出现了"全线崩溃"的悲哀结局，外国文学批评和研究的这一阶段随着"文化大革命"的开始而趋于终结。

应该承认，"文化大革命"前十七年的经验是十分宝贵的，教训也是深刻的，足资我们吸取借鉴。但尽管如此，我们也不应对这一时期的外国文学批评和研究所取得的成果视而不见。在马克思主义文学理论的指导下，我国的外国文学史研究方面取得了一系列成果，尤其值得称道的是，在西方尚未出版一部较为全面的欧洲文学史的情况下[①]，杨周翰、吴达元、赵萝蕤克服种种困难，排除了"左"的干扰，于20世纪60年代中期编写出我国第一部《欧洲文学史》[②]，该书试图以马克思列宁主义、毛泽东思想为指导方针，提供有关欧洲文学发展的基本知识，作为高等院校的教科书，为学界的进一步深入研究打下一定的基础。[③] 这部教科书并没有仅仅停留在对欧洲文学的客观介绍，而是带有编著者鲜明的取舍和批评倾

---

① 这一方面的原因在于，进入20世纪以来，西方学术界更加倾向于研究断代文学史，而不致力于通史的研究和编撰。20世纪80年代初，由国际比较文学协会主持的多卷本文学史《用欧洲语言撰写的比较文学史》（*A Comparative History of Literatures in European Languages*）开始陆续编辑出版，直至21世纪第一个十年后期才出齐24卷。

② 该书上卷出版于1964年，下卷虽完成于1965年，但未立即付印，而是到了"文化大革命"结束后才修订于1979年出版。

③ 参见杨周翰等主编《欧洲文学史》上卷，人民文学出版社1964年版，第2页。

向。当然，编著者在力求运用马克思主义的立场和观点，客观公允地描述和评价欧洲文学遗产的同时，也留下了若干庸俗唯物主义和"左"的痕迹①，作为特定历史条件下的一个产物，该书的局限之处是在所难免的。但是究其学术价值和批评观点而言，该书显然超越了一般教科书的层次，具有批评专著的特色。戴镏龄也领衔翻译了苏联文学史家和批评家阿尼克斯特的《英国文学史纲》，尽管这本书所打上的时代的烙印更为鲜明，但是在当时的情况下，这部文学史书仍然被不少高校作为外国文学课的教材，产生了很大的影响。

为了配合高等院校外国文学史课的教学，学生们还要求阅读一些外国文学作品，当然主要是通过中译本来阅读。这样，作为文科教学必读的作品集，周煦良主编了《外国文学作品选》（四卷本），伍蠡甫主编了《西方文论选》（上、下卷），这些教科书也为广大中国读者提供了西方文学的基本阅读篇目。中国科学院外国文学研究所（后属中国社会科学院）也集中力量，发挥优势，编译了有关西方文艺理论和马列文论的文集，对于加强从事外国文学教学和研究的人员的理论素质作出了重要的贡献。在作家作品研究方面，范围明显地扩大了，更多作家的重要作品有了新的译本，对莎士比亚、但丁、歌德、巴尔扎克、拜伦、狄更斯、托尔斯泰、马克·吐温、杰克·伦敦、罗曼·罗兰、高尔基等重要作家的研究也有了长足的进展。

在英国文学批评和研究领域，一批曾留学英美的学者型批评家通过阅读原文来开展对莎士比亚、歌德、拜伦、雪莱、巴尔扎克、

---

① 该书主编之一杨周翰直到临终还为未能重写这部《欧洲文学史》而深感遗憾。

狄更斯等经典作家的批评性讨论，提出了一些具有自己独特观点的批评性见解。范存忠的英国文学批评不止于客观地介绍和评论英国作家，还考察了英国作家中的中国元素，以及中国的作品，特别是《赵氏孤儿》，在启蒙时期的英国和法国的流传，具有比较文学的学科意义。陈嘉的莎士比亚批评也独具特色，他还自觉地将莎士比亚的剧作与中国的元杂剧进行比较研究，提出了一些独特的见解。罗大冈通过对法国现代作家罗曼·罗兰的作品的批评性分析，批判了资产阶级的人道主义思想。李赋宁则从莎士比亚等作家的语言入手来分析人物的个性特征。虽然在他们的批评文字中仍有不少"左"的影响痕迹，但是就他们对外国作品原著的理解和把握来看，还是具有深厚的功力的。

应该承认，"文化大革命"前的那批外国文学批评家和研究者大都能自觉地运用马克思主义的立场、观点和科学方法，批判性地分析研究这些作家及其作品，但是在当时的特定历史条件下，忽视对其创作方法、风格和艺术形式的深入研究也是在所难免的。在文学理论方面，由于中央编译局的努力，大部分马、恩、列、斯的经典著作都有了中译本，此外，还出版了一些专门论述文学艺术的单行本或文集，这无疑也为提高中国的外国文学批评和研究者的马克思主义理论水平提供了必要的保证。与此同时，由于朱光潜、宗白华、罗念生、杨周翰等学者的辛勤劳动，柏拉图、亚里士多德、贺拉斯、黑格尔、康德等西方理论家的经典著作以及俄国革命民主主义文论家的重要著作也大都有了或重新有了中译本。特别值得称道的是朱光潜的力著《西方美学史》（上卷，1963年；下卷，1964

年），这部专著的问世标志着我国学者在研究西方美学史方面达到了新的高度，许多有中文译本或没有中译本的美学和文学理论大家都在这本专著式的教科书中得到了批评性的讨论。但令人遗憾的是，作者并未摆脱"左"的干扰，对一些西方美学史上的影响重大的美学家和文艺理论家只字未提或简略带过①，而对20世纪以来的西方美学和文艺理论思潮和流派也未作介绍。由于当时苏联文艺思想的影响和干扰，早已崛起于20世纪初的比较文学研究基本上在这一时期的中国处于停滞状态②，只有冯至、李健吾、朱光潜、范存忠、季羡林等研究者不时地在自己的论文著述中运用一些比较文学的方法来研究国别文学。无疑，他们的默默耕耘为比较文学在20世纪80年代的全面复兴奠定了重要的基础。

如果我们把"十年浩劫"当作中国的外国文学批评和研究的第四个阶段的话，那么这一阶段就可以看作是马克思主义在中国的外国文学批评和研究界的低谷。如果说在中国文学创作界尚存在八个"样板戏"和几部"好的"小说可读的话，那么人们简直难以找到一部不受批判的外国文学作品③，甚至连高尔基这样一位公认的无产阶级的革命作家也因其早期作品"宣扬了人道主义"和"人性论"而受到批判，更不用说莎士比亚、巴尔扎克那样的典型的"资产阶级作

---

① 对此，朱光潜晚年曾表示过遗憾，参见他的《悲剧心理学》"中译本自序"，人民文学出版社1983年版，第2页。

② 在相当长一段时期，比较文学在苏联被斥为"反马克思主义的""伪科学"而遭到禁止。

③ 具有讽刺意味的是，江青在"文化大革命"后期曾对法国小说《红与黑》和《基督山伯爵》特别欣赏。

家"了。毫不奇怪,在这场浩劫中,外国文学研究界首当其冲,批评家和研究者们唯一能做的事就是投入到对那些外国文学名著的"大批判"的洪流中,对那些"封资修"的"黑货"口诛笔伐,予以大批判式的批评。对于这一时期的外国文学批评,我们不予描述,也许在未来的历史长河中,这段历史只是外国文学批评史上的一个短瞬的插曲。但在这之后则是外国文学翻译和批评的春天。

第二节 改革开放时代的外国文学批评

粉碎"四人帮"无疑给共和国的科学文化事业带来了新的春天,中国的外国文学批评和研究在经历了一场灾难之后,首先面临的任务是在最短的时间内从废墟上崛起,以恢复和重建中国的外国文学批评和研究。历经文化虚无主义磨难的广大青年读者有着强烈的求知欲,他们不仅需要了解外国的先进科学技术,同时也渴望从一批优秀的外国文学作品中汲取健康有益的精神食粮,这就为新时期外国文学翻译的空前繁荣提供了极为有利的文化氛围。饱受禁锢的理论工作者在党的十一届三中全会精神的鼓舞下,乘着关于真理标准的讨论之东风,力求对马克思主义文艺思想体系作出完整的、准确的理解和深入细致的探讨。

值得在此强调的是,中国的外国文学批评和研究的春天的到来几乎与改革开放是同步的。1978年11月25日至12月5日,在广州举行了改革开放以来第一次全国外国文学工作规划会议,出席会议的有当时中国学术文化界从事外国文学教学研究的著名学者,包括冯至、朱光潜、季羡林、杨宪益、叶君健、卞之琳、李健吾、伍蠡甫、赵萝蕤、金克林、戈宝权、杨周翰、李赋宁、罗大冈、王佐良等，还有一些从事人文学科研究的高校领导及文化出版界的人士，如吴富恒、孙绳武等，共二百多人。周扬和梅益及有关部门的负责人也出席了会议。周扬在会上讲话时强调说，为了加速实现四个现代化，提高整个民族的科学文化水平，加强对外文化交流，必须重视外国文学研究和翻译工作，不断地扩大外国文学研究队伍。会议对外国文学研究工作八年规划进行了热烈的讨论，并通过了《外国文学研究工作八年（1978—1985）规划》。在会议的后一阶段，为成立全国外国文学学会进行了讨论。经过充分酝酿和民主选举，在12月5日的全国外国文学学会成立大会上产生了全国外国文学学会理事会，并选出了会长、副会长，通过了学会章程。冯至当选为第一任会长。应该承认，这次会议的举行，标志着中国的外国文学学科体制化的建立。

我们都知道，改革开放前的外国文学批评和研究，基本上局限于19世纪前的外国文学评介和研究。其原因在于，对19世纪或更早一些的外国文学现象或理论问题，马克思主义创始人或多或少都有些论述①，理论家们很容易以此为论争的武器。而20世纪的各种文学现象、理论思潮、创作流派和作家作品，则是他们所未曾接触

---

① 例如，马克思和恩格斯就曾对但丁、莎士比亚、歌德、席勒、拜伦、雪莱、巴尔扎克、狄更斯等作家及其作品有过一些零星的分析和讨论；列宁也曾对托尔斯泰、杰克·伦敦等作家作品发表过意见或评论。关于马克思主义创始人对有关世界文学著名作家作品的论述，参阅王宁《马克思主义与世界文学研究》，《文学理论前沿》2014年第12辑。

第二章　马克思主义文论的中国化

到的。因此，长期以来，对现代外国文学的评价，尤其是对西方现代文学的评价，一直是一个难以突破的禁区。当新时期的思想解放运动带来文化开放的新气象时，当各种西方非理性主义思潮蜂拥进入新时期中国思想界和文化界时，人们的心态便发生了各种复杂的变化。对此，中国的外国文学理论批评界开展了热烈的讨论和论争，尤其对西方现代主义文学（即所谓的"现代派"）现象甚为关注，大多数研究者的态度就是对之采取一分为二的态度，"取其精华"（即借鉴学习其独特新颖的艺术形式），"去其糟粕"（摈弃其腐朽颓废的思想意识）。尽管这些讨论本身在学术层次上看来是不高的（其中一个失误就是将现代主义与后现代主义混为一谈，笼统地称为"现代派"）①，但对进一步解放人们的思想，以致力于繁荣共和国的文学艺术事业，却有着不容忽视的现实意义。同时也在本质上对马克思主义的文学理论批评家提出了更高的要求：不仅要运用马克思主义的立场观点去分析和观察特定历史时期的复杂的文学现象，而且还不能死搬教条仅纠缠于马克思主义创始人的一些只言片语，应该创造性地运用马克思主义的基本观点和方法去分析马克思主义创始人未遇到的一些出现在当代的文学现象。这应该是中国的马克思主义者面对的一个挑战。关于西方现代主义文学，本书将辟专节予以详细讨论。

随着改革开放政策的实施，对外学术交流也日益频繁，中国的外国文学理论批评界也开始面临西方各种新理论、新观念、新方法

---

① 关于现代主义与后现代主义的相通与区别，参阅王宁《现实主义、现代主义和后现代主义》，《文艺研究》1989年第4期。

的冲击：从"老三论"（系统论、信息论和控制论）到"新三论"（耗散结构、协同论和突变论），从比较文学的重新勃兴到"文化热""理论热"和"方法论热"的突发性高涨，从形式主义、新批评、结构主义、符号学、精神分析学、现象学、阐释学、接受美学、解构主义、女性主义、新历史主义和（西方）新马克思主义，简直令人眼花缭乱，目不暇接。毫无疑问，这些新理论、新观念和新方法的引进，开阔了我们的视野，拓展了我们的研究领域，对我们的外国文学批评和研究也不无借鉴作用。但是如果我们仔细将其一一考察分析，就不难发现，它们只能从某一方面对马克思主义的文学批评理论作些局部的补充，而不能全然代替马克思主义文学理论在中国的外国文学批评和研究中的主导地位。其理由就在于，这些理论观念和方法大多各执一端，以片面代替全面，以部分概括整体，这样，当它们在其发展阶段的盛期显示出部分真理的因素时，同时也暴露出了其中更多的谬误，因此即使在当今的西方文学批评理论界，强调"意识形态批评"和"历史化"的呼声也有增无减。但是马克思主义也并非一成不变，它应该在适应新的历史条件下的具体情况时加以不断的发展，否则就会重新陷入僵化的泥淖。当然，我们研究和评价外国文学，绝不能忽视20世纪以来的西方各种批评理论思潮所起的历史作用。列宁曾有一段话对我们颇有启发意义："判断历史的功绩，不是根据历史活动家没有提供现代所要求的东西，而是根据他们比他们的前辈提供了新的东西。"[①] 由此，我

---

① ［苏联］列宁：《评经济浪漫主义》，《列宁全集》第2卷，人民出版社1959年版，第150页。

第二章　马克思主义文论的中国化

们要坚决"反对把我们所能了解的而古人事实上还没有的一种思想的'发展'硬挂到他们名下"①，这样的一种"强制性的"阐释正是我们要反对的。由此，马克思主义的文学理论对我们全面客观地考察当代外国文学发展现状依然有着重要的指导意义。

尽管改革开放四十年来的外国文学研究和批评状况仍有不少不尽人意之处，但是我们仍然应该承认这一事实：在马克思主义文艺思想的指导下，外国文学翻译和研究领域一度出现了空前繁荣的新气象。虽然在当下大力弘扬中国文化、致力于中国文学走向世界的大环境下，外国文学翻译和研究呈萎缩状态，但世界文学概念在国际学界的重新提出以及再度在中国的文化土壤里驻足，则使我们得以从中国的视角出发积极地参与这一国际前沿理论课题的研究，并提出中国的世界文学版本和绘图。此外，世界文学概念的提出也使我们得以重新在一个广阔的世界文学语境下反观中国文学，将其当作世界文学不可分割的一部分。正如美国的意大利裔世界文学理论家弗朗哥·莫瑞提所指出的，在当今时代，"世界文学不能只是文学，它应该更大……它应该有所不同"，既然不同的人们的思维方式不同，他们在对世界文学的理解方面也体现出了不同的态度，因此在他看来，"它的范畴也应该有所不同"。② 莫瑞提还进一步指出，"世界文学并不是目标，而是一个问题，一个不断地吁请新的批评

---

① ［苏联］列宁：《黑格尔〈哲学史讲演录〉一书摘要》，《列宁全集》第38卷，人民出版社1986年版，第272页。

② Franco Moretti, "Conjectures on World Literature", *New Left Review*, 1 (January – February 2000), p. 55.

方法的问题；任何人都不可能仅通过阅读更多的文本来发现一种方法。那不是理论形成的方式；理论需要一个跨越，一种假设——通过假想来开始"①。既然世界文学是一个问题导向的理论概念，那么我们完全可以据此对改革开放四十年以来中国的外国文学批评和研究所取得的成就进行总结。我们通过初浅的考察，将其概括为这样几个方面。

（一）翻译介绍的系统性、计划性和包容性

这一点又体现在两个方面。其一是外国文学专业刊物由一开始的一个（即《世界文学》）迅速扩展到十多个，最多时甚至达到二十多个，而且各家刊物有所侧重和不同分工。例如，北京的《世界文学》和上海的《外国文艺》力主严肃性和学术性第一，有计划、有系统地介绍文学史上确有地位、价值的和当代颇有影响的严肃作家及其作品，并且兼顾思潮流派和国别的分布；而《译林》等刊物则以有选择地介绍当代外国文学畅销作品为特色，注意读者的阅读兴趣和欣赏习惯，这样便兼顾了外国文学翻译的普及与提高。当然，这其中的一个不利因素就在于，中国自20世纪90年代加入国际版权公约以来，翻译现当代外国作品需要向原出版机构购买版权并征得原出版者的同意，这样就使得一些本来有志于翻译介绍当代外国文学的地方刊物难以承受并支撑业已呈现出萎缩状态的外国文学市场。一些出版社不得不专注组织翻译出版那些其作者去世五十年以上的经典作家的作品，甚至出现了大家争相重译旧著的热潮。

---

① Franco Moretti, "Conjectures on World Literature", *New Left Review*, 1 (January – February 2000), p. 55.

一些翻译新手竟然问鼎世界文学名著，因而导致了外国文学市场的混乱。其二，人民文学出版社和上海译文出版社在有关专家学者的参与和指导下，联合推出了两套大型系列丛书，系统地、全面地翻译介绍了自古希腊、古罗马以来的世界文学名著和20世纪的重要外国文学作品。这在中国的文学翻译史上堪称一大创举。此外，一些中央及地方出版社也零散地出版了一些世界文学名著和当代重要作品，以弥补上述两家出版社的选题之不足。

（二）文学史的研究从单一走向多元

如果说，"文化大革命"前外国文学史的编写仅着眼于欧洲文学通史的话，那么到了改革开放以来，文学史的编写便从单一逐步走向了多元，这种格局具体体现在两个方面。其一是文学史编写的范围从早先的"欧洲中心"逐步扩展到包括东方文学和拉美文学在内的整个世界文学，而且在描述分析方面也力求达到准确性和客观性的结合。朱维之和赵醴主编的《外国文学简编》虽然在史料和观点上并未超越杨周翰等主编的《欧洲文学史》，但在范围和内容上则大大地突破了"欧洲中心主义"的思维模式，把美国文学和亚非文学也包括了进来，这样便给从事比较文学和世界文学以及国别文学研究的学生和广大读者一个整体的外国文学的概貌。其二是地区、国别文学史及断代文学史的研究也取得了新的进展。陶德臻主编的《东方文学简史》和赵德明等编著的《拉丁美洲文学史》不仅填补了这两个领域研究的空白，同时也为后来的研究者奠定了进一步深入研究的基础。

应该承认，中国的外国文学批评和研究界在欧美文学史的编写方面基本上达到了很高的水准，其中这几部文学史堪称国内一流，并向国际文学史界推出了中国的成果。陈嘉独立完成的四卷本《英国文学史》（英文版）不仅标志着这一领域内中国学者用英文著述研究的最高水平，而且也向西方乃至国际学界显示了中国学者用马克思主义的立场、观点和方法研究英国文学通史的实力。应该指出的是，书中的苏联影响冲淡了作者应有的鲜明个性色彩。但尽管如此，我们在和英美国家的文学研究者的接触中，一些读过这部英文著作的人尽管不尽赞同书中的马克思主义观点和阐释，但却不得不承认，作者是"真正懂英国文学的"。这应该是对中国学者直接用外语著述的最高褒奖。王佐良主持编撰的五卷本《英国文学史》作为国家社会科学"六五""七五"规划的重点项目，达到了中国学者研究英国文学史的最高水平。众所周知，王佐良历来对文学史的编撰有着明确的目标，特别是由他和周珏良主编的《英国二十世纪文学史》堪称从中国学者的立场和观点出发重写外国文学史的一个有益尝试。特别值得在此提及的是，他在该卷中还专门写了一章"英国文学与世界文学"，这应该说是中国学者从世界文学的视角来考察英国文学的首次尝试。关于王佐良的英国文学批评和研究，本书将在后面的章节中予以专门讨论。

由此可见，在马克思主义文学理论的指导下，国别文学史和断代文学史的研究领域也出现了一些力著。柳鸣九主编的多卷本《法国文学史》和董衡巽等著的两卷本《美国文学简史》也在各自的领域内有着众多的读者并受到广泛的好评，使得这两个领域的文学史研究有了突破性的进展。杨周翰独自撰写的《十七世纪英国文学》

则更是运用比较文学方法研究断代国别文学的一个独特成果。关于杨周翰的外国文学和比较文学批评、研究以及柳鸣九的法国文学批评、研究，本书在后面的有关章节中将详细讨论。但是在此必须指出的是，上述学者的著作都暴露了一个明显的缺陷，即在强调马克思主义的社会历史方法的同时，却忽视了对西方学术界最新研究成果的吸取和借鉴，因而未能出现编史形式的多样化，也未能与国际同行进行平等的对话和交流。

进入21世纪以来出版的两部外国文学史书在此值得一书：这就是由李赋宁任总主编的《欧洲文学史》（三卷本）[①]和由刘海平、王守仁主编的《新编美国文学史》（四卷本）。[②]这两部篇幅较大的文学史书都得到国家社会科学基金重点项目的资助，参加撰写者较多，这当然既是其长处也是其短处：长处在于主编者可以集中全国高校和科研机构各方面的专家准确地反映欧美文学史的全貌，其短处则在于多人合作撰写，在批评观点和行文风格上会有差别甚至矛盾，但是这两部文学史书都应该载入中国当代外国文学批评史。

李赋宁编的《欧洲文学史》（三卷本）较之杨周翰编的《欧洲文学史》，显然时间跨度更大，所涵盖的内容也更多。第一卷的古代文学部分就从古希腊文学、希腊神话、荷马史诗、古希腊诗歌和伊索寓言、古希腊戏剧、古希腊散文、新喜剧及田园诗到古罗马文

[①] 李赋宁主编：《欧洲文学史》（三卷本），商务印书馆2001—2002年版。
[②] 刘海平、王守仁主编：《新编美国文学史》（四卷本），上海外语教育出版社2002年版。

学、古罗马戏剧、古罗马散文、古罗马史诗等，一直写到18世纪的欧洲文学。第二卷专门描述19世纪欧洲文学，涉及浪漫主义文学和现实主义文学，第三卷主要写20世纪的欧洲文学。编者尽可能地邀请到目前我国在各欧洲国别文学研究方面的优秀学者负责撰写工作，力求一切从阅读原文出发，这一点恰是当年杨周翰等主编的《欧洲文学史》所力所不及的。此外，本书的编撰也有一种整体的观念，即将欧洲文学当作一个整体来书写，而不是各个国别文学史的简单相加，因而正如有学者所认为的，是一部"真正意义上的欧洲文学史，而不是英、法、德、俄等国别文学史的简单累加"。当然，文学研究一般包括三个方面，即文学史书写，作家及流派研究，以及对文学作品的批评性讨论，要做到这三个方面的区别及相互联系是比较难的，本书的编撰却基本上做到了这一点。但是正如有读者所指出的，某些在广大读者中有较大影响的作家，如英国作家毛姆等，未被包括进这部"欧洲的"文学史，这应该是编撰者的批评性选择使然。因为撰写一部时间跨度较长的文学史，编撰者自然要有自己的取舍，这就取决于编撰者的批评性判断。因此这部文学史书中也包含了各位撰写者对欧洲文学史上的大作家的批评性见解。这应该是这部文学史书的批评价值和意义。

刘、王主编的《新编美国文学简史》在时间跨度上，从北美印第安传统文学时期一直讲述到20世纪结束，所描述的历史范围基本上与美国学者萨克凡·博尔科维奇（Sacvan Bercovitch）主编的《剑桥美国文学史》（*The Cambridge History of American Literature*）（八卷本）相差无几，甚至在下限上更加晚近，截至20世纪结束。而上限则比通常人们认为美国文学发轫的殖民时期向前推进了一些。在覆盖的广度上，则增加了包括华裔美国文学在内的各少数族裔文学。在叙述形式上，各卷主撰亦邀请多位同仁根据各自的研究角度分写某些章节，使得读者能在一个基本连续的历史述说中，倾听不同的声音，接触不同的视角。学界人士总体认为，该书以其丰富、新颖的特点，独特的视角和严谨、深邃的学术内涵，为文学研究及外国文学史的写作提供了新的启迪。此外，本书在内容上也超越了一般的教科书的容量，具有一定的学术价值，例如书后附有的大事记、参考书目以及中英文索引均为研究美国文学的读者提供了许多方便。尤其应该指出的是，本书撰写者尽可能地收集到并参考了英语世界的学术同行的先期研究成果和文学史书，此外，又从中国学者的独特视角对这些原始的资料进行梳理和整合，最后写成一部具有中国特色的美国文学史书。

（三）文学理论批评的日益活跃

虽然"文化大革命"前已经出版了一些研究外国文学的理论批评文集，但系统研究的专著并未出现。伍蠡甫的《欧洲文论简史》和孙津的《西方文艺理论简史》作为这一领域的"拓荒之作"，其意义和价值是不容忽视的。作为20世纪西方文论评介的成果，张隆溪的《二十世纪西方文论述评》虽然篇幅不大，但却及时地向国内学界介绍了自俄国形式主义以来的西方各种新的文学理论批评流派和思潮，令当时的国内读者耳目一新。而其后出版的篇幅较大的由胡经之和张首映合著的《西方二十世纪文论史》则作了进一步的拓展和深入讨论。这两部具有"拓荒"意义的文学理论史专著各有自己的特色：前者以资料的原始性和讨论的深入浅出而见长，后者则在类别划分和观点方法上有所创新。但这两本书都流露出资料不足和研究不深入的缺陷。可以预见，随着这方面研究的日益深入，将会出现较为系统、扎实的理论史专著。在理论争鸣的活跃气氛下，一批研究者也在各自的领域内取得了长足的进展：陆梅林、陈燊、程代熙、钱中文、吴元迈、童庆炳、董学文等一方面致力于马克思主义文艺理论本身的探讨，另一方面又试图以马克思主义的观点批判地介绍20世纪西方文学批评理论的新成果，或者运用马克思主义的理论观点来评价外国古典和现代作家作品。尤其值得一提的是，钱中文通过俄文和英文潜心研读俄苏文学理论家和文化批评家米哈伊·巴赫金的著作，并领衔主持了六卷本《巴赫金全集》的翻译工作，从而使得中国的巴赫金文论研究走在了世界的前列。关于钱中文的俄苏文学批评和巴赫金研究，本书将在后面的有关章节详细讨论。

由于中国的文学理论和批评教义长期以来一度受到苏联文学理论的影响，中国的外国文学批评和研究界从一开始就十分重视对俄罗斯—苏联文学及其理论的研究和批评性讨论。在这方面，吴元迈和李明滨两位学术影响超越了俄苏文学研究领域的批评家的贡献也不容忽视。吴元迈早年留学苏联，打下了扎实的俄语语言及文学基础，其间他专攻俄苏文学和马克思主义文学理论，回国后长期在中国社会科学院外国文学研究所担任领导工作。他在苏联文学研究和批评方面出版了不少著作，其中包括《苏联文学思潮》《现实的发展和现实主义的发展》《文学作品的存在方式》；并主编或领衔主编

《苏联文学史》(三卷本)、《二十世纪外国国别文学史》丛书(十卷本)。他的具有代表性的批评性著作和论文收入《吴元迈文集》①,该文集由34篇论文组成,反映了1978—2003年吴元迈的著述和文学批评生涯。其中不少论文探讨了文学理论问题或对外国文学理论的批判性反思,涉及的方面较广,从讨论马克思恩格斯的文学遗产到对西方学界的马克思主义文学遗产研究的批判性分析;从讨论恩格斯致哈克奈斯的信与现实主义理论问题到对列宁的马克思主义文艺学基础的探讨;从对毛泽东的文学艺术观的民族特色的反思到文学的全球意识和参与意识的辩证关系研究,均进入吴元迈的思考和批评视野。吴元迈既然从俄语入手研究马克思主义文论,自然不免在一定程度上受到苏联文学理论教义的影响,但是他本人的思想从不僵化,而是有着开放的国际视野,以一种与时俱进的态度关注国际学术前沿理论思潮,注重与国际学界的讨论和对话。另外,由于他长期担任中国的外国文学学术研究和批评的领导工作,对保持这几十年来中国的外国文学批评和研究的宽松文化氛围也作出了不可替代的贡献。因此,吴元迈也应该在中国的当代外国文学批评史上留下一笔。

另一位学者型批评家是李明滨,他是中国自己培养的俄苏文学学者和批评家,曾赴莫斯科大学留学深造。李明滨一生著述甚丰,其研究范围涉及广泛的学科领域,从俄苏文学作家作品研究,到欧美文学史书的编撰,从苏联汉学的研究到中国的外国文学教学和研

---

① 参阅《吴元迈文集》,上海辞书出版社2005年版。

究都有所涉猎，他的主要著述包括主编《世界文学简史》《苏联当代文学概观》，并与专事西方文学研究的学者合著《欧洲文学史》《外国文学史》《外国文学简编》《20世纪欧美文学史》等。他长期从事俄苏文学史教学，为中国新时期的外国文学教学和研究培养了一大批优秀的人才，因而多次获得优秀教学奖。此外，他还早早地就开始了中俄比较文学和苏联国情学的研究，出版有专著《中国文学在俄苏》《中国文化在俄罗斯》《中俄文化交流志》。其成果不仅得到国内外国文学和比较文学界的高度认可，同时也受到俄苏和国际同行的充分肯定，曾获俄联邦政府颁发的普希金奖章，被誉为"中国最有声望的苏联学学者之一"（苏联《新时代》杂志，1989），于1995年获俄罗斯科学院远东研究所授予的"荣誉博士"学位，并于2006年5月获俄罗斯作家协会颁发的马克西姆·高尔基奖。这在国内的同行中是十分罕见的。这一切都说明，中国的外国文学研究者和批评家只要在自己的学科领域里取得卓越的成就，就一定会得到国内外同行的承认和重视。可惜国内这样的具有广阔的批评视野和多学科知识的学者型批评家并不多。

在西方现当代文学的研究和批评方面，陈焜、袁可嘉等力求运用马克思主义的立场、观点和方法来评介西方现代主义文学思潮和流派。尽管陈焜在改革开放初期对西方现代主义文学的批评和研究方面起过奠基性的作用，但是由于他后来去了美国并长期定居在那里，基本上中断了与国内学界的联系，本章不作进一步详细讨论。而对袁可嘉的现代主义文学批评和研究，本书在后面的有关章节中将予以详细讨论。但总的来说，对20世纪西方文论的评介研究还远远不够，仍有许多工作等着新一代学者去做。

第三节 比较文学的引进及其当代复兴

尽管在许多人看来，作为一门学科的比较文学在中国的兴起确实始于20世纪70年代末和80年代初，但是实际上，这门学科在中国已经历了一百多年的曲折和漫长的历史，在这方面，王国维和鲁迅堪称中国比较文学的奠基性人物。虽然在他们那个时代，比较文学的学科理论并未正式引进中国，甚至连比较文学这个术语也未进入汉语的学术术语库，但是一些中国比较文学的先驱者已经对文学交往的跨国性和文学研究的横向比较有了一些意识，并自觉地在自己的批评和研究中将其付诸实践。

正如杜威·佛克马（Douwe Fokkema）所指出的，比较文学在中国的兴起始于鲁迅的《摩罗诗力说》（1907），因而鲁迅应被看作是中国的第一位比较文学学者。[①] 如果我们大致认可这一说法的话，那么我们还可以进一步推论，比较文学最初在中国引进时并未被学者们当成一门学科，而在更大程度上是被当作一种研究文学的方法和批评的理论视角介绍给中国学界的。在鲁迅的《摩罗诗力说》中，他旁征博引，借助欧洲浪漫主义的先驱者拜伦和雪莱的"摩罗诗力"来抨击当时中国的黑暗和不公正现象，呼唤中国的政治、社

---

① 1985年10月在中国比较文学学会成立大会暨首届国际研讨会（深圳）上，时任国际比较文学协会主席的佛克马代表协会致辞，他在会上高度赞扬了鲁迅对中国比较文学所作出的奠基性贡献。

会、文化和文学的全方位变革，在当时的中国文学界和知识界产生了极大的反响。我们从今天的角度来看，那篇充满战斗精神的檄文实际上就是一篇早期的比较文学论文，既涉及了接受和影响研究，同时也平行比较分析了当时中国的知识状况。所以连佛克马这位典型的同时注重实证研究又擅长理论分析的欧洲比较文学学者都认为，鲁迅的这篇文章确实具有比较文学的学术价值和理论意义。

另一位对比较文学在中国的兴起作出奠基性贡献的学者当推王国维。王国维早年追求新学，同时接受了西方哲学、美学思想和中国古典哲学和美学的影响和启迪，他擅长将这几门不同的中学和西学融通结合，形成了自己独特的学术思想体系。《红楼梦评论》就是王国维运用比较文学的方法撰写的一部力著，最初发表于1904年6月《教育世界》杂志。显然，从王国维的知识结构来看，他的这部篇幅不大的论著是他在西方哲学和美学理论的影响和启迪下写成的。但是由于王国维本人的深厚国学造诣和对西学的深刻理解及把握，他对西方理论——尤其是叔本华的理论——的接受并非是被动的，而是有着自己的能动性理解和创造性转化。按照王国维本人的说法，他的那部论著是"借他人杯酒，浇自己块垒"的一个产物，即他创造性地运用现代西方哲学和美学理论对中国古典文学名著《红楼梦》作了全新的阐释。

实际上，就在比较文学进入中国前后，国内已经掀起了大规模的翻译运动，国外的，尤其是西方的主要文学思想和文化理论，先后被译介到了中国。这不仅为中国作家提供了文学创作的灵感，同时也要求文学研究者自觉地将中国文学视为世界文学的一部分。这

第二章 马克思主义文论的中国化

一大规模的翻译运动所带来的一个结果便是,在一个很短的时间内,几乎西方各种主要的文学思潮和运动都通过翻译的中介蜂拥进入中国,对中国现代文学的形成及其研究产生了重要的影响和启迪。面对这样一种情形,如何在高校教授文学课程便成了文学教师们必须解决的一个问题。

令我们感到幸运的是,在20世纪二三十年代,中国的一些主要大学里涌现出一批杰出的文学学者,他们在西方著名大学获得学位后回到国内一些重要的大学任教,例如北京大学、清华大学、东南大学等,直接将自己在国外学到的知识带入中国高校的课堂,培养了一批兼通中西的新一代学者。范存忠早年在哈佛大学获得博士学位,回国后先后在东南大学和中央大学讲授英国文学和中英文学关系等课程,他的一些著述自觉地运用比较文学的方法,特别是影响研究的方法,提出了一些既有着厚重的学术底蕴同时又富有深刻的理论洞见的观点,为后来的比较文学学者树立了可以效法的榜样。吴宓在哈佛大学获得硕士学位后在清华大学讲授中英比较文学和"文学与人生"等课程,致力于博雅之士的教育和培养。此外,他作为外国文学系主任和国学研究院主任,对这两个教学单位的课程设置和学生的培养方案的制定都提出了自己的独到见解。他早期的人文教育思想至今仍对今天的清华大学人文教育和人才培养有着重要的影响和启迪。

另一些学者也为比较文学在现代中国的兴起作出了贡献。陈嘉在耶鲁大学获得博士学位后在西南联合大学讲授莎士比亚戏剧及其与元杂剧的比较研究等课程。朱光潜在斯特拉斯堡大学获得博士学位后同时在北京大学和清华大学讲授美学和文学理论课程。由于他们有着广博的中国和欧洲文学知识和精深的学术理论造诣，因而他们所教授的课程广为学生们欢迎，实际上已经涉及了比较文学的理论与实践，具有很强的示范性作用。而且在20世纪80年代中国比较文学再度兴起时，这两位比较文学的先驱者也都分别作出了应有的贡献。① 由此可见，在将比较文学这门学科引入中国的过程中，从事外国文学教学和研究的学者作出了重要的奠基性贡献。

还有一些曾在国外留学或访学的学者也在国内的一些高校讲授与中西文学关系相关的课程，例如清华大学及西南联合大学的闻一多、叶公超和钱锺书，先后在清华大学和东南大学任教的陈铨，北京大学的冯至和卞之琳等。闻一多在担任清华大学和西南联大教授时，甚至提议跨越中文和外文的界限，将其打通以便培养兼通中西并有着广博知识的青年学者。但是不幸的是，由于他正值壮年就被国民党特务暗杀，他这一十分具有前瞻性的建议未能实现。但是这些早期的努力无疑为后来比较文学在中国的复兴奠定了重要的理论和实践基础。

由于比较文学这门学科的开放性和国际性特征，选修这门课程的学生需要有较好的外语基础和广博的外国文学知识，以便与来自国外的学者直接讨论和对话。因此尤其值得在此提及的是，一些应

---

① 应该指出的是，笔者于1985年12月在南京创立江苏省比较文学研究会时，时任南京大学外文系教授的陈嘉慨然应允笔者邀请担任研究会的顾问，并出席了在南京师范大学举行的学会成立大会。朱光潜早年用英文撰写并在国外出版的专著《悲剧心理学》中译本的出版也推进了比较文学的超学科研究。

邀前来中国访问讲学的西方杰出学者，例如瑞恰慈（I. A. Richards）和燕卜孙（William Empson）等，同时在清华大学和北京大学授课，从而向学生们提供了西方文学和理论批评研究的最新发展信息。他们的努力以及卓越成就无疑也为20世纪80年代比较文学在中国的全面复兴铺平了道路，早年选修过他们课程或听过他们讲座的一些青年学子后来大多成了国内文学研究领域内的著名学者，如杨周翰、李赋宁、王佐良、周珏良等，他们为比较文学在改革开放时期的再度兴起作出了重要的贡献。应该承认，这些西方杰出学者的讲座和研讨班无疑拓宽了中国学生的知识面和思考的视野。再加上法国比较文学大师保罗·凡·第根（Paul Van Tieghem）的著作《比较文学》（*La Littérature Comparée*）的中译本的出版，比较文学已开始为相当一批大学教授和文学专业的学生所熟悉了。

这就是中国比较文学的"前历史"，这段"前历史"为后来比较文学作为一门学科正式引入中国奠定了坚实的基础。没有这些先驱者的努力探索和大胆实践，中国比较文学学科地位的确立是不可能的。1949年中华人民共和国成立以后，中国的政治、经济和社会风貌焕然一新，文化建设和文学创作及理论批评也出现了新的气象。比较文学本来完全可以在新中国得到长足的发展，但是由于苏联的文学教义的负面影响和中国文学理论界的"左倾"思潮的干扰，比较文学竟然被一度认为是一门资产阶级的伪科学学科，因而被长期置于边缘的地位，直到1978年中国实行改革开放之后，这门学科才再次获得新生。因此我们可以将这段"沉寂"的年代当作比较文学的学科"边缘化"的时期，而改革开放在中国的实施则使我们迎来了比较文学的春天,但毕竟此时中国比较文学研究的水平已经与其国际同行有了较大的差距。

综上所述,比较文学确实是一门从西方旅行到中国的学科,但是即使在它作为一门学科正式进入中国之前,一些杰出的中国的外国文学学者和批评家,如朱光潜、范存忠、陈铨、钱锺书、季羡林、吴宓、杨周翰、方重和伍蠡甫等,就已经默默地在从事中西比较文学研究,并发表大量高质量的著述了。例如朱光潜的《诗论》、范存忠的《中国文化在启蒙时期的英国》和《〈赵氏孤儿〉杂剧在启蒙时期的英国》、陈铨的《中德文学研究》、钱锺书的《谈艺录》、季羡林的《中印文化关系史论丛》、吴宓的《红楼梦与世界文学》、杨周翰的《维吉尔与中国诗歌的传统》、方重的《十八世纪的英国文学与中国》等。在上述这些学者中,季羡林、杨周翰以及更为年轻一些的乐黛云等,所作出的开拓性贡献尤其值得一书。可以说,即使在比较文学被"边缘化"的这一时期,上述学者仍在默默地耕耘,他们在比较文学研究方面的著述无疑为这门学科在新时期中国的复兴作出了重要的贡献。有些学者,如钱锺书、季羡林、杨周翰以及乐黛云等,当之无愧地成了中国当代比较文学的领军人物。

虽然比较文学是一门旅行的学科,或者说是一个从西方旅行到中国来的学科研究领域,但是它从一开始进入中国,就被中国学者所接受,在实践过程中,中国学者也不拘一格,同时采用影响研究和平行研究这两种基本的方法。在研究方法论方面,中国的比较文学学者从不讲究门阀观念,也不一味崇洋媚外,而是对一切适合中国的东西采取兼收并蓄的方针。因此他们不仅从法国学派那里学习了注重实证的影响研究方法，同时也从美国学派那里学习了注重美学分析和对不同文学的跨学科平行比较研究的方法。此外，中国的比较文学学者从一开始就特别注重跨越学科领域的中西比较文学研究。如上面所提及的一些大师级的学者本身就涉及了人文学科的多门分支学科，因而在比较研究中外文学方面得心应手，提出的见解也颇有新意。尤其应该指出的是，对于新时期比较文学在中国的全面复兴，专事英国语言文学教学和研究的李赋宁也作出了重要的奠基性贡献，他不仅于1981年和季羡林共同创立了中国高校第一个比较文学学术组织——北京大学比较文学研究会，还发表了一篇至今仍为学者们引证的评介性文章《什么是比较文学》[①]。他在这篇篇幅并不长的文章中旁征博引，首次将比较文学在西方的创立和发展归纳为四个方面：（1）文学影响的研究；（2）文学接受的研究；（3）文学翻译的研究；（4）诗学和文学理论的比较研究。这四个方面基本涵盖了比较文学的几个维度，即使在今天看来也没有过时。此外，他还在文章中涉及了比较文学的总体课题和世界文学课题，具有一定的理论前瞻性，不仅充分显示了这位长期从事国别语言文学研究的学者的自觉的比较和理论意识，而且这篇文章本身的文风也显示了从事比较文学研究的学者必须具有多语种知识和宽阔的理论视野。

在"文化大革命"之前，一些学者的比较文学研究并未带有自

---

① 参阅李赋宁《什么是比较文学》，《国外文学》1981年第1期。

觉的学科意识，而是侧重考察研究中外文学关系，或从西方文学的视角来反观中国文学，或从中国学者的视角对西方文学提出自己的见解。而改革开放以来，中国学者则通过与国际同行的频繁交流，逐步了解到了比较文学这门学科的前沿和国外学者，尤其是西方学者的最新研究成果。由于高校中文系和外文系的学者的共同努力，比较文学最终成了隶属于中国语言文学一级学科之下的一门独立的二级学科，在1998年的全国学科目录调整中，与原先的世界文学学科合并为"比较文学与世界文学"二级学科。虽然当时主持学科目录调整的教育部有关人员也许并未意识到国际学界在世界文学方面的研究进展，但是将比较文学与世界文学合并为一个学科确实具有一定的学科布局前瞻性。就在21世纪初，美国学者弗朗哥·莫瑞提（Franco Moretti）和戴维·戴姆拉什（David Damrosch）先后在英语世界发表了论文《世界文学的构想》（*Conjectures on World Literature*, 2000）[①]和专著《什么是世界文学》（*What Is World Literature?* 2003）[②]，通过他们以及另一些欧美学者的共同推进，世界文学成了国际比较文学和文学理论界的又一个前沿理论话题。而中国的外国文学学者通过努力最终在外国语言文学一级学科之下也设立了一门比较文学与跨文化研究二级学科，照样招收比较文学专业的硕士和博士研究生。这些都是使得比较文学在当今中国的人文学科研究中

---

① Franco Moretti, "Conjectures on World Literature", *New Left Review*, 2000, 1: 54–68.

② David Damrosch, *What Is World Literature?* Princeton, NJ: Princeton University Press, 2003.

第二章　马克思主义文论的中国化

不断具有活力的重要因素。下面几个具有标志性意义的成果足以证明这门学科进入中国之后是如何在过去的几十年里取得长足发展的。

首先是中国学者自身的学术成果十分丰富。在过去的几十年里，中国学者共出版了千余部学术专著，发表了数千篇学术论文，加上那些译自英文、法文、德文、俄文、日文等语言的著述，比较文学确实在中国呈现出一种空前繁荣的状态，甚至一度被人们称为一门"显学"。1985 年，《中国比较文学》杂志在上海创刊，从而使得这门新兴的学科逐步趋于成熟。一些杰出的中国学者充分发挥自己的外语专长，在一些著名的国际学术刊物上发表论文，从而向国际学界展示了中国学者的研究实绩。

其次是比较文学在中国的学科地位的确立。自 1994 年以来，七所高校设立了独立的比较文学与世界文学二级学科博士点，加上那些隶属于中国语言文学一级学科之下的自设二级学科，我国已有五十多所高校可以招收比较文学与世界文学专业的博士研究生，还有一些隶属于外国语言文学一级学科之下的比较文学与跨文化研究二级学科也开始招收比较文学方向的博士研究生，它们致力于培养双语人才，以便满足社会的需求。而更多的高校则同时向中文和外语学科的研究生讲授比较文学与世界文学课程。

再次是比较文学在中国的机构化和学科建制的建立。中国比较文学学会于 1985 年成立，这标志着比较文学在中国的机构化进程已经完成。学会从成立之日起就十分重视自身的学科建设，致力于在两方面凸显自己的特色：（1）突出本学科的国际化特色，学会自成立之日起就成为国际比较文学协会的团体成员，积极地参与国际学会的各项学术活动，并且担任国际学会的领导职务；（2）强调其中国的本土化立场，在国内的各个省市自治区大都建有地方比较文学学会。这些地方学会一般独立开展学术活动，但同时接受中国比较文学学会的帮助和指导。虽然全球化时代的来临使得当今人文学科的许多分支学科受到冲击，但是比较文学与世界文学学科依然受益于全球化并且得到了更为长足的发展。

第四个特点与上面这一点相关，即强调中国比较文学研究一贯秉持的国际化和开放性特色。中国的比较文学研究始终以开放性和国际化为特色。在过去的几十年里，学会共举行了十二届年会，这些年会都向国际学界开放，并邀请一些国际著名学者前来作主题发言，从而形成了与国际学者面对面的对话和交流。此外，学会每年都与国内外各高校合作举行一些高规格的专题研讨会或双边研讨会，鼓励越来越多的中国比较文学学者不仅积极地参加国际学术会议，而且还在国际刊物或出版社发表自己的研究成果。这方面最为成功的一个例子便是始于1983年由钱锺书亲自提议举行的中美比较文学双边讨论会。① 自2001年以来，这一中美双边合作研究比较文学的机制持续了下来，目前已经分别在中美两国举行了七届中美比

---

① 首届中美比较文学双边讨论会于1983年在北京举行，由中国社会科学院主办，第二届中美比较文学双边讨论会于1987年在美国普林斯顿大学和印第安纳大学举行，第三届中美比较文学双边讨论会于2001年在清华大学举行，第四届中美比较文学双边讨论会2006年在美国杜克大学举行，第五届中美比较文学双边讨论会2010年在上海交通大学举行，第六届中美比较文学双边讨论会于2013年在美国普渡大学举行，第七届会议于2016年在四川大学举行。笔者自第三届中美双边会议以来一直是主要主办者和组织者。

较文学双边讨论会，推动了中美两国的人文学术交流和对话。可以说，在当今中国的各人文学科分支学科中，比较文学学科是发表国际著述和论文最多的学科之一。

第五则是中国的比较文学学者所固守的中国本土立场。虽然比较文学以国际化和全球化为自己的目标，但是中国的比较文学研究同时也深深地扎根在特定的中国语境中。它的许多研究课题与当下的中国文学和文化研究密切相关。因此就这一点而言，我们对中国的比较文学研究有了一个"全球本土化"语境下的发展概貌，并可以将其展示给国际学界。下面就是中国比较文学学者主要研究的课题。

（1）全球化与文学研究。这一课题已经成为过去二十多年里讨论得最为热烈的一个话题，尤其在中国更是如此，因为中国被认为是全球化的最大赢家之一。这一点也为中国的比较文学研究所达到的国际水平所证实，中国学者不仅具备了与国际学界进行平等对话的资格和水平，其中的少数佼佼者还被国际著名的科学院，如欧洲科学院、欧洲艺术与科学院等，选为外籍院士，这在整个中国人文社会科学界也是十分罕见的。它至少表明，全球化向我们提供了一个广阔的平台，据此我们不仅可以与国际学术同行平等对话，还可以在一个广阔的国际语境下来评价我们的研究成果的国际水平和质量。

（2）流散和海外华裔文学研究。随着中国公民大量向海外移民，流散现象也成为当今的一个前沿理论课题。这些流散作家用英文写出的作品必然对国际英语文学作出重要的贡献，而他们的中文写作则对海外华文文学的繁荣作出了重要的贡献。当前的全球汉语热将有助于汉语成为仅次于英语的世界第二大语言。因此研究海外华人的创作成就也就成了中国的比较文学学者的一个重要的课题。

（3）文学人类学研究。中国是一个有着55个少数民族的多民族国家，因而完全有必要从一个人类学的角度来研究这些少数民族的文学。中国少数民族文学的研究成果将填补国际文化人类学研究的一个空白，而他们的文学实践则使西方的人类学家得以通过其田野考察获得第一手资料。

（4）汉语的普及和书写新的汉语文学史。在过去的几十年里，随着中国经济的飞速发展，世界上也出现了一股汉语热。既然国际英语文学早就成了一门学科，国际汉语文学也迟早会成为一门学科。因此在这方面，就更有必要由中国学者领衔编写一部新的国际汉语文学史。

（5）比较文学和当代文化研究中的翻译转向。翻译研究中曾出现过一个文化转向，它帮助建立了一门独立的翻译学学科。既然比较文学学者和文化研究学者大都在翻译的帮助下从事自己的学术研究，那么就有必要打破英语中心主义的桎梏，呼唤当代文化研究中出现一个翻译的转向。

（6）走向世界文学阶段的比较文学。歌德早在1827年就在包括中国文学在内的东方文学的启迪下对世界文学作了理论描述，因而世界文学的提出标志着比较文学的诞生和最早雏形，而它在经历了一百多年的风风雨雨之后，其最高阶段也自然应当是世界文学。现在已经有越来越多的学者认识到世界文学的新阶段已经到来，此

第二章 马克思主义文论的中国化

时的世界文学格局已经打破了袭来已久的"欧洲中心主义"和"西方中心主义"的局限,因此对中国学者来说,现在应该是中国文学走向世界并帮助重新绘制世界文学版图的时候了。

(7)生态批评、文学的生态环境研究以及动物研究。虽然人与自然的关系长期以来一直是中西方作家所使用的一个文学主题,但是在过去的相当长一段时间里,这一关系却呈现出紧张的态势。作为人文学者和文学研究者,我们对人与自然的关系尤为敏感。中国古代哲学中有着丰富的生态资源,因此毫不奇怪,生态批评在中国依然方兴未艾,并朝着与国际学界平等对话的方向发展。在这方面,中国的比较文学学者又先行了一步。

(8)后人文主义的崛起和数字人文的实践。当今时代科学技术的飞速发展使得人的作用受到一定的限制,许多本来应该由人工去从事的工作现在已由机器所取代。大写的"人"已逐步成了一种"后人类",人在某种意义上也只是地球上万物中的一个物种。因而后人文主义的研究也提到了议事日程上。而数字人文的实践则表明了科学与人文并非只是对立,它们同样也可以互补和对话。①

虽然上述论题大多是从西方引入中国的,但是这些课题进入中国以来已经打上了"全球本土化"(glocalized)或"中国化"的色彩。而中国学者的研究实际上又使得我们对这些理论概念和

---

① 这方面尤其可参见最近一期《欧洲评论》主题专辑:*Conflicts and Dialogues between Science and Humanities*, ed. Wang Ning, *European Review*, Vo. 26, No. 2 (May, 2018)。

课题作了全新的阐释。虽然马克思主义也是来自西方的理论，但这并不妨碍我们将马克思主义中国化当作一个重要的理论课题来研究，因此我们自然也应当去研究其他来自西方的论题是如何旅行到中国并逐步在特定的中国语境下"中国化"的。在这方面，比较文学研究无疑确立了一种有效的人文学术研究的范式。而在中国的比较文学学科草创和复兴的整个过程中，外国文学学者都起到了重要的奠基性作用，作出了极大的贡献。

第四节 世界文学语境下的外国文学批评

马克思主义在五四运动前后进入中国的思想文化界，并对中国的知识分子产生了深刻的影响，至今也已有了近百年的历史。在这近百年的风风雨雨中，马克思主义在中国走过了坎坷的道路，有过种种迂回曲折的有时甚至是复杂多变的经历。这主要是因为，马克思主义在中国的传播，从一开始就显示出了其自身的特色：它被当作一种阶级斗争与国家革命的理论为中国共产党人所用，而不是像在西方那样，仅仅作为一种理论学说被考察研究。它在中国的接受和传播在很大程度上取决于接受者和传播者自身的理解力和水平，同时，在很大程度上也受制于苏联的中介。这种中介曾对马克思主义在中国的传播和普及起到过不少积极的作用，而且在战争年代，在大多数人对马克思主义还相当陌生和好奇时，借助于外来的中介和阐释不无裨益，但我们也不应当回避这样一个事实，即我们的思想战线和文艺战线上的不少失误除了领导者自身工作的偏差之因素

第二章 马克思主义文论的中国化

外,上述这种中介也有责任。因此,在中华人民共和国成立前,中国的文学理论批评界对马克思主义的理解和接受是很不全面的,带有很大的主观性和功利性。中华人民共和国成立后,马克思主义虽然在中国的思想界和文艺界占据了主导地位,但由于领导者个人的意志致使我们在相当长的时间内仍不能完整地、准确地理解马克思主义的科学体系,例如"文化大革命"期间以背诵毛泽东语录来代替学习马克思主义创始人的原著就是一个荒唐可笑的例子。因此,必须承认,对马克思主义与文学艺术之关系的研究仍然是不够的,而对马克思主义文艺思想与外国文学批评和研究之关系的考察就更加不够了。

在当今的全球化时代,沉寂已久的"世界文学"再度成为一个热门的前沿理论话题,国际文学理论界和比较文学界对世界文学现象的关注并非偶然,而是受到特定的文化氛围的影响。全球化时代,我们每一个人都或主动或被动地与这个世界连接为一体。正如杜威·佛克马所注意到的,当我们谈到世界文学时,我们通常采取两种不同的态度:文化相对主义和文化普遍主义。前者强调的是不同的民族文学所具有的平等价值,后者则更为强调其普遍的共同的审美和价值判断标准,这一点尤其体现于通过翻译来编辑文学作品选的工作。他的理论前瞻性已经为今天的比较文学界对全球化现象的关注所证实。例如,戴维·戴姆拉什的《什么是世界文学?》就把世界文学界定为一种文学生产、出版和流通的范畴,而不只是把这一术语用于价值评估的目的。戴姆拉什的另一本普及性著作《如何阅读世界文学》(*How to Read World Literature*, 2009)中,更是通过具体的例证说明，一位诺贝尔文学奖获得者的作品是如何通过翻译的中介旅行到世界各地进而成为世界文学的。① 当然，世界文学这一术语也可用来评估文学作品的客观影响范围，这在某些方面倒是比较接近马克思和恩格斯的原意。因此，我们在承认文学具有共同的美学价值的同时，也应当承认各民族/国别文学的相对性和差异性，不妨采用一种文化相对主义的态度来评价不同民族和国家的文学。将上述两种态度结合起来，我们就能得出较为公允的结论：一种世界性的文学正是通过不同的语言来表达的，因此世界文学也应该是一个复数的形式。也就是说，我们应该有两种形式的世界文学：作为总体的世界文学（world literature），和具体的世界各国的文学（world literatures）。前者指评价文学所具有的世界性意义的最高水平的普遍准则，后者则指世界各国文学的不同表现和再现形式，包括翻译和接受的形式。

在讨论世界文学是如何通过生产、翻译和流通而形成时，戴姆拉什提出了一个专注世界、文本和读者的三重定义：

1. 世界文学是民族文学的椭圆形折射。

2. 世界文学是在翻译中有所获的作品。

3. 世界文学并非一套固定的经典，而是一种阅读模式：是超然地去接触我们的时空之外的不同世界的一种模式。②

---

① Cf. David Damrosch, *How to Read World Literature*, Oxford: Willey – Blackwell, 2009, p. 65.

② David Damrosch, *What Is World Literature?*, p. 281.

第二章 马克思主义文论的中国化

在他的那本富有深刻理论洞见的著作中，戴姆拉什详尽地探讨了非西方文学作品所具有的世界性意义。他在讨论中有时直接引用原文，而在多数情况下则通过译文来讨论，这无疑标志着西方主流的比较文学和文学理论学者在东西方文学的比较研究方面所迈出的一大步。既然世界文学是通过不同的语言来表达的，那么人们就不可能总是通过原文来阅读所有这些优秀的作品。因为一个人无论多么博学，也总不可能学遍世界上所有的主要语言，他不得不在大多数情况下求助于翻译。因此在这个意义上说来，翻译在重建不同的语言和文化背景中的世界文学的过程中就扮演了一个十分重要也必不可少的角色。

这里，我们中国学者从戴姆拉什的定义出发，参照中国文学的发展历程和文学批评经验将其作些修正和进一步发挥，以便提出中国理论家对世界文学概念的理解和重建。我们在中国的语境下使用"世界文学"这一术语并进行新的建构时，实际上也至少赋予它以下三重含义。

（1）世界文学是东西方各国优秀文学的经典之汇总。

（2）世界文学是我们的文学研究、评价和批评所依据的全球性、跨文化视角和比较的视野。

（3）世界文学是通过不同语言的文学的生产、流通、翻译以及批评性选择的一种文学历史演化。[①]

[①] 参阅王宁的英文论文，"World Literature and the Dynamic Function of Translation"，*Modern Language Quarterly*, Vol. 71, No. 1 (2010): 1-14，尤其是第5页。

所有上述三个因素都完全能够对世界文学的建构和重构作出贡献，也都值得我们作更进一步的深入探讨。中国的外国文学学者已经不满足仅仅引进西方的理论概念并在中文语境下进行批评性讨论的层次，而是带有积极主动的意识与国际主流的理论家和学者进行直接的对话和讨论，并取得了显著的效果。如果说，中国文学是世界文学的不可分割的一部分的话，那么中国的文学理论批评也应该是世界文学理论批评的不可或缺的重要资源。既然古代中国的一些作家能够以其创作出的作品影响西方一代文豪歌德，使其对世界文学这个概念进行理论阐述，中国当代的文学理论家和学者为什么就不能以中国文学创作及理论批评经验来影响当代国际学界的文论大家呢？在这方面，中国的外国文学批评家和研究者应当再度充当国际文学理论对话和批评性讨论的先锋。

如前所述，世界文学既然是一个动态的概念，而且它在不同的时代和不同的语境中呈现为不同的形式，那么评价一部文学作品是否属于世界文学也就应当有不同的标准。一方面，我们主张，衡量一部作品是否称得上世界文学应有一个共同的标准；但是另一方面，我们又必须考虑到各国/民族文化之间的巨大差异，兼顾到世界文学在地理上的分布，也即这种标准之于不同的国别/民族文学时又有其相对性，否则一部世界文学发展史就永远摆脱不了"欧洲中心主义"的藩篱。由于文学是一种独特的意识形态形式，因此对其的评价难免政治和意识形态倾向性的干预。尽管如此，判断一部文学作品是否属于世界文学，仍然应该有一个相对客观公认的标准。根据目前各种世界级的文学奖项的评选和一些主要

第二章 马克思主义文论的中国化

的世界文学选集的编选原则，我们从中国的外国文学教学和研究的经验出发，并参照国际学术同行对世界文学概念的建构，认为判断一部文学作品是否属于世界文学，基本上应依循这样几个原则：（1）它是否把握了特定的时代精神；（2）它的影响是否超越了本民族或本语言的界限；（3）它是否收入后来的研究者编选的文学经典选集；（4）它是否能够进入大学课堂成为教科书；（5）它是否在另一语境下受到批评性的讨论和学术研究。在上述五个方面，第一、第二和第五方面是具有普遍意义的，第三和第四方面则带有一定的人为性，因而仅具有相对的意义。① 但只有从上述五个方面来综合考察，我们才能够比较客观公正地判定一部作品是否属于世界文学。在这里，我们欣慰地看到，中国的外国文学学科是伴随着大量译介外国文学作品和理论批评著作的实践而诞生的，世界文学也正是通过翻译和批评性讨论而进入中国的。同样，中国的文学及理论批评也要通过翻译的中介和批评性讨论走向世界，在这方面，中国的外国文学学者和批评者将起到独特的作用，而他们的理论批评和学术研究也有着广阔的发展空间。

我们在承认上述评价标准时，实际上也为我们研究世界文学确立了一些基本的方法。这些方法具体体现于下面三个方面。

首先，世界文学概念的提出，为我们提供了一个了解"世界"

---

① 关于这五条标准的进一步阐发，参阅王宁《"世界文学"：从乌托邦想象到审美现实》，《探索与争鸣》2010年第7期，以及他的不同形式的英文论文："'Weltliteratur': from a Utopian Imagination to Diversified Forms of World Literatures", *Neohelicon*, 38 (2011) 2: pp. 295–306。

的窗口，使我们通过阅读世界文学作品了解到处于遥远的国度的人们的生活和民族风貌。前面提到的歌德之所以提出"世界文学"的概念，在很大程度上就受到他所阅读的包括中国文学在内的东方文学的启发。虽然这些作品在中国文学史上并不占有重要的地位，但却促使歌德去联想进而发现世界各国的文学都具有一些共通的东西。同样，当我们阅读一部作品时，我们并非生活在真空中，我们势必要依循那部作品所提供的场景去联想，那里的场景究竟与我们所生活的国度有何不同，那里的生活习惯与我们的生活有何差异。西方人长久以来所形成的"东方主义"的思维定势在很大程度上就是通过阅读一些东方文学作品所逐渐形成的，东方人头脑里的"西方主义"的定势也在很大程度上是人们通过阅读西方文学进而接触西方文化而逐渐形成的。就这一点而言，阅读世界文学为我们打开了一扇了解世界的窗户，使我们的阅读处于一种开放、想象和建构的状态中。

其次，世界文学赋予我们一种阅读和评价具体文学作品的比较的和国际的视角，使我们在阅读某一部具体作品时，能够自觉地将其与我们所读过的世界文学名著相比较，从而得出对该作品的社会和美学价值客观公正的评价。例如，当我们读到歌德的《浮士德》时，马上就可以将其与莎士比亚的剧作相比较，因而在我们的头脑中形成一种概念：这个人物一定是一个悲剧性的人物，他代表了德国的民族精神，展现了德国的时代风貌，因而整个剧作标志着欧洲文学的另一高峰。同样，当我们阅读鲁迅的《阿Q正传》等作品时，也会自觉地联想到鲁迅所受到的一些外国作家作品的影响，经

第二章 马克思主义文论的中国化

过一番比较和思考,我们就能判定,这部作品所塑造的人物是世界文学史上独一无二的,他完全可以和那些进入世界文学宝库的独具个性的人物相媲美,因而这部作品应该成为一部具有世界意义的文学杰作。在中国的语境下从事外国文学批评和研究,我们也应该具有一个广阔的国际视野,这样我们的批评和研究就不会重复国际同行已经做过的工作,更不会被人们指责为"翻译"和抄袭国际同行的著述了。在撰写这部批评史的过程中,我们也仔细考察了目前已经出版的国际上的同类著述,至少是英语、德语和法语世界,并力求既写出中国的特色,将来用英语改写时或被译成其他语种时,也能被我们的国际同行认为是具有新意的著作。如果能达到这一效果,作为作者我们就感到欣慰了。

再次,世界文学赋予我们一个广阔的视野,它在另一方面也使得我们在对具体的作品进行阅读和评价的同时有可能对处于动态的世界文学概念本身进行新的建构和重构。十多年前,在中国当代文坛,曾发生过一起"顾彬事件",即德国汉学家顾彬针对中国当代文学提出了尖锐的批评。现在回过头来思考,我们应该承认,顾彬的外语技能确实是令人佩服的,他的中国文学知识也高于一般的汉学家。也许正因为如此,顾彬才觉得中国当代文学最大的问题,是作家的外语太差了:"因为他们大多不懂外语,不懂外语就无法直接从外国文学的语言吸取养分,而只限于自己的摸索。顾彬告诉记者,在1949年以前,很多中国作家的外语都非常好,这使得他们写出了很多优秀作品,比如鲁迅和郭沫若的日文就很好,林语堂的英语也很棒。"① 反对顾彬这番话的人完全可以从另一方面进行反驳：尽管顾彬所提到的这些作家确实能用不止一种外语进行阅读，但除了林语堂能够并且已经用英文在国外发表作品外，其余的作家的外语水平也仅仅停留在阅读或将外国作品译成中文的有限水平，但这并没有妨碍他们走向世界进而成为世界性的大作家。因此就这一点而言，顾彬的观点近乎偏颇。其实，我们若从世界文学所提供的广阔视野来看，我们就能看出，顾彬所依循的是世界文学的视野，他试图用世界文学的标准来评价中国当代文学，因此在他眼里，能够称得上世界文学的作品就寥寥无几了。他虽然并未要求中国作家用外语创作，但却对中国当代作家提出了很高的要求，即他们究竟是仅仅为本国的当代读者写作还是为更为广大的国际读者以及未来的读者和批评家而写作？他们所探讨的究竟是仅限于特定时代的特殊问题还是人类生存的根本问题？最后，随着时间的推移和历史的筛选，他们的作品在未来还会有读者去阅读吗？当我们从上述一系列问题来思考时就会发现，顾彬提出的批评虽很尖锐但却有一定的道理，而不会怪罪他对中国态度不友好了。

---

① 关于顾彬对中国当代文学的评述，参阅《青年报》2008 年 9 月 17 日，上述引文就是出自那篇报道，题为"德国汉学家顾彬推新书：不提'垃圾论''中国当代文学最大问题是语言'"。

第三章　关于批评大家的讨论（一）

正如本书绪论中所指出的，本书与国内同类的教科书式的文学史或批评史的一个明显的不同之处在于，一方面要顾及历史资料的梳理和史实的追踪，另一方面作为一部批评史，又要有鲜明的学术个性和批评特色。本书的特色就在于史论结合，以史带论，以论述史，即除了尽可能全面地总结中华人民共和国成立以来外国文学批评界的重要事件以及掀起过的几次有着重大影响和学术意义的讨论外，还重点推出中国自己的外国文学批评大家。在本章中，我们重点推介并评价四位在中国当代外国文学批评史上产生过重要影响的批评大家。这几位批评大家的批评特色各不相同，但都基本涵盖了文学史描写、理论批评建构、国别文学的作家作品研究，涉及了东西方文学的主要国别和语种，具有一定的代表性。此外，这几位外国文学批评大家的批评理论或实践也对中国当代文学批评的研究产生过一定的启迪和影响。

第一节　朱光潜的批评理论再识

我们在撰写这部中国当代外国文学批评史时，首先想到的当代外国文学批评大家就是朱光潜，虽然他主要从事美学和文学理论研究，很少从事国别文学的批评实践，但是他的美学和文学批评理论却影响了整整一代从事外国文学批评和研究的学者。朱光潜主要著作大多写于新中国成立前，自新中国成立以来，他又在不同的场合将这些出版于新中国成立前的旧著作了一些修订。这些著作，有些是他过去写下但未在国内公开出版的，或者即使出版，其影响也仅限于一个狭窄的小圈子里，而在中国当代的外国文学理论批评界，他的著述的影响则一直延续到改革开放时代。此外，他自新中国成立以来率先挑起了几次重要的文学理论讨论，或在这些讨论中起到某种理论导向的作用。因此，讨论中国当代外国文学批评史，朱光潜是无法绕过的。

朱光潜（1897—1986），字孟实，安徽省桐城县人（今桐城市）。现当代著名美学家、文艺理论家、教育家和翻译家，也是横跨中国现当代并有着自觉理论意识和思想体系的一位外国文学理论批评大家。朱光潜1922年毕业于香港大学文学院，后于1925年留学英国爱丁堡大学，其间致力于文学、心理学和哲学的学习与研究，后在法国斯特拉斯堡大学获哲学博士学位。1933年回国后，先后任北京大学、四川大学、武汉大学教授。1946年后一直在北京大学任教，同时在西语系和哲学系讲授美学与西方文学等课程。

朱光潜是20世纪中国的一位重要的学院派文学理论批评家，他著述甚丰，同时也翻译了大量西方人文学术理论著作。他的主要理论批评著作有《悲剧心理学》《文艺心理学》《诗论》《谈美》《谈文学》《克罗齐哲学述评》《西方美学史》《美学批判论文集》《谈美书简》《美学拾穗集》等，同时，他还翻译了《歌德谈话录》、柏拉图的《文艺对话集》、莱辛的《拉奥孔》、黑格尔的《美学》、克罗齐的《美学》、维柯的《新科学》等。此外，他的《谈文学》《谈美书简》等理论读物，深入浅出，内容充实，文笔流畅，读来如阅读文学作品一般，对提高青年的写作能力和文学艺术鉴赏力均有帮助。新中国成立后，他又和蔡仪、李泽厚等共同于20世纪五六十年代掀起了关于美学问题的大讨论，广泛涉及了美的性质、批评的标准以及在当时比较敏感的文学的人性问题等，对当时的文学理论批评论争产生了极大的影响。

粉碎"四人帮"后，改革开放还未正式开始，朱光潜就敏锐地洞察到了人道主义和人性论这些异常敏感的理论问题，率先于1978年年初发表了《文艺复兴至十九世纪西方资产阶级文学家艺术家有关人道主义、人性论的言论概述》一文，再度挑起了新的理论讨论[①]，并在后来逐步发展到范围更广的关于人道主义和异化问题的讨论。这篇文章虽然是综述性的，但是文中却隐含着作者本人的倾向性。朱光潜指出，"人道主义思想是与资产阶级的历史发展相终始的。在资产阶级历史发展的不同阶段中，人道主义思想一方面见出历史的持续性，另一方面也随阶级力量对比和政治斗争需要的改

---

① 参见朱光潜《文艺复兴至十九世纪西方资产阶级文学家艺术家有关人道主义、人性论的言论概述》，《社会科学战线》1978年第3期。

变而获得不同的具体内容，起不同的作用"。他把人道主义涉及的时期分为三个阶段：

> （1）资产阶级新兴阶段，即文艺复兴阶段，约从十四世纪到十六世纪，这是自然科学兴起的时期，是造形艺术在意大利达到高峰，戏剧文学在英国达到高峰的时期；（2）资产阶级革命阶段，从十七世纪到十八世纪，这在哲学上是理性主义与经验主义交锋和启蒙运动的时期，在文艺上是新古典主义运动及其反响的时期；（3）资产阶级由外扩张转入垄断资本主义的阶段即十九世纪，这在哲学上是德国唯心主义和法国实证主义流行的时期，在文艺上是浪漫主义运动和现实主义运动相继出现的时期。①

他认为，在这三个阶段，人道主义思想都"渗透到各个文化领域的各个角落里"，对文学艺术创作和理论批评均产生了重大的影响。在当时的特定历史时期，朱光潜不便于展开讨论，甚至在文章结尾处还加上了几句带有"大批判"味道的文字，这自然是可以理解的。但是该文所产生的客观影响却是他始料未及的，可以说预示了后来出现在新时期文学中的呼唤人性的人道主义思潮，同时也为外国文学批评中涉及人性和人道主义问题铺平了道路。

长期以来，国内学者对朱光潜的研究和评价大多局限于将其归为西方美学理论家黑格尔、克罗齐、叔本华和尼采的信徒，虽然他

---

① 参见朱光潜《文艺复兴至十九世纪西方资产阶级文学家艺术家有关人道主义、人性论的言论概述》，《社会科学战线》1978年第3期。

自己也对此也有过说明。在本书中，我们不想重复别人的研究，而是要探讨朱光潜的美学与文学批评理论的另一源头：弗洛伊德的精神分析学。当然要探讨他与弗洛伊德理论的关系这个题目也许比较难。因为从影响研究的角度着眼，在朱光潜1949年后发表的所有论文、著作、谈话、自传性回忆文章中，几乎都未提及自己受过弗洛伊德主义的影响和启迪；从跨学科研究的角度着眼，弗洛伊德的理论主要属于精神分析学或无意识心理学的领域，而朱光潜的理论批评著作则常常被归类为美学和文学批评领域，在这一节中，我们主要将朱光潜当作一位有着深厚的美学造诣的文学批评家来讨论，而且主要讨论他的文学批评和美学著述中心理学或精神分析学的成分。

一 弗洛伊德主义的主要阐释者和批评者

根据现有的研究，弗洛伊德主义在中国的介绍和传播始于20世纪20年代，其主要传播渠道分别是西欧和日本，其介绍传播的学科分别是心理学界、文化界和文学界。[①] 而朱光潜的批评生涯在某种程度上也始于对弗洛伊德理论的介绍和评论。作为一位掌握多门外语和多学科知识且有着深厚美学造诣的学者型批评家，朱光潜同时在三个领域内，为弗洛伊德主义在中国的传播和推广作出了任何人

---

① 参见王宁《弗洛伊德主义在中国现代文学中的影响与流变》，《北京大学学报》（哲学社会科学报）1988年第4期；另参阅余凤高《"心理分析"与中国现代小说》，中国社会科学出版社1987年版。

都难以比拟的贡献。继文化学者汪敬熙和罗迪先之后，刚开始批评生涯不久的朱光潜在1921年7月25日出版的《东方杂志》第18卷第14期上发表了长篇评介文章：《福鲁德的隐意识与心理分析》。这篇文章分别从以下九个方面全面地介绍了弗洛伊德的无意识学说（即所谓的"隐意识"）：福鲁德（即弗洛伊德）的隐意识说；隐意识与梦的心理；隐意识与神话；隐意识与神经病；隐意识与文艺和宗教；隐意识与教育；心理分析；心理分析与神经病治疗学；结论。从文章所涉及的范围来看，显然远远超越了汪、罗二人的一般性介绍，达到了同时从心理学、文化及文学三个视角综合考察弗洛伊德主义的高度，并显示了作者的批评锋芒和犀利文笔。但此时朱光潜并未加以过多的理论阐释和发挥，仅仅旨在"用简明的方法把他的大要表述一遍"。在《给青年的十二封信》（1926—1928）的第九封《谈情与理》中，他的这种客观态度便发生了变化，他在以通俗的语言阐述弗洛伊德的无意识说时，首先认为："意识好比海面上浮着的冰山，其余汪洋深湛的统是隐意识。意识在心理中所占位置甚小，而理智在意识中所占位置又甚小，所以理智的能力是极微末的，通常所谓理智，大半是理性化（rationalization）的结果，理智之来，常不在行为未发生之前，而在行为已发生之后。"然后他得出结论说："理智支配生活的能力是极微末，极薄弱的，尊理智抑感情的人在思想上是开倒车，是想由现世纪回到十八世纪。"① 由此可见，朱光潜在向青年读者介绍弗洛伊德的理论时，并非超然

---

① 参见《朱光潜全集》第1卷，安徽教育出版社1987年版，第42—43页。

客观的，而是明显带有自己的批评性能动阐释和发挥，其褒贬抑扬态度从一开始就糅合在一起，时而赞扬的成分居多，时而批判的言辞遮掩了褒誉之词。总之，朱光潜很早就开始对弗洛伊德主义进行介绍、阐述，不久后就表现出自己的鲜明个性和批评倾向性。这得益于他独特的学术背景。他早在留学英法之前，就精通英语和法语这两种语言，可以大量地直接阅读弗洛伊德的著作原文和英译本，以及西方学者对弗洛伊德主义的阐释和批评著述。此外，在国外留学期间，他更为广泛地涉猎了心理学、哲学、文学理论等学科领域，并对自柏拉图以来的西方文学理论作了系统深入的研究，最后他终于选定这几门学科的边缘交叉学科——美学作为自己毕生的研究事业。

与郭沫若、潘光旦、章士钊、周作人、郁达夫、赵景深等现代批评家所不同的是，朱光潜是一位在西方高等学府受过严格学术训练并有着深厚美学和文学造诣的学者型批评家，因此他对弗洛伊德主义的思考研究基本上是形而上的，从心理学和精神分析学本身入手，最终通过精湛透辟的分析推论，得出达到思辨哲学高度的结论，而较少运用于批评实践。

朱光潜对弗洛伊德主义的态度大致经历了这样几个阶段：介绍阐述——分析批判——扬弃接受——永远告别。自最初的几篇文章后，朱光潜对弗洛伊德的评介、阐述和批判比较集中地体现在《变态心理学派别》（1930）、《变态心理学》（1933）、《悲剧心理学》（1933）和《文艺心理学》这四部著作中，当然这其中有不少重合的地方。这些早期的著作除了《悲剧心理学》用英文撰写且当时未在中文语境下发表外,其余几部都于20世纪30年代出版并于80年代收入《朱光潜全集》,再加上《悲剧心理学》于1983年在中文世界出版,对改革开放以来的当代文学批评产生了极大的影响。

《变态心理学派别》是当时国内介绍阐述弗洛伊德主义学说的著述中最全面且最有权威性的一部,除了对弗氏后期著作中的本我、自我和超我,以及生的本能和死的本能等观点未触及外,几乎涉及了弗洛伊德所有的重要观点,例如无意识说,力比多说,精神分析法,快乐原则和现实原则,自由联想说,欲望升华说,梦的理论及解析技术,图腾与禁忌等。从这些介绍以及所举的例子来看,所涉及的学科至少有生理学、心理学、社会学、文化学、文学和哲学。首先,朱光潜站在心理学史的角度,充分肯定了无意识说的发现"给十八十九两世纪的理智主义一个极强烈的打击"[1],开了现代心理学探索无意识深层心理的先河。接着,他又在篇幅最长的"弗洛伊德"专章中点出了弗洛伊德学说的两个源头:"一方面他是叔本华、尼采、哈特曼一线相传的哲学之继承者,而另一方面他又曾就学于夏柯和般含,与法国派心理学者也有很深的因缘。"[2] 实际上,朱光潜在这里既简要地概括了西方学者当时对弗洛伊德学说的一般看法,同时又暗示了弗洛伊德之所以始终存在难以调和的矛盾之所在:一方面,弗洛伊德主张科学和理性,并且毕生为建立一门精神分析科学而努力奋斗;另一方面,他的种种假说又过分强调了非理性(无意识)的作用,终于使人们看出了他与那些非理性主义

---

[1] 《朱光潜全集》第1卷,第85页。
[2] 同上书,第124页。

第三章 关于批评大家的讨论（一）

哲学家们的一脉相承之处。因而我们可以得出结论，弗洛伊德的出发点在科学，而落脚点却在哲学。对此，朱光潜虽未指明，但我们仍可以从他的一系列分析介绍中推论出来。在结尾部分，朱光潜指出，"弗洛伊德的最大贡献在发明心理分析法以治精神病"，而"他的最大缺点在他的泛性欲主义（Pansexualism）"，其次，"他的'隐意识'一个概念也非常暧昧。'隐意识'既不能以意识察觉，则其存在只可推测，不可证明"，再者，"他的梦的解释太牵强"，最后，"弗洛伊德还有一大缺点，就是对于心理学的生理基础无所说明"。[①]总之，从这一系列富有科学精神的批判性言词来看，朱光潜俨然以一种科学心理学家的身份，对弗洛伊德的所有缺乏科学实验基础的"哲学"假说统统予以了批判和质疑。应该承认，他此时的科学态度是十分鲜明的，并且正是这种态度基本上贯穿了他后来对弗洛伊德主义的阐释、分析和批判性讨论。

《变态心理学》中的材料虽多取自前一本书，但作者此时的态度已经有了一些变化，从介绍阐述逐步过渡到分析批判，在分析批判中又夹杂着自己的评价。这本书的前三章虽未论及弗洛伊德，但这种铺垫却成为后四章的专门性讨论的不可缺少的部分。第四章"压抑作用和隐意识"、第五章"梦的心理"和第六章"弗洛伊德的泛性欲观"在介绍阐述弗洛伊德理论的同时，穿插着分析批判；第七章"心理分析法"则以介绍和阐述为主，其中并无批判之词，这就说明，他对作为一种治疗精神病方法的精神分析法依然给予了

---

① 《朱光潜全集》第1卷，第145—147页的有关段落。

肯定。但是，此时在朱光潜的眼里，弗洛伊德的最大贡献已不再是仅仅"发明心理分析法以治疗精神病"了，而是从方法论上的变革上升为本体论上的革命性变革，因此，他的"最大贡献就在打破理智派心理学而另建设一种以本能和情感为主体的心理学"①。这样看来，随着西方学术界对弗洛伊德学说的逐步接受和阐发，朱光潜的"经院心理学"家的正统观念也逐步发生了变化。

如果说在从心理学本身对弗洛伊德的理论进行介绍、阐述乃至分析批判方面，朱光潜在很大程度上受到西方学者的态度的影响的话，那只能说明他尊重科学的客观态度，并未表明他本人在建立自己的美学体系时对弗洛伊德学说的创造性接受和转化。随着西方作家、批评家对弗洛伊德主义的文学可能性的逐步发现和发掘，朱光潜本人对弗洛伊德的批评和研究也逐步转向了美学和哲学的视角，并用以阐述自己的文艺观点，同时也对同时代以及后代的批评家起到了一定的导向作用。这时他已完全摆脱了对弗氏学说的一般性介绍和阐述阶段，进展到分析批判和扬弃接受的阶段。由于朱光潜的哲学和美学主要受到尼采和克罗齐的影响，又由于他对弗洛伊德的文艺思想及其信徒们的基本观点已十分熟悉，因此他完全可以在西方美学这一广阔的历史背景下来考察弗洛伊德主义。这时他对弗洛伊德主义文艺观的分析批判和创造性转化主要体现在《文艺心理学》和《悲剧心理学》这两部著作中，尤其是后者最初是作者用英文撰写并在国外出版的，因而长时间在国内未产生任何影响，而其

---

① 《朱光潜全集》第 2 卷，第 152 页。

第三章　关于批评大家的讨论（一）

中译本于1983年由张隆溪翻译、人民文学出版社出版时，人们才惊异地发现，这部早先的批评理论著作在改革开放和思想解放的年代出版确实是适逢其时。综合这两本著作的批评理论和思想我们发现，它们涉及了下列几个至关重要的理论问题。

1. 文艺创作与欲望升华的关系。按照弗洛伊德的观点，文艺创作的动因是以性欲为中心的力比多欲望的满足。一般的人满足力比多欲望的方式不外乎这样两种：直接投射到性对象上或通过精神分析法而得到自我宣泄，而作家和艺术家则通过文艺创作使得这种原始的欲望得到升华，"性本能的成分，尤其是具有这种升华作用的能力，可以用一种更远大、更有社会价值的目标来代替其原有的性目的……性的冲动成分既然可以升华，当然就有着相当的可塑性，因此经过更加彻底的升华，就可以产生出更伟大的文化成果"。[①] 朱光潜对此的态度是辩证的。首先，他承认有关文艺创作是无意识的欲望升华的观点无疑对唯美主义的"为艺术而艺术"是一种反动，但他接着便表明了自己的异议："艺术的内容尽管有关性欲，可是我们在创造或欣赏的那一顷刻中，却不能同时在受性欲冲动的驱遣，要在客位把它当作形象看。弗洛伊德派的错处在把艺术和本能情感的'距离'缩得太小。"[②] 对于俄狄浦斯情结与欲望升华的关系，朱光潜更是表明了自己的不同意见：

[①] Cf. Sigmund Freud, "The Origin and Development of Psychoanalysis", *The American Journal of Psychology*, Vol. 21, No. 2 (April, 1910), pp. 181–218, 尤其是 p. 216。

[②] 《朱光潜全集》第1卷，第225页。

> 我们并不否认原始的欲望是文艺的一个很大的原动力，但是我们否认原始欲望的满足就是艺术所给我们的特殊感觉。弗洛伊德派的文艺观还是要纳到"享乐派美学"里去，它的错误在把欲望满足的快感看成美感，或是于这种快感以外，在文艺中没有见出所谓"美感"是怎么一回事。①

在朱光潜看来，弗洛伊德主义文艺观把快感与美感混为一谈，因而破坏了美的创造规律；此外也把艺术庸俗化了，进而忽视甚或破坏了艺术形式，因此，"欲望升华说的最大缺点在只能解释文艺的动机，而不能解释文艺的形式美"。② 我们一般认为，文艺作品的完美性恰在于其内容与形式的有机统一，在这一点上，弗洛伊德主义确实重视作品的内容和主题，但它却忽视了形式美本身所赖以存在的规律，这不能不显示出它在内容与形式之关系这个问题上的幼稚态度。

2. 俄狄浦斯情结与悲剧主题。弗洛伊德生前熟谙古今悲剧名著，尤其受到索福克勒斯的《俄狄浦斯王》的启迪，"根据自己对古希腊悲剧的知识，提取了这个杀父娶母的俄狄浦斯故事的相似之处，从而为乱伦的欲望发明了'俄狄浦斯情结'这一术语"。③ 对此，朱光潜同样是先阐发然后再进行质疑和批判：弗洛伊德学派将

---

① 《朱光潜全集》第 1 卷，第 274 页。
② 同上书，第 394 页。
③ Rod W. Horton and Herbert W. Edwards, *The Backgrounds of American Literary Thought*, New York: Appleton – Century Crofts Inc., 1952, p.359.

其"作为一个关键性概念,尝试用它来分析一切悲剧。他们到处去发现儿子对母亲的乱伦的情欲和对父亲的忌妒和仇恨"①,这样做的结果只能是导致悲剧的主题被简单化和庸俗化。因而朱光潜指出:"如果仅仅局限于悲剧范畴之内,就可以说一切悲剧都来源于俄狄浦斯情意综,都满足我们隐意识的乱伦欲念。就算是这样,这样的满足也显然只能在隐意识中进行……说欲念得到满足,但主体(在这里是隐意识的人格)并不感到满足,岂不是奇谈吗?"②他严格地将快感与美感加以区分,并辨析道,欲望的满足只是在无意识中实现,而快感的满足则必须得助于意识,一般人在欣赏悲剧时,"绝不会觉得有任何乱伦欲念的满足"③,因而,就更谈不上得到快感的满足乃至美感的享受了。

3. 梦与艺术结构。现已公认,弗洛伊德的《释梦》是他对20世纪人类文化作出的最重大贡献之一。这本书虽然不是专门论文学艺术的,但是其中的大量例证却取自文学艺术名著,因而该书对20世纪的意识流文学、超现实主义、表现主义等文艺流派均产生了使作者意想不到的影响。这本书的最大特色在于将无意识、梦和性的象征融为一体,从而集中体现了弗洛伊德主义的三大贡献。当然,梦的理论一经问世,就受到了来自各方面的非难和批评。朱光潜由于对性的理论存有质疑,对无意识的科学性也持保守的态度,再加上他对艺术形式结构和美的特殊偏好,因而对梦的理论也予以了激

---

① 《朱光潜全集》第2卷,第396页。
② 同上书,第400页。
③ 同上。

烈的批评。但即使如此，他依然承认，"压抑"和"移置"这两个概念是弗洛伊德主义的"最独特的贡献"，"这两个概念的确不是亚里斯多德提出来，也不是他的评注家们提出来的"①，而且弗洛伊德主义在强调升华说时，实际上也暗示了"净化"这一概念，尽管这并"不是它所独有的概念"②。但他在这种局部的肯定之后却从形式美的角度进行了更为专断的批判：

> 艺术的形式美方面完全被弗洛伊德派忽略了，他们不懂得，诗绝不止是支离破碎的梦或者捉摸不定的幻想，他们也没有看到，隐意识的本性固然要求愿望应当以象征形式得到表现，却不一定要求以美的形式去表现……如果按照逻辑推演下去，弗洛伊德派心理学会把一切审美经验从人类生活中排除掉。无论多么高尚和崇高的艺术，都会成为仅仅满足低等本能要求的手段。这样一种艺术观如果不是完全错误，也至少是片面和夸大的。③

由此可以看出，作为一位美学家和有着自觉理论意识的文艺批评家的朱光潜，自然对艺术的真谛有着自己的体验和独到见解，他对艺术形式美的特别注重也不足为奇，而且正是出于对这种体验的注重，他才从美学的角度对弗洛伊德主义进行了如此尖锐的批判。

---

① 《朱光潜全集》第2卷，第399页。
② 同上书，第401页。
③ 同上。

其中的偏颇之处和过激言词当然也在所难免，但是从当时以及后来的改革开放时代中国文化界和文学批评界对弗洛伊德主义的一片无原则的赞扬声（当然也不乏持异议者）中，我们却听到了一个与众不同的、但却强有力的声音：一方面出于对西方正统的经院心理学的维护，指出弗洛伊德学说的谬误，另一方面又以冷峻超然的科学态度，对之进行阐述、分析、批判进而扬弃。朱光潜的这种努力对于那些热衷于在自己的作品中图解甚至滥用精神分析学说的作家或滥用包括弗洛伊德的精神分析学在内的西方理论强制性地阐释中外文学作品的做法，或许敲响了警钟。虽然曾被他批判过的弗洛伊德的一些观点已被后来的实践证明是有效和可行的，但是他的难能可贵之处恰在于：作为一位擅长辩证思维的哲学家和文学批评家，朱光潜在任何时候都保持清醒的头脑，并作出自己的判断。所以《文艺心理学》和《悲剧心理学》在中国当代产生的影响更大，它们不仅反映了朱光潜毕生对弗洛伊德主义的认真研究、深刻分析和严肃批判的态度，同时也体现了他对其的扬弃和创造性转化，尽管这种接受和转化有相当一部分是无意识的。

二 接受与影响：比较的批评和分析

在前一部分的追踪和分析中，我们不难看出，朱光潜的文学理论批评并非像他自己曾坦承和别人所认为的那样，只是受到克罗齐和叔本华的影响，而是同时受到尼采和弗洛伊德的影响。他步入美学和文学理论批评的起点并非只是哲学和文学，还包括心理学，尤其是在当时处于新兴的不成熟阶段的非正统心理学——精神分析学学科领域。由于朱光潜广博的多学科知识、深厚的美学和文学理论造诣，因此他从心理学和美学的角度介绍、阐述和研究弗洛伊德主义，就明显地高于他同时代的批评家和学者；他的分析批判虽然也受到了西方学术界（特别是学院派心理学者）的影响，但其中并不乏他自己独特的思考视角和真知灼见；他对弗洛伊德主义及其文艺观的态度总体上说来是辩证的、一分为二的，因而也是比较实事求是的。但是，不管他对之批判或褒扬，他对精神分析学说以及弗洛伊德主义文艺观在中国的心理学界、美学和文学批评界的传播和发展都作出了重要的贡献。这一点尽管他本人在新中国成立后相当长一段时间内都从未提及，但他早年写下的这几部著作却成了难以磨灭的证据。

同样，我们也不难发现，在对弗洛伊德主义的介绍阐述和分析批判的同时，朱光潜也在相当大的程度上受到了其影响，并通过这种被动的影响和他本人的主动接受，逐步开始建立自己的美学和文学批评理论体系的工作。从他早期著述的分量以及他开始介绍弗洛伊德学说的时间，同时也通过对他与当代中国的另两位最有影响的美学家（李泽厚和蔡仪）的比较，我们完全可以这样认为，朱光潜所赖以建立自己的美学和文学批评体系的逻辑起点并非哲学，而是心理学，而李泽厚美学思想的逻辑起点则是哲学，蔡仪的逻辑起点是文艺学。他在表述自己的一些美学观点时，常常自觉或不自觉地汲取并借鉴了弗洛伊德的学说，并进行了自己的创造性转化。

朱光潜受到弗洛伊德主义的影响是确信无疑的，但是这种影响

第三章 关于批评大家的讨论（一）

并非浮于表面，而是深层的、不易辨识的，我们几乎很难发现他对弗洛伊德主义的简单图解或大肆滥用，也没有在精神分析学在西方处于全盛时期时成为一位精神分析学批评家。弗洛伊德主义对朱光潜的文艺观和批评理论的影响主要体现于方法论方面，而他本人对后者的接受则是具体可辨的。根据接受美学理论，客体对主体（接受者）所施与的影响在很大程度上取决于接受主体自身的期待视野的承受、过滤和反馈水平：视野愈是宽广，承受力就愈大，过滤的就愈细，反馈出来的东西距离原客体就愈是有别，当然，误解和误构的例子除外。在朱光潜的期待视野内，隐伏着丰富渊博的心理学、哲学、美学、文艺学等学科的知识，这些知识使得接受者拥有了一个巨大的、牢固的网状结构，在这里，能指的多极相交产生出了新的所指，因而令人们难以辨识。也就是说，在解释一种文艺现象时，朱光潜有时并非仅用弗洛伊德一个人的学说，这样便导致研究者很难探究出他的解释之背后的理论渊源。

首先应指出的是，朱光潜和弗洛伊德这两位理论家在研究方法上的契合。对弗洛伊德的理论有研究的人都知道，弗洛伊德生前曾自诩为一位科学家，致力于建立一门不同于传统的（理性）心理学的精神分析学，他的不少假说都可以在临床实践中找到基础，因此，连最保守的正统心理学者也不得不承认他的精神分析法用于治疗精神病的效应，朱光潜当然也不例外。应该承认，弗洛伊德学说的逻辑起点是科学（心理学和精神病学）。但是随着精神分析运动的兴盛，随着弗洛伊德的理论体系的逐步发展壮大以及他本人的声誉的日益高涨，弗洛伊德便不屑于停留在精神分析运动的小圈子内，他试图用自己的理论解释一切人类文化现象。这时，在他的信徒们的鼓吹下，弗洛伊德主义的旗号便公开打了出来，并迅速地形成20世纪二三十年代风靡欧美的一股最大的文化哲学思潮，它在文学界的产儿就是现代主义文学运动中的某些流派和精神分析学批评理论。这样看来，弗洛伊德的学说一旦越出精神分析学的雷池，演变成弗洛伊德主义思潮，其科学的护身符便不攻自破，它的落脚点就是哲学，而且是与叔本华、尼采、哈特曼等人为代表的非理性主义哲学一脉相承的。由此可见，弗洛伊德主义常常被当作一股非理性主义思潮就不足为奇了。对于这些，朱光潜是十分清楚的，并因此而对弗氏学说中的非科学成分提出了质疑。但令人意想不到的恰恰是，正是在这一点上，朱光潜自觉或不自觉地效法了弗洛伊德：他试图从心理学（科学）的角度入手，以严谨的科学态度研究美学，进而建立自己的以心理学为逻辑起点的美学思想体系；但从他那富于思辨哲学意味的分析推理和弘扬感情、贬抑理智的研究方法来看，他的落脚点却是哲学、文艺学以及这二者的交叉学科——美学。同俄国形式主义以及其后的结构主义批评方法相比，朱光潜研究美学文艺学以及解释文艺现象的方法远远算不上是科学的，倒是更带有直觉、印象、感悟和阐释的成分，这充分体现了他对中国古典文学批评的熟悉和造诣，或者说，他有意识地将科学的理性精神与哲学的阐释方法结合起来，形成了自己独树一帜的批评方法体系。在这一点上，弗洛伊德学说给他的最大启迪在于：从科学的基点出发，进而推而广之，落脚点却在哲学。在对弗洛伊德学说的介绍阐述上，朱光潜遵循科学的方法论原则，力求做到客观准确，并及时纠正国内学者对弗氏学说的误解和歪曲,例如,在辨析潜意识(Unterbewusst)与无意识(Unbewusst,或译隐意识)之区别时①,这种实事求是的科学精神得到了完美的体现。但令人遗憾的是,朱光潜的这番甄别始终未引起国内学界的重视,甚至时至今日,我们仍可不时地发现将无意识与潜意识两个概念混用的谬误。在分析批判阶段,朱光潜的方法也和弗洛伊德一样:先是力求从科学心理学的立场出发,指出弗洛伊德学说中的非科学成分,并予以严厉的批判。但他的分析批判也仍以推理讨论为主,而缺乏科学的实证精神和实验数据,而且在很大程度上还受到当时的西方正统经院心理学思想的影响,因此并不能完全令人信服;此外,随着弗洛伊德的学说逐渐被绝大多数西方心理学家接受,他的不少假说日益被科学实验所证明,因而连弗洛伊德本人也逐渐被尊为"正统的心理学家"和"现代心理学的奠基人",朱光潜的那些过激的批判性言词也就黯然失色了。由此可见,朱光潜对弗洛伊德主义的分析批判,其出发点和态度是科学的,但其方法和结论却是哲学的。这就是弗洛伊德对朱光潜有着重大影响的内在和深刻之处。毫无疑问,在对弗洛伊德心理学的了解、掌握进而评介研究方面,朱光潜与高觉敷齐名,是中国现当代最有成就的学者。弗洛伊德主义太为他所熟悉了,因而已经不知不觉地渗入到他的意识和无意识之中,无形地、内在地影响着他的学术研究和理论批评。但在阐释具体的文艺现象时,朱光潜多在主动接受弗洛伊德的学说,而并非只是简单地受其

---

① 参见《朱光潜全集》第1卷,第128页及其他有关部分。

影响，这样的例证在《文艺心理学》和《悲剧心理学》中并不难见到，这里仅择其一二，以供读者管中窥豹。

在第四章"希腊女神的雕像和血色鲜丽的英国姑娘"中，朱光潜为了对美感与快感加以区别，以看"血色鲜丽的姑娘"为例，认为对这样的美人，"可以生美感也可以不生美感"：

> 如果你见了她不起性欲的冲动，只把她当作线纹匀称的形象看，那就和欣赏雕像或画像一样了。美感的态度不带意志，所以不带占有欲。在实际上性欲本能是一种最强烈的本能，看见血色鲜丽的姑娘而能"心如古井"地不动，只一味欣赏曲线美，是一般人所难能的。①

如果我们拿弗洛伊德的"性欲升华"说与之对照，也许会觉得略微变了点形，但其中接受和转化因素是不难窥见的："可以生美感也可以不生美感"，即性欲（力比多）可以升华为"更伟大的文化成果"（弗洛伊德语），也可以不得到升华；前者诉诸艺术家，后者诉诸一般人。因此，见到美丽的姑娘而"不带占有欲"实为"一般人所难能"，因为他们渴望把性能量直接投射到性对象上去；而艺术家则可以做到，因为他们采取的是宣泄力比多的第三种方法：将原始的欲望升华为高雅的艺术形象了，因而就可以从中获取美感。仅通过这段简略的分析比较，我们就可以看出朱光潜和弗洛伊

---

① 《朱光潜全集》第2卷，第28页。

德两人观点的相似。

再举一例。在第九章"大人者不失赤子之心"中，朱光潜在比较（大人的）艺术与（孩子的）游戏时尽管只字未提弗洛伊德对梦想与艺术创造的论述，但从他的通篇论述中却可以轻而易举地见出他对弗洛伊德的这一观点的接受和转化。

试比较下面两段文字：

> （儿童）的想象力还没有受经验和理智束缚死，还能去来无碍。只要有一点实事实物触动他们的思路，他们立刻就生出一种意境，在一弹指间就把这种意境渲染成五光十彩，念头一动，随便什么事物都变成他们的玩具，你给他们一个世界，他们立刻就可以造出许多变化离奇的世界来交还你。他们就是艺术家。①

再来看另一段文字：

> 难道我们不可以说，每一个玩耍的孩子的行为都像个创造性作家吗？这种相象之处就在于：孩子也创造了自己的一个世界，或者说他用一种颇能使他满意的新方式安排了自己世界里的事物。如果认为他没有认真地对待那个世界，那就错了，相反他倒是十分认真地对待自己的游戏的，并且在那上面倾注了

---

① 《朱光潜全集》第2卷，第57页。

大量的情感。①

这样两段文字相比较所得出的结论自然是无须说明了。尽管我们可以说，文艺的"游戏说"早在弗洛伊德之前就已有之，但下面两点仍可佐证：其一，朱光潜自认为《谈美》是"通俗叙述"《文艺心理学》的"编写本"；其二，书中第四篇不仅提及而且评述了弗洛伊德的文艺观。当然，从精神分析学批评的视角，我们还可以读出更多弗洛伊德主义的因素。但朱光潜在运用弗洛伊德的理论时，往往也将其他思想家和理论家的观点糅合在其中，这样一来，一般的读者就难以究其渊源了。这也许正是朱光潜明显地高于他的同时代其他批评家的地方，他更多的是在理论思辨的层面上与弗洛伊德的理论进行对话，而较少将其用于具体文学现象和文本的分析阐释。

三　朱光潜现象：中国现代知识分子的人格悲剧

本节前两部分的资料追踪和简略分析无疑为这一部分的进一步讨论奠定了实证的基础，我们可以由此得出结论：朱光潜作为一位受过严格西学训练并有着深厚中西美学和文学理论造诣的学院派批评家，同时也是中国最早介绍阐述弗洛伊德主义的学者和批评家之一，他不仅对之进行分析批评，而且也受其影响和启迪，并对之加

---

① ［奥地利］弗洛伊德：《创造性作家与白日梦》，中译文见王宁编《精神分析》，四川文艺出版社1989年版，第2页。

第三章 关于批评大家的讨论（一）

以接受、扬弃和创造性转化；弗洛伊德完全有资格和尼采、克罗齐等思想家一道，成为对朱光潜的美学和文学批评理论产生过深刻影响的导师。

但是令人遗憾的是，中华人民共和国成立后，在几乎所有的著述论文或谈话中，朱光潜承认自己是克罗齐的信徒（后来又承认是尼采的信徒）的同时，却闭口不提弗洛伊德这位曾促发他建立自己的文艺心理学美学体系的导师，从而也致使几乎所有的研究者和批评者无从对之涉足问津，这实在是令人遗憾和不可思议的。其原因究竟何在？我们认为主要有这样几个。

第一，在不少研究者和批评者看来，弗洛伊德的理论主要是关于性的理论，因而无论在正统的经院心理学界或美学界，弗洛伊德主义的名声都经历了褒贬毁誉的境遇，尤其是在苏联和中国这样的社会主义国家，弗洛伊德的名字在相当长的时期内更是声名狼藉。他的学说连同尼采的超人哲学、萨特的存在主义等一道，被斥为反动的、腐朽的唯心主义理论，而且即使是对这些理论的批判也大多限于"内部"，还是在广大读者（包括一些专业人员）读不到原著的情况下进行的，其措辞之偏激是可想而知的。对于朱光潜这位"资产阶级反动学术权威"和历次政治运动中的首当其冲者，若是把他自己的名字同这样一位反动人物的名字联系在一起，就会罪上加罪，同时也会招来更为严厉的批判。众所周知，弗洛伊德的著作在中国一度是被禁止出版的，因此知道他的理论的人自然不多，既然别人不提他曾为弗洛伊德主义在中国的传播推广作出如此重要的贡献，他自己也就干脆保持沉默，并最终与这位曾经的导师"永远告别"了。而对于研究者和批评者来说,"文化大革命"前的那一辈学者和批评家并不太熟悉弗洛伊德的理论,一般人是很难把朱光潜的美学和文学批评理论同弗洛伊德主义放在一起考察和研究的;20世纪70年代末,随着比较文学和现当代西方文学理论在中国的译介和运用,本来这种跨学科的比较研究应该成为中西比较文学和比较文论研究的一个重要课题,但是毕竟从事这种跨学科的研究难度较大,研究者和批评者尚未来得及作必要的知识准备。因此"弗洛伊德与朱光潜"这个课题长期以来在中国的比较文学和比较批评界始终是个空白,这不能不说是一大遗憾。

第二,从上面的分析来看,问题显然有着多种复杂的因素,把责任推给朱光潜本人也不免失之公允,因此我们需要从另一方面去寻找原因。朱光潜的学术和批评生涯跨越了现代和当代两个时段,而他的学术影响一直持续到改革开放后的十多年,他早先提出的许多理论命题一直是中国的外国文学批评界所绕不过的命题。新中国成立前,朱光潜著述甚丰,他的美学和文学理论自成一家,在海内外有着广泛的影响。但新中国成立后,一系列政治运动猛烈地冲击着他,致使他的后半生几乎是在批判声和咒骂声中度过的,而且大大小小的"美学家""文学理论家"和"批评家"正是打着"批判朱光潜的美学思想"之旗号而起家的。而朱光潜本人在新中国成立后,则把大量的时间花在了翻译上,基本上未写出任何具有自己学术个性的文学理论专著。《西方美学史》是他花了很大气力写成的一部专著式的高校教科书,虽然至今很少有中文的同类著作超越它,但毕竟是特定历史条件下的产物,其中的"左"的言辞和不恰当的观点是显而易见的，而且有些在西方美学和文学理论史上产生过重大影响的理论家竟然未被提及或简略地打发过去，至于20世纪以来的西方美学和文学理论诸流派的评介就更是简单得近乎空白了。人们不禁要问，难道朱光潜对其一无所知吗？答案自然是否定的。实际上，朱光潜20年代后期至30年代初在英法留学时，正是形式主义批评及其代表性流派新批评开始兴起的年代，我们可以从他在艺术鉴赏中所流露出的对艺术形式的情有独钟见出他所受到的形式主义批评的影响和启迪，这一点也体现于他对弗洛伊德的精神分析学说对文学作品形式的割裂所持的非议和批评中。而这一时期西方文学理论的进展却是世人所公认的，因而20世纪甚至被人认为是一个"批评的世纪"，这个世纪一旦翻过，文学理论的"黄金时代"也就成了历史。此外，朱光潜还花了更多的时间和精力刻苦攻读马克思主义创始人的原著，不断地改变立场，不断地批判自己的"错误"，有时甚至把自己的正确观点也当作错误来批判。今天我们翻开他晚近的一些著述就可以看到很多这样的批判性言辞——不仅批判自己，而且也批判西方的唯心主义理论大师，批判的结果竟导致他连曾影响过他的美学和文学理论大师的名字也不敢提及了。这实在是中国现当代知识分子历经沧桑最终仍难逃厄运的人格悲剧之缩影，同时也是一种难以解释的现象，即朱光潜现象。

20世纪80年代初，朱光潜曾在《悲剧心理学》中译本自序中作过这样的自述：

> 一般读者都以为我是克罗齐式的唯心主义信徒，现在我自

己才认识到我实在是尼采式的唯心主义信徒。在我心灵里植根的倒不是克罗齐的《美学原理》中的直觉说，而是尼采的《悲剧的诞生》中的酒神精神和日神精神。那么，为什么我从1933年回国后，除掉发表在《文学杂志》的《看戏和演戏：两种人生观》那篇不长的论文以外，就少谈叔本华和尼采呢？这是由于我有顾忌，胆怯，不诚实。读过拙著《西方美学史》的朋友们往往责怪我竟忘了叔本华和尼采这样两位影响深远的美学家，这种责怪是罪有应得的。①

其实，从朱光潜一生的著述来看，他并没有像介绍阐述弗洛伊德主义那样去介绍叔本华和尼采的学说，那么他为什么敢于提及叔本华和尼采，而又未提及弗洛伊德呢？因为在《悲剧心理学》中，这二人的影响是更为明显的，而对弗洛伊德主义的论述，则主要是批判的，其内在的影响是一般人难以见出的。另一个原因则在于，当时的学术界对尼采已开始有了一种新的认识②，而对弗洛伊德却仍有着很大的争议，其中贬多于褒，这时依然谨小慎微的朱光潜自然不敢贸然承认自己曾受到弗洛伊德的影响。到了1985年年末和1986年年初，"弗洛伊德热"逐渐在学术界和文学批评界升温，大量弗洛伊德本人的著作以及其阐释者的评介性著作已开始畅销于中

---

① 《朱光潜全集》第2卷，第210页。
② 这方面尤其值得参阅乐黛云《尼采与中国现代文学》一文，《北京大学学报》（哲学社会科学版）1980年第3期，以及王富仁的文章《尼采与鲁迅前期思想》，《文学评论丛刊》第17辑，中国社会科学出版社1983年版。

第三章　关于批评大家的讨论（一）

国文化学术界和读书界，也有学者开始注意到弗洛伊德主义在中国的影响和流变，但是谁也不会想到去请教此时已病入膏肓的朱光潜先生，他就更不可能主动去想到弗洛伊德了。也许读过朱光潜晚期著述的读者会因为他几乎很少提及弗洛伊德的名字而责怪他，可惜，这样的责怪已为时过晚，朱光潜再也无法作答了。

从历史的角度来看，朱光潜现象作为中国现当代知识分子的人格悲剧之缩影，绝不应当被孤立地看待，而应当与他的同时代知识分子的命运参照起来考察。仅从中国现代文学史上成就卓著的几位作家的命运着眼，我们就可以看出，左、中、右三类人物有着纯然不同的归宿：被认为是左翼作家的郭沫若、茅盾早年曾投身革命，中华人民共和国成立后则作为国家领导人来担负文学艺术的组织领导工作，而自己却未写出超越早年的杰作；被认为是中间派的巴金则停止了长篇小说的创作，但尽管如此，他仍因为早年的那些"充满资产阶级情调的"小说而差点丧生于十年浩劫中；钱锺书、冯至、卞之琳等才华横溢的具有现代主义倾向的学者型作家则停止了创作，把精力转向中外文学研究和翻译工作；被认为是右翼的沈从文、施蛰存在中华人民共和国成立后分别致力于古代文化和文学研究及教学工作，基本上不涉足当代文坛和理论批评。而朱光潜这位"右翼人物"却不甘寂寞，他有着毕生探索真理的自强不息、上下求索的精神。他不停地译，不停地写，直至生命的最后一息。他本着当代知识分子的忏悔意识，严厉地解剖自己，批判自己的过去，并试图与之诀别，殊不知这样做的结果很容易"将澡盆里的孩子连同洗澡水一起倒掉"。当他晚年看到文坛上论争活跃、新人辈出的气象时，不禁欣喜备至，并试图重振当年之精神挥毫上阵。但他毕竟年事已高，加之又缺乏青年学者的那种勇气和革命精神，仍然前进一步，观望四下，心有余悸，不敢正确对待自己的过去，在很大程度上还要依赖政策气候和文化学术风尚的转变。这样一种矛盾的心理和难以名状的人格悲剧不仅是他这样一位老知识分子至死也难以摆脱的，同时在更大的程度上也是我国一大批知识分子的共同命运，也可以说，是深藏在我们古老民族的集体无意识中的人格悲剧。对此我们应予以足够的重视。

第二节　季羡林的东方文学批评与研究

在中国当代外国文学批评界，长期以来一直存在着某种"西方中心主义"的观念，并且一度有过"苏联中心主义"的思维模式，在文学批评方面，学者们往往聚焦于西方文学或俄苏文学，而相比之下，由于语言上的障碍以及其他方面的因素，东方文学教学和研究一直处于"边缘"的地位。虽然大部分可称得上批评家的学者都是从事西方文学研究和教学的，但是也有少数几位专门从事东方文学研究和批评。博通古今、学贯中西的季羡林就是其中最杰出的代表。2009年，当这位被誉为当代"国学大师"的季羡林先生逝世时，不少人竟然不知道他本来的专业是什么，只知道他是一位当代文化名人和国学大师，精通多门外语，且发表了一些颇有影响力的宏论和精致隽永的散文，至于他本来的专业特长是什么，则几乎一无所知。

第三章　关于批评大家的讨论（一）

季羡林（1911—2009）是山东省聊城市临清人，字希逋，又字齐奘。他出生于山东省清平县康庄镇官庄一个农民家庭，1917 年，离家去济南进私塾读书。其后分别在济南山东省立第一师范附设小学、济南新育小学、正谊中学就读。其间打下了扎实的古文和英文功底。1926 年初中毕业后在正谊中学读过半年高中，然后转入新成立的山东大学附设高中，其间学习了德语，这无疑为他后来留学德国奠定了一定的基础。1929 年，季羡林转入新成立的山东省立济南高中，毕业后便考入清华大学西洋文学系，专修方向是德文。

1935 年，清华大学与德国签订了交换研究生的协定，季羡林随即报名应考并被录取。同年 9 月赴德国进入素以古典学研究著称的哥廷根大学，主修印度学，学习梵文、巴利文、吐火罗文及俄文、斯拉夫文、阿拉伯文等。1941 年，他以优异的成绩毕业于哥廷根大学，获哲学博士学位。1946 年，季羡林回国后受聘为北京大学教授兼东方语言文学系主任，1956 年 2 月，当选为中国科学院哲学社会科学学部委员。他在"文化大革命"期间受到迫害，后于 1978 年复出，继续担任北京大学东语系主任，并被任命为北京大学副校长、北京大学南亚研究所所长，并当选为中国外国文学学会副会长和会长。1984 年，季羡林出任北京大学校务委员会副主任，1985 年，任中国作家协会理事、中国比较文学学会名誉会长。季羡林是中国当代外国文学批评家中屈指可数的学识渊博同时又有自己思想和理论的批评大家之一。他同时涉猎印度古代语言研究、佛教史研究、吐火罗语研究、印度文学翻译及研究、比较文学研究、东方文化研究、古代典籍研究以及散文创作八个领域并且成就斐然，堪称博通古今、学贯中西的学术大师，被誉为"梵学、佛学、吐火罗文研究并举，中国文学、比较文学、文艺理论研究齐飞"的学者型批评家。他一生著译甚丰，晚年这些著作和译著汇编成《季羡林全集》，共29卷，其中大部分属于十分专业的学术研究著作和散文作品，还有大量的译著，本节只讨论他的文学批评理论及相关的文学和文化批评实践。

一 东方文学和比较文学研究的奠基人

毋庸置疑，在中国当代外国文学批评家中，季羡林的学术生涯和批评生涯也是独一无二的。他留学德国，但在德国期间，他并没有像许多中国留学生那样，学习所在国的语言文学，如杨周翰和王佐良就是如此，也不像一些海外华裔学者那样专攻西方的汉学。而是选了一门"冷学"，即东方语言文学，或更为具体地说，印度语言文学，作为自己毕生的学术领域。由于印度是一个多语言多民族的国家，他也就涉猎了多种印度的古代和现代语言，因此他的学术造诣和著述主要体现在这些领域里。由于他自幼便学习古文，打下了坚实的国学基础，而且又有着散文写作的才华，同时又密切关注中国当代文学和文化理论批评的热点问题，这就使他在繁忙的学术工作之余写下了一些文学批评文章。但即使在这些批评文章中，我们也不难看到，他旁征博引，不仅聚焦于印度文学，同时也涉及中外文学关系，尤其是中印文学关系，强调中印文学和文化之间的相互影响和相互启迪，并提出自己的批评性见解。因而在改革开放后，他能够充分利用自己广博的中外文学知识和文化理论思想，率先在中国倡导比较文学和东方文学研究。这也是他的批评文章明显地不同于一般的外国文学批评家的一个重要方面。因此称他为中国当代东方文学和比较文学研究的奠基人并不为过。

季羡林从事文学的比较研究主要聚焦于中印文学的比较研究和批评。他始终认为，中国和印度作为两个有着古老文明的大国，在文学上有着十分密切的关系。他作为一位专事印度语言文学研究的学者有责任向国内读者展示这种自古存在并沿袭至今的关系。在一篇讨论中印文学关系的文章中，季羡林旁征博引，描述了从古到今的中国文学所受到的印度文学的启迪和影响，他强调指出，中印文学关系源远流长，并且体现在诸多方面，"到了六朝时代，印度神话和寓言对中国文学影响的程度更加深了，范围更加广了。在这时候，中国文学史上出现了一类新的东西，这就是鬼神志怪的书籍。只要对印度文学稍稍涉猎过的人都能够看出来，在这些鬼神志怪的书籍里面，除了自秦汉以来中国固有的神仙之说以外，还有不少的印度成分"[①]。

当然，还不止于这种实证性的索隐考证，他同时也不无洞见地指出，印度文学对中国文学的启迪和影响是多方面的，有时表现为印度的故事在流传的过程中被中国作家作了变通的处理因而被"中国化"了："这个过程大概是这样的：印度人民首先创造，然后宗教家，其中包括佛教和尚，就来借用，借到佛经里面去，随着佛经

---

① 王邦维选编：《中国文化书院九秩导师文集·季羡林卷》，东方出版社 2013 年版，第 277 页。

的传入而传入中国，中国的文人学士感到兴趣，就来加以剽窃，写到自己的书中，有的也用来宣扬佛教的因果报应，劝人信佛；个别的故事甚至流行于中国民间。"① 这就清晰地梳理了中印文学实际上存在的源远流长的相互影响和相互借鉴的关系，有时这种文学之间的互证和互鉴甚至超越了文学本身的界限，涉及宗教和文化的其他方面。中印文学和文化由来已久的这种关系从古代甚至一直延续到新中国成立之后的当代文学，因此季羡林在回顾了新中国成立后中印文学的互相影响和启迪后总结道："我们中印两国人民在文学方面相互学习已经2000多年了。如果拿一颗古老的树干来比拟这古老的传统的话，我们就可以说，这棵树干上曾经开过无数的灿烂的花朵；但是这棵树并没有老，在中国解放后，他又返老还童了，它将来开出的花朵还会更多，还会更灿烂。瞻望前途，我们充满了无限的信心。"②

　　与一般的比较文学学者所不同的是，季羡林对印度文学中的一些大家和杰作也有着自己的独特研究和批评性见解，有些作品就是他率先从原文译介到中国的，有些作品虽然是别人翻译的，但他却应邀从一位东方文学专家的角度为之撰写序言或导读性的评介文章。他虽然主要是一位语言学家，很少对具体作家作品进行深入的分析评论，但是他所评论的几位有限的印度古代和现当代作家却是在印度乃至整个世界文学史上都占有重要地位的大作家。迦梨陀娑

---

① 王邦维选编：《中国文化书院九秩导师文集·季羡林卷》，东方出版社2013年版，第279页。

② 同上书，第290页。

第三章 关于批评大家的讨论（一）

这位至今连生卒年月都不确定的伟大作家一生创作了许多不朽的作品，如戏剧《沙恭达罗》《优哩婆湿》和抒情诗《云使》等。季羡林尤其对这两部剧作情有独钟，花了大量的时间和精力将其从梵文译成中文。他认为《沙恭达罗》体现了古代印度人民对美好生活的向往，"这种对美好生活的向往，对一切美的东西的热爱，并不只是表现在《沙恭达罗》里，在迦梨陀娑的许多著作里都贯穿着这种精神。《鸠摩罗出世》里的波罗伐提表现的也是这种精神。在《云使》里，尽管那个被罚离开家乡的药叉同爱妻分别，忆念不置，在无可奈何中，只好托云彩给爱妻带讯；但是通篇情调在淡淡的离愁别恨中总有一些乐观的成分，丝毫也不沮丧"①。他在对诗人进行评论时，并不是从某种既定的理论视角出发，贴上诸如"浪漫主义"或"现实主义"之类的标签，而是从自己对作家本人的理解和对作品本身的感觉作出自己的评判，并用诗一般的语言来评论这些诗作。而对迦梨陀娑作出总体评价时，他也将其放在特定的时代和语境中来考察：

> 迦梨陀娑在塑造人物上达到惊人的真实的程度。他在一千多年以前达到的那种真实性今天还不能不让我们钦佩。特别是拿当时印度文学达到的一般水平来衡量他，我们就更会觉得他的成就是突出的。在他作品里的人物，不管他是什么人，是国王国师也好，是渔夫奴隶也好，是天上神仙也好，都是具体真

---

① 季羡林：《纪念印度古代伟大的诗人迦梨陀娑》，《季羡林全集》第10卷，外语教学与研究出版社2009年版，第16—17页。

实、栩栩如生，仿佛就活在我们眼前。他使用的语言是梵文……但是，同那些和他同时代的作家比较起来，他笔下的梵文是生动流利的，生气勃勃的。他的辞藻华丽，但是并不堆砌；他遵守传统的诗法，但是并不矫揉造作。作为表现手段的语言同他所要表达的内容是一个不可分割的统一体。用生动流利的语言表达永远乐观向前看的精神，表达对生活对一切美的东西的热爱，这就是迦梨陀娑艺术的特点，这就是他的作品在这样长的时间内为全世界人民所爱好的原因。①

毕竟，在中国乃至全世界，绝大多数读者都不可能读懂梵文，但是由于季羡林的译介和评论，迦梨陀娑至少在中国的文学爱好者那里并不感到陌生，同时也不失一定的读者群。

季羡林对现代印度文学也十分喜爱，尤其对现代印度文学大师泰戈尔表现出由衷的钦佩。泰戈尔是一位在世界文学史上占有重要地位的印度文学大家，他的不朽诗作以其优美的抒情格调和动听的诗句不仅使古老的印度文学焕发了勃勃生机，而且还影响了世界上不少国家的文学。泰戈尔主张要以"永新的诗歌"来反映生活的愿望，并表示自己"要生活在人民中间"，"用人们的悲哀和欢乐编成诗歌，为他们修筑一座永恒的住所"。他的早期诗作中充满了浪漫主义情调，后来生活的现实使他清醒了，他决心为反映现实生活而写作，他的诗歌创作确实体现了他那个时代的精神面貌。因而他成

---

① 季羡林：《纪念印度古代伟大的诗人迦梨陀娑》，《季羡林全集》第10卷，外语教学与研究出版社2009年版，第17页。

了第一个获得诺贝尔文学奖的东方作家。季羡林虽然不是主要研究泰戈尔的,但他却广泛阅读了泰戈尔的大部分作品,并通过将其与欧洲和中国的文学进行比较,对之作了相当准确的评介。他认为,泰戈尔不仅是一位伟大的诗人,而且在短篇小说创作上也很有成就。按照他的概括,泰戈尔短篇小说有五个特点,首先是他的"单纯的结构",即在他的许多短篇小说里,"故事情节的开展仿佛是行云流水,舒卷自如,浑然天成,一点也看不出匠心经营的痕迹;但是给人的印象却是均衡匀称,完美无缺"。其二便是他的"形象化的语言",也即"在早期的小说里,泰戈尔笔下的句子几乎都是平铺直叙的,没有过分雕饰。但是,在简单淳朴的句子堆里,说不定在什么地方会出现几句风格迥然不同的句子,在整段整篇里,显得非常别致"。第三个特点是"比拟的手法",即使对人物心情的描写也不花多少笔墨,他只需"用形象化的语言",来一个比拟,就干净利落地完成了这个任务"。第四个特点是"情景交融的描绘",具体说来,"在描写风景的时候,泰戈尔不像许多小说家那样长篇大论,他只寥寥几笔,就能画出一幅栩栩如生的图画",而且"他笔下的风景往往不是孤立地存在着的,而是与故事的情节,与主人公的心情完全相适应的"。第五个特点就是他的"抒情的笔调"。他认为泰戈尔的这种艺术风格的形成与他所受到的国内外文学的多方面影响不无关系,但其中最重要的还是"民族传统的影响,这里面包括古典梵文文学和孟加拉民间文学"①,正是由于泰戈尔的创作深深

---

① 季羡林:《泰戈尔短篇小说的艺术风格》,《季羡林全集》第 10 卷,第 230—235 页。

地扎根在民族的土壤里,他才最终成为一位蜚声世界的文学大师。

泰戈尔与中国也有着十分密切的关系,他对中国现代文学有着重要的影响和启迪。季羡林中学时代就与他邂逅,但真正理解他却是多年以后。泰戈尔曾来中国访问演讲,在中国文化界和文学界产生过极大的影响,而当时在济南高中读书的季羡林曾有幸目睹这位世界文化名人的风采,虽然当时只有13岁,但是他已经在心目中断定,泰戈尔必定是一位世界名人和大家。1961年正值泰戈尔诞辰百年纪念,年届五十的季羡林满怀深情地写了一篇两万多字的长篇纪念文章,虽然当时并未发表,但多年后,即1978年,他将其"重新检出来"并且作了些许补充,又重抄一遍。可见他对这位世界文学大师确实表现了由衷的钦佩和敬意。

在这篇题为《泰戈尔与中国》的长篇文章中,季羡林不仅全面地梳理了泰戈尔与中国的关系以及他对中国的评价,而且还借纪念诗人百年诞辰之际向中国读者较为全面又高度概括地评介了他的文学成就。他认为,虽然泰戈尔著述甚丰,广泛涉猎了文学创作的各种体裁,但他的戏剧创作却"是他文学创作中最薄弱的一环"[①],因为"他主要还是一个诗人",他的诗歌:

> 有光风霁月的一面,也有怒目金刚的一面。可惜我们中国读者对他这方面的了解是片面的。由于通过英语的媒介,介绍到中国来的诗集,像《新月集》《园丁集》《吉檀迦利》等等,

---

① 季羡林:《泰戈尔短篇小说的艺术风格》,《季羡林全集》第10卷,第203页。

第三章 关于批评大家的讨论（一）

都只代表了他光风霁月的一面……这里面有许多优美的抒情诗。诗人以华丽婉美生动流利的语言抒写了自己的一些感触，同时也把孟加拉的自然风光：白云、流水、月夜、星空、似景的繁花、潺潺的细雨等等都生动地放在我们眼前。我们读了，不禁油然生起热爱大自然的念头；印度读者读了，会更加热爱自己的故乡、自己的祖国。但是也有一些诗充满了神秘的宗教情绪，或者空洞无物，除了给人一点朦朦胧胧的美感以外，一无所有。在他的抒情诗里面，可以明显地看到印度古典文学，特别是迦梨陀娑和阇耶提婆的影响，也可以看到孟加拉民间文学和西方文学的影响。这影响有好有坏，不可一概而论。①

可以看出，即使季羡林深深地热爱和崇敬这位伟大的印度作家，但是他仍然试图从马克思主义的立场观点出发对他的创作作出中肯的评价。在谈到泰戈尔与中国的关系时，他认为泰戈尔1924年访问中国是中国历史上的一件大事，不仅促进了他本人的作品在中国的翻译，而且也加强了中印两国人民的传统友谊，推进并发展了中印文化和文学交流。尤其值得一书的是，泰戈尔作为中国人民的伟大朋友，对中国的抗日战争也予以了深切的关怀和有力的支持。此外，季羡林还评介了泰戈尔对中国文化的评价。按照他的概括，泰戈尔对中国的评价共体现于十个方面：（1）中国艺术家看到了事物的灵魂；（2）中国的文明有耐久的合乎人情的特性；（3）中国文

---

① 季羡林：《泰戈尔短篇小说的艺术风格》，《季羡林全集》第10卷，第202页。

学以及其他表现形式充满了好客的精神；（4）中国人不是个人利己主义者；（5）中国人不看重黩武主义的残暴力量；（6）中国人坚决执着地爱这个世界；（7）中国人爱生活；（8）中国人爱物质的东西，而又不执着于它们；（9）事物是怎样，中国人就怎样接受；（10）中国人本能地把握住了事物规律的秘密。① 我们都知道，泰戈尔当年来访中国时曾引起各方面的关注，不同阵营的人们试图借泰戈尔的来访大做文章，对于这一点，季羡林十分清楚，而他多年后作出的总结性概括则相当客观公正地评价了泰戈尔的来访以及他的作品之于中国的意义。当然，他对泰戈尔受到西方现代主义影响写出的一些晦涩难懂的作品也提出了尖锐的批评，认为那并不是泰戈尔创作的主流。

除了泰戈尔以外，季羡林对其他作家也写下了一些评论性的文字。这些批评文字大多见于为一些印度文学名著的中译本撰写的序言，或者为一些中青年学者撰写的研究印度文学的专著撰写的序。即使在这些篇幅不长的短文中，也不乏季羡林对印度文学的独到见解。他对印度文学的批评性讨论并不局限于孟加拉语作家，如前面所提及的泰戈尔，同时也涉及巴利语文学，例如《佛本生故事》之类的寓言、童话和小故事，甚至也包括印度的俗语文学。他更注重印地语作家的成就，如印地语作家普列昌德就是其杰出的代表，他认为普列昌德的创作代表了当代印地语文学的最高成就，和泰戈尔之于孟加拉语文学的意义一样重要：他的小说《舞台》《戈丹》以

---

① 季羡林：《泰戈尔短篇小说的艺术风格》，《季羡林全集》第10卷，第206—207页。

及一些短篇小说都描写的是印度普通老百姓的生活,"泰戈尔和普列昌德描写的对象很不相同。但是泰戈尔和普列昌德实际上是互相补充,相辅相成的。因为缺少一个,印度社会的图景就是一个不全面的图景,只有两者结合起来或者配合起来,才能形成一个全面的图景"①。可见,季羡林考虑的是如何全面地向中国读者介绍印度文学的全貌。

二 有理论有思想的文化批评家

季羡林几乎与国内所有的东方文学研究者都不同的一点是他广博的东西方文学知识和多学科造诣以及对文学理论批评的浓厚兴趣和敏感性。如前所述,他的文学批评特色不仅体现于对具体作家作品的研究和批评,他还就一些方向性的大问题发表自己的见解,达到了比较文化批评和研究的高度,对国内的文学批评和文化问题的讨论有着导向的作用。作为一位擅长东方文化和文学的批评家,他自然不主张全盘西化,但是他也承认中国文化所受到的西方影响并对之有着辩证的认识。针对国内一些人所主张的全盘西化,季羡林并不简单地一概反对,反而顺势指出:"我认为,这是一件天大的好事。无论如何,这是一件不可抗御的事。我一不发思古之幽情,二不想效法九斤老太;对中国自然经济的遭到破坏,对中国小手工业生产方式的消失,我并不如丧考妣,惶惶不可终日。我认为,有

---

① 季羡林:《〈舞台〉中译本序》,《季羡林全集》第10卷,第277页。

几千年古老文明的中国,如果还想存在下去,就必须跟上世界潮流,决不能让时代潮流甩在后面。这一点,我想是绝大多数的中国有识之士所共同承认的。"① 既然西方在近几百年的发展建设中取得了辉煌的成就,我们就不能视而不见,而是要迎头赶上。季羡林虽然专事东方文学和文化研究,但他对西方文化所处于的强势和主导地位也不否认,因此他认为西方文化进入中国对于国人反观中国文化也不无裨益。因此他主张从宏观上来审视中国文化:

> 我始终认为,评价中国文化,探讨向西方文化学习这样的大问题,正如我在上面已经讲过的那样,必须把眼光放远,必须把全人类的历史发展放在眼中,更必须特别重视人类文化交流的历史。只有这样,才能做到公允和客观。我是主张人类文化产生多元论的。人类文化决不是哪一个国家或民族单独创造出来的。②

尽管他认识到,西方文化现在占据世界文化的主导地位,但这种局面并不会永远如此。西方的一些有识之士早就认识到了东方文化,包括中国文化和文学的价值。"世界文学"概念的提出就得益于包括中国文学在内的东方文学。既然德国作家和思想家歌德在阅读了包括中国文学在内的东方文学作品后大发感慨,预示"世界文学"时代的来临,那么曾在歌德的故乡留学多年的季羡林也就更往

---

① 季羡林:《季羡林说国学》,中国书店2007年版,第18页。
② 同上书,第19页。

前走了一步，他多次颇有预见性地提出："我们现在可不可以预言一个'世界文化'呢？我认为是可以的。我们现在进行文化交流的研究，也可以说是给这种'世界文化'，这种世界文化大汇流做准备工作吧。这种研究至少能够加强各国各民族之间的相互了解，促进我们之间的友谊，共同保卫世界和平，难道说这不是一个十分有意义的工作吗？"① 可以说，他后来率先倡导比较文学和比较文化研究就是朝着这个方向努力的一个步骤。但令人遗憾的是他没有来得及就这种"世界文化"的理论建构再作进一步的深入论证和阐发就匆匆离开了人世。

一般从事比较文学研究的学者往往局限于追踪一国文学对另一国或另几国文学的影响，或平行分析两种文学在主题、文类、叙事等方面的美学共性和特色，而季羡林则从一个更加宏阔的视野提出一些大的方向性问题。他在比较不同的文化和文学后认为，中西方文化各有所长和局限，这其中不无一些带有规律性的东西：西方文化重视分析，而中国文化则重视综合。长期以来，西方文化沿着分析的路子已经越走越窄，越分析越小，在他看来：

> 目前西方的分析已经走得够远了。虽然还不能说已经到了尽头，但是已经露出了强弩之末的端倪。照目前这样子不断地再分析下去，总有一天会走到分析的尽头。那么怎么办呢？我在上面已经说过，东西两大文化体系的关系从几千年的历史上

---

① 季羡林：《季羡林说国学》，中国书店2007年版，第89页。

来看是"三十年河东,三十年河西"。现在球已经快踢到东方文化的场地上来了。东方的综合可以济西方分析之穷,这就是我的信念。至于济之西方究竟如何,有待于事物(其中包含自然科学)的发展来提供了。①

具体说来,"人类历史上从来没有哪一个文化能延长万岁千秋,从下一个世纪开始,河东将取代河西,东方文化将逐渐主宰世界"。② 当然,他的"三十年河东、三十年河西"的大胆预言一经发表就引起了学界的轩然大波,有人赞成,也有人反对,而且在当时人们一味追求"全盘西化"的情况下,提出这一大胆的预言无疑需要一定的胆识,并且要有坚实的东西方文化知识作为后盾。尽管如此,对他的这种观点依然反对者居多。那些一味主张全盘西化且对东方文化一无所知的人甚至猛烈地批评他为中国当代文化保守主义的代表人物。针对那些批评的意见,季羡林早有应对,并且有力地辩解道:

> 我说,自21世纪起,东方文化将逐渐取代西方文化,我的意思并不是说完全铲除或者消灭西方文化,那是根本不可能的,也是违反人类社会发展规律的。正确的做法是继承西方文化在几百年内所取得的一切光辉灿烂的业绩,以东方文化的综合思维济西方文化分析思维之穷,把全人类文化提高到发展到

---

① 季羡林:《季羡林说国学》,中国书店2007年版,第30页。
② 同上书,第34页。

第三章　关于批评大家的讨论（一）

一个更高更新的阶段。①

这个"更高更新的阶段"自然应当是他先前提及的"世界文化"的阶段。当然，季羡林之所以如此大胆并具有前瞻性地提出上述观点，与他长期的研究、观察和思考是分不开的，即"不是靠简单的逻辑推理，也不是靠条分缕析的分析求证，而是靠对上下五千年、纵横十万里的人类文化现象长期观察和研究得出的结论"。②确实如此，"季羡林数十年在文化交流史研究领域艰苦攀登，历史、宗教、文学、语言、美学、哲学等学科的一个个山头被他踩在脚下，还应用了新兴的'模糊学''混沌学'理论，他终于透过复杂纷纭的文化现象看清了东西方文化发展的大趋势，揭示了人类文化发展的客观规律"③，并且对未来的某种"世界文化"之格局作了憧憬。

此外，为了进一步证明他的这一预言并非空穴来风，他还从泰戈尔多年前对中国之未来的预言中获得启示。1924年，泰戈尔来中国访问时，在北京、上海、南京、济南等地发表了多次演讲，并告诉中国人民："我相信，你们有一个伟大的未来。我相信，当你们的国家站起来，把自己的精神表达出来的时候，亚洲也将有一个伟大的将来——我们都将分享这个未来带给我们的快乐。"④

---

①　季羡林：《季羡林说国学》，中国书店2007年版，第34页。
②　季羡林著、梁志刚选编：《季羡林谈义理》，"编者的话"第3页，人民出版社2010年版。
③　同上。
④　转引自季羡林《纪念泰戈尔诞生118周年》，《季羡林全集》第10卷，第274页。

但是在一个西方中心主义占主导地位的世界文化格局中，如何向世人展示中国文化的魅力呢？季羡林也有着自己的初步战略构想。20世纪90年代，当国内大多数从事外国文学和比较文学研究的学者依然把大部分精力放在译介国外文学和理论著作时，季羡林已经清醒地看到这种译介的一个明显的局限性，即单向地从西方到东方，具体地说从西方世界到中国，造成的一个结果："今天的中国，对西方的了解远远超过西方人对中国的了解。在西方，不但是有一些平民百姓对中国不了解，毫无所追，甚至个别人还以为中国人现在还在裹小脚，吸鸦片。连一些知识分子也对中国懵懂无知，连鲁迅都不知道。"① 季羡林这位在中国当代学界如雷贯耳的国学大家和外国文学批评大家也和鲁迅一样在国外受到冷遇，即使在他的母校哥廷根大学也只有少数人因为有幸读了他的回忆录《留德十年》的德文译本后才知道季羡林这个名字，而他的《糖史》等体现他深厚的学术造诣的许多著作至今却连英译本都没有，更不用说那些二流的作家和学者的著述了。有鉴于中外文化翻译界的这种巨大的反差，作为中国学者，我们应该有所作为，主动地向世界介绍中国自己的文学作品和文化理论。因此在季羡林看来，"我们中国不但能够拿来，也能够送出去。历史上，我们不知道有多少伟大的发明创造送到外国去，送给世界人民。从全世界的历史和现状来看，人类文明之所以能发展到今天这个样子，中国人与有力焉"。② 他还形象地称这种做法为"送出主义"，与鲁迅当年提出的"拿来主义"

---

① 季羡林著、梁志刚选编：《季羡林谈义理》，人民出版社2010年版，第39页。
② 同上书，第39页。

策略形成一种互补关系。确实，这两位大师所做的工作在自己的时代都具有重要的意义和价值。过去，当中国处于贫穷落后的状态时，鲁迅号召大规模地翻译西方的文化学术著作，用以促进中国在各方面的现代化。今天，经过改革开放四十年的努力，中国已经真正地强大起来了，就其综合实力而言，中国已经成为世界第二大经济体，而且在国际事务中正发挥着愈益重要的作用。而中国文化在世界上的地位和影响如何呢？显然，诚如季羡林所指出的，中国文化在世界上的地位和影响远不能与中国的大国地位相匹配。因此文化"送出主义"的提出同样展现了他的重要战略眼光，与当年的"拿来主义"一样具有深远的意义。

确实，在季羡林先生去世后的这几年里，伴随着中国经济的腾飞和综合国力的强大，"中国文化走出去"的呼声也日益高涨，但对于中国文化究竟应该如何走出去，走出去以后又如何融入世界文化的主流并对之产生影响，国内的学界却远未达成共识。有人甚至认为，中国的经济若是按照现在这个态势发展下去变得更加强大，自然就会有外国人前来找我们，主动要求将中国文化的精髓译介到世界，而在现在，我们自己则没有必要花这么大的力气去向世界译介中国文化。这种看法虽不无天真，听起来倒似乎有几分道理。但实际上，在当今的中国学界，能够被别人"找到"并受到邀请的文化学者或艺术家恐怕寥寥无几，绝大多数人只有像"等待戈多"那样在等待自己的作品被国际学界或图书市场"发现"，这实在是令人悲哀的。另一种观点则认为，中国文化是一种民族文化，因此越是民族的就越是世界的，我们无须去费力推进中国文化走向世界，最好的结局是让世界文化来到中国，或者说让外国人也都用中文来发言和著述。毫无疑问，这更是一种盲目自大的妄想。我们只要看一下这样两种截然不同的标准就会无语了：中国学者若要去英语国家进修必须通过严格的英语等级考试，要去英语世界的高校讲学更是要具备用英语讲授的能力，否则便得不到邀请；而我们所邀请来中国任教的专家是否也要通过汉语水平考试呢？显然不需要。我们是否也要求他们用汉语授课呢？更是不可能。对这种天真的看法季羡林先生早已洞察到。我们也从他的预言中得到启示：不管中国的经济在今后变得如何强大，中国文化毕竟是一种软实力，也即外国人可以不惜花费巨大的代价将中国的先进科学技术成果引进，甚至对于一些针对当代的社会科学文献也会不遗余力地组织人译介，而对于涉及价值观念的人文学科和文化著述，则会想方设法加以限制和阻挡。对于这一点，我们完全可以从近几年一些西方国家对中国的孔子学院的抵制甚至关闭见出端倪。就这一点而言，季羡林二十多年前提出的"文化送出主义"确实具有一种战略眼光，而且随着时间的推移，这一战略意义将越来越得到证明。

  作为中国当代东方文学和比较文学的重要奠基人之一，季羡林对这两个学科在中国的草创和发展作出了奠基性的贡献。他并不一概而论地反对西方中心主义，但是作为一位东方文化和文学研究者，他在任何场合都大力弘扬东方文化和文学，即使在进行比较文学研究和批评时，他也从不忘记自己首先是一位东方文学研究者，而且聚焦于印度文学以及中印文学、文化的比较研究和批评。针对国内外国文学批评界根深蒂固的西方中心主义思维定势，季羡林早就予以了批评,他指出:"但是,我不同意国内一些人们的意见,他们言必称希腊,认为只有西方的戏剧才能算是优秀的戏剧,东方的戏剧,其中包括中国和印度的,则是不行的。他们硬拿西方的三一律等等规律来衡量东方的戏剧,仿佛希腊神话中的那个强盗,把人捉来,放在一张特制的床上,长了就锯掉,短了就拉长。总之是长了不行,短了也不行,反正非要把你的身躯破坏不可。我认为,这种看法是不正确的,也是不公正的。"[1] 我们可以从他的批评文字中看出,尽管他留学西方十多年,对西方文学及其理论至少有一定的了解,但是他却很少从西方理论的视角来研究或评论东方文学,这应该是他的批评文章的一个特色。可以说,正是在季羡林等老一辈学者的积极呼吁和倡导下,中国的东方文学研究和批评才有了长足的发展,并且在中国的外国文学批评和研究中占有重要的一席。这应该是季羡林对中国当代外国文学批评和研究的最大贡献。但是也应该承认,季羡林虽然对文学理论有着浓厚的兴趣,并且经常就大的文化问题发表一些宏论,但是较之朱光潜和杨周翰等专事西方文学和理论研究的学者型批评家,则显得有点弱,有些观点,如"三十年河东,三十年河西"虽然可算作是给人以启迪的洞见,但他却缺乏这方面的深入论证和分析,因而当别人批评他时,他就很难拿出令人信服的证据来反驳;他偶尔提及的"世界文化"的构想也许可算作是对歌德的"世界文学"构想的一个发展和补充,但他却点到即止,并没有进行深入的讨论和发展。因此他的批评理论是

---

[1] 季羡林:《〈惊梦记〉中译本序》,《季羡林全集》第10卷,第288页。

零散的，缺乏体系的，对他的更为恰当的定位应该是一位有着理论意识的博学的学者型批评家。当然，一个毕生以东方文学和文化为自己的专业方向的学者能做到这一点完全应该载入中国当代外国文学批评的史册了。

第三节　杨周翰的比较文学和西方文学批评

在中国当代外国文学和比较文学界，杨周翰的学术地位是无可争议的，这不仅体现在他在第十一届和第十二届国际比较文学协会年会上蝉联两届副主席的职位，而且更是体现在这样一个事实上：他的逝世在国际比较文学界引起了强烈的反响，这在当代中国人文学者中实属罕见。[①]

杨周翰（1915—1989）是江苏苏州人，1939 年毕业于北京大学英语系，1949 年毕业于英国牛津大学英文系。1939—1946 年曾任西南联合大学外文系讲师。中华人民共和国成立后，历任清华大学外文系副教授、北京大学西语系副教授和教授，曾兼任西语系英语教研室主任，中国社会科学院外国文学研究所学术委员会副主任，中国莎士比亚研究会副会长，中国比较文学学会会长，国际比较文学协会副主席。杨周翰的著作并不算多，主要包括专著或论文集

[①] 关于国际比较文学界对杨周翰逝世后的反响，参阅内部发行的《中国比较文学通讯》1990 年第 1 期，该期刊有孟而康（Earl Miner）、佛克马、吉列斯比（Gerald Gillespie）等国际著名学者对他的悼念或回忆文章。这在中国当代比较文学学者中确实是罕见的。

《攻玉集》《十七世纪英国文学》《镜子和七巧板》等；领衔主编或主编有《欧洲文学史》（上下册）、《莎士比亚评论汇编》（上下册）、《中国比较文学年鉴》等；主要译著包括贺拉斯的《诗艺》、莎士比亚的《亨利八世》、奥德维的《变形记》、斯末莱特的《兰登传》、维吉尔的《埃涅阿斯纪》等。这些著作和译著均收入《杨周翰作品集》（七卷本），于2016年由世纪文景上海人民出版社出版。

也许人们会说，用严格的比较文学学科理论的眼光来审视，杨周翰并没有创建自己的比较文学理论体系。实际上这也正是他为自己做的定位：不作纯思辨的理论推演，而是有着自己的理论意识并将其用于具体的文学批评和研究实践。一位学者的建树通常体现在两个方面：或者在理论上有独特的建树，从而改变人们的思维观念；或者在自己的研究领域内独辟蹊径，以其扎实的研究实绩为后来者奠定坚实的基础。杨周翰无疑属于后者。即使在比较文学研究方面，他也从未自诩为一位比较文学学者，而是谦逊地认为，"国内'科班'出身的比较文学专家是有的，过去有、现在有、将来更多，但我不在其中。不过，正如有人说过，研究文学而不比较，那还算什么文学研究？这无疑给了我勇气。但终究是邯郸学步，有类效颦而已"①。严格说来，他是一位有着深厚西方文学和文论功底的比较文学学者，他的比较文学和西方文学批评自始至终贯穿在他晚年的三本专著和文集中，正好形成了他涉猎比较文学和西方文学批

---

① 杨周翰：《镜子和七巧板》，中国社会科学出版社1990年版，"序"，第1页。

评和研究的三个阶段。

一 借"他山"之石攻中国"之玉"

众所周知，杨周翰是主修西方文学的，他通晓多种西方语言，熟谙欧洲文学，尤其对文艺复兴时期至 17 世纪的英国文学有着很深的造诣和研究。这应该是一个真正的比较文学学者必须具备的资质和条件。他深深地知道，要想涉猎比较文学和世界文学研究，首先应在某个国别文学领域打下扎实的基础。正是抱着这个目的，已经毕业于西南联合大学研究院的杨周翰依然决定在英国牛津大学重新读一遍本科。他在英国留学时，密切关注当时的英国文学界的学术动向和理论批评风尚，广泛涉猎了中古英语文学、古希腊罗马文学、现代欧洲文学、艺术、美学、文化学、历史学等方面的知识。1949 年毕业于牛津大学后，他曾一度在剑桥大学图书馆帮助整理汉学资料，这一切都为他日后从事比较文学研究——尤其是中西比较文学研究——打下了坚实的基础。我们都知道，在当时的欧洲，研究比较文学实际上仅仅限于欧洲各主要国家的文学之间的比较研究，带有深深的"欧洲中心主义"烙印，这自然会对杨周翰的比较文学观有着一定的影响。中华人民共和国成立后他返回祖国，长期从事英国文学和欧洲文学教学工作，并于 20 世纪 60 年代领衔主编了新中国第一部两卷本《欧洲文学史》。他的这些研究无疑属于比较文学的研究范围，因为比较文学，顾名思义，就是跨越国别/民族的界限和语言界限的文学之比较研究。即使是公认的比较文学大师勃兰兑斯,在其巨著《19世纪文学的主流》中,所讨论的文学也不过限于欧洲主要国家(英、法、德)文学的比较。但是杨周翰对此并不满足,他始终认为,自己既然是一位中国学者,从事比较文学就不能陷入"欧洲中心主义"的泥淖,而必须立足中国的民族土壤上,必须"有一颗中国人的灵魂",即绝不人云亦云,跟在前人或外国人后面亦步亦趋。在他看来,中国学者从事西方文学批评,必须"以一个中国学者的独特眼光来审视西方文学,并且不时地以自己国家的文学作为参照,加以比较考察,这样就会冲出西方中心主义的藩篱,得出与西方学者不同的结论"。中国的比较文学之所以要跻身国际学界并且之所以能得到国际比较文学界同行的瞩目,其关键就在于此。他在临终前的最后一篇长篇英文论文《论欧洲中心主义》①中的不少观点,实际上就体现了他一生的学术思想之总结。即使在"文化大革命"前"左"的文艺路线的干扰和破坏下,杨周翰依然在繁忙的教学和科研工作之余,坚持学习中国古典文学,以便有朝一日可以在广阔的中西文化背景下开展比较文学研究。

改革开放的年代无疑为杨周翰提供了宽松的文化学术氛围,使这位几乎挣扎在病床上的中老年学者又重新焕发了青春的活力。他接连写下了一系列文章,对当时中国的外国文学研究、文学翻译和教材编写提出了自己的独特见解,在国内同行中产生了较大的影响。1983年出版的《攻玉集》②主要收录了他在"拨乱反

---

① 该文的中译文连载于《中国比较文学》1990年第2期和1991年第1期。
② 参见杨周翰《攻玉集》,北京大学出版社1983年版。

正"前后写下的十篇论文,这些论文大多是探讨西方文学的,虽然篇幅不长,但却显示了他那广博的学识、严谨的学风、扎实的中西文学和文化功底以及简洁的行文风格。这本书的一大特色就在于,他此时已经明确地认识到,传统的文学观念已经很难适应新时期外国文学批评的需要,因此必须以一种与时俱进的态度予以更新,其途径就是要对20世纪以来的外国文学理论思潮、流派、文学和文化现象以及作家作品进行全面的研究,但这种研究绝不能止于纯客观的介绍,而应带有中国学者独特的批评性分析。他始终认为,"研究外国文学的目的,我想最主要的恐怕还是为了吸取别人的经验,繁荣我们自己的文艺,帮助读者理解、评价作家和作品,开阔视野,也就是洋为中用"。书中有两篇文章就是出于这一目的而写下的,他在行文中大力鼓吹并亲身实践了比较文学研究和批评的方法。

《关于提高外国文学史编写质量的几个问题》一文原为他在1978年11月广州举行的全国外国文学研究工作规划会议上的发言。针对当时外国文学研究和翻译刚刚开始恢复的情形,杨周翰以文学史的编写为楔子,着重就实事求是地评价外国文学、贯彻历史性、提倡比较法、作家的介绍和作品的分析等一系列问题发表了自己的见解。据参加那次会议的一些老学者回忆,他的发言确实令人震撼,尤其在后来收入该书第三节的一篇文章中,他专门把比较文学作为一种文学研究的方法作了介绍并加以弘扬。针对人们对比较文学的种种非议和误解,杨周翰一针见血地指出,"比较文学不联系社会生活当然是违反历史唯物主义的。但作为一种方法,可以研究。这一学科尽管有不同流派,各国也有所不同,但有些共同的主张"①,这种共同点就在于,"在相互比较之中发现一些文学发展的共同规律"②。显然,比较文学由于长期在苏联被贬斥为"反马克思主义的伪科学",因而一直未能在中国得到健康的发展,而在刚刚开始"拨乱反正"的年代,人们还不可能一下子就对比较文学这一新兴的、充满生机的学科的价值有一个正确的估计,但从提倡比较法入手却是意味深长的。所以,他在当时将比较文学主要当作一种文学批评和研究的方法引进中国仍带有历史的痕迹,这也应验了他的一句名言:研究文学而不比较,又何以探索到文学的真谛?如果不把莎士比亚放在纵的历史背景下与他同时代的其他作家加以比较,我们又何以判断他是一位世界文学大师呢?比较文学发展到今天已有一百多年的历史,全球化时代的比较文学已经进入了一个世界文学的高级阶段,当年歌德提出"世界文学"的概念也许带有"乌托邦"的色彩,但在今天的全球化时代,重提"世界文学"无疑是为捍卫行将衰落的文学学科而进行的"最后一搏"。即使在今天,人们对这门学科之合法存在的怀疑、非议或不屑还时有出现,但他们却无法否认比较方法在文学批评和研究中的切实有效的作用。由此可见,这篇文章作为粉碎"四人帮"后最早涉及比较文学的论文之一,所起到的历史作用是不容忽视的。而杨周翰作为中国当代比较文学学科的奠基人之一的地位也是不容置疑的。

提到中国的莎士比亚研究,人们很快会想到这样一批杰出的老

---

① 参见杨周翰《攻玉集》,北京大学出版社1983年版,第14页。
② 同上书,第15页。

学者：朱生豪、梁实秋、曹禺、陈嘉、孙大雨、卞之琳、杨周翰以及比他年轻一些的方平和陆谷孙。毫无疑问，包括杨周翰本人在内的这批学者对于将莎士比亚这位世界文学大家介绍到中国作出了无与伦比的贡献，其中一些学者通过翻译的中介在中文的语境下创造了一个"中国的莎士比亚"，即本雅明所谓的翻译使得莎士比亚在中文语境下又有了"持续的生命"和"来世生命"。但只有杨周翰一人同时在翻译、评论和研究莎士比亚三个方面取得了国际性的影响，这也是为什么国际学者对他的文学批评和研究予以高度认可的一个重要原因。他主编的两卷本《莎士比亚评论汇编》（1979）早在20世纪改革开放初期就由中国社会科学出版社出版，对当时以及后来中国的莎学研究产生了极大的影响。虽然专事英国文学研究的学者可以直接通过原文阅读国际莎学界的莎士比亚研究著述，但数量更多的一批莎学研究者则在很大程度上通过这两卷本莎评汇编了解到莎士比亚评论的历史和现状。而杨周翰本人也不仅有对莎士比亚作品的翻译和介绍，还发表了数篇分量很重的学术论文，其中两篇收入了《攻玉集》：《19世纪以前的莎评》和《20世纪的莎评》。虽然这两篇论文也运用了比较的方法，但特征并不十分突出，倒是《弥尔顿〈失乐园〉中的加帆车》一文突破了同一文化传统内的比较，达到了中西文学和文化的比较之境地。从表面上看，这篇文章评论的是《失乐园》中的加帆车之作用和意义，所用的比较方法也是法国学派惯用的那种注重渊源考证的影响研究，但实际上我们仔细读来就会发现，这篇文章的意义远远不止于此。作者并没有局限于讨论加帆车这一实物在《失乐园》中的作用和意义，而是以此作为引子，深入到了文化的深层次，所涉猎的文化传统横跨中国和西方，并且加入了一些平行研究的方法，从而带有理论和方法论的意义。在谈到文学史上的影响问题时，作者不像法国学派研究者那样有意识地回避，而是作了简要的阐述，"作家知识的涉猎和积累牵涉到文学史上常提到的影响问题。这当然只是作家接受外界影响的一条途径……影响有偶然因素，但最终决定于作者的需要。有一般的需要，如满足好奇心，有为达到某一具体需要而去积累知识"。[①] 毫无疑问，作为大作家的弥尔顿对外来影响的创造性转化之能动作用，更体现了两种不同文化因子相互碰撞、相互作用后所产生的新的变体——它既是从旧事物的母体脱胎而来，同时又是作家创造性想象的产儿，因而影响研究就不只是被动的，而更带有主动接受之因素。所以我们在伟大的作品中首先看到的并不是其中的外来影响因素，而是经过作者的接受和作用后的独创因素。从这个意义上说来，这篇文章不失为改革开放初期一篇中西比较文学和文化批评的力作，即使在今天看来其意义仍在。

《攻玉集》写于杨周翰正式步入比较文学研究领域之前，因此他的比较文学学科意识并不是十分清楚的，但这一篇篇闪烁着中西文学和文化碰撞火花的文字却显示了他试图借他山之石攻克中西比较文学批评和研究之玉的信心和实力。也正是这一信念和努力实践奠定了中国比较文学学科的创立和比较文学在中国的复兴。

[①] 杨周翰：《弥尔顿〈失乐园〉中的加帆车》，《攻玉集》，北京大学出版社1983年版，第98页。

二 用比较的方法研究国别文学及其超越

也许在中国的语境下,杨周翰的知名度在很大程度上是由于他领衔主编了新中国第一部两卷本《欧洲文学史》。但是如果从比较文学的角度来看,尤其是跨中西文化背景的比较文学研究角度,我们认为他最有代表性的著作应该是出版于20世纪80年代中期的《十七世纪英国文学》(1985)。自从勃兰兑斯出版巨著《19世纪文学的主流》以来,西方文学史界就有了撰写断代文学史的倾向。不少研究者不屑以全概貌,而是截取文学发展史上的某一阶段,进行较为深入细致的考察研究,使之既有史又有论,从而达到史论结合的高度。毫无疑问,这种断代国别文学史的写作弥补了通史在论述上的不足,同时也依然能够给人以一种整体感。此外,不同的学者撰写这样的断代文学史著作,所取得的效果也是不同的。尤其是对那些学术功底不扎实且知识准备不足的学者和批评家,要想在断代国别文学研究中做到横向拓展,特别是超越某一大致相同的文化传统之束缚,以另一个与之截然相异的文化传统作为参照系来研究,就很难办到了。在这方面,杨周翰充分发挥了自己在英国文学方面的精深造诣和跨文化、跨语言和跨学科知识,因而使《十七世纪英国文学》填补了这方面的一个空白。① 关于这本书的意义和价值,专事英国文学批评和研究的学者也许可以谈很多,但本节则更强调

---

① 参见杨周翰《十七世纪英国文学》,北京大学出版社1985年版。

它的方法论意义和学术批评的价值。

这本书的批评视角看上去似乎仍是传统的社会历史方法，但仔细通读全书各章节后，我们可以感到在具体的批评和研究方法上，杨周翰已经完全突破了他在主编《欧洲文学史》时所受到的那种追求大而全的传统观念的束缚，把17世纪的英国文学放在一个更加宏大的文化背景下来考察。这个文化背景从纵的方面来看，远及古希腊罗马，近至20世纪的新批评和结构主义文论；从横的方面来看，则超越了英国本土，甚至超越了欧洲的文化传统，进而和古老的中国文化相比较。这对于一般的学者简直是不可想象的，而他却做到了。因此，该书的最大特色就体现在超越了时空界限，进入了有意识的文学和文化比较之境界，所得出的结论也明显高于一般的国别文学批评和研究。

从时间上来看，这种超越体现在，不仅仅限于把17世纪英国文学与当时的社会历史、文化风尚等现象结合起来考察，而且还试图运用当代西方文学理论的一些新方法和新观念对文学史上的"老问题"进行探究，因而对一些似乎早有定论的老问题作出新的批评性阐释。例如，在讨论"马伏尔的诗两首——《致她的娇羞的女友》和《花园》"这一章里，作者列举并比较了各家批评流派对前一首诗的不同说法，站在一个新的角度对这些分歧意见作出自己的解释，并运用结构主义诗学的某些观点和方法，通过对一些具体作品的深入分析得出了新的结论；对后一首诗则从新批评派理论家燕卜孙对牧歌的论述入手，经过分析之后指出，细读式的分析方法有助于我们真正理解这首诗的深刻含义。

虽然自20世纪80年代以来，西方现当代文学批评理论的新观念、新方法不断地被介绍到中国来，但大多数中国批评家对如何运用这些新理论、新方法于批评实践并无自觉的意识，造成这种状况的一个主要原因就是理论与批评的脱节。例如大量介绍"文本批评"的理论家竟然写不出高质量的专注文本批评的论文，而从事批评实践者又由于缺乏这方面的理论训练而常常流于肤浅。这就有必要促使理论家和批评家在一个彼此都能超越的层次上进行对话，从而使得理论能为批评家的批评实践提供导引，最终通过大量的批评实践成果反过来丰富理论自身的建设和发展。杨周翰虽然对西方文论颇有造诣，并翻译过大量理论著作，但他并不止于翻译介绍，也不将自己的精力耗费在无止境的纯理论推演中，他力图运用这些理论于分析、批评具体的作家和作品中，因此他的文章大多属于"批评"的范围，而较少对理论本身进行深究。应该指出，这既是他的擅长之处同时也是其局限。

如果仅仅停留在时间上超越——运用现当代西方文论来研究一些"老问题"，那么一些西方文学批评家也不难做到，而难的恰恰是超越文化传统的界限，以另一种与之迥然不同的文化作为参照系来研究某个国别文学。而这正是《十七世纪英国文学》的一大特点。在"忧郁的解剖"和"弥尔顿的悼亡诗"等篇章里，作者充分发挥了自己在中国古代文论方面的精深造诣之优势，论述如行云流水，信手举例，恰到好处，不禁使读者惊讶地发现，中西文学虽不那么具有"实证的"联系，但这也不妨碍我们从文类、文风、时尚等角度入手进行平行比较研究，因此这本书虽然没有标明"比较文学"的标签，但实际上却在方法论上给国内的比较文学学者以具体的启示和示范，从而应验他的那句名言：从事文学研究，不比较怎么可以？但是反过来说，如果仅仅在浅层次上进行那种"比附"式的研究，最终也无法取得突破性的进展。这正是该书在运用比较的方法于西方文学批评和研究方面给我们的重要启示。

从文类学的角度比较研究中西悼亡诗这一抒情诗文体的"亚种"（杨周翰语）曾一度不为文学批评家所注意，近几十年来的弥尔顿研究专家虽然觉得从悼亡诗入手有助于探讨诗人的生活观、道德观、爱情观和婚姻观，但他们的成果对研究这一"亚文体"并无多大价值，至于它与中国文学史上的悼亡诗之关系，就更是无人涉足了。作者本着"拾遗补阙"之目的，比较了中国文学史上潘岳等诸家悼亡诗的共同特点，指出"悼亡诗总需有一定的感情基础，而促成之者，往往是生活遭遇坎坷，从悼亡中寻求同情与补偿，符合抒情的总规律，符合诗可以怨的原则"[①]。中西诗人的不同特点除了表现在爱情观上外，还表现在诗人的思想境界上。当然，西方文学史上的悼亡诗之所以极少见，不仅在于诗人的思想感情，同时还应当顺着这一线索探寻下去，以便从理论上给予解释。对此，杨周翰并没有给予武断的定论，而是在结语中向我们提出了这样几点启示："悼亡诗为什么在我国很多，在西方极少，原因何在；悼亡诗的特点如何，能否作为一个独立的文学类型或从属类型，很值得研究。"[②] 很明显，杨周翰著述立说的方法并不是训诫式或断语式的，

[①] 杨周翰：《十七世纪英国文学》，北京大学出版社1985年版，第207页。
[②] 同上书，第208页。

而是分析式和启发式的,他往往善于从一个很小的口子入手,但提出的问题却颇具启发意义,耐人寻味和深思。《十七世纪英国文学》给我们的一个重要的方法论启示就在于:要重视断代国别文学的研究,但方法要新,视野要开阔,以便达到某种超越的境地,力求在老问题上发掘出新的东西。这也许尤其对青年学者从事学术研究颇有启迪意义。

随着文学观念的不断更新,研究方法的日益多元化,语言、国别的传统空间界限早已打破。比较文学的影响研究和平行研究已不能满足宏观研究的需要,因而超越时空观念、超越学科界限的多学科综合比较研究,早已为当代比较文学学者开辟了一个新的更为广阔的研究空间。杨周翰生前曾多次表示,自己并没有进行超学科比较文学研究,其实并不然。熟悉他早期学术生涯的人都知道,他早年曾醉心于美术,并赴瑞典参加撰写中国美术史的工作,晚年又在国际比较文学协会的框架下承担了巴罗克风格的研究项目,并于20世纪80年代后期专门赴美国人文中心从事巴罗克问题研究一年,这些不可能不对他的国别文学研究产生影响。他之所以选定研究17世纪英国文学,其中的一个重要原因就在于这一时期的文学与巴罗克艺术风格有着密不可分的关系。巴罗克艺术最早出现在建筑风格上,表现为造型奇特,风格怪诞,追求内部装饰,但却带有华而不实之嫌。巴罗克的盛行地主要在西班牙和意大利,主要波及的是造型艺术,而对文学史上的大作家的风格则无甚影响。但它毕竟还是对艺术风尚产生过一定的影响,并且在17世纪英国文学的散文风格中占有过主导地位,因此对这一客观存在的现象就不能忽视或不予提及。杨周翰在书中着重分析了勃朗、泰勒等作家的散文,指出"泰勒是个极讲究修饰的、具有华丽的巴罗克风格的散文家"①。而勃朗的风格则体现在"文字形象化(逻辑思考不严密),想象奇特而突兀,使人惊喜;行文曲折,信笔所之,很像浪漫派(他很受浪漫派的推崇);他的文字隐晦而多义,又古色古香;他善于用事用典(这与他博学有关);他的情调幽默,挑逗,微讽"②。而巴罗克风格本身则是"文艺复兴晚期的产物,是精神危机的一种表现"③。这样的论述也许过于简单了一些,但却指出了巴罗克艺术风格在散文中的特征以及巴罗克风格产生的社会政治背景。由此可见,杨周翰的批评和研究不仅与当时的社会历史密切相关,同时还做到了超越学科界限,去探讨文学与其他艺术风尚的关系和相互渗透。这种超越形成了《十七世纪英国文学》的又一个特征。

按照比较文学的一般定义,它必须研究超越国别、超越语言界限的两种或两种以上的文学。英美文学虽然不是同一个国别的文学,但却同属于英语文学,这算不算比较文学?中国的汉族文学和朝鲜族文学虽同属一个国别文学,但却属于不同的语种,这算不算比较文学的范围呢?对于这样一系列问题,在当时还难以得到令人满意的解答,但是若将比较当作一种方法用于所有的文学批评和研究,就不会存在这样的问题了。杨周翰从不愿卷入纷纭复杂的理论论争,他的比较文学观始终体现在具体的批评和研究实践中。《十

---

① 杨周翰:《十七世纪英国文学》,北京大学出版社1985年版,第202页。
② 同上书,第153页。
③ 同上书,第220页。

七世纪英国文学》的超越性特征还体现在对同一国别文学的不同语言的超越上，书中对培根的研究就是最好的范例。

有些文学史家在论述培根时往往很容易忽略他的拉丁文写作，而通晓拉丁文的杨周翰则恰恰从这一点入手展现了自己的优势。他在书中头一个分析的就是培根。培根是一位擅长用拉丁文写作的散文家，他的风格凝练、简洁，富于说理性，对现代英语的散文风格也有很大的影响。但是如果仅仅把培根对英国文学的贡献局限于此，未免失之偏颇。培根的大部分文章均用拉丁文写成，或先写成英文，后用拉丁文改定，特别是他的论述文更是如此。因此我们倒不如说培根对英国学术思想的贡献更大。杨周翰在重点介绍了《伟大的复兴》里的《学术的推进》这一部后，总结道，"《学术的推进》确如评论家所说，是总结了前人的一切知识，重新加以分类，并指出哪些部门有哪些空白，这和中世纪的经院哲学相比，其进步性是显而易见的"①。培根在历史上主要是对现代科学和哲学的学术思想起了推动作用，而他对散文风格的影响则是次要的，因为我们现在常常读到的一些英文本并非出自培根之手笔，而是根据拉丁文转译的。这样的断言只有在比较了同一作者同时用两种语言的著述后才能作出，杨周翰恰恰做到了这一点。

在"英译《圣经》"一章里，杨周翰追溯了英译《圣经》的历史及其影响，认为17世纪完成的《圣经》（钦定本），"对以后三百年英国社会生活确实起了无从估计的影响……因此，还有其他原

---

① 杨周翰：《十七世纪英国文学》，北京大学出版社1985年版，第4页。

因，我们把它看作是 17 世纪英国文学的一个组成部分，恐怕不无道理"①。确实，甚至到了 20 世纪，英译《圣经》仍然极大地影响了英语文学大师的写作。探讨《圣经》的英译历史，比较各译本的成败得失及风格特征，进而总结它们在英国文学史上所起的作用，这本身就是一种超越学科界限和语言界限的比较文学研究，因为它从多方位、多角度把文学与语言的关系结合得更为紧密了。

综上所述，我们完全可以断定，《十七世纪英国文学》的价值绝不仅仅局限于单一的国别文学研究，因为它还体现了杨周翰的比较文学观，也即把比较文学方法贯穿在具体的国别文学，甚至具体的作家作品的研究中。这也许是杨周翰与后来的专事比较文学研究的大多数学者都不同的一个特色。

三 走向一种自觉的建构

国际比较文学界曾有过"法国学派"和"美国学派"之争，争论的结果是平行研究被纳入比较文学的范围，并被当作一种具有普遍意义的研究方法。但是这已经是六十多年前的事了。自 20 世纪 80 年代以来，由于中国比较文学的勃兴并逐步走向世界，一些中国港台地区学者与内地学者一起跃跃欲试，试图为建立比较文学"中国学派"而摇旗呐喊。这一现象早在杨周翰健在时就发生了。他作为时任国际比较文学协会副主席和中国比较文学学会会长，虽然对

---

① 杨周翰：《十七世纪英国文学》，北京大学出版社 1985 年版，第 14 页。

这种愿望深为理解，但又在某种程度上有所保留，其原因恰在于，在当时那种情形下，比较文学在中国刚刚从西方引进，远远未达到一个学科的层次，因此建立比较文学"中国学派"显然时机还不成熟。在他看来，对于建立中国学派，"我认为我们不妨根据需要和可能做一个设想，同时也须通过足够的实践，才能水到渠成。所谓'法国学派''美国学派'云云，也是根据实践而被如此命名的，起初并非有意识地要建立什么学派"。[①] 杨周翰主要关心的首先不是在一片新开垦的处女地上树起一杆大旗，而是力图通过反复的实践，以自己扎实的、富有建设性的研究实绩向国际比较文学界展示：这就是中国学派的成果和特色。按照他以及另一些学者的共同构想，比较文学中国学派应该打破欧洲中心主义的思维模式，注重东方文学研究，以跨越文化传统、跨越学科界限和语言界限的中西比较文学为自己的研究对象，以东西方文学的对话来探讨全人类的共同规律为其长远目标。而要实现这一目标，则需要几代人的努力实践，他自己则甘愿充当后来者的铺路石。应该看到，他在生命的最后几年里正是带着这样一种自觉建构的意识朝着这一方向缓缓前进的。他的最后一部中文著作《镜子和七巧板》就是对他一生的学术研究的一个总结。

收入这本文集的十多篇文章只有一小部分是直接用中文撰写的，大部分文章是先用英文写成演讲稿在一些国外大学或国际研讨会上宣读，其中一部分经修改后在国际刊物上发表，有些则未发

---

① 杨周翰：《镜子和七巧板》，中国社会科学出版社1990年版，第3—4页。

第三章 关于批评大家的讨论（一）

表。后将其译成中文，再修改扩充，其中有些最后的定稿已经与早先的演讲稿大相径庭。这些文章基本上涉及了当时国际比较文学界的一些前沿课题，有些即使在今天看来仍有着一定的意义和价值，为处于低谷之境地的中国比较文学学者指明了未来的研究方向。

开篇的文章针对当时中国比较文学研究中的若干理论问题谈了自己的看法。面对国内外比较文学界不时响起的"危机"之呼声，有人一听到就无所适从，也有人干脆推而论之，提出比较文学"消亡论"。杨周翰是如何看待这一现象的呢？他认为，"危机并非坏事，有了危机感，事业才能前进"①，危机与前途实质上是一个相反相成的悖论，看不到危机，也就难以找到前进的方向。这篇题为"比较文学：界限、'中国学派'、危机和前途"就是针对上述几个问题的思考和初步探讨。《镜子和七巧板：当前中西文学批评观念的主要差异》《维吉尔和中国诗歌传统》《预言式的梦在〈埃涅阿斯纪〉与〈红楼梦〉中的作用》和《中西悼亡诗》这几篇均属于平行比较研究的范畴，但却涉及了小说、史诗、诗歌和批评理论诸方面，作者并不满足于表面的相同与相异的比附，而是透过这些相同与相异的表象，深入发掘，寻找出中西文学之间可能进行对话和沟通的共同点，从而提出了一些涉及文类学、文学观念和叙事学方面的理论问题。《〈李尔王〉变形记》是书中唯一一篇以影响研究见长的文章，但作者并没有流于繁琐的资料追踪和渊源考证，而是从一般读者不易察觉的两个英文词切入，由此深入到作品的文化层次

---

① 杨周翰：《镜子和七巧板》，中国社会科学出版社1990年版，第9页。

及其在翻译接受过程中的变形。《历史叙述中的虚构——作为文学的历史叙述》和《巴罗克的涵义、表现和应用》也许并不能当作比较文学论文，但我们切不可忘记，比较文学除了要超越国别界限和语言界限外，还应超越学科和艺术门类的界限，并且探讨文学与其他学科和艺术表现领域的关系。由此看来，前者的比较介于文学与历史，或者更确切地说，文学文本与历史叙述文本之间；后者则从巴罗克这一美学和艺术学概念入手，探讨了文学史的分期问题。应当指出，这两个题目均属于国际比较文学界的前沿理论课题，杨周翰生前曾试图对之（特别是后者）作系统的研究，以期有朝一日将其研究成果用于欧洲文学史的重写中，但毕竟为时过晚，他还未来得及完成这一宏大的计划就匆匆离世了。这不仅是他个人学术生涯的一大遗憾，同时也是中国比较文学研究界的一大憾事。我们今天重读这本书，至少可以从下面几个方面得到启示。

首先，关于中国学派问题。这二十多年来的事实已经证明，杨周翰的预言是正确的。当我们试图大力树起中国学派之大旗时，以西方为中心的国际比较文学界几乎对中国的比较文学事业不太关注，即使偶尔提及中国的比较文学，也只是将其当成一个点缀物；而在今天的全球化时代，中国经济的飞速发展也带动了中国文化和文学走向世界，可以说，现在让以西方学者占主导地位的国际比较文学界倾听中国学者的声音进而承认中国学派的形成已经确实"水到渠成"了。但即使如此，要想突破国际比较文学界实际上存在的"英语中心主义"的霸权地位仍需要相当长的时间。关于比较文学中国学派的问题，在过去的几十年里，国内一直有着较大的争议。

但实际上,学派并不是自封的,而应该以自己的研究实绩使外国人重视。只要我们坚持下去,人们便会逐渐发现,一个中国学派正在崛起并逐步变得越来越强势,至少它可以与长期占据强势地位的西方学界进行平等对话。那种认为等到中国确实强大了,别人就会自动译介中国文化和文学的看法显然是十分幼稚的和不切实际的。

其次,关于比较文学的危机和转机问题。在过去的五十多年里,我们在国际比较文学界时常听到"比较文学的危机"之声音,但每一次危机之后都变成了一种转机。最近的一次转机就是"世界文学"的崛起迅速挽救了全球化时代的比较文学出现的新的"危机"。因此杨周翰告诫我们不要惧怕危机,危机能够促使我们奋进。这一忠告即使在今天也有着深远的意义。

再次,比较文学的跨学科现象及文学本体的研究。我们需要强调的是,杨周翰的比较文学跨学科研究始终立足于文学这个本,即使探讨文学与文化以及与其他艺术门类的平行关系,最后的结论仍落实在文学的本体上。杨周翰虽然没有就这一研究方法进行理论阐述,但他的研究实绩却为我们树立了超学科和跨学科比较研究文学的范例。

最后,比较文学与文化研究的对立与对话关系。杨周翰生前就经历了文化研究的兴起及其对比较文学形成的挑战,在过去的二十多年里,这种挑战已经变得日益明显,以至于不少人竟认为文化研究的崛起不啻是为比较文学敲响了丧钟。但是"丧钟究竟为谁而鸣"这个问题现在已经为十多年来比较文学学科自身的调整以及与文化研究的对话和互补所解答。而这种对话和互补的具体实例我们早已在杨周翰出版于 20 世纪 80 年代中期的《十七世纪英国文学》中见到,可见杰出的理论家不仅能够总结过去,而且可以预见未来。杨周翰虽不是一位理论家,但他无疑是一位有着理论前瞻性的杰出的比较文学和外国文学学者、批评家。

杨周翰去世后,留给我们很多的遗憾,但是他培养出的一代新人已经茁壮成长,成为今天比较文学和世界文学的主力。虽然比较文学面对文化研究以及各种新理论的冲击曾一度陷入危机的状态,但我们已经注意到,伴随着传统的比较文学式微的恰恰是"世界文学"的兴起并迅速进入国际文学理论和比较文学研究的前沿。在西方,"世界文学"已经成为一个十分热门的前沿理论话题,这个话题近年来也开始引起了中国文学批评家和比较文学研究者的关注。毫无疑问,世界文学的再度兴起,为中国的比较文学研究提供了一个新的更加广阔的平台,使得比较文学研究者有了更好的用武之地。

歌德当年之所以提出"世界文学"的概念,在很大程度上得助于他对包括中国文学在内的非西方文学的阅读,今天的中国读者们也许已经忘记了歌德读过的《好逑传》《花笺记》等这样一些在中国文学史上并不占重要地位的作品,但正是这些作品启发了年逾古稀的歌德,使他得出了具有普遍意义的"世界文学"概念。这一点颇值得今天的比较文学学者深思。

杨周翰生前虽然没有专门研究世界文学,但他领衔主编的《欧洲文学史》在很大程度上就涉猎了世界文学问题,因为在当时那个

"欧洲中心主义"年代，人们一般认为学习外国文学，首先要了解西方文学，由于欧洲文学是所有西方国家文学的源头，因此研究欧洲文学在很大程度上就等于研究世界文学了。杨周翰是在欧洲接受大学本科教育的，因此他也很难摆脱欧洲中心主义的思维模式，对此他在晚年的长篇英文论文中对之作了深刻的反思。

总之，世界文学的兴起并迅速占据国际文学理论和比较文学前沿，标志着比较文学的发展进入了最高阶段，即世界文学的阶段。杨周翰生前虽没有投入世界文学的研究，但从他对欧洲中心主义的反思和批判来看，我们可以断言，他如果今天仍然健在的话，完全有可能像当年以极大的热情欢迎比较文学来到中国一样，以极大的热情投入世界文学的讨论和研究之中。

第四节 王佐良的英国文学批评

当代中国另一位有着重要影响和广泛知名度的外国文学批评大家当推王佐良。王佐良一生致力于英语教育、英语文学研究及翻译，在外国文学史、比较文学、英语文体学、文学翻译的研究等领域颇多建树，在中国的英语教育及外国文学研究和批评领域均作出了里程碑式的贡献。他不仅是一位有着严谨学风的文学研究者，同时也是一位才华横溢且有着自己独特风格的作家—学者型批评家。

王佐良（1916—1995）生于浙江上虞县（今上虞市），幼时在武汉读小学和中学，1935年考入清华大学外文系，抗日战争爆发后，随学校迁往云南昆明，入读西南联合大学。1939年毕业后留校任助教、教员和讲师。1946年秋回到北京，任清华大学讲师。1947年秋考取庚款公费留学，入读英国牛津大学，并在茂登学院攻读研究生课程，师从英国文艺复兴研究的著名学者威尔逊教授，获文学硕士学位（B. Litt），相当于一些国家的副博士学位。学成后王佐良于1949年9月回到北京，直到去世前一直在北京外国语学院（现北京外国语大学）任教，曾担任英语系主任、外国文学研究所所长、副院长等。学术兼职包括中国外语教学研究会副会长、中国外国文学学会副会长、中国英语教学研究会会长、中国莎士比亚研究会副会长等。他曾主持过国务院学位委员会外国语言文学学科评议组的工作，并参与《毛泽东选集》一至四卷的英文翻译工作。

　　王佐良的外国文学批评特色在于一切从阅读原文入手，自己不懂的语言他很少涉猎，他也不从某种既定的理论视角去评论作品，而是基于自己对原作的透彻理解，并结合该作家及其作品所产生的特定时代背景作出自己的评论。在长期的学术和批评生涯中，王佐良著译甚丰，十分多产，几乎涉及了外国文学批评和研究的各个方面：从翻译到批评，从对诗歌小说等文类的专门性研究到对文学史的一般性描述，从对作家作品的点评到直接用作家的创作文体从事诗歌和散文创作，从对文学理论问题的宏观批评到具体的文体风格的分析研究。这些学术性和批评性著译已由外语教学与研究出版社萃集编辑为十三卷本的《王佐良全集》，囊括了王佐良的全部作品和译著。

　　《全集》第一卷为"英国文学史"，第二卷为"英国诗史"，第三卷为"英国浪漫主义诗歌史"，第四卷为"英国散文的流变"，第五卷为"英国文学史论集",第六卷为"英国文学论文集",第七卷是他的三部英文著作,涉及比较文学和文学翻译,同时也评价了约翰·韦伯斯特的文学声誉等,第八卷为"英语文体学论文集",兼带探讨了文学翻译问题,第九卷为"英诗的境界",又是对诗歌的批评和研究,后几卷包括了作者的单篇论文和文学鉴赏性散文,同时也包括作者本人的诗歌创作和翻译。这其中除了专门讨论翻译和英语文体学的文章以及文学史著作外,不少都属于外国文学批评的范畴,这些均是本节所要讨论的对象。

一 致力于文学史撰写的批评家

王佐良是中国的英国文学研究界的一位大师级学者,同时也是一位才华横溢具有诗人气质的学者型批评家。他长期以来从事英国文学教学和翻译,培养了一大批优秀的英国文学研究者和翻译者。此外,他本人也著述甚丰,广泛涉猎英国文学、语言文体学和比较文学与世界文学等多个分支学科,他的代表性著作包括《英国诗史》、《英国浪漫主义诗歌史》、《英国散文的流变》、《英国文艺复兴时期文学史》(合著)、《英国20世纪文学史》(合著)、英文专著《论契合——比较文学研究集》、《英国文体学论文集》、《翻译:思考和试笔》、《论新开端:文学与翻译研究集》。我们单从这些著述的题目就不难看出王佐良广博的学识和横溢的才华。他所聚焦的领域主要是英国文学,尽管他在这个领域内广泛涉猎各种文体,但是对诗歌和戏剧方面用功最多,同时也著述最多。他除了对莎士比亚等作家有着精深的研究外，对英国浪漫主义诗歌的翻译和研究更是独树一帜，并取得了卓越的成就。这与他本人的诗人气质不无关系。据说当别人介绍他时，他更喜欢自己被当作一位诗人来介绍。尤其应该指出的是，他不仅翻译了大量英国文学作品，而且还将曹禺的《雷雨》译成英文，其译文质量完全可以和英语国家的母语译者相媲美，而他对曹禺剧作的精深理解则更胜一筹。王佐良晚年所从事的最重要的一项研究工作就是主持编撰了五卷本《英国文学史》。从这部篇幅宏大的英国文学史书我们不难看出，他历来对文学史的编撰有着明确的目标。特别是由他和周珏良主编的《英国20世纪文学史》，堪称从中国学者的立场和观点出发重写外国文学史的一个有益尝试。

对于王佐良在英国文学史领域里的建树，国内学界有着公认的评价，他当年在西南联大的同学李赋宁尤其看重王佐良在英国文学史编写方面的独特贡献，认为他"在外国文学研究方面最重要的学术贡献在于对英国文学史（包括诗史、散文史、小说史、戏剧史等）的研究和撰著"。[①]

较之国内各位英国文学史专家，王佐良的成就应是最大的，而且他在英国文学史方面的造诣也最深。在中国的语境下编写一部英国文学史首先要有自己的特色，即在纷纭复杂的各种文学现象中梳理出一个"纲"：

---

① 李赋宁：《序一》，《王佐良全集》第1卷，外语教学与研究出版社2016年版，第XII页。

没有纲则文学史不过是若干作家论的串联，有了纲才足以言史。经过一个时期的摸索，我感到比较切实可行的办法是以几个主要文学品种（诗歌、戏剧、小说、散文等）的演化为经，以大的文学潮流（文艺复兴、浪漫主义、现代主义等）为纬，重要作家则用"特写镜头"突出起来，这样文学本身的发展可以说得比较具体，也有大的线索可寻。同时，又要把文学同整个文化（社会、政治、经济等）的变化联系起来谈，避免把文学孤立起来，成为幽室之兰。①

尽管有了这个"纲"，但作为中国的外国文学学者，所编写的外国文学史显然不应当跟在外国已有的文学史书后面亦步亦趋，而应该有自己的原则和观点。因而，王佐良认为，虽然他在编写英国文学史的过程中，广泛参考了国外学者的先期成果，但是他仍带有自己的主体性："我的想法可以扼要归纳为几点，即：要有中国观点，要以历史唯物主义为指导，要以叙述为主，要有可读性。"但即使如此，也依然要有自己的独特观点，他主编的《英国文学史》"还是颇带个人色彩的评论，不过包含在叙述之中"②，人们通过阅读英国文学发展的历史窥见作者的颇具个性色彩的评论。因此他主编或独立撰写的文学史书明显地高于一般的教科书，在史料的选取和评价的观点方面均达到了雅俗共赏的专著的水平，更适合做研究生的教学参考书，同时对专业研究人员的进一步深入研究也有着重

---

① 王佐良：《英国文学史·序》，《王佐良全集》第1卷，第3页。
② 同上书，第4页。

要的导引作用。

我们说,王佐良主要是一位具有诗人气质的学者型批评家,这一点尤其体现于他的莎士比亚研究,他在这方面着力甚多,同时也著述颇丰,并有自己的独到见解。例如他在描述了莎士比亚的重要剧作之特色以及艺术成就后总结道:

1. 他描绘了几百人物,许多有典型意义、而又每人各有个性。

2. 他不只让我们看到人物的外貌,还使我们看到他们的内心——复杂、多变、充满感情的内心。

3. 他深通世情,写得出事情的因果和意义,历史的发展和趋势,社会上各种力量的冲突和消长。

4. 他沉思人的命运,关心思想上的事物,把握得住时代的精神。

5. 他写得实际,具体,使我们熟悉现实世界的角角落落;同时他又最善于运用隐喻,象征,神话,幻想,于是我们又看得见山外有山,天上有天。

6. 他发挥了语言的各种功能,包括游戏功能;他用语言进行各种试验,包括让传达工具起一种总体性的戏剧作用。

7. 他的艺术是繁复的、混合的艺术,从不单调、贫乏,而是立足于民间传统的深厚基础,又如饥似渴地吸收古典和外国的一切有用因素,而且不断刷新,不断突进。

8. 而最后,他仍是一个谜。他是古老的,又是现代的;他似乎不偏向任何方面,但我们又隐约看得出他的爱憎和同情所在;他写尽了人间的悲惨和不幸,给我们震撼,但最后又给我们安慰,因为在他的想象世界里希望之光不灭。他从未声言要感化或教育我们,但是我们看他的剧、读他的诗,却在过程里变成了更多一点真纯情感和高尚灵魂的人。①

我们从上述高度概括的评论中丝毫看不到任何学究式的理论术语,而是普通读者能够读懂的语言,因此读他的评论文章丝毫不感到枯燥乏味,甚至还带有一种美的享受。此外,作为一位有着宽阔的比较视野的外国文学批评家,王佐良还十分关注中国的莎学研究,并对之提出了颇为中肯的意见。他认为,莎士比亚进入中国也经历了几个阶段,从接触之初过渡到片段和整剧的翻译,从诗体译本的尝试到演出的新势头,从中国的第一届莎士比亚戏剧节分别在京沪两地的举行直到莎士比亚剧作为更广大观众所喜闻乐见,这一切都得力于莎学专家、译者、导演以及演员的努力。最后,他从一个莎学研究者和评论家的角度对中国的莎学作了展望:"中国莎学的基础是由一批解放前留学英美的学者打下的。他们在国外从名师学习之后回来在大学开课、编教材、写文章,也翻译莎翁和指导莎剧演出,在过程里培养了许多人才。""解放以后,随着更多莎剧译本的出版,研究工作也有发展。在一个相当长的时间内,由于学习苏联,研究重点放在莎士比亚的思想内容与人物创造。1964年,为

---

① 王佐良:《英国文学史·序》,《王佐良全集》第1卷,第66页。

了纪念莎翁诞生 400 周年,有一批研究论文问世,虽然仍以一般介绍为主,注意力已经触及英国文艺复兴的整体思想气候和当时诗剧的整体发展。"① 因此,他对今后莎学的发展也提出如下中肯的建议:第一,还得继续搞点基本建设;第二,希望能出现更多的莎剧新译;第三,更多地了解国外莎学近况,而且不限于英美,还要注意其他国家;第四,新路在望。② 显然,王佐良对中国莎学的未来前景是乐观的,并身体力行作出自己的努力。二十多年过去了,已经有越来越多的中国学者步入国际莎学界,并在国际权威刊物上发表论文,可以说,王佐良当年对中国的莎学研究的期许已经被新一代莎学研究者的茁壮成长所证实。

二 用诗一般的语言来评论英国诗歌

熟悉王佐良的学术生涯的读者也许知道,早在大学读书时,王佐良就表现出了卓越的诗歌创作才华,据他早年的学生陈琳回忆,早在 1936 年,年仅 20 岁的王佐良就写了一首显示其卓越诗才的诗篇,他自己也更乐意被人介绍为一位诗人。③ 而且他的那些洋溢着才情的诗还受到诗人闻一多的赞赏,并将其中的两首收入他编选的诗集《现代诗钞》中,这对一个青年学生显然是莫大的荣誉。当然,后来由于所从事的学科专业所限,王佐良的诗歌才华更多地体

---

① 王佐良:《莎士比亚在中国的时辰》,《王佐良全集》第 6 卷,第 601 页。
② 同上书,第 602—603 页。
③ 参见陈琳《序二》,《王佐良全集》第 1 卷,第 XVI 页。

现于他的诗歌翻译和评论上。虽然中国当代诗坛少了一位诗人,但中国的外国文学批评界却多了一位以诗的语言来翻译诗和评论诗的学者型诗人—批评家。

　　王佐良对英国诗歌的研究很深,而且范围也很广,他在这方面写下了两部专著:《英国诗史》和《英国浪漫主义诗歌史》,其中后者更显示出他在英国诗歌方面的功力。此外,他在其他文学史书中也广泛涉及了英国诗歌。从文学批评的角度来看,我们认为他的《英国浪漫主义诗歌史》更具有理论批评性,这当然也反映了他对这一时期的英国诗歌情有独钟并着力尤甚。在他看来,英国浪漫主义诗歌的兴起并不是偶然的,而与特定的时代和环境密切相关,"英国浪漫主义的特殊重要性半因为它的环境,半因为它的表现。论环境,当时英国是第一个经历第一次工业革命的国家,世界上最大的殖民帝国,在国内它的政府用严刑峻法对付群众运动,而人民的斗争则更趋高涨,终于导致后来的宪章运动和议会改革。从布莱克起始,直到济慈,浪漫诗人们都对这样的环境有深刻感受,形之于诗,作品表现出空前的尖锐性。"① 他对英国浪漫主义诗歌的研究和评论范围很广,从被誉为苏格兰民族歌手的彭斯开始,直到后来因为拜伦的崛起而改写历史小说并最终成为历史小说大家的司格特,几乎所有可纳入英国浪漫主义诗歌运动的重要诗人都在他的批评视野之下得到分析和评论。非常巧合的是,他评论英国浪漫主义诗人从彭斯开始,终止于司格特,而这两人都是来自苏格兰的作

---

① 王佐良:《英国浪漫主义诗歌史·序》,《王佐良全集》第3卷,第4页。

家，可见在他眼里，苏格兰作家对英国文学的独特贡献确实是不可忽视的。

彭斯是他花了许多精力在中国的语境下竭力推介的一位诗人。他在这本诗歌史书中所讨论的第一个浪漫主义诗人就是彭斯，可见他的倾向性和偏好是十分明显的。他在大量地引用诗人的作品并引导读者阅读和欣赏彭斯的诗歌后作了这样的总结：

> 彭斯的诗有鲜明的地方色彩，一读就使人进入那欧洲西北角的苏格兰的淳朴世界；它又有鲜明的时代色彩，许多篇章显示了18世纪末年几个重大思潮的影响：感伤主义的扩展，民间文学的再起，民族主义在苏格兰的余烬犹温，特别是法国革命的思想在全欧洲的猛烈激荡——正是这些思潮促成了文学上浪漫主义的抬头。吹拂着诗人彭斯的时代之风也就是后来吹拂华兹华斯、柯尔律治等英格兰浪漫诗人的风，只不过由于彭斯的具体环境，其结果是吹出了苏格兰文学传统的重新繁荣。①

虽然彭斯一般被人们认为是一位来自民间底层的苏格兰诗人，并不居于英国浪漫主义运动的主流，但在那个时代，大英帝国还是相对统一的，彭斯作为英国浪漫主义诗歌的先驱者，与后来的华兹华斯和柯尔律治有着一脉相承的传统，即使在那些革命的浪漫主义诗人拜伦和雪莱的诗作中也能见到彭斯的影子。

---

① 王佐良：《英国浪漫主义诗歌史》，《王佐良全集》第3卷，第23—24页。

第三章 关于批评大家的讨论（一）

对华兹华斯和柯尔律治的评价，王佐良更看重的是他们在诗歌形式方面的锐意革新以及颇具特色的诗学主张。他结合华兹华斯的一些篇幅短小的诗歌的分析，指出华兹华斯为他和柯尔律治合编的《抒情歌谣集》撰写的序言集中地体现了他本人的诗学主张，他认为，这"确实是新时代的声音！许多话是前所未闻，许多观点是前所未见，整部序言是一个对18世纪诗坛余风的宣战书！附带说一句，结成同人小集团来写诗，并且发布战斗性宣言来宣传自己写诗的主张，这种后来20世纪的'先锋派'常做的事也是华兹华斯开先例的，这也是他'现代化'的一端"。他进一步指出，在华兹华斯的诗歌理论中，"居核心地位的想象力的作用问题"却发挥得不够，"如果说有什么东西能使英国几乎所有重要的浪漫主义诗人——不论其政治倾向与写作风格是怎样不同，又不论其属于第一代或第二代——都趋于一致的话，这就是他们对于想象力的作用的共同重视"。① 这一特征同时也正如他在撰写英国文学通史时所总结的，是整个英国文学之所以能够跻身世界文学之林并显示其特色的一个亮点。

在评论华兹华斯个人的诗歌成就时，王佐良并没有受到别的批评家的观点的影响，他在承认华兹华斯擅长写抒情诗的同时，更看重他在叙事诗方面的成就，"华兹华斯不仅长于抒情，也善于叙事。他的叙事诗往往以个别贫民的生活和命运为中心，写得自然实在，可以说是诗歌中现实主义的佳作，只不过像他所有的作品一样，又

---

① 王佐良：《英国浪漫主义诗歌史》，《王佐良全集》第3卷，第47页。

都贯穿着他的自然观、人生观。写这类叙事诗,他也是前无古人,在同时代和后来的诗人中也未遇敌手"①。这种诗一般的语言常常出现在他对诗歌的解读和分析中,仿佛他本人就跻身其中,用这种诗一般的语言和诗人在进行直接的交流和对话。

王佐良虽然对华兹华斯情有独钟,在书中花了许多篇幅讨论他的诗作和诗学理论,但他也不忽视经常被一些左翼批评家称作"积极浪漫主义诗人"的拜伦、雪莱和济慈的诗歌,只是他避免使用那些带有政治倾向性判断的术语,而是用了"第二代浪漫主义诗人"这一中性的字眼。他认为这一代浪漫主义诗人留下的遗憾就是他们都去世过早,"如果他们活得长点,又将有多少更卓越的诗篇问世?英国诗史又会在1825年左右出现怎样不同的局面"②。但是即使在他们有限的创作年代,这一代诗人照样取得了无与伦比的成就。通过与他们的前辈诗人的专注自我、冥想内在之特色的比较,王佐良认为这三位诗人更积极地投入社会革命的洪流中,并在自己的诗歌中洋溢着积极向上的精神和格调,具有很强的艺术感染力:

> 因此,这一代浪漫诗人的作品绝不是柔和的、感伤的,而有着一个坚实的思想核心,即对于人的命运的关心。在这点上他们是启蒙主义的真正的继承者、法国革命理想的有力传播者。它们作品的感染力最终来自一种结合,即抒情式的理想与人世苦难感的结合。前者使诗开朗,后者使诗深刻,两者合起

---

① 王佐良:《英国浪漫主义诗歌史》,《王佐良全集》第3卷,第79页。
② 同上书,第121页。

来，显示了这第二代浪漫主义诗人的最大特色。①

拜伦是这一代浪漫主义诗人中最年长且知名度最高的诗人，也是在中国影响最大的一位欧洲浪漫主义诗人，鲁迅在《摩罗诗力说》中对拜伦予以了极高的评价。但是拜伦由于一些自身生活上的原因以及诗歌创作的因素引起的争议也最大。王佐良本着实事求是的态度对他作了客观公允的评价，他认为诸如艾略特这样的新批评派批评家对拜伦的批评是有失公允的，在他看来，拜伦的诗歌成就并不在于那些短小的抒情诗中，而更在那些篇幅宏大的叙事诗的创作上，尤其是《唐璜》这样的不朽诗篇，他毫无保留地认为，"《唐璜》的吸引力之一，正在其有生动的故事——而且使得拜伦成为英文诗中最成功的叙事诗人之一"。②

《唐璜》在形式上并未最后完成，但是却已经出色地实现了作者的意图。在19世纪西欧的全部诗歌里，没有一首诗反映了、评论了如此广阔的欧洲现实，嘲弄了这样多的欧洲的制度、风尚、习惯和上层人物，而又始终让人读得津津有味，就是到了今天，虽然诗中所提到的事和人有不少已经早被遗忘，但是读者仍然受到诗本身的强烈吸引，即使在英国以外，世界各地的读者通过翻译也感受到它的魅力，这样彻底的成功在全

---

① 王佐良：《英国浪漫主义诗歌史》，《王佐良全集》第3卷，第123页。
② 同上书，第138页。

部世界文学史上都是罕见的。①

他并没有像许多评论者那样,仅仅强调拜伦的革命活动和具有叛逆性格的"拜伦式"的英雄,而是从拜伦诗歌的艺术本身入手,从而在评论的过程中,以他的这种诗一般的语言和宏观的评论在某种程度上和诗人进行直接的对话。

他对另一位诗人雪莱的热爱更是溢于言表,他本人就曾翻译过雪莱的一些抒情诗,尤其是中国读者熟悉并可以朗朗上口的《西风颂》。他认为雪莱的追求较之拜伦更富有哲理性,而且,他也是"浪漫主义诗歌的一个重要理论家"②,"他留下了诗,其中的优秀作品比一般所估计的要多得多。在人生意义和社会理想上,他都是一个勇敢的探索者,激进的程度超过一般想象。他的诗艺的发展是有轨迹可寻的,他所掌握的诗体之多——特别是在随常口语体上的成就——也超过一般估计"③。此外,他还以雪莱的创作成就和广泛影响有力地批驳了西方的一些现代批评家对雪莱的贬抑。

对于济慈这位在英国浪漫主义诗歌史上地位独特但却在中国远不如前两位诗人那么有名的诗人,王佐良则花了许多篇幅带领读者阅读济慈的诗作,他大量引用的诗行都出自他本人的译笔,这样一方面让读者通过翻译欣赏诗人的原作,同时又通过原作的翻译了解译者的诗一般的译笔。然而,他最终还是让读者对这位早夭的诗人

---

① 王佐良:《英国浪漫主义诗歌史》,《王佐良全集》第3卷,第158—159页。
② 同上书,第234页。
③ 同上书,第233页。

有一个总体的了解：第一，济慈的许多诗篇"属于英国诗史上最辉煌的成品之列"；第二，他的发展很快，"无论在诗艺还是思想上都经历了许多变化，而且每个变化都是为了要刷新或加深人的敏感，而增进敏感最后又是为了出现一个更好的世界"；第三，他的书信里蕴藏着对人生和文学的丰富见解，其中关于诗艺的见解属于英国最富于启发性的文论之列；第四，他曾在短短的九个月内"写下了几乎全部最优秀的作品，包括六大颂歌"；第五，"他在英国浪漫主义诗歌史上是一个承先启后的关键人物"；第六，他"一方面是浪漫主义众多特点的体现者，有明显的 19 世纪色彩"，另一方面，他所面临的许多问题又"都是属于现代世界的，他又是我们的同时代人"。① 这样，便将一个诗人的创作特点完整地呈现在广大中国读者的眼前。

他在另一部专著《英国诗史》中除了继续讨论浪漫主义诗歌外，还讨论了包括弥尔顿在内的早期诗人和叶芝、艾略特和奥登这样的现代诗人，但显然并不像他对浪漫主义诗歌那样专注和着力。

三　在广阔的世界文学语境下评价英国文学

我们说王佐良对外国文学的研究和建树主要体现于英国文学史的编撰和具体英国作家作品的评论上，但这并不意味着他只通晓英国文学，或者仅仅就英国文学本身讨论英国文学。我们通读他执笔

---

① 王佐良：《英国浪漫主义诗歌史》，《王佐良全集》第 3 卷，第 333—334 页。

的英国文学史的有关章节就不难发现,他始终将英国文学放在整个英语文学和欧洲文学的广阔语境下来讨论和评价。特别值得在此提及的是,随着英语和英国文学愈益产生的世界性影响,他更是自觉地将英国文学放在一个更为广阔的世界文学的大背景下来考察,并作出自己的独特评价。他在领衔主编的五卷本《英国文学史》20世纪分卷《英国20世纪文学史》中,还专门写了一章"英国文学与世界文学",这应该说是中国学者从世界文学的视角来考察英国文学的首次尝试。

  在完整地梳理了英国文学的发展历史之后,王佐良对英国文学在世界文学中的地位作了这样的评价:英国文学所产生的世界性影响首先得益于作为一种世界通用语的英语的扩张和普及,"没有哪一种语言的文学能有英语文学那样的世界性影响,这首先是因为英语是世界上最通行的语言……世界历史上,还没有哪一种语言达到过这样广泛的覆盖面和使用率"。[①] 既然文学是语言的艺术,语言又是文学的表现载体,那么英国文学在英语世界占有什么地位呢? 按照王佐良的考察和分析,尽管到了20世纪,美国文学后来者居上,其影响遍及全球,但英国文学并没有因此而衰落,"英国文学却还远不是一个无足轻重的地区文学,而仍然保持着世界性影响"[②],其原因具体体现在这五个方面:第一,"它的强大而深远的历史性影响还继续存在";第二,"英国文学还在发展,还富有创造力,表现

---

  ① 王佐良:《英国文学史》,第20章"英国文学与世界文学",《王佐良全集》第1卷,第759—760页。
  ② 同上书,第760页。

于戏剧的持续活跃,小说的名作迭出,诗歌时代有大家,文学理论的务实精神和对文化全局的关注,表现于这个文学对人类命运和世界前途的继续关怀和对艺术的不断探索";第三,"英国在传播事业方面占有质的优势",也即英国的出版事业十分发达,这无疑对英国文学在英语世界的传播起着重要的作用;第四,"在遍布全球的前英国殖民地里出现了一批当地人作家用英语写出的重要作品,有的影响远远超出了本地区。这些作家主要受英国文学的熏陶,而他们所作也在一定程度上影响了英国文学";第五,英语之成为世界通用语言所占有的优势。[①] 他的这些判断均产生于全球化时代"世界英语"概念的形成之前,对国际学界关于文化全球化和"全球英语"以及世界文学的讨论也贡献了中国学者的观点。

此外,王佐良作为一位长期从事文学翻译的大家,也认识到英国文学在全世界各种语言的翻译和传播上所起到的普及作用。但他作为一位有着世界文学视野的比较文学学者,也看到了英国所受到的译入文学的作用,认为这正是英国文学之所以能保持旺盛活力的重要原因:"反过来,英国文学也受益于大量外国文学作品的翻译。"[②] 这又具体现在四个方面:第一,易卜生的引进与新戏剧运动;第二,"俄国人的影响"与现代主义小说;第三,东方文学的新输入,这方面,中国文学的英译也作出了重要的贡献,这种贡献在古典文学名著《红楼梦》的两个全译本几乎同时出现在英语世界

[①] 王佐良:《英国文学史》,第20章"英国文学与世界文学",《王佐良全集》第1卷,第760—765页。
[②] 同上书,第766页。

时达到了巅峰;第四,对世界文学的再认识。① 在国内的外国文学界充斥全盘西化思想的时代,王佐良却在一部英国文学史书的结语中大谈英国文学中的外来影响,尤其是中国文学的影响,这显然是十分罕见的,也充分体现了他作为一位中国学者在研究和评论外国文学时所持的中国立场和中国视角。

王佐良在描述了上述事实后,接着便将英国文学放在世界文学的语境下作出客观的评价。他认为,首先,"从世界文学的标准来看,英国戏剧是突出的高峰,从莎士比亚到萧伯纳又到目前活跃于伦敦剧坛的一批剧作家的发展史表明:古今并茂,至今精力旺盛";其次,"英国诗也是成就卓著……19世纪的浪漫主义诗歌更是世界文学上另一高峰,可以说诗歌的现代化就是从此开始的……从笛福开始的现实主义小说是替英国文学赢得世界上最多读者的强项……各类散文:随笔这一形式原从法国学来,但在英国似乎得到更大发展,18、19世纪都有高手,当前略见衰微……文论:英国文论不长于建立大系统,却有一条从特莱顿到奥威尔的作家论作品的文学批评传统"。② 王佐良的这一判断是十分准确的,这自然也得益于他的广博的世界文学知识和国别文学基础。我们说,研究世界文学,没有扎实的国别文学基础是不可能做到的,可以说,王佐良在这方面既强调了英国文学对世界文学的贡献,同时又从世界文学的角度来反观英国文学的成就并作出实事求是的评价。

---

① 王佐良:《英国文学史》,第20章"英国文学与世界文学",《王佐良全集》第1卷,第767—772页。
② 同上书,第773—774页。

第三章 关于批评大家的讨论(一)

作为一位长期从事英国文学研究和批评的学者型批评家,王佐良还特别关注这样一个问题:"英国文学最吸引世界读者的又是些什么特点,什么品质?"照他看来有这样五个方面的特点或品质:第一,是它的人文主义;第二是它的现实主义;第三是它的想象力;第四是它的创新精神与历史感;第五则是它的语言艺术。[①] 正是有了上述五个特点,英国文学才得以在世界文学之林占有重要的一席。当然,英国文学作为一种古老的文学,也不可避免地带有其沉重的负担,所存在的种种缺点和局限也是在所难免的。王佐良也对之作了实事求是的概括,他认为上述每个优点"本身都有伴随而来的问题与不足之处,何况英国文学作为一个整体放在世界文学的天平上还有不如其他国别文学的显然缺点,例如论深刻不如俄国,论明智不如法国,论活力不如美国,近年来大作家大作品似乎少了,等等。这些都有待继续观察和研究"。[②] 虽然这些都是一些粗浅的考察得出的暂时性结论,但是如果我们考察一下他当时写出上述文字的年代,就会发现他的非凡的预言能力和作为一位具有理论洞见的批评家的前瞻性。王佐良对于外国人撰写英国文学史也有自己的看法,他认为,"正是这种来自各方的评论大大丰厚了对一个作品的认识。作品虽产生于一国,阐释却来自全球,文学的世界性正在这里"[③]。可以说,这是一种有深厚功

[①] 王佐良:《英国文学史》,第20章"英国文学与世界文学",《王佐良全集》第1卷,第774—775页。
[②] 同上书,第776页。
[③] 王佐良:《英国浪漫主义诗歌史》,《王佐良全集》第3卷,第6—7页。

底的外国文学批评家和研究者的自信,正是因为全世界各国的英国文学研究者的共同努力,英国文学才有今天这样的世界性影响和声誉。这显然对那些唯西方马首是瞻、跟在外国人后面亦步亦趋的人的做法是一种反拨。

王佐良写出上述文字时正值20世纪80年代末90年代初,在当时的国际比较文学界,也只有荷兰学者佛克马等人发表了一些论文讨论文学经典和世界文学现象,关于世界文学的讨论远远没有成为一个热门的前沿理论话题,无论是现在当红的世界文学理论家戴维·戴姆拉什还是佛朗哥·莫瑞提的著述那时都还未问世,更不用说在中国学界讨论世界文学问题了:戴姆拉什的专门讨论世界文学的专著《什么是世界文学?》以及他的一篇同题论文均发表或出版于2003年;莫瑞提的影响极大的论文《世界文学构想》也不过于2000年发表于《新左派评论》(*The New Left Review*)上。而王佐良却以其理论的前瞻性和宏阔的比较文学视野写下了这一具有理论前瞻性和学术价值的专章,可以说是代表中国学界对世界文学问题的研究贡献了独特的研究成果。可惜进入古稀之年的王佐良已经没有更多的时间和精力去跟踪国际学术前沿的最新发展动向了,也没有精力去用英文将上述观点写成有分量的论文在国际刊物上发表了。否则,中国学界参与国际学界关于世界文学问题讨论的时间就会往前推二十年。

综上所述,王佐良在英国文学方面的造诣是十分深厚的,研究也是很深入的,但是他并不同于那些学究式的批评家,他更像是一位才子型的批评家，一切从自己的直接感受出发。在他的批评文字中很少见到那些深奥的批评理论术语，他也很少引用国际同行的先期研究成果，而更多是普通读者能够读懂的批评性语言，尤其是他在进行诗歌评论时更是激情昂扬，仿佛在与被自己评点的诗人进行直接的交流和对话。这既是他的批评实践的长项，同时也不无一定的局限。但无论如何，我们在描述中国当代外国文学批评时，王佐良都是一个无法绕过的人物。此外，他的英国文学批评不仅仅局限于英国文学，而是自觉地将英国文学放在世界文学的语境之下来考察，并不时地与中国文学进行比较，因此，随着时间的推移，王佐良在中国的外国文学批评史和比较文学学术史上的地位将愈益得到彰显。

第四章　关于现代派文学的论争

改革开放以来，蓬蓬勃勃的思想解放运动也使得中国的文学创作界出现了一片繁荣的景象，一些锐意创新的中青年作家如饥似渴地阅读外国文学作品，希望从这些世界文学大家的创作中汲取营养，丰富自己的创作。翻译界和出版界也及时地抓住这一机遇，除了对"文化大革命"前就已有中译本的外国古典文学名著进行校订和大量重印外，还有选择地组织专家学者翻译了一些20世纪初以来的外国著名作家的作品，其中有不少属于现代主义文学的范畴。在译介外国文学作品方面，北京的人民文学出版社及其下属的外国文学出版社、上海译文出版社发挥了积极的组织和推进作用。还有一些虽地处北京、上海以外但却有着强有力的翻译和出版实力的地方出版社，如南京的江苏人民出版社以及后来独立出来的译林出版社、桂林的漓江出版社、广州的花城出版社、长沙的湖南文艺出版社、杭州的浙江文艺出版社、天津的百花文艺出版社、南昌的百花洲文艺出版社等，也积极地组织专家学者翻译出版外国文学作品，其中大部分译自西方国家。北京的《世界文学》和上海的《外国文艺》这两大专门译介外国文学作品的专业刊物则发挥了导向的作用，这些刊物在译介外国现当代文学作品的同时，不时地邀请一些专家学者撰写评介文章，以便对广大读者正确理解这些外国文学作品起到导读的作用。在所译介的大量外国文学作品中，西方现代主义作家的作品占了相当的比重，于是很快地，西方现代派文学问题便凸显了出来，并吸引了一大批从事中外文学批评的批评家和学者，一个关于西方现代派文学问题的讨论于20世纪70年代末和80年代初在中国当代批评界如火如荼地展开了。尽管从今天的角度来看，那场关于现代派文学的讨论理论水平并不高，而且有不少误读和意气用事的地方，几乎很少有参加讨论的批评家引证国外最新出版的理论原著，参加讨论的批评家和学者几乎完全依靠自己的主观理解和几部翻译过来的现代主义文学作品选以及缺乏理论深度的导读性文章，但是却反映了中国的外国文学研究和批评与国际前沿理论研究严重脱节的现象。在评述那场关于西方现代派文学的讨论之前，有必要重访西方文学史上的一个重要现象：现代主义文学。

第一节　重访现代主义：一个文学史现象

如果从文学史的角度来说，现代主义绝不像有人所称的那样是一个单一的文学流派，而是由许多具有现代主义思想倾向及创作手法的流派共同形成的一个松散的文学艺术思潮和运动，其中包括美术、音乐、戏剧、电影和建筑，等等。因此对西方现代主义文学艺术的界定往往是不确定的，其内涵和外延在不同的学者的著述中也不尽相同，但是比较一致的描述是，这一思潮或运动的形成和产生有其复杂的历史原因和地域因素。早在19世纪后半叶，各种流行的思想观念伺机扩大自己的影响，侵袭人们的固有观念：实证主义、实用主义、社会达尔文主义、权力意志论、生命活力论、遗传基因论、分析哲学、弗洛伊德主义、新人文主义等理论思潮开始先后占领知识领域和思想领域。马克思主义也同时在欧美各主要资本主义国家的思想界和理论界广泛传播，对一些进步的知识分子产生了一定的影响，它以其理论体系的完备和论证分析的精辟打动了更为广大的工人群众。这些来自社会底层的人们本来就对资本主义社会深恶痛绝，在马克思主义的影响和指导下，他们意识到了自己所处的受奴役、受欺凌的地位，进而奋起反抗资本家的剥削和压迫。在当时的欧美各主要资本主义国家，工人阶级的罢工斗争如火如荼，居于劳资激烈冲突和斗争之间的中小知识分子，则感到茫然不知所措，他们终究难以摆脱那种动摇不定的软弱性。他们虽然对资本主义社会的种种弊端有所洞察，预感到这一危机四伏的社会已无可指望，必然逃脱不了崩溃的厄运；但是另一方面却又对马克思主义不甚理解，甚至抱有某种偏见，与广大劳动群众格格不入。他们对现实感到幻灭，对未来又失去信心，于是，或者缅怀人类文明史上的某个鼎盛时期，或者彷徨、踯躅在思想的"荒原"上。在一定程度上与当年欧洲的一些浪漫主义作家有着相似的心态，因此现代主义在西方学界又被称为某种"新浪漫主义"：它不仅是与现实主义逆向发展的，而且也是对浪漫主义的超越。这批知识分子中的有些人本来曾对资本主义制度的发展抱有幻想，但第一次世界大战的炮火无情地击碎了他们的这种美妙梦想。俄国十月革命虽然给他们以某

第四章 关于现代派文学的论争

种震动,但终究未能引导他们走上推翻资本主义制度、打碎旧的国家机器的道路。崛起于19世纪后半叶的各种非理性主义和反理性主义哲学思潮,倒是为他们提供了暂时的精神寄托。

这一时期西方文学的一个重要特征就在于流派众多和追求标新立异,而另一个重要特征则在于,文学以外的各种社会文化思潮蜂拥进入文学创作和理论批评领域,对固有的文学观念、艺术形式及作家的创作思想、创作方法、表现技巧形成了强有力的冲击,叔本华、柏格森、尼采、斯宾塞、弗洛伊德、荣格等人的名字几乎可以在任何一部描述20世纪前30年的西方文学的著作中见到。因而诚如美国当代文学批评家阿尔弗雷德·卡津(Alfred Kazin)所概括的:

> 用这样或那样的形式,现代文学重新带来了被19世纪的科学所忽略了的那些东西。对于不见了踪影的"生命"、"有机组织"(organism)、"功能"(function)、"瞬间的现实"(instantaneous reality)、"相互作用"(interaction)这类东西,人们此时可用威廉·詹姆斯的激进经验主义(radical empiricism)、亨利·柏格森的生命活力论(élan vital)和西格蒙德·弗洛伊德的无意识理论来予以填补。这些人并不只是哲学家和心理学家,而且还是超凡出众的作家,正如在《心理学原理》(1890)、《时间与记忆》(1896)及《梦的解析》(1900)这些著作中所体现的那样,他们对人类知识作出的巨大贡献不仅对20世纪的现代主义文学运动产生了巨大的影响,同时它们本

身也已成为这一文学经典的一部分。①

诚如卡津所说，这些文学以外的思潮不仅冲击了传统的文学观念，而且还不断地以这样或那样的形式，渗透并影响到文学的本体，有的甚至成了20世纪西方文学不可分割的有机部分：叔本华的悲观主义哲学无疑是第一次世界大战后的"迷惘的一代"和"荒原诗人"甚或更早些的中小资产阶级知识分子的思想倾向之基础；柏格森虽是一位哲学家并以其生命活力论影响了不少作家，但他自己却由于"其丰富而生气勃勃的思想及表达的卓越技巧"而荣获了1927年度的诺贝尔文学奖，从而使他的著述成了20世纪的一个独特的文学现象——"诺贝尔文学现象"的一个组成部分；尼采不仅自己擅长写诗，无愧于"悲剧诗人兼哲学家"的称号，而且他描绘的"金发碧眼"式的超人形象不时地出现在20世纪头30年的西方文学作品中；弗洛伊德作为精神分析学大师和哲学家，其影响倒是更见于20世纪的西方文学创作和理论批评中，他所荣获的1930年度"歌德文学奖"更使他本人也跻身于文学家的行列，而第二次世界大战后他的精神分析学理论经过雅克·拉康的改造和重新阐述变得越来越有影响；斯宾塞和荣格则分别以其思想倾向的激进直接地影响了作家的创作思想和批评家的批评观念、方法；威廉·詹姆斯作为意识流概念的最早提出者，其"意识流鼻祖"的地位也已载入这一时期的文学史册。

---

① Alfred Kazin, "The Background of Modern Literature", in *Contemporaries*: *Essays on Modern Life and Literature*, Boston: Little, Brown and Company, 1962, p. 5.

第四章　关于现代派文学的论争

毋庸置疑，20世纪30年代的西方文学在整个20世纪文学中也应占有不可忽视的地位。世界资本主义的总危机致使西方国家首当其冲，大批作家迅速向"左"转，靠拢马克思主义，现代主义运动从此一蹶不振，逐渐江河日下，到了20世纪30年代末，现代主义运动已经成了强弩之末。在描述"红色的30年代"的西方文学的著述中，我们同样可以颇为频繁地见到马克思的名字。因此，如果说，现代主义萌发于19世纪后半叶的话，那么它在崛起之初确实与现实主义形成过一种"双峰并置"或"双峰对峙"的态势。而进入20世纪的头十年则可算作现实主义衰落、现代主义崛起的一个新旧交替的转折时期，但这种交替并非根本的取代，而是在主流位置上更替了一个角色。这种现象不仅反映了历史进化的必然，同时也是文学本体内部运作活动的结果。任何思潮在居于主流地位时，除了表明它已进入前所未有的极致境地外，还预示着它将盛极至衰，并且很快被另一种新思潮所取代，这就是历史的辩证法和文学内部自身运作的规律。

现实主义作为一场主要出现在欧洲的文学运动和文学流派在现代主义运动高涨时期成了一个历史现象，它作为一种文艺思潮和创作方法仍不时地在其后的几十年里试图重新崛起，但并未成为20世纪西方文学的主流。不少优秀的现实主义作家仍然走自己的现实主义道路，不断向社会推出力作，但他们大多孤军奋战，或一度置身现代主义和第二次世界大战后的后现代主义运动。他们的创作再也没有形成一场新的现实主义运动。倒是现实主义本身作为一种创作原则和创作方法，依然体现于20世纪各阶段的西方文学中，并在一些优秀的作家那里形成了符合时代精神的新特征。

　　因而从今天的角度来看,我们一般对文学上的现代主义(Modernism)作两种界定。其一是宽泛的现代主义创作原则之涵义,它向传统的理性观念和浪漫主义、现实主义文学挑战,强调艺术的价值和独立性,艺术上以致力于探索新奇别致的形式技巧和表现手法为己任,它不屑于表面的客观真实(现实主义的)和狂放无度的个人情感表现(浪漫主义的),志在表现意识以下的深沉情感,以冷峻严肃的笔调达到心理深处的客观真实。这实际上是一种文学创作中的现代主义精神。我国理论界和创作界一度所理解和接受的"西方现代派"文学就大致受制于这种宽泛的界定。但这种宽泛的界定很可能导致这样两种类型的混乱和误解:(1)使读者错误地将现代主义与历史先锋派(historic avant-garde)相等同,从而认为凡是越出传统文学之雷池的都属于现代主义文学,这样虽未明说但也实际上形成了一个"无边的现代主义"概念;(2)由于这种宽泛的界定把20世纪一大批卓有成就的西方作家都包括了进来,因而我国的文学工作者及广大读者曾一度形成这样一个印象:20世纪西方文学的主潮是现代主义,只有现代主义才最有反传统和创新的意识,只有现代主义才能引导这一时期文学的新潮流。一些青年作家甚至在未搞清现代主义这个概念的内涵和外延之前就争当"现代派"。这确实是令人啼笑皆非的,难怪有批评家称这些作家为"伪现代派"[1]。这不仅在于我国学者从一开始介绍西方现代主义文学时就有

---

　　[1] 当代批评家黄子平曾用德里达的解构理论对此概念进行了"解构"和拆解,参见《北京文学》1988年第2期《关于"伪现代派"及其批评》一文。

第四章　关于现代派文学的论争

失准确性和清晰性，更在于当时西方学者本身对现代主义的概念的界定也常常混淆不清。

近几十年来，随着西方学者这方面研究成果的不断问世，特别是后现代主义概念的频繁出现，人们渐渐地发现，如果拿第二次世界大战作为其分水岭，战前和战后的西方文学则有着明显的不同，这种不同不仅显示在二者的审美理想以及各自所受到的社会历史和文化背景的制约上，更在于其哲学世界观上：

> 现代主义的主旨是认识论的。即现代主义文学作品打算提出下列问题：从作品中获知什么？如何获知？谁知道它？他们如何知道它？其确切程度如何？认识是如何从一个人传到另一个人的？可信性如何？认识从一个人传给另一个人时，认识的对象是如何改变的？什么是认识的极限？等等这类问题。①

在这里，作者布赖恩·麦克黑尔（Brian McHale）是想指出，现代主义作品犹如一个被编制了各种密码的文本，读者要从中获取知识，就需解开或破译这些密码，因而这种诉诸认识论的问题就有着某种"不确定性"（uncertainty）。而后现代主义的主旨又有何不同呢？麦克黑尔进一步指出：

> 后现代主义作品以本体论为主旨。即后现代主义作品打算

---

① D. W. Fokkema and Hans Bertens eds., *Approaching Postmodernism*, Amsterdam and Philadelphia: John Benjamins, 1986, p. 58.

提出下列问题：世界是什么？世界有多少类型？如何组成的？不同点在哪里？当不同的世界相遇时，会发生什么？或什么时候世界间的界限受到侵犯？文本的存在方式是什么？它所设计的世界的存在方式又是什么呢？被设计的世界是如何建构的？等等。①

因而，这种诉诸本体论的后现代主义文本本身就有着较大的主体性和解构性，同时也就显示出了其意义的不确定性和阐释的"多元性"（plurality）。西方理论批评界虽然没有兴起过关于现代主义问题的大讨论，但是却兴起过关于后现代主义问题的讨论，正是在这场理论讨论中，现代主义作为后现代主义的对立物和后者试图反叛并超越的东西而被人们重新认识。

严格说来，现代主义作为一场文学运动和文学大潮，早在20世纪30年代的西方就达到了全盛时期，在这以前的几年内，卡夫卡推出了《城堡》（1922），乔伊斯出版了《尤利西斯》（1922），艾略特推出了《荒原》（1922），普鲁斯特出版了《追忆逝水年华》（1913—1927），福克纳出版了《喧哗与骚动》（1929）。但在这之后，现代主义便盛极至衰，到了第二次大战后，已成为一种"现代经典"（modern classic），它的盛极至衰之标志是乔伊斯出版于1939年的最后一部小说《芬尼根的守灵》（*Finnegans Wake*）。在这部小说中，乔伊斯一反自己已确立的现代经典传统，尝试多种语言文字

---

① D. W. Fokkema and Hans Bertens eds., *Approaching Postmodernism*, Amsterdam and Philadelphia: John Benjamins, 1986, p. 60.

第四章 关于现代派文学的论争

并重的游戏性实验,他的意识流完全奔腾在无意识的疆域里,杂乱无章,毫无规律可循,彻底打破了他自己的语义学标准。意识流文学终于走完了自己的行程,意识流文本成了批评家煞费苦心地去破译其密码的现代经典。作为一个松散的流派的意识流文学此后不再存在了,而作为一种独特的表现手法的意识流技巧却以其更多的变体形式不断地为后来的作家所接受和使用。由此,我们便可以得出关于现代主义文学的第二个涵义:作为文学运动和思潮的现代主义文学。

根据英国学者马尔科姆·布拉德伯里和詹姆斯·麦克法仑的界定①,现代主义文学运动发端于1890年前后,衰落于1930年前后,它的发展流向均受制于一定的时间、空间和社会文化背景,在有些地方(如西欧和北美诸国)曾占据过主导地位,而在另一些地方(如苏联、中国和日本)则以变体的形式仅匆匆掠过文坛,由于各种社会的、政治的、经济的、文化的以及接受者方面的复杂因素,尚未立足就成了明日黄花。我们认为这样的界定是比较合乎实际情形的。

在现代主义文学运动兴起的几十年间,西方文学界曾呈现过一派繁花似锦的万千气象:象征主义、意象主义、达达主义、超现实主义、表现主义、意识流、未来主义等思潮流派如同走马灯一般竞相争艳,形成了文学史上前所未有的百花齐放的局面。有些思潮流

---

① Cf. Malcolm Bradbury and James McFarlane eds., *Modernism*: 1890 – 1930, New York: Penguin, 1976. 实际上,西方大多数学者,如佛克马、詹姆逊、哈桑等,也作过大致如此的描述或界定。

派仅昙花一现就成了过眼云烟,有些则经过几十年时间的考验和历史的筛选,产生出一些具有世界声誉的伟大作家,如属于象征主义的里尔克、艾略特、叶芝,属于意象主义的庞德,属于意识流的乔伊斯、福克纳、普鲁斯特,属于表现主义的卡夫卡、奥尼尔等。他们对文学本体的精辟论述有助于20世纪文学观念的更新,他们的创作思想不断地影响、启迪着不同国度的同时代作家和后代作家,他们在艺术形式上的探索创新大大加速了现代语言文体的革命性转变。因此,像我国有些学者那样,把现代主义文学笼统地归为一个流派显然是不符合事实的。因为无论从其思想政治倾向着眼考察,或就其艺术技巧上的标新立异而言,现代主义文学运动都不能算作一个单一的流派,至少在我们所理解的流派(school)这个意义上是如此。

由此可见,现代主义可以算作一个由诸多流派松散组合而成的结合体,其中各流派之间在思想倾向和美学主张上有着相当大的差异,有些甚至相互对立。它的左翼在"红色的30年代"曾靠拢马克思主义,进而成为进步作家,它的右翼则公然投靠了法西斯主义;就艺术创新的程度而言,较为接近传统的作家自觉地将现代主义和现实主义的成分融为一体,通过自己"接受屏幕"的创造性"投射",形成了自己的独特风格,而较为激进的作家则往往因离经叛道太甚而陷入为艺术而艺术的"象牙之塔"。这样看来,现代主义文学本身也是相当复杂的,对它的评价自然不可一概而论。任何简单的否定和不加分析的过高褒扬都是不足取的。

关于现代主义文学的下限,阿尔弗雷德·卡津在《现代文学的背景》(*The Background of Modern Literature*) 一文中，在评述了现代主义的演变过程及其和现代西方文学的关系之后指出：

> 30年代标志着现代主义运动的结束。人们可以轻而易举地看出：自由、自发、个性这些具有本质意义的理想都公然遭到作家本人的拒斥。不管"现代主义"可以意味着什么，它都不会意味着害怕自由的。然而随着这一政治事件在作家中的结束，到了第二次世界大战末，人们已看到，现代主义运动已全然成了一个成规习俗（institution）[①]。

这样的明确下限代表了当前大多数西方批评家的比较一致的看法。现代主义文学已成了历史，现代主义作家作品也已成了学者们研究、"解码"的"现代经典"。如果我们承认这一点的话，我们完全可以对其大致确定的时限再作进一步的划分。

我们认为，说现代主义崛起于1890年似乎太突然了，因为一般认为，西欧的现实主义文学的主导地位早在这以前就受到了挑战，自1870年狄更斯逝世时起，已显露出了衰落的迹象。在这前后，波德莱尔（1821—1867）、韩波（1854—1891）、马拉美（1842—1898）等早期象征主义诗人已开始步入文坛，戈蒂耶（1811—1872）、王尔德（1856—1900）等英法作家也已开始鼓吹起"为艺术而艺术"的唯美主义文学主张，亨利·詹姆斯（1843—1916）的

[①] Alfred Kazin, "The Background of Modern Literature", in *Contemporaries: Essays on Modern Life and Literature*, Boston: Little, Brown and Company, 1962, p. 24.

心理小说已与传统的心理描写有了一段距离，爱伦·坡（1809—1849）此时早已在法国文坛备受推崇，甚至连杰出的现实主义小说家福楼拜也在某种程度上与现代主义的唯美倾向有着共鸣，并被认为是现代主义小说的鼻祖之一。另两位杰出的作家——左拉和莫泊桑也不免受到自然主义（现实主义的一个变种）的影响，左拉甚至在自己的宣言中公然主张自然主义，尽管这和他的创作实践不无矛盾。英国的乔治·艾略特（1819—1880）、托马斯·哈代（1840—1928）等人的创作也打上了象征、神秘的印迹，其批判的锋芒也远不如狄更斯、萨克雷等人。因此我们倒不如把1870—1890年这段时期称作现代主义文学运动的潜伏期和萌芽期。

同样，在现代主义运动下限这个问题上，不少学者认为，乔伊斯出版于1939年的小说《芬尼根的守灵》具有某种后现代主义的因素，但这点基因由于历时六年的第二次世界大战而未能萌发生长。如果说，后现代主义文学正式出现于战后的后现代、后工业社会，那么我们便认为，1930—1945年（第二次世界大战结束），可算作现代主义衰落和后现代主义崛起的一个"缓冲期"。在这一时期，同时存在着具有现代主义倾向的致力于表现自我的文学和以战争为题材的、写实的现实主义文学，这时的西方文坛并未出现任何占主导地位的文学运动和文学思潮，而且这种"二元对立"的相持乃至最终消除使得后现代主义的基因有了生发的机会，一场新的文学运动——后现代主义即将孕育成熟并将在第二次世界大战后的50年代初正式登场。

第二节　中国语境下建构的"现代派"文学

我们说曾经在中国的语境下兴起的关于西方现代派文学的讨论理论水平不高,但这并不意味着所有参加讨论的学者和批评家都对现代主义文学不甚了解,有些学者型批评家,如袁可嘉、陈焜、柳鸣九、叶廷芳、冯汉津等人对自己所致力研究的西方国别文学及其理论确实有着精深的造诣和研究,并且本身也主持或参与译介了一些文学作品,因此他们的批评性论文不乏深刻的作品细读分析以及理论思辨功力。但这样的著述实在是寥若星辰。关于袁可嘉对现代主义文学的批评,我们将辟专节进行讨论,在这一部分我们仅对这场讨论中出现的一些对后来的中国外国文学批评有一定影响的著述和观点进行评述。

在这场关于现代派文学问题的讨论中,地处武汉的《外国文学研究》杂志发挥了重要的导向作用,这在很大程度上得助于该刊主编徐迟的个人爱好和对现代主义文学的推崇。我们可以从他发表于该刊 1982 年第 1 期的一篇对这场讨论的总结性短文中见出端倪:

> 若问:西方资产阶级现代派文艺是从哪里来的?则既不能从它本身来解释它,也不能从所谓人类精神的发展来理解它。它还是来源于人民生活的源泉的。更确切地说,它是来源于社会的物质生活,而且是反映了这种物质生活关系的总和的内在精神的。西方资产阶级现代派文艺开始出现时,受尽了嘲弄和

咒骂，后来逐渐地风行，进而风靡一时，现在已成为西方世界文学艺术的主要形式，其历程也有一个世纪甚或稍多了。现代派文艺已是一个不可否认的存在，我们应当研究它，应当有马克思主义的现代主义，我们要用马克思主义来研究现代主义。①

实际上，尽管徐迟在提出这一看法时，肯定未读过卡利内斯库初版于1977年的专著《现代性的诸种面孔》(*Faces of Modernity*)②，更不可能读过其时在欧美学界关于后现代主义问题的讨论中著述甚丰的哈桑或利奥塔的著述了，但是他仅凭着作家的直觉和所读过的一些翻译过来的现代主义文学作品和批评论文，就已经感受到了现代主义与现代性有着某种内在的关联，这不能不说是他的一个洞见。可惜他把现代主义的延续时间大大地扩展为一个多世纪显然是不对的，另外，他也未意识到虽然现代主义文学是伴随着现代性条件而来的，但是现代主义文学在很大程度上恰恰是对资本主义现代性所导致的一系列问题的批判而非认同。徐迟在简单地回顾了该刊挑起关于现代派文学问题的讨论的初衷以及所取得的阶段性成果后，进一步总结道：

  西方现代派，作为西方物质生活的反映，不管你如何骂它，

---

 ① 引自何望贤编选《西方现代派文学问题论争集》（内部发行，下册），人民文学出版社1984年版，第396页。
 ② 该书后来由作者本人修订增补于1987年再版，参阅 Matei Calinescu, *Five Faces of Modernity: Modernism, Avant-garde, Decadence, Kitsch, Postmodernism*, Durham: Duke University Press, 1987.

第四章 关于现代派文学的论争

看来并没有阻碍了西方经济的发展，确乎倒是相当地适应了它的。它在文艺样式和创作方法上的创新，又很有些卓越成就，虽然我们很多人接受不了，不少西方世界人士是接受了的。西方现代派的文艺家是反对传统的表现方式和表现手段的，但他们中的优秀者却并未摆脱了古典主义、现实主义和浪漫主义的文艺。从现代派的许多大师的作品中我们可以看到他们对于传统的尊重以及广泛的继承。而不这样做的现代派作品则往往是蹩脚的作品。[①]

应该说，他的这一看法在一定程度上是正确的，经过历史的发展演变，一些现代主义文学大师已经载入世界文学史，他们也被接受为世界文学大家。按照今天的文学编史者的共识，作为一种特定时期的文学思潮和运动，现代主义在某种程度上是接着文艺复兴、启蒙文学、古典主义、浪漫主义和现实主义之后的又一种文学思潮和运动，具有文学史断代的价值和学术史的价值。在那些公认的现代主义文学大师——如乔伊斯、普鲁斯特、艾略特、伍尔夫、福克纳、卡夫卡、瓦莱里、里尔克等——的作品中有着深厚的传统积淀，即使是对古典文学的戏仿，如乔伊斯的《尤利西斯》，也体现了作者对原著的深刻理解和逆向阐释。甚至那些公开反叛浪漫主义和现实主义传统的作品也表明了作者对传统力量的看重和试图超越的勃勃雄心，例如现代主义诗人艾略特就在一篇题为"传统与个人

[①] 何望贤编选：《西方现代派文学问题论争集》（内部发行），人民文学出版社1984年版，第397页。

才能"的文章中阐述了自己对于文学传统的能动性理解和创造性建构。而徐迟作为一位写出《地质之光》和《哥德巴赫猜想》等优秀报告文学作品的有着丰富想象力的作家，自然也不例外，在他的这篇文章中，虽然缺少袁可嘉和陈焜这样的学院派批评家的富有理性的冷静思考和基于实证材料、文本细读的一分为二式的辩证分析，但却带有更多的作家特有的激情、对现代主义文学的认同和向往。因此，他对现代派文学在未来的发展走向，也作了这样的预测：

> 在它继承发展的进程中，我们可以相信，西方现代派文艺也将创作出有利于人类进步的信心百倍的理想主义的作品，描绘出来新世界的新姿。物质文明将推动精神文明的前进。资产阶级的现代化的物质建设正在为新世界创造它的物质条件，这种物质条件也必然会为新世界创造它的精神条件。这个新世界必将到来，则是毫无疑问的。①

上述这番预测若是用于（反现代主义的）后现代主义衰落之后当下的建设性后现代主义的崛起倒有几分适用，而对于20世纪二三十年代在西方处于全盛时期的现代主义则是不适用的，因为就在中国批评界讨论西方现代派文学问题时，现代主义早已经在西方语境下成了历史，或者说已经成了我们无法对之产生影响的"现代经典"，倒是一些在一定程度上继承了现代主义的探索精神的后现代

---

① 何望贤编选：《西方现代派文学问题论争集》（内部发行），人民文学出版社1984年版，第398页。

第四章 关于现代派文学的论争

主义文学大家，或者一些虽然算不上是后现代主义作家，但却徘徊在现代主义和现实主义之间同时又具有后现代倾向的大作家，如英国的戈尔丁、品特、莱辛，美国的贝娄、法国的萨特、加缪、西蒙，哥伦比亚的马尔克斯等，写出了具有理想主义倾向的优秀作品而获得了诺贝尔文学奖。而那些不尊重传统、试图打倒一切的历史先锋派，如达达主义、超现实主义和未来主义等，则早已成了过眼云烟。但是无论如何，徐迟的预测依然反映了以徐迟为代表的一批锐意革新的中国中青年作家的美好愿望和理想。只是在当时的情况下，他们对已经在西方语境下如火如荼的关于后现代主义的讨论知之甚少。

如果说徐迟发表那篇总结性文章的初衷是想借机结束那场由该刊挑起的讨论的话，那么倒是事与愿违，这篇文章反而引来了更为热烈的争论，而且争论的焦点从对现代派问题本身转向了对徐迟以及那些推崇现代派的作家和批评家的批评，甚至涉及了在中国的社会主义文学建设中要不要现代派等敏感的问题。在数量众多的批评和争鸣文章中，两篇发表于《文艺报》的文章在某种程度上代表了官方的权威看法。

理迪的文章直截了当地以《〈现代化与现代派〉一文质疑》[①]为题，批评的锋芒直指徐迟。该文在承认"积极开展对外国文艺思潮和作品的研究，很有必要"之后，便一针见血地指出："这几年对西方现代派文艺的讨论中，有许多文章对这个艺术流派作了历史

---

① 理迪：《〈现代化与现代派〉一文质疑》，《文艺报》1982年第11期。

的、科学的分析，使我们对这个艺术思潮开始有了一个较为符合实际的看法。"但是该文紧接着指出，"但在讨论中，也有一些意见显然是片面的或者是错误的"①。显然，在该文作者看来，这些具有代表性和较大影响的错误观点集中体现在徐迟的文章中，因此作者便从七个方面逐一批评徐文：（1）究竟怎样估价西方现代派的文艺；（2）究竟应该如何看待当代西方社会中文学艺术的发展现状及其规律；（3）"西方现代派文艺"与"西方经济的发展"究竟是个什么关系；（4）西方现代派文艺究竟能不能"描绘出未来的新世界的新姿"；（5）资产阶级的现代化的物质建设能不能直接地、自动地创造出"新世界"；（6）文学艺术同科学技术是不是一回事，用什么来区别文艺上的"过去派"和"现代派"；（7）什么是"马克思主义的现代主义"？②尽管徐迟的文章不过三千来字，而且是以一种非理论和非学术的作家式的笔调写就的，但这篇批评文章的长度却是徐迟文章的两倍，而且带有一种居高临下的政治批判的态势，使人感到不知如何应对，同时也难以进行反驳。

李准的文章《现代化与现代派有着必然联系吗？》③虽然长度也是徐文的两倍，但是从批评的笔调来看则更带有理论性和学术性，该文把西方现代派文学放在一个历史的语境下来看待，并从马克思主义经典作家的文学理论的角度来逐一批评徐迟的观点，其中有些观点还是具有说服力的。例如，李准在针对现代化与现代派的关系

---

① 理迪：《〈现代化与现代派〉一文质疑》，《文艺报》1982年第11期。
② 同上。
③ 李准：《现代化与现代派有着必然联系吗？》，《文艺报》1983年第2期。

时指出,"在历史上,物质生产和包括艺术在内的精神生产的发展是不平衡的,一定的生产力水平和艺术发展的一定阶段、状况之间不是亦步亦趋的"①,这一点完全可以从19世纪俄罗斯文学的繁荣与其时沙皇的专制统治和俄罗斯生产力的低下形成鲜明的对照;同样,当代拉丁美洲"爆炸文学"的崛起也产生于军人政府的专制统治和生产力水平低下的时代,因而这种例外的情形是不能不考虑的。接着,围绕物质生产与精神文化生产的关系这个马克思主义的基本原理,李准进一步指出:

> 把经济(物质生产)发展对历史变迁的终极决定作用绝对化、简单化,抛开生产关系即社会关系对意识形态的直接决定作用和政治以及哲学对文艺的直接影响,抛开人们的社会实践活动,单纯用生产力特别是科学技术的发展水平来解释文艺的发展变化,这实际上就走进了"经济唯物主义"理论的轨道。②

当然,李准的文章也和前面提到的理迪的文章一样,批评了所谓"马克思主义的现代主义"的提法。由此推论,徐迟的观点是不符合马克思主义的基本原理的,因而是错误的,错误的观点就应当受到批判。

尽管还有一些批评者也撰文与徐迟商榷,但是其观点并没有超出上述两位作者的文章,这里不作评论。在接下来的"反精神

---

① 李准:《现代化与现代派有着必然联系吗?》,《文艺报》1983年第2期。
② 同上。

污染"运动中，西方现代派文学受到严厉的批判，一些早先为现代派文学摇旗呐喊的作家和批评家也受到了不同程度的批评。关于现代派文学问题的讨论就这样匆匆收场了。后来，为了总结这场讨论的经验教训，人民文学出版社特委托何望贤编选了一本《西方现代派文学问题论争集》（上、下册），于1984年出版，但是却标明"内部发行"。显然，在改革开放的时代，较之"文化大革命"期间对外国文学的"大批判式"的批评和禁止，关于现代派文学问题的讨论基本上是在理论批评界和学术界进行的，参加讨论的学者或批评家基本上可以各抒己见，但是引来的批评却对一些在这场讨论中活跃的批评家和学者的学术生涯产生了一定程度的影响。

我们从今天的角度来看，尽管那场关于现代派文学问题的讨论理论水平并不高，完全是一种关起门来自说自话式的独白，根本就没有达到与西方乃至国际理论批评同行进行交锋和对话的境地，更没有自觉地引证西方学界已经发表的成果，因而留下来的真正有价值的著作和论文并不多，但是那场讨论却使得一些中国的外国文学批评家和学者脱颖而出，成为后来的批评大家，袁可嘉就是其中的重要代表。

我们从今天的角度来看，当年袁可嘉对现代派问题的一些判断显然是不妥的，对西方现代主义文学的定义也存在着泛化的倾向，对此，他在20世纪90年代出版、21世纪初修订的《欧美现代派文学概论》中作了一些改正，尤其值得庆幸的是，他不仅对西方现代主义文学作了新的明确的界定，而且还改变了过去那种武断的贬多

第四章 关于现代派文学的论争

于褒的评判,而是更加认可现代主义之于中国的积极意义。①

与袁可嘉一同在中国社会科学院外国文学研究所工作的中青年批评家陈焜在评论西方现代派文学的讨论中也异常活跃,且十分多产,在两年内先后发表了二十多篇文章,其中涉及现代派文学批评的就有《西方现代派文学和梦魇》(《外国文学研究》1979年第1期)、《意识流问题》(《国外文学》1981年第1—2期)、《从一个侧面看西方现代派文学的基本精神——从黑格尔评〈拉摩的侄子〉谈起》(《外国文学研究集刊》第3辑,1981年)、《讨论现代派要解放思想,从实际出发》(《外国文学研究》1981年第1期)、《西方现代派与美国当代文学》(《花溪》1981年第5、6期)、《漫评西方现代派文学》(《春风译丛》1981年第1期)等。这些批评文字后结集出版,定名为《西方现代派文学研究》(北京大学出版社1981年版),代表了当时西方现代主义文学批评和研究的最高水平,而且由于该书印数过万,在广大读者中也有着广泛的影响。该文集广泛涉猎了西方现代主义文学的各个方面,其中讨论当代美国文学的文字已涉及后现代主义问题。与袁可嘉的"一分为二"式的辩证批评所不同的是,陈焜对现代派文学的认同更为明显,并在一定的场合下为其合法性作了有限的辩护,这导致他在后来的"反精神污染"的运动中受到了批评。他开始只是沉默而不继续撰文了,后来即出走美国且一去不返,与国内学界完全割断了联系。但是他的那些关于现代派文学的介绍和批

---

① 参阅袁可嘉《欧美现代派文学概论》,广西师范大学出版社2003年版"序言",第1—7页,以及第四章"欧美现代主义文学在中国",第70—94页。

· 209 ·

评文字对于我们了解当时中国学界对西方现代主义文学研究和批评状况依然有着学术史和批评史的价值。

在《漫评西方现代派文学》一文中，陈焜阐述了他本人对现代派文学的理解和建构。首先，关于现代派文学的来龙去脉，陈焜并没有像袁可嘉那样一会将其界定为一个"流派"，一会又修正为各文学流派的"总称"，他从一开始就认为，"现代派文学是从19世纪90年代开始，一直发展到现在的一股文学潮流"。应该承认，他的这种断代的上限与西方学者的划分基本一致，而下限则包括了第二次世界大战后的后现代主义各流派。当然，这也与其时西方学界关于后现代主义问题的讨论中，一部分学者认为后现代主义是现代主义的自然延伸不无关系。在现代派与现实主义的关系方面，陈焜认为：

> 西方现代派可以说基本上不是现实主义的。如果一定拿现实主义做是非标准，那现代派就无法谈了，它就一无可取之处了……所以，在谈现代派文学时，这样一个问题也是不能回避的——非现实主义的东西有没有一点生存的权利？文学是生活的反映，这是文学的基本的本质，也是我们评价现代派文学的根据和准则。既然现代派文学是资本主义社会现实的反映，那么它就符合文学的本质，就应该得到承认。①

---

① 陈焜：《西方现代派文学研究》，北京大学出版社1981年版，第229页。

既然不是现实主义的，那么现代派的特征又体现于何处呢？在陈焜看来，就体现于象征主义、超现实主义和荒谬。他将这三个特征总结为现代派的创作方法。较之袁可嘉那样在现代派的大旗下涵盖十大流派的做法，陈焜显然比较谨慎地避免谈论具体的流派，而是将其概括为创作观念和方法，以及美学思想，即现代派作家并非以歌颂真善美为己任，他们也揭露假丑恶的东西，他们所崇尚的并非是现实主义的那种浮于表面的细节的"真实"，而更加重视揭示心灵深处甚至意识阈下的真实，这一点尤其体现于意识流的技巧。应该说，陈焜的总结概括更接近现代主义文学在西方的本来面目，只可惜他的批评生涯正如日中天时便离开了祖国，远走异国他乡，一代英才的批评道路就这样中断了。否则的话，他一定会在后来的关于后现代主义问题的讨论中异军突起成为一位大家。

柳鸣九和冯汉津作为专攻法国文学的学者型批评家，也表示了对现代主义文学的极大兴趣，并为之在中国文学界的驻足推波助澜。但是柳鸣九主要研究和批评的是萨特及其存在主义文学，基本属于后现代主义的范畴，我们将辟专节讨论他的批评理论和实践。冯汉津（1935—1987）这位英年早逝的批评家和翻译家，毕业于南京大学法语系，除了专攻法国文学外，业余时间也从事一点文学创作，早早就加入了中国作家协会。他对象征主义诗歌和存在主义文学颇有研究。他从阅读马拉美、韩波和魏尔兰等法国象征主义诗人的作品入手，概括出象征主义的写作特点："就是选择和安排适于表达某种意念的象征性字眼，达到'以物言情'

的目的。诗人应当在表示物象的词汇中，离析出与意念相对应的象征因素；为了表达一个连贯的思想，就得把许多具有对应象征性的词语串联起来，构成象征性的诗句或段落。"① 此外，他还把批评的触角扩展到法语世界以外的艾略特、里尔克以及法国的瓦莱里等后期象征主义诗人，通过他们的诗歌创作成就，得出了对象征主义的总体评价：

> 象征主义在欧美文学史上前后绵延达数十年，是现代欧美文学的重要流派，其影响是不可低估的。不管前期象征主义还是后期象征主义，都是特定国家文学发展到某一阶段的产物，它以曲曲折折的方式与时代及社会生活发生一定的联系。至于象征主义诗歌的艺术，是心智和机巧的结晶，它的"音乐美、绘画美、建筑美"（……）确实蔚为奇观。②

可以说，凭着深厚的法国文学造诣和中国文学修养，再加之本身对艺术的感悟，冯汉津若不是英年早逝的话，必定将在其后的关于后现代主义的讨论中再度崛起，并发出更加有力的声音。专事德国文学研究和艺术批评的叶廷芳虽然没有较深地介入关于现代派文学问题的理论讨论，但是他却在自己的学科领域现代德语文学方面对现代主义文学艺术作了较为全面深入的评介，出版

---

① 参见何望贤编选《西方现代派文学问题论争集》（内部发行），下册，第13页。
② 同上书，第17页。

了《现代艺术的探险者》《卡夫卡,现代文学之父》《现代审美意识的觉醒》《西方现代文艺中的巴罗克基因》等著作,对于广大读者了解德语世界的现代主义文学主要代表人物起到了一定的导引作用。

如前所述,关于现代派文学问题的讨论是中国实行改革开放以来第一次在文艺界和理论批评界开展的一场专注现代西方文学的大讨论,不仅吸引了众多中青年作家和批评家,同时也促使一些老专家学者披挂上阵,就他们不太熟悉的问题发表见解。一些著名的外国文学学者也写下了批评文字,包括郑敏的《意象派诗的创新、局限及对现代派诗的影响》(《文艺研究》1980年第6期)、黄嘉德的《应当实事求是的分析》(《文史哲》1980年第3期)、杨周翰的《新批评派的启示》(《国外文学》1981年第1期)、卞之琳的《分与合之间:关于西方现代文学和"现代主义"文学》(《外国文学研究集刊》第1辑,1981年)、王佐良的《从文学史的角度看西方现代派》(《外国文学研究》1981年第1期)、伍蠡甫的《西方现代文论漫谈》(《文艺研究》1981年第6期)和《西方文论中的非理性主义》(《外国文学研究》1982年第2期)、周珏良的《读叶芝的几首诗》(《外国文学》1982年第8期)等。这些文章或者直接涉及关于现代派文学的评价问题,或者从某一个侧面来评介现代派文学及其相关的问题,直接反映了这些老学者对新生事物的思考和见解。而在20世纪二三十年代现代主义首次进入中国并对之予以接受和创造性发挥的诗人—批评家,如冯至、卞之琳等,则相对地保持沉默,很少就那些引起争议的问题发表文章。总之,较之那些中青年学者和新锐批评家,这些老学者的观点比较谨慎,客观理性分析较多,理论发挥和意气用事的成分较少。

第三节　现代主义在中国的两次高涨及其影响

也许对中国现当代文学不熟悉的读者会误以为现代主义进入中国只是20世纪下半叶的事件,实际上早在新文化运动时期,现代主义就伴随着大量西方文化思潮、文学作品及理论,通过翻译进入了中国,并在20世纪20年代的中国文坛掀起过一阵波澜。而相比之下,20世纪的头十年,也正是西方文学的主流从现实主义向现代主义转变的时期,因此就这一点来说,现代主义进入中国与其在西方的兴起并达到全盛时期并没有太大的时间差。而现代主义作为一种文学艺术思潮,连同那些对其产生直接影响的社会文化思潮一道进入了中国。在探讨其对中国当代文学及理论批评的影响之前,简略地回顾一下这段历史是有必要的。

继20世纪40年代、60年代和80年代三度与西方现代主义文学"邂逅"之后,袁可嘉在90年代的宽松的文化氛围中再次冷静地反思了现代主义的边界以及其之于中国文学的积极、消极意义和价值。他在《欧美现代派文学概论》一书中,专门辟专章讨论了现代主义在中国的传播和接受。按照他的划分,"在长达七十五年的历史中,对现代主义文学的译介评论,时起时伏,大体上可以分成五个阶段,形成过三次高潮,即'五四'前后,三四十年代和80年代。这种起伏变化是有一定的时代背景的,是与中国革命的进程

第四章 关于现代派文学的论争

相联系的"①。这五个阶段具体是：第一阶段（1915—1924），主要译介和推进者有鲁迅、郭沫若、茅盾和胡适；第二阶段（1925—1937），主要鼓吹者和实践者为李金发、戴望舒、卞之琳、曹禺和施蛰存；第三阶段（1938—1948），主要接受者和实践者为冯至以及年轻的"九叶诗派"；第四阶段（1949—1977），他认为这是现代主义在中国的停顿和受到批判的阶段；第五阶段（1978—1990），这是重新引进和批评性讨论的阶段，在这一阶段，袁可嘉本人以及上述批评家和学者应是立下了汗马功劳的。② 他对这五个阶段的成败得失也作了比较合乎实际的概括和总结：

> 从我国引进西方现代派文学和现代文论以来总的情况看，我个人坚信，这是一件利大于弊的好事。它有利于我们认识西方现代社会、现代文化和现代文学；东西方的文学文化交流有利于促进新品种的产生，新文学的繁荣，和新文化的发展。历史上三次引进现代派文学的高潮（"五四"时期、三四十年代和80年代）都是文艺界思想活跃，富有创造力的年代。关键在于我们要以马克思主义为指导思想，用正确的科学的态度来对待现代派，既要敢于批判它的错误倾向，又有善于借鉴它的长处，不断地予以消化改造，使之成为对我们有用的一份文化遗产。这是一个长期的系统的文化工程，要靠一代又一代人的

---

① 袁可嘉：《欧美现代派文学概论》，广西师范大学出版社2003年版，第70页。
② 同上书，第70—94页。

坚持努力,绝不是三年五载就可以完成的。①

应该承认,较之袁可嘉早先的有些偏激的看法,这样的概括和总结应是比较恰如其分的评估。

在各种社会文化思潮中,弗洛伊德主义对西方文学的影响被公认为是巨大的,而且直至当代也不见衰竭。② 然而,它同传统的中国文化和文学观念却是格格不入的,这二者间的差异也是巨大的。但正如前所说,在新文化运动的开放时期,各种西方社会文化思潮无不试图跻身中国文坛,因此弗洛伊德主义的进入就不令人感到奇怪了。自"五四"以来直至三四十年代,弗洛伊德主义在中国文学中确实产生过不小的影响,而且几乎所有的主要作家都对之作出过反应:或者接受;或者为之在中国的传播而奔波呐喊;或者滥加发挥,将其推至极端;或者对之持冷峻的批评态度;或者对之加以改造后扬弃和利用,其传播、发展和流变的线索大体上还是比较清晰可寻的。③

在改革开放的时代,弗洛伊德主义伴随着各种西方现当代文化思潮再度进入中国,在中国当代掀起一股"弗洛伊德热",并为新时期的中国文学中出现性心理分析和性描写现象提供了理论基础。当然,弗洛伊德主义在中国文学界也受到了片面的曲解和阉割,这

---

① 袁可嘉:《欧美现代派文学概论》,广西师范大学出版社2003年版,第94页。
② 参阅王宁《弗洛伊德主义文艺观及其对中西方文学的影响》,载乐黛云、王宁主编《超学科比较文学研究》,中国社会科学出版社1989年版,第360—441页。
③ 参阅王宁《弗洛伊德主义在中国现代文学中的影响与流变》,《北京大学学报》(哲学社会科学版)1988年第4期。

第四章　关于现代派文学的论争

主要体现在不少中国作家更加热衷于他的泛性论，并将其图解于自己的作品中，而未能把握它的无意识概念和深层心理分析，这是令人遗憾的。弗洛伊德主义对中国当代文学的影响是明显的，这可以在张洁、王朔、刘心武、王安忆、张贤亮、莫言、刘索拉、残雪、刘恒、张承志、张辛欣、徐小斌等作家的作品中见到痕迹，甚至在王蒙这样声名赫赫的作家的笔下，也不时出现人物的深层潜意识描写和变态畸形心理的分析。可见，弗洛伊德主义已不知不觉地渗入当代作家的创作意识和无意识中，成为创作的一种动因了。诚然，中国当代出现性文学首先应该从解除禁欲后人们心理上的空白这一视角来考察这些文本，通过分析，我们不难发现，它们远不是神经病患者的病例，而是货真价实的文学文本：艺术的成分大大多于精神分析的成分。这也说明，虽然艺术与精神分析学多有相通之处，但后者绝不等同于前者。刘恒的《伏羲伏羲》独具一格，大胆地探讨了中国现代农民的"俄狄浦斯情结"。所有这些均表明，中国当代的严肃作家对弗洛伊德的那套泛性论并非全盘接受，而是进行了自己的扬弃，当然，他们的实验之成败得失有待于时间的考验。

改革开放时期兴起的"尼采热"也颇为值得注意。实际上，尼采早在20世纪20年代就被中国文化界和文学界"接受"过，但他在20世纪中国文坛上所受到的"礼遇"和"遭遇"也和弗洛伊德相差无几。20世纪二三十年代或更早些时候，高举新文学运动的旗帜、向传统的中国文化发起冲击的鲁迅、茅盾、郭沫若等革命作家，曾借助过尼采哲学这一武器，用以向传统的价值观念挑战，从而树起"重新估价一切"的旗帜，他们以及周作人等主要作家批评家都曾受惠于尼采。后来当马克思主义传到中国，一大批作家逐渐"向左转"时，尼采在中国文化和文学界的地位才发生动摇，进而逐步崩溃。1949—1976年这段时期内，尼采哲学在中国受到了猛烈的批判，不少作家由于曾受到尼采哲学的影响而被批评或批判，谁要是客观地指出鲁迅、郭沫若、茅盾等革命作家曾受过尼采的影响，那就等于是往这些作家脸上"抹黑"。这种态度其实并不是历史唯物主义的，但在当时却无人指出，以至于连朱光潜这位"尼采的信徒"也不得不在自己的著作中避而不提这位导师对他的影响，对此他曾作过痛心的反省。[①] 这种长期遭排斥、受批判的局面无疑是导致"尼采热"兴起于20世纪80年代的中国的一个原因。另一个原因则在于，随着尼采著作的逐步译介到中国，人们发现，尼采那富有传奇色彩的执着、浪漫的一生，以及他那诗一般的语言风格、那狂放不羁的行文，那深刻、富于洞见的思想似乎更接近于注重表现的中国美学性格，因此，尼采的著作在中国的青年知识分子（尤其是大学生）中颇有市场。应该看到，在当今这个各种文化思潮处于多元取向之格局的时代，尼采学说中被接受的部分并不是其超人哲学，而是其"重新估价一切"和向传统的权威偶像挑战的否定和批判精神，也许当今的先锋派诗歌在很大程度上从这一精神中得到了启迪，因此，我们又可以说，尼采在很大程度上是被当作一位作家而不是哲学家介绍给中国文学界的。

从今天的视角来看，早在"五四"时期，西方文学的三种文学

---

① 参见《朱光潜全集》第2卷，安徽教育出版社1987年版，第210页。

第四章 关于现代派文学的论争

艺术思潮——浪漫主义、现实主义和现代主义几乎同时蜂拥进入了中国文坛，导致中国作家和批评家陷入了概念上的混乱。他们把19世纪的西方浪漫主义当作传统的浪漫主义，把同时具有部分现实主义因素和更多浪漫主义特征的现代主义当作20世纪的"新浪漫主义"，而把现实主义理解为简单的"写实主义"。前两者弘扬主体、个性和情感意识，强调作家的自我表现，后者则依循写实的原则，提倡客观真实，冷峻和富有理性精神，注重对现实生活的反映和"模仿"。当然，经过中国固有的文化传统和文学观念的"过滤"以及作家带有主体创造性意识的"接受"之后，这三种文学思潮在中国变形了，成为中国式的浪漫主义、现实主义和现代主义。出现在中国文坛的"现代派"在一定程度上就是西方影响和本土文学创作的内在逻辑之发生互动之后必然产生出来的独特的中国的文学现象，因此它是一个建构出来的概念：一方面说明了现代主义的多元发展走向，解构了所谓单一的现代主义的"西方中心主义"概念，另一方面，中国的现代主义或现代派文学的出现又同时以中国的本土经验丰富了全球现代主义的理论建构。

平心而论，"五四"时期至20世纪30年代介绍到中国的现代主义或"新浪漫主义"是真正的西方现代主义文学，尽管这种介绍不无片面性并带有误解和误读的因素，总体把握还是比较准确的。但到了20世纪70年代末80年代初，我们介绍的西方现代主义或"现代派"文学，就有点含混不清了：不仅把有些现实主义作家划入了现代主义的圈内，而且把两次世界大战后崛起的后现代主义文学和一些有着现实主义或现代主义倾向但不属于任何文学运动的作家也当成了现代主义作家来介绍,这就犯了所谓"无边的现代主义"的错误。至于所谓"西方现代派"则更是一个缺乏科学根据的不准确概念。既然是一个流派,那就更应当有其时间空间的限制。比如我们在描述西方文学时提到的浪漫主义,很可能指作为创作原则和创作方法的浪漫主义,这就比较宽泛了;当然也可以指作为文学运动和文学思潮的浪漫主义,这显然比前一种意义上的浪漫主义要狭窄得多。如果我们专指"浪漫派"①文学,那目标就更为明确,涉及的范围缩小到特定时期、特定地域内活跃于文坛的一批作家上。同样,我们也可以推论,按照"现代派"这种说法,在这个现代派(其涵义是流派)的旗帜下,倒有着许多名目繁多的主义(其涵义是运动、思潮或流派),这倒真有点本末倒置了。本书是一部当代外国文学批评史,并不打算在这些概念上大做文章。

毫无疑问,在20世纪的一百年里,现代主义对中国文学产生了深刻的、重大的影响,这种影响不仅体现在文学创作中,同时也体现在文学理论批评中。早在20世纪20年代,现代主义就伴随着另两种西方文艺思潮——浪漫主义和现实主义——进入中国,并在20世纪二三十年代的中国文坛,掀起过第一次现代主义浪潮②,在诗

---

① 在西方语言中,"浪漫主义"和"浪漫派"都是一个词 romanticism,只是用于特指"浪漫派"时,第一个字母需大写,另,"浪漫主义的"和"浪漫派的"也都是一个词 romantic,专指浪漫派时,romantic 或和其他词一起使用,以示区别,如 the Romantic school/movement(浪漫派/浪漫主义运动)。

② 参阅王宁《现代主义、后现代主义与中国现当代文学》,《中国社会科学》1989年第5期。

歌领域的代表为李金发和戴望舒，小说界则以"新感觉派"的施蛰存、刘呐鸥、穆时英等作家的创作为高峰。到了40年代，在西南联合大学的师生中涌现出一批才气逼人的现代主义诗人——师辈中有深受里尔克影响的冯至，学生中则有日后被称为"九叶派"诗人的穆旦、郑敏、袁可嘉等；在沦陷区，则有上海的路易士（纪弦），燕京大学的吴兴华。但由于各种政治的、经济的、社会的、文化的因素以及接受者自身的因素，现代主义终究未能在中国的文化土壤上扎下根来，至多不过在一些知识分子和精英文化人圈内产生过短期的"轰动效应"。这显然与当时中国的文化和文学接受土壤的不适应有关。

中华人民共和国成立后，在相当长的一段时期，中国的文艺政策和路线受到苏联的影响，由于现代主义在苏联受到打压，它在中国的备受压制也就不足为奇了。而改革开放政策的实施则为包括现代主义在内的所有西方现当代文化社会思潮的再度进入中国铺平了道路。伴随着1978年的改革开放以及1985年新潮小说的崛起，现代主义在中国文学界再度"复苏"了，并掀起了第二次浪潮，卡夫卡、福克纳、艾略特、伍尔夫、劳伦斯、奥尼尔、斯特林堡等一大批西方现代主义作家及其作品被介绍到中国，对刚刚经历了"十年浩劫"磨难的中国文学界产生了极大的影响。与早期相比，这次浪潮使更多的作家和批评家卷入其中，形成了足以与长期在中国占主导地位的现实主义文学相对峙的局面，出现了一大批具有现代主义倾向的中、青年作家，如王蒙、刘心武、张洁、张贤亮、谌容、张辛欣、张承志、王安忆、北岛、顾城、舒婷、江河、杨炼、高行健、魏明伦、残雪等。在他们的作品中，不时可窥见卡夫卡式的象征手法和畸形变态描写，艾略特式的文化荒原主义人生观，福克纳式的意识流技巧，詹姆斯式的心理分析，斯特林堡、奥尼尔式的表现主义，等等。在文学理论批评界，一大批作家、批评家也和外国文学研究者一起，投入了关于现代主义等问题的理论争鸣，虽然讨论仅限于"要不要现代派""如何看待现代派"等浅层次的问题，但这也说明，较之前两次浪潮，中国当代文学中的现代主义浪潮已产生了大得多的"轰动效应"。不少作家已产生了某种"自觉的"现代主义意识。

就在大量西方现代主义文学作品蜂拥进入新时期的中国文坛之际，后现代主义也不知不觉地进入了。开始，它被当作"现代主义的重新抬头"，而且在1980年开始出版的《外国现代派作品选》[①]中，实际上已收入了一些第二次世界大战后崛起的后现代主义作家的作品，对20世纪80年代初活跃于文坛的中国作家产生了一定的影响，以至于直到1985年，还有人为刘索拉、徐星的崛起而欢呼喝彩，认为中国也有了自己的"现代派"文学。其实，自那时起，后现代主义文化因子已经孕育在"先锋小说家"的作品中了。关于这一新的文学现象，我们将在后面详细讨论。

---

① 见袁可嘉等编《外国现代派作品选》，四册，八本，上海文艺出版社1980—1985年版。

第五章　关于批评大家的讨论(二)

如前所述，尽管中国的语境下进行的关于西方现代派文学问题的讨论本身的理论水平并不高，但是却有一个显著的成果，这场讨论使得一批中青年学者和从事外国文学批评和研究的批评家脱颖而出，通过理论争鸣和批评性讨论充分地展示了他们的学术功力和批评锋芒，他们不断地著述，与同行切磋讨论，最后成长为批评大家。在那些参加讨论的众多外国文学批评家和学者中，袁可嘉、柳鸣九和陈焜的著述是十分突出的，产生的影响也是很大的。钱中文的专业方向是俄苏文学和理论批评，虽然他一开始由于专业所限并未过多地介入西方现代派文学的讨论，但他也从理论和比较的视角发表了一些批评文字，并且同时对后来介绍到中国的后现代主义理论思潮以及全球化现象也发表了一些批评性著述，在学界有着广泛的影响。本章主要讨论袁可嘉、钱中文和柳鸣九这三位批评大家，他们的理论建树和批评实践不仅仅局限于现代主义文学批评和研究，还涉及范围更广的理论问题，但是基本上聚焦于外国文学和理论批评。此外，他们的批评实践和研究正好涉及三个主要的语种和外国文学现象，英美、俄苏以及法语文学界，有着一定的代表性。

第一节　袁可嘉的现代主义和诗歌批评

改革开放以来的中国外国文学批评界,出现了一批有着深厚学术造诣、同时又不断地以自己的理论批评洞见介入当代文学批评理论争鸣的学者型批评家。袁可嘉就是其中的一位杰出代表。客观地说,他的诗歌创作在中国现当代文学史上的地位并不高,也不算多产,因而在他去世时不少人甚至忘记了他曾经是一位锐意革新的"九叶派"成员。而文学批评界和学术界却对他在积极引介西方现代主义文学方面给予高度的认可。其实这正是他的幸运。他大学毕业后早早就开始专注外国文学批评和研究,因而取得了突出的成就,并产生了较大的影响。他在当代外国文学批评理论领域的主要贡献体现在两个方面。早在新中国成立前他就开始涉猎西方现代主义文学研究和批评,对之予以高度认同并深受其影响,他所跻身其中的现代文学中的诗歌流派"九叶派"就是中国现代诗歌史上的一个重要流派。虽然这一流派在诗歌上的成就人们褒贬不一,但它至今仍吸引着一代又一代的批评家和学者的关注和讨论,可见它的影响至今仍持续着。正是基于他的这一优势,他先后在新中国成立后两个时间段涉足西方现代主义文学和理论思潮的研究和批评,其一是20世纪五六十年代,其二是改革开放之后。可以说,在第二个时间段,袁可嘉的影响力达到了巅峰。几乎所有介入关于西方现代派文学论争的中国作家和批评家都必定引用袁可嘉的权威性批评论断,并就此表明自己的态度。同时也正是基于他的这一独特的创作和批评以及中外批评和学术研究的"两栖"人的身份,他在自己的专业领域内——英美诗歌批评和诗学理论研究——也取得了卓越的成就,被人们认为是一位有思想有理论的学者,同时又是一位有深厚学术造诣的文学批评大家。

袁可嘉(1921—2008)是浙江余姚人,1946年毕业于西南联合大学外国语文系英国语言文学专业。历任北京大学西语系助教,中共中央宣传部毛泽东选集英译室翻译,外文出版社翻译。自1957年起,长期担任中国科学院外国文学研究所(后改为中国社会科学院外国文学研究所)助理研究员、副研究员和研究员。晚年长期定居美国,并在纽约去世。

袁可嘉一生著译甚丰,尤以诗歌翻译和理论批评见长。著有《欧美现代派文学概论》《现代派论·英美诗论》《论新诗现代化》《半个世纪的脚印——袁可嘉文选》,主编《欧美现代十大流派诗选》《现代主义文学研究》等。他的大部分著述和论文属于文学研究的范畴,即使在那些纯粹的学术研究论文中,人们也不难觅见其作家和批评家的身份。他的批评理论主要集中体现在他的专题论文集《现代派论·英美诗论》中,1993年出版的《欧美现代派文学概论》虽然对早期关于现代派文学的划分作了修改,但基本内容仍是早先的这本论文集的扩充和发展。

一 现代主义文学的推进者、实践者和批评者

如前所述,西方现代主义文学曾两次登陆中国,先后在20世纪

二三十年代和80年代掀起两次高潮，并在中国现代文学史上出现过一个与其西方同行同步发展的现代派文学。西方现代主义文学首次登陆中国时袁可嘉才刚刚出生，但在其第二次登陆时，袁可嘉等人的推波助澜则是至关重要的。应该客观指出的是，袁可嘉与西方现代主义文学的关系确实是剪不断理还乱的一种复杂的矛盾关系。这一点与前面所讨论的朱光潜、杨周翰和王佐良等学者型理论家和批评家有很大的不同。袁可嘉虽然在年龄上较之杨、王二人不过年轻五六岁，但由于他未能在新中国成立前留学西方名校，因而大学毕业后不得不从最底层的助教干起。"文化大革命"结束后，杨、王二人早已成了外国文学批评和研究界的领军人物，而袁可嘉还得一步一步地依靠自己的勤奋著述在学界拼搏和晋升高级职称，从另一个方面来说这倒是成就了他的学术研究和文学批评。他并没有像朱光潜那样专注于美学和文学理论，也没有像杨、王二人那样把主要精力放在英国古典文学的研究和批评上，而是选择了自己所熟悉并感兴趣的一个领域——英美现代文学，或更确切地说，英美现代主义文学，并在这方面下了一些功夫，写下了一些批评文字。按照他自己在《现代派论·英美诗论》"序"中所坦诚的：

> 我研读现代派文学开始于1946—1948年间。当时一面做新诗，一面写评论，对现代派的长处讲得多，对它的弱点视而不见。解放后，这项工作停止了。六十年代初在"批判资产阶级思想"的旗号下，我对现代派又采取了全盘否定的态度。然后又是一个长达十二年（1966—1978）的停顿。一九七八年以

来，我深感对西方现代派文学需要按照一分为二、实事求是的精神加以再认识，作出新估价。"现代派论"这辑十篇文章就是这样情况下的产物。①

由于袁可嘉对西方现代主义文学的研究是断断续续的，因而所掌握的资料也不完整。这体现在他对西方现代主义文学的批评文章中很少直接引证西方学者的最新著述，偶尔提及一两位西方的批评家及其著述，也未标明原书的题目或版本，也许这正体现了那一时代的学术和批评风气。这使他的著述更接近批评而非学术研究，例如他在自己讨论现代主义文学的文章中只简略地提及美国的批评家欧文·豪和伊哈布·哈桑，而具有讽刺意味的恰恰是，这两位批评家的知名度在很大程度上基于他们对美国的后现代主义文学的批评和研究。而袁可嘉则别出心裁，将他们的著作中所提及的后现代主义以及历史先锋派的文学创作也纳入他的广义的"现代派"的范畴。因此，在某种程度上说来，中国的关于现代派文学的讨论的时间正好与英语世界关于后现代主义文学思潮的讨论几乎同步进行，这就使得"现代派"在中国的语境下成了一个"建构性"的术语和概念。当然，在该文集中，也收录了一篇题为"关于'后现代主义'思潮"的短文，其中除了再次提及哈桑及其早期的著作外，还提及了另两位介入早期英语世界关于后现代主义讨论的作家型批评家，苏珊·桑塔格和大卫·洛奇，而对这一时期已经出版理论专著

---

① 袁可嘉:《现代派论·英美诗论》，中国社会科学出版社1984年版，"序"第1页。

并在美国乃至整个西方都有相当影响的一些理论家和批评家，如利奥塔、詹姆逊和卡里内斯库等，却只字未提，因而在中国当代兴起的关于现代派问题的讨论与当时国际文学理论界的前沿讨论是脱轨的。应该说，他的那篇写于1982年的短文只是浮光掠影般地介绍了在欧美国家方兴未艾的关于后现代主义的讨论，即使在20世纪90年代中国理论界如火如荼的关于后现代主义问题的讨论中，也很少有人提及那篇文章。但是从今天的视角来看，不管当年是出于误读还是由于原始资料的缺乏，或是与国际理论批评界的脱轨，袁可嘉至少对西方现代主义文学的介绍和批评在相当程度上带有他本人的思考和洞见。因而若是他的一些批评文字用英文撰写的话，或许也能在国际刊物上发表，并代表中国学者提出关于西方现代主义和后现代主义文学的看法。

我们首先来看看袁可嘉对这个在一定程度上由他本人建构出来的"现代派文学"概念是如何界定和评判的。正如他所反复强调的，"西方现代文学一般是从第一次世界大战前后算起的。现代派是其中富有时代特征、深刻而广泛地反映了现代西方社会矛盾和人们心理的一个重要流派"①。我们都知道，modernism 这个术语现已大多被通译为"现代主义"而非早先翻译的"现代派"，其原因恰在于现代主义是一场广泛的文学艺术运动，它并非一个统一的流派，而是涵括了西方自19世纪后半叶直至第二次世界大战结束的西方所有反对现实主义文学传统并对西方的现代性进行批判的流派。

---

① 袁可嘉：《现代派论·英美诗论》，中国社会科学出版社1984年版，第1页。

因此，将其笼统地称为一个流派显然是不妥的。但是，在当时的情况下，袁可嘉所处的地位在很大程度上对国内批评界这方面的理论争鸣起到了某种"导向"的作用。紧接着，袁可嘉便论证道，现代派文学"确立于本世纪二十年代，但溯其根源，却早在十九世纪中叶的唯美主义文学中就已萌芽"，美国的爱伦·坡和法国的波特莱尔"被认为是现代派的远祖"①。这倒是西方学界比较一致的看法，袁可嘉显然是接受这一看法的，但是他在概括了西方现代文学的发展演变之后，又指出，"西方现代派文学经过近八十年来的发展，呈现出非常复杂矛盾的图景。现代派文学将如何发展，目前还很难判断，虽然西方有些评论家已经宣告它的结束，提出'后期现代主义'或'超现代主义'的概念，但现代派文学作为一定社会历史条件下的产物，只要这种条件没有根本的改变，它是不会突然从地平线上消失的。它还将不断地变化和发展"②。这样一来，就形成了中国语境下的一种"无边的现代主义"的概念。由于袁可嘉当时所处的独特地位，他的这一评判广为国内学界和批评界所引证，并得到官方的认可。

既然对这一所谓的"现代派"作了定义，那就得向人们描述它的总体特征，在这方面，袁可嘉确实具有高超的理论概括能力。他认为，现代派文学在四种"基本关系上所表现出来的全面扭曲和严重的异化：在人与社会、人与人、人与自然（包括大自然、人性和物质世界）和人与自我四种关系上的尖锐矛盾和畸形脱节，以及由

---

① 袁可嘉：《现代派论·英美诗论》，中国社会科学出版社1984年版，第1页。
② 同上书，第4—5页。

之产生的精神创伤和变态心理、悲观绝望的情绪和虚无主义的思想"①。若具体一一展开，也即，在人与社会的关系方面，"现代派表现出从个人的角度全面地反对社会的倾向"；在人与人的关系上，"现代派文学揭示出一幅极端冷漠、残酷、自我中心、人与人无法沟通思想感情的可怕图景"；在人与自然的关系上，"现代派同样表现出全面否定的态度"；在人与自我的关系上，"现代派作家在现代心理学的影响下，更表现出前所未有的特点"②。当然，在袁可嘉看来，上述这些特征均是西方现代派文学不同于传统的现实主义文学的特征，因此现代派文学所描写的这些特征对于我们认识西方现代社会有着一定的认识价值。但是这样大而化之的概括不免给人一个总体印象，即西方现代派文学是毫无希望的，并没有像他前面所说的反映了时代的精神，因此对于中国理论批评界来说，正是我们不可取的方面。

此外，袁可嘉也确实娴熟地掌握了辩证法，这一点尤其见于他对现代主义文学的"一分为二"式的批判性分析。因为在当时的改革开放初期，人们的思想禁锢尚未完全解开，说话和写作依然得小心谨慎，因而对一切来自西方的东西均采取一种比较保险的"一分为二"的辩证态度，也即对现代派的那些"腐朽""颓废"的思想内容予以坚决的否定，而对其不同于现实主义的具有一定新颖特色的形式技巧则给予适度的肯定。这在当时是比较容易使人接受的一种方式。在袁可嘉看来，西方现代派作家的基本文艺观点具有下列

---

① 袁可嘉：《现代派论·英美诗论》，中国社会科学出版社1984年版，第5页。
② 同上。

特征：在艺术与生活、现实和真实的关系上，他们强调"表现内心的生活、心理的真实或现实"；在艺术与表现、模仿的关系上，现代派认为"艺术是表现，是创造，不是再现，更不是模仿"；在内容与形式的关系上，现代派作家"大都是有机形式主义者，认为内容即是形式，形式即是内容，离开了形式无所谓内容"。① 虽然这些看法在今天看来并非绝对没有道理，有些观点作为一家之言是可以进一步讨论的，而有些观点则被实践证明是正确的，但在当时却受到了袁可嘉的批判。既然现代派文学在艺术手法和形式技巧方面的探索可以丰富文学创作和阅读经验，那么对之进行一分为二的评判就成了理所当然的事了。因此，在袁可嘉看来，"现代派文学对我们可以说有四个方面的意义"：首先，它对我们"了解现代西方社会的矛盾和西方一部分人的心理有很大的认识价值"；其次，几十年来，现代派作家在艺术技巧方面作了种种试验，"既有成功的经验，也有失败的教训"，因而其成败得失足资我们参考借鉴；再者，由于现代派的表现手法已为其他现代文学流派和作家所广泛吸收和运用，为了加深对整个西方现代文学的理解，"我们也有必要涉猎一些现代派作品"；最后，现代派文学之于中国的意义则体现在，我国的新文学运动"一开始就受到西方文学的影响，最初是欧洲的浪漫主义和现实主义文学，后来三十年代的被视为现代派的作家和三四十年代的另一部分作家，也结合本国的传统和自己的需要，接

---

① 袁可嘉：《现代派论·英美诗论》，中国社会科学出版社1984年版，第11—12页。

受过西方象征派和现代派的启迪"①。他自己曾经作为其成员的"九叶派"诗歌就是现代主义在中国的一个产物,只是在当时那种万众同批现代派的氛围下,他只字未提中国的"九叶派"诗歌,更没有提及他本人在这一诗歌流派中扮演的角色。

在列举了西方现代派文学的种种长短处之后,袁可嘉便站在一个理论家的高度对之作出了如下批评性的理论总结:

> 对于西方现代派文学,我们必须坚持一分为二、实事求是的精神。它在思想上和艺术上都有两重性:它有曲折地反映现实矛盾现象的一面,也有掩盖这种矛盾实质的一面;它常常把具体社会制度下的矛盾扩大化、抽象化为普遍而永恒的人的存在问题或人性问题;它把不公正的社会制度、不合理的社会关系所造成的痛苦和悲剧说成是不可改变的"生之痛苦"。它在揭露资本主义社会矛盾的同时总要散布一些错误的思想,诸如虚无主义、悲观主义、个人中心、和平主义、色情主义等等。在艺术方法上,现代派文学有所创新,有所成就,也有所破坏,有所危害。这种两重性归结起来也还是统一的,统一于现代派作家所处的社会历史条件和他们的资产阶级的世界观。我们今天有选择地介绍现代派文学的代表作品,目的不是要对它瞎吹胡捧,生搬硬套,而是首先要把它有选择地拿过来,了解它,认识它,然后科学地分析它,恰当地批判它,指出它的危

---

① 袁可嘉:《现代派论·英美诗论》,中国社会科学出版社1984年版,第27—28页。

害所在，同时也不放过可资参考的东西。①

当然，有了这种"一分为二"式的批判性分析和接受，对西方现代主义文学的译介也就有了某种合法性，因为在当时那种氛围下，尽管袁可嘉本人在很大程度上是比较认同现代主义文学在形式技巧上的创新的，但是如果不加上这个"一分为二"的护身符，不从思想上与之划清界限他就难以得到官方的认可。在这本文集中的另一篇题为"欧美现代派文学概述"的文章中，虽然主要观点与前文有所重复和雷同，但是在两个方面显得更为具体。其一是对现代派文学的发展流变作了具体的分期，也即按照他的划分，"现代派文学的发展历史大体上可分为三个阶段：萌芽时期（19世纪后期）、鼎盛时期（20世纪20—50年代）和后期（60—70年代）"②。其二，对于作为一场运动的现代派文学，所包含的具体流派也作了具体描述，认为"现代派文学是一个总称，其内涵错综复杂，同样有左、中、右之分，即既有革命的进步作品，也有反动、颓废的作品，更有介乎其间的、在不同程度上反映现实的大量作品"③。显然，这与他开始时把现代派当成一个流派的做法有了新的进展，但是既然作为各种反传统的现代主义流派的总称，这一总称具体包含哪些流派呢？袁可嘉认为，至少有十个流派：象征主义、表现主义、未来主义、意识流文学、超现实主义文学、存在主义、新小说

---

① 袁可嘉：《现代派论·英美诗论》，中国社会科学出版社1984年版，第29页。
② 同上书，第72页。
③ 同上书，第73页。

派、垮掉的一代、荒诞派戏剧和黑色幽默派。其实，如果按照国际学界现有的研究成果来看，这种笼统的划分尽管方便，但却有张冠李戴之嫌。实际上，就其文学思想、艺术主张以及所产生出的具体作品而言，这十个流派中真正属于现代主义的文学流派只有象征主义、表现主义和意识流文学；而未来主义、超现实主义，连同达达主义等，则属于历史先锋派的范畴；至于存在主义、新小说派、垮掉的一代、荒诞派戏剧和黑色幽默则应归为第二次世界大战后兴起的西方后现代主义（postmodernism）文学之下。这应该是袁可嘉在理论概括和批评判断上的一个失误，究其原因，主要是因为当时中国的外国文学批评界尚缺少与国际学界同行的直接交流，以及第一手研究资料的缺乏。因此把责任完全归咎于袁可嘉也有失公允，只是因为他的影响实在太大，以至于不少批评者和研究者在谈到现代派文学时必定引证他的权威性观点并在具体作品中寻找例证。

因此，在中国当代外国文学批评界以及中国文学批评界热烈讨论西方现代派文学问题的年代里，袁可嘉的名字几乎与现代派密不可分，而由袁可嘉等主编的多卷本《外国现代派作品选》（上海文艺出版社1980年版）则更是那些不通外语或只懂一门英语而又迫切想了解整个西方现当代文学的学者、作家、批评家的案头必备书。但是，随着越来越多的现代主义作家作品被译介到中国，同时也随着越来越多的中青年文学学者出国留学或访学归来，西方文学理论批评界的最新研究成果和学术观点也被带到中国，人们对西方现代主义文学有了更为直观的了解，并开始掌握国际文学理论批评界对现代主义和后现代主义文学的讨论和研究现状。这时，袁可嘉等人的启蒙作用也就逐渐淡化。20世纪80年代中期他去了一趟美国,在位于北卡罗来纳州的全美人文中心从事研究一年,这无疑得益于他在译介西方现代主义文学并在中国的语境掀起关于现代派问题的讨论所产生的国际影响。其间他广泛接触到国际学界的前沿理论家和批评家,并大量阅读了更多的当代文学和理论批评的第一手资料。也许是他感觉到了自己早先对西方现代主义文学的介绍和近乎武断的批评有失公允,袁可嘉反而逐渐沉默了,很少介入20世纪80年代末90年代初由一批青年学者型批评家挑起的关于后现代主义文学的讨论,也很少就他先前十分热衷的现代派文学写出更为深入的批评和研究论文。很快,年逾古稀的袁可嘉也退休了,几年后他又去了美国,并在那里定居,最后在纽约去世。一代外国文学和批评大家就这样客死异国他乡,而由他和另几位稍年轻一些的外国文学批评家,如陈焜和柳鸣九等,挑起的关于西方现代派文学问题的讨论也成了历史。但袁可嘉的启蒙和奠基性作用却是不容忽视的,他已经成了一个在当代中国的外国文学批评史上占有一席地位的批评大家。

二 作为诗人—批评家的袁可嘉

如前所述,袁可嘉作为当代并不多见的集诗人、翻译家和文学批评家为一身的学者,对英美现代诗歌也有着精深的研究。作为一位诗人,在他的批评和研究文章中,他不时地从英美诗歌原文的翻译入手,让读者对所批评的诗歌有着直观的感觉,然后再运用他的丰富文学史和文学理论知识对这些诗歌进行理论分析和评论。① 可以说，袁可嘉在英美诗歌批评方面的成就应该高于他的关于现代派文学的批评，尽管所产生的影响远远不如前者。

袁可嘉研究英美文学的切入点是诗歌。除了在介绍西方现代主义文学时涉及小说和戏剧外，他很少单独评论小说家和剧作家，而是把大量的文字倾注于他所钟爱的诗歌上，他评论的诗歌大家既有英国的民族诗人彭斯和叶芝，也包括浪漫主义诗人布莱克、拜伦和雪莱，更涉猎了现代主义和后现代主义诗人艾略特、威廉斯和奥尔生，此外，他还广泛涉猎了英美的传统和现代歌谣。这在很大程度上得益于他本人的诗歌创作和诗学评论实践。除了彭斯是他早年花了很多时间和精力去译介和评论的苏格兰诗人外，他主要关注的还是现当代英美诗人，其中尤以现代主义诗人为最。在《现代派论·英美诗论》中，《六十年代以来的美国诗歌》一文开宗明义地指出，"以一九一二年为起点的美国新诗歌运动从一开始就有两个中心和两种不同的主张。一个中心在伦敦，是一群寓居伦敦的美国诗人，以托麦斯·艾略特（1888—1965）为代表"，这批人有着深厚的英国文学传统的积淀，"讲究旁征博引，有浓厚的学究气；他们虽然也使用自由体和口语，但还是着重雅致、机智和雄辩，喜欢吊书袋子"；而美国现代诗歌的"另一个中心是在纽约，住在美国本土上的诗人们，以威廉·卡洛斯·威廉斯（1883—1963）为代表，他们强调用美国日常口语（包括粗话、下

---

① 这方面可参阅李章斌的长篇论文《袁可嘉的比喻理念的重审与再出发》，《文学理论前沿》2013 年第 10 辑。

第五章 关于批评大家的讨论(二)

流话）写个人的生活经验"①。虽然此时已经以西方现代主义文学的首席评论家著称，袁可嘉却并未使用诸如"现代派"或"后现代主义"等术语，而在很大程度上是以一位兼从事诗歌创作的批评家的身份来评论美国诗歌的。因此，在英美诗歌方面造诣颇深的袁可嘉看来，当代美国诗歌的水平并不高：

> 战后三十多年来，美国诗坛并没有产生足以与叶芝、艾略特和奥登相比拼的大诗人，看来总的水平是不如二十、三十年代的。但它还是表现出了活力。在摆脱了学院派的禁锢以后，美国诗歌又有接近实际生活的倾向，在表现方法上也显得自由灵活一些，特别是好懂一些，这应当说是一种健康的动向。②

在另一篇题为"威廉斯与战后美国新诗风"的文章中，袁可嘉从一个新诗人的角度表达了自己对威廉斯的偏爱，他在比较了艾略特与威廉斯的创作后总结道："在诗风上，学院派是主知性的，比较抽象，有书卷气，讲究复杂技巧，在曲折隐微中见功夫；乡土派是主感性的，自然亲切具体，以浓郁的生活味、人情味见胜。"③ 这也许与他早年致力于译介和评论苏格兰诗人彭斯及其作品时对乡土派诗歌的钟爱不无关系。

---

① 袁可嘉：《现代派论·英美诗论》，中国社会科学出版社1984年版，第145页。
② 同上书，第155页。
③ 同上书，第165页。

袁可嘉评论美国诗歌的一个特色就在于,他有一种史的观念,即从不孤立地评论某一位诗人,而是将其放在与以往的诗人的比较中提出自己的见解,并不时地提出自己基于感悟的零散诗学洞见,这无疑得益于他本人作为诗人的一个优势。在一篇题为"从艾略特到威廉斯——略谈战后美国新诗学"的文章中,他再次讨论了这两位诗人,并介绍了在中国知名度并不高的当代诗人奥尔生。他在粗略地分析了他们的诗歌创作后概括道:"从近二十年来美国诗歌的实践看,威廉斯和奥尔生的创作路线也带来了一些问题。由于强调描写一切生活经验,不分重要与否,诗的题材是扩大了,但也变得浮泛了。不少诗作处理的是渺不足道的小事情,作者又缺乏提炼这种素材的能力,不能给人留下深刻的印象。"① 虽然在这篇文章中,袁可嘉未用"现代派"等概念来评价这一诗风,但他却以一个诗人的直觉和悟性感受到了此时美国文学界的某种"后现代主义"氛围,他称其为"后期现代主义",但是却认为这一现象十分复杂而未进行深入讨论。在这方面,他的美国同行哈桑倒是往前走了一大步。在哈桑看来,"描写一切生活经验"正是"崇尚经验的直接性"的具体表征,而"缺乏提炼这种素材的能力"则是"碎片化描写"的表征,奥尔生也自然地进入了他的后现代主义作家的名单,这也恰恰是哈桑所谓的后现代主义文学的两大特征,而他的中国同行袁可嘉则未洞察到这一点并加以理论概括。

我们现在来看看他对两位英国的民族诗人的评论。首先是彭

---

① 袁可嘉:《现代派论·英美诗论》,中国社会科学出版社1984年版,第175页。

斯，他把彭斯一生的诗歌创作分为两个部分："一部分是讽刺诗，一部分是抒情诗。他的讽刺诗的矛头指向统治阶级和教会，出色地打击了敌人；他的抒情诗大都描写人民的生活和爱情，目的在鼓舞人民。"① 显然，前者是试图说明彭斯所不同于那些贵族诗人的地方恰在于其人民性，而他的抒情诗才是显露他的诗歌才华的真正特色所在。但是即使是对彭斯的抒情诗的评价，袁可嘉仍坚持政治标准第一，艺术标准其次。他对彭斯的抒情诗作了这样的概括：第一，彭斯抒情诗主题思想上的第一个特点是它的鲜明的战斗性；第二，在抒情诗主题方面，彭斯得力于旧歌谣，其另一个特点是题材的广泛多样性；第三，彭斯在创作方法上继承了歌谣中的现实主义传统。毫无疑问，有了上述这三个特征，彭斯的人民诗人的地位便确定无疑了。此外，他还对自己为什么花大力气译介彭斯作了回答："彭斯对本民族歌谣传统热爱、重视而又不盲目迷信的精神，值得我们注意。他以全付精力来收集歌谣，记录歌曲，一方面吸收旧歌谣在思想和艺术上的种种优点，一方面创造性地进行改编和加工，不断刷新旧作的内容，提高它们的艺术质量。"② 这就表明，袁可嘉作为一位诗人兼批评家，他时刻都未忘记翻译和评论外国文学是为了繁荣和发展本国文学，这也正是他在中国的作家和批评家中也有着很大影响的重要原因。

如果说彭斯属于袁可嘉早年初涉英美文学研究和评论时所偏爱

---

① 袁可嘉：《现代派论·英美诗论》，中国社会科学出版社1984年版，第195页。
② 同上书，第222页。

的一位作家的话,那么对叶芝的兴趣则与他长期以来钟情于现代主义文学有着密切的关系。从他对叶芝的诗一般的语言的评论就可以看出他对这位来自爱尔兰的英语诗人的偏爱。他在《叶芝的道路》一文中,对叶芝的诗歌创作作了全景式的描述和评论。他将其创作道路分为四个阶段,除了第二阶段外,其余都分别冠以诗一般的概括性描述:第一阶段"唯美主义的幽灵",第二阶段"爱尔兰文艺复兴运动",第三阶段"攀登诗艺的顶峰",第四阶段"对生活的最终肯定:一生诗艺的最后闪光"。这当然比较准确地概括了叶芝的一生,并带有作者本人对其的情有独钟。此外,他还通过对叶芝的代表性诗作《白鸟》《当你老了》《没有第二个特洛伊》《驶向拜占庭》等的分析,从思想上和诗歌技巧上给予叶芝以较高的评价。他概括道:

> 叶芝认为已经有了二千年历史的西方文明,如今气数已尽,将在最近为一种狂暴粗野的反文明所替代,二百年后再转变为另一种贵族文明。他的历史观点是机械的循环论,承认变化,但不承认螺旋式的推进。他对贵族文化的崇拜也杂有不科学的片面的理解。他从艺术家的需要出发,认为只有贵族阶级本身拥有财富,深明礼义,才能产生伟大的统治者和廉洁的政府,才能保护艺术,使艺术家有闲暇来创造艺术。[①]

[①] 袁可嘉:《现代派论·英美诗论》,中国社会科学出版社1984年版,第183页。

当然，叶芝在创作这些诗歌时是否有如此之高的境界我们还可以探讨，但将其拔高到这一地位足见袁可嘉对他的推崇和看重。在诗歌艺术的创新方面，袁可嘉认为，叶芝的创作达到了英语诗歌的巅峰："在诗艺的开拓上，他历经曲折，在生命的最后几年里他摆脱了象征主义的繁复，转而向歌谣的单纯学习，终于登上返朴归真的更高境界。但那是现代化的歌谣，而非中古时代的牧歌了。这在英国诗歌史上堪称一大奇迹……叶芝最后几年的抒情诗回到了直率粗犷的歌谣体和雄辩豪放的现代风格。他克服了拜占庭诗篇中片面歌颂理性和艺术、否定情欲和短暂生存的观点，辩证地要求二者的有机结合。"① 我们不难看出，同样写于20世纪80年代，但这篇文章中却不见出现在其他总体讨论现代派文学的文章中的那种近乎大批判式的语言，而代之以诗性的语言来评论诗歌，这应该是反映了袁可嘉本人作为诗人的真实的一面。可以说，正是在他的诗歌评论中，袁可嘉也像那些被他评论的诗人那样找到了真实的自我：原来在他的内心深处也是一位有着现代主义创新意识和情怀的诗人。

1993年，经过改革开放的洗礼和进一步的思想解放，袁可嘉将早先的关于现代派文学的散论整理成较有体系的专著《欧美现代派文学概论》，由广西师范大学出版社出版。虽然这部专著的主要观点是早先的论文集的扩充版和增补版，但是值得欣慰的是，袁可嘉已经在书中对早先的那种"无边的现代主义"概念作了修正："我

---

① 袁可嘉：《现代派论·英美诗论》，中国社会科学出版社1984年版，第187—188页。

把现代主义文学的起讫期定在1890—1950年间,即从法国象征派正式发表宣言(1886)到第二次世界大战结束。1950年以后的新起流派划入后现代主义文学,以便与正统的现代主义相区别,虽说这两者之间又有相当密切的联系。"① 这无疑是一大进步,同时也说明袁可嘉已经认识到自己早先的失误。更为值得称道的是,他对自己早先针对现代主义文学的一些过激的批判性言词也作了较大的修正:肯定的方面大大地多于否定的方面。② 今天的新一代外国文学评论家也许会忽视袁可嘉的英美文学研究和评论,但是就他在推进中国的现代主义文学研究和批评以及英美诗歌评论方面所取得的成绩而言,他的拓荒和启蒙作用是无法忽视的。正如青年批评家李章斌所中肯地指出的,今天的批评家仍未全然忘记袁可嘉对中国新诗现代化所提出的真知灼见,袁可嘉无愧为中国"现代主义诗学理论建构中走在最前沿的理论家之一,他吸取西方现代主义诗人和理论家的诗学理念,针对中国20世纪40年代的文学语境和创作趋向,提出了一系列卓有见地的理论主张:在大的目标上,他提出了建立一个'现实、象征与玄学的综合传统'的总体主张,而在具体的创作方法上,他提出了'新诗戏剧化'的构想;在批评理论方面,他则力图建立一个'戏剧主义'的批评体系"。③ 当然,全面评价袁可嘉之于中国现代诗歌和诗学理论的贡献及意义并非本书的讨论范

---

① 袁可嘉:《欧美现代派文学概论》,广西师范大学出版社2003年版,"序言"第1页。
② 同上书,"序言"第1—7页。
③ 李章斌:《袁可嘉的比喻理念的重审与再出发》,《文学理论前沿》2013年第10辑。

围，但是应该承认，袁可嘉在当代外国文学批评史上应占有重要的一席地位，20世纪80年代末和90年代初兴起于中国的关于后现代主义问题的讨论在一定程度上就从质疑他对现代主义文学的评判入手，袁可嘉的批评已经成为我们今天深入研究西方现代主义文学无法绕过的一个现象。

第二节 钱中文的俄苏文学和文论批评

在当今的中国文学理论界和比较文学界，钱中文的地位和影响是不容忽视的，而在中国当代外国文学批评界，钱中文也应该占有重要的一席，因为他早先就是学习俄罗斯语言文学起家的，后来逐步从俄苏文论过渡到文学理论本体的探讨，成名后他又回过头从理论的视角跻身当代文学和文化批评前沿。这条批评道路不是所有的专事外国文学批评和研究的学者都能做到的。中国的绝大多数从事外国文学批评和研究的学者只能做到在国内有一定的影响和拥有众多的读者，而极少有中国学者，特别是从事外国文学研究和批评的学者，能够以自己富有理论洞见的著述得到国际学界的认可和尊重。而在中国当代为数极少的有着国际影响的文学理论批评家中，钱中文应该算是他那一辈人中的一个佼佼者。

钱中文（1932— ）是江苏无锡人，1955年毕业于中国人民大学俄语系，1959年于莫斯科大学俄罗斯语言文学系研究生肄业。回国后历任中国科学院（后独立为中国社会科学院）文学研究所助理研究员、副研究员和研究员，研究生院教授和博士生导师；学术兼职包括中国文艺理论学会副会长，中国比较文学学会副会长和学术顾问，中国中外文艺理论学会会长和名誉会长、中国作家协会全国委员会荣誉委员，并一度代表中国文学理论界出任国际文学理论学会副主席。钱中文著述甚丰，主要代表性著作有《果戈理及其讽刺艺术》《现实主义和现代主义》《文学原理——发展论》《民族文化精神和文学理论流派》《文学理论：走向交往对话的时代》《文学发展论》《新理性精神文学论》等，这些著作分别收入《钱中文文集》单卷本和《钱中文文集》四卷本。这些著作充分体现了钱中文的文学批评观和文学理论。

  钱中文所涉猎的外国文学批评领域很广，从俄苏文学到文论，从文学的基本原理的探讨到文学理论前沿课题的研究，从当代人文精神的失落到文化研究对文学研究的挑战，所有这些问题都进入了他的思考和批评视野。那么，我们究竟怎样定位钱中文的文学理论批评呢？我们认为，将他看作是一位具有国际影响的理论家和学者型批评家是比较准确的。他在下面三个领域有着独特的成就和贡献：（1）作为一位文学理论家，他同时从中国的文学创作实践出发，及时地吸纳西方和俄苏的先进成果，对文学本体作了独立思考，并对文学的性质作了实事求是的界定；（2）作为一位直面当下的文学和文化批评家，他不盲目地跟随时尚，而是从当代实践出发，以一种冷静的理性态度对人文精神的失落和文学的坠入低谷及时地作出回应；（3）作为一位在巴赫金研究领域内发出中国学者独特声音的文学和文化批评家，他的巴赫金研究得到了西方乃至国际学界的承认。此外，他还创造性地将巴赫金的对话理论和哈贝马斯的交往理论糅为一体，并结合当代文学理论批评实践，提出了有自己独特理论建构的新理性精神。虽然这种理论建构尚未得到国际学界的广泛关注，但却反映了中国的文学理论家在借鉴国际同行的成果后所进行的理论建构。此外，作为一位有着广阔国际视野的理论家，他受到自己的研究对象巴赫金的启发，从不满足独白和自说自话式的封闭研究，而是积极地参与国际性的理论争鸣，力图发出中国文学理论家的声音。本节主要将钱中文作为一位外国文学批评家来讨论，主要涉及上述贡献的前两个方面。

一 巴赫金在中国的重要推手和首席批评家

毫无疑问，巴赫金作为俄罗斯—苏联的一位最有影响的文化哲学家、文艺理论家和思想家，在半个多世纪的思考和著述中，为20世纪人类的精神思想宝库留下了丰富的文化遗产。可以说，讨论巴赫金的批评理论和学术思想，早已不仅仅是俄罗斯批评家和文学研究者们的研究课题，而在更大程度上已成为东西方文学理论批评和文化研究学者们共同探讨的一个前沿理论课题。在这方面，由于苏联20世纪二三十年代的特殊情形，巴赫金的理论建树基本上被埋没了，甚至他本人的身心也受到严重的摧残。在这方面，倒是西方学者在"发现"巴赫金方面先行了一步：结构主义者托多洛夫和克里斯蒂娃早在20世纪70年代就率先将巴赫金的著述介绍到法语世界，随后美国的比较文学学者麦克尔·霍奎斯特等人将其译介到英语世界，经过美国这一世界"学术中心"的中介，巴赫金的理论思想不断地处于一种"旅行"的状态中:从边缘(俄苏)旅行到(法国和美国)中心,然后再向全世界广为辐射。

然而,巴赫金的理论价值和学术贡献虽然首先是被西方学者"发现"的,然后"巴学"经历了一个从"中心"向"边缘"的旅行过程,最后却在中国的语境下达到了高潮。对于这一点,西方的巴赫金研究者也不得不望洋兴叹。当美国耶鲁大学比较文学系前系主任、国际巴赫金研究的主要学者霍奎斯特听说钱中文主编的六卷本《巴赫金全集》出版时,不由得感到赞叹。但同时他又说,"这对我们来说是一个羞耻"(It's a shame to us)。他在这里所要表达的意思是,虽然他本人率先将巴赫金的著述介绍到英语世界,在美国乃至国际学界都产生了影响,但中国学者却默默无声地辛勤耕耘,一下子便推出了六卷本《巴赫金全集》中文版,这不能不说是学术史上的一个奇观。而霍奎斯特本人在逝世前十年就退休改做其他工作。在这方面,以钱中文为代表的中国的巴赫金研究者却持之以恒地致力于巴赫金研究,他们所作出的独特贡献是不容忽视的。我们今天至少可以感到欣慰的是,中国学者在国际巴赫金研究领域里虽然起步较晚,但却后来者居上,并且先行了一步,率先出版了六卷本《巴赫金全集》中文版,并迅速步入国际巴赫金研究前沿。这实际上向国际学术界表明,中国的文学理论研究者有能力也有信心跻身国际文学理论前沿,在国际性的理论争鸣中发出自己的独特声音。而在中国的巴赫金研究和批评中,钱中文所起到的领军作用是十分重要的。

钱中文于20世纪80年代开始涉猎巴赫金研究和批评,而且他

第五章　关于批评大家的讨论（二）

从一开始就处于一个高起点：从巴赫金的对话理论中接受灵感并将巴赫金研究置于一个国际对话的场景中。1983年，他在提交给在北京举行的第一届中美双边比较文学研讨会的论文就是《"复调小说"及其理论问题》，作为对美国学者霍奎斯特的巴赫金研究论文的回应。会议期间，他们有机会用俄语直接对话和交流，令历来注重第一手研究资料的美国比较文学学者钦佩。这个问题当时在西方学界也属于前沿理论课题，而钱中文的巴赫金研究和批评从俄文原文的阅读开始，与那些同样从俄文阅读巴赫金著作的西方学者的研究形成一种三角形的对话关系。尽管巴赫金的理论庞杂，涉及不同的学科，但他的切入点首先是文学，更为具体地说是俄罗斯作家陀思妥耶夫斯基及其作品和诗学。钱中文首先指出，"巴赫金的'复调'小说理论主要是通过陀思妥耶夫斯基的小说分析而形成的。在关于陀思妥耶夫斯基的论著中，苏联老一辈的研究家如什克洛夫斯基、格罗斯曼、吉尔波金等人，已经提出了'复调'、'多声部'现象，并有所阐发。巴赫金可以说总其大成，并形成了相当完整的'复调小说'理论"。[①] 他在这里试图向人们说明，巴赫金现象并非从天而降，而是植根于俄罗斯的民族文学和文化土壤里的，但是巴赫金对陀思妥耶夫斯基的研究，却把仅仅局限于文学形式批评的狭窄范围扩展到了广义的多学科的对话理论框架。

钱中文及时地抓住问题的要害，认为，巴赫金的"复调"小说理论的提出基于他的范围更广的"对话"理论，"对于巴赫金所说

[①] 钱中文：《"复调小说"及其理论问题》，载《钱中文文集》，上海辞书出版社2005年版，第73页。

的'对话',我们不能从一般意义上去理解,'对话'实际上是巴赫金对社会生活的一种理解,它强调人的独立性,人与人的平等,人与人之间的关系就像对话的关系,虽然在存在等级、阶级的社会里不可能做到这点,但作为社会理想,这一理论自有其独特之处"①。那么巴赫金的"复调"理论的独到之处究竟体现在何处呢?按照钱中文的看法,其独到之处就"在于通过它来分析陀思妥耶夫斯基的作品,确实能够引导人们深入到这位俄国作家的艺术世界中去,发现与了解他的别具一格的艺术特征"②。这种艺术特征被总结上升为诗学问题,反过来又可以指导文学批评和理论建构。

钱中文的那篇英文论文后来经过反复修改,以"*Problems of Bakhtin's Theory about 'Polyphony'*"为题,多年后发表于国际顶级文学理论刊物《新文学史》(*New Literary History*)杂志1997年第28卷第4期上,这可以说是迄今为止中国学者在国际顶级刊物上发表的唯一一篇研究巴赫金理论的论文,不仅受到时任主编拉尔夫·科恩以及美国的巴赫金主要研究者霍奎斯特等西方学者的高度评价,而且引起了国际巴赫金学界的瞩目。这一点在国内却鲜为人知,令我们深有感触的是:虽然国内的巴赫金研究者并不在少数,但真正达到国际水平者实在是凤毛麟角。我们的文学研究,以及整个人文科学研究,在今天的全球化语境下,确实应该结束这种"自说自话"式的单向度研究了,我们应该让国际同行听到我们的声音。在

---

① 钱中文:《"复调小说"及其理论问题》,载《钱中文文集》,上海辞书出版社2005年版,第73页。
② 同上书,第74页。

第五章 关于批评大家的讨论（二）

这方面，钱中文对巴赫金对话理论的弘扬和批评性阐发无疑迈出了扎实的一步。

20世纪90年代初开始，钱中文开始了《巴赫金全集》的编译工作，这是一项巨大的工程，但也是他研究巴赫金的里程碑式的成就。在完成这项工程时，他满怀深情地写下了一篇数万字的导读式的"序言"——《交往对话的文学理论——论巴赫金的意义》，在这篇长篇序言中，他从各个方面评介了巴赫金的复杂丰富的文化理论。我们仔细阅读这篇长文，不禁发现，这与其说是他对巴赫金理论的全方位介绍，倒不如说是他本人也在与巴赫金进行一种"对话式"的讨论。他首先指出，巴赫金的一生经历了三次"发现"，每一次发现都使得他的理论被人们认识得更加全面和深刻。巴赫金虽然被冠以多种"家"的头衔，但在本质上说来，他应该是一位深受新康德主义影响和启迪的哲学家，"他的哲学思想的各个方面，在苏联不断得到展示，并得到了广泛的承认。对于巴赫金来说，他写文学理论著作似乎是不得已而为之，他写它们，为的是表达自己的哲学思想，因为环境不容许他将自己的思想，通过通常的哲学形式加以表达"。[①] 这实际上在另一方面却成就了一个博大精深内容庞杂的巴赫金思想体系。而钱中文则尽量从文学理论和批评的角度来研究和评价巴赫金。

由此钱中文指出，"巴赫金是不断地被'发现'的，这与他的曲折的生活道路有关。先是文学理论家、语言学家、符号学家、

---

① 钱中文：《"复调小说"及其理论问题》，《钱中文文集》，上海辞书出版社2005年版，第427页。

美学家,继而是思想家、伦理学家、哲学家、历史文化学家、人类学家等。这些头衔加之于巴赫金身上,大致是不错的"。① 但是人们也许会问,为什么巴赫金能在如此之多的领域内有这样不凡的建树呢?在钱中文看来,这自然与特定的历史时代的条件是分不开的:

> 当历史、社会发生大变动的时期,思维发生多元化趋向的时期,人们可以从不同方面把握社会的动脉,可以在不同的文化积淀的基础上展示人类思维的多种不同层面及其自身的价值,而有所发现。巴赫金处在这种大变动中,他的积极的思索成果,可能一时不能见容于环境与习惯的势力,而不得不在真正的意义上把自己的著作"束之高阁"。但是现实的风尚尚未时过境迁,这种思索的价值的光亮就已渐渐闪现,而后随之发扬光大了。②

巴赫金就是这一大变动的历史的产儿。具有讽刺意味的是,巴赫金也和他的祖师爷康德一样,一生只活动在一个有限的范围内,很少有机会与外界接触和对话,但他毕生的学术事业却正是建立在这样一种对话的关系之上的。虽然巴赫金自诩为一位哲学家,他写出那些文学理论著作是不得已而为之的,但是之于文学研究和理论

---

① 钱中文:《"复调小说"及其理论问题》,《钱中文文集》,上海辞书出版社 2005 年版,第 432 页。
② 同上书,第 433 页。

批评，我们则不难发现，"巴赫金的理论，在文学理论中阐释了一种新的主体性的思想，不过它有别于以前的和后来的这种观点。他的主体性思想无疑大大加强了主人公主体的地位，能够使得主人公与作者平起平坐，自由独立，表述自己的意见，但是他总是与作者或者与他人处在对位"的地位。① 只有这种"对位"才能起到对话的效果。

从钱中文的巴赫金研究和批评中，我们感悟到一种自觉的理论建构，必须是建立在对前人和国际同行的研究有充分了解的基础之上的，而不是那种"独白"式的盲目"建构"。确实，在历时二十多年的巴赫金研究中，钱中文在细读文本、翻译和阐释的过程中全面总结了巴赫金在整个20世纪世界人文科学领域内的贡献，颇有见地地指出，"巴赫金的学术思想博大精深，他未立体系，却自成体系。这是关于人的生存、存在、思想、意识的交往、对话、开放的体系，是灌注了平等、平民意识的交往、对话、开放的体系。巴赫金确立了一种对话主义，如今这一思想风靡于各个人文科学领域。巴赫金的交往理论、对话主义，使他发现了自成一说的人和社会自身应有的存在形态。这种思想应用于文学艺术研究，促成他建立了复调小说理论、一种新型的历史文化学思想，为文学、文化研究开辟了新的领域"。② 可以说，这是钱中文在经过潜心研究和深入思考后得出的颇有启发意义的批评性结论。

---

① 钱中文：《"复调小说"及其理论问题》，《钱中文文集》，上海辞书出版社2005年版，第459页。
② 同上书，第474页。

虽然巴赫金的理论价值率先由西方学界"发现",但不容忽视的一个事实却是,六卷本《巴赫金全集》中文版的出版大大早于多年来一直在缓慢地翻译和编辑之中的英文版《巴赫金选集》。这无疑与钱中文的敏锐眼光和理论前瞻性相关。当然西方学界除了赞叹之外应该更为重视中国的巴赫金研究以及整个文学和文化理论的研究。在国际学术界忽视一个用一种越来越显得重要的语言写作的著述显然是不足取的,但另一方面也说明,经过改革开放四十年的洗礼,中国的文学理论家更为成熟了,我们不仅要继续引进西方的各种先进理论,而且更要致力于推出我们自己的学术观点和理论建构。但是这种"推出"不一定非得是"宏大的叙事",更不可能是一个庞大的理论体系,而倒应该从个案研究的实绩来达到理论建构的目的。在这方面,西方的一些理论大家,如罗兰·巴特、米歇尔·福柯、雅克·德里达、朱利娅·克里斯蒂娃以及爱德华·赛义德、弗雷德里克·詹姆逊等,无一不是从个案的研究突破进而推广到整个文学和文化批评理论领域的。可以说,在国际巴赫金研究领域,钱中文的贡献不仅在于对巴赫金的复调小说理论所作的新的阐释,更为重要的是,他创造性地将巴赫金的对话主义与哈贝马斯的交往理论糅合在一起,发展出了一种具有中国特色的"交往对话式的""新理性精神"文学理论建构。这正是他在超越了现代/后现代和东方/西方的二元对立思维模式之后在国际学术界发出的具有中国学者的理论建构特色的独特声音。在这方面,我们认为,随着时间的推移和中国文学理论研究成果的日益为世人所知,钱中文的理论建构将逐步被国际学术界发现,进而成为国际巴赫金研究以及文学阐释理论中的一种独特的中国声音。

二 新理性精神的理论建构和批评

前面提到，钱中文作为一位以探讨文学本体为主的理论批评家，对国际文学理论前沿有着一种出自直觉的感悟，例如，早在20世纪80年代初，英国文论家伊格尔顿尚未在其后出版的专著《美学意识形态》中正式提出"审美意识形态"这一观点①，钱中文便在出版于80年代末的《文学原理——发展论》中系统地阐述了"审美反映论"和审美意识形态②，并认为，文学就是一种审美意识形态。毫无疑问，这对传统意义上的反映论是一种反拨。这说明，他对文学理论的前沿课题具有相当的敏感性，并能及时地提出来供大家讨论。③ 此外，也就是如前所述他对巴赫金现象也异常敏感。他认为，巴赫金的崛起与他所处的特定的历史大变动情势是分不开的，我们若从他的这一评判来描述他自己在国际文学批评理论界的崛起也照样适用。我们都知道，钱中文从研究俄罗斯文学入手，逐步进入俄苏文学理论的研究，然后由于他宽阔的国际视野和自觉的比较意识，很快就进入中国当代文学理论批评的前沿，发出了与众不同的声音。20世纪八九十年代，全球化的大潮日益渗入人们的生

---

① Cf. Terry Eagleton, *The Ideology of the Aesthetic*, Oxford: Wiley - Blackwell, 1990.
② 参阅钱中文《文学原理——发展论》，社会科学文献出版社1989年版。
③ 关于钱中文的"审美反映论"的较为详细的讨论，参阅李世涛《钱中文与新时期文学理论建设》，《文学理论前沿》2008年第5辑。

活中，经济全球化、政治全球化以及文化全球化无所不波及中国，国内不少人文学者面对文化全球化的现象是担忧的，认为西方文化和理论的大举入侵会使得中国学者和批评家失语。但是钱中文以及少数具有国际视野的理论家则不以为然，他们一方面承认中国当代文学理论批评面临的挑战，但另一方面却认为全球化进入中国并不一定会使中国的文学理论批评陷入全盘西化的窘境，也许从另一个方面着眼倒有可能为中国的文学理论和人文学术走向世界提供难得的契机。在这方面，钱中文又先行了一步，作为一位早年留学苏联多年并打下了扎实的俄文基础的学者型批评家，他及时地发现了俄语在国际交流中的局限，便花了许多时间学习英语，并在国际学术会议上用英文宣读论文，让自己的声音为更多的国际同行听到。他的这些努力得到了国际同行的高度认可。这显然在从事俄苏文学研究和理论批评的中国学者中并不多见，而真正像钱中文这样有着自己理论建构意识并能直接与国际学界进行对话的批评家则更是凤毛麟角。

面对20世纪90年代初中国步入市场经济后国内文化界出现的一系列令人匪夷所思的现象，钱中文一针见血地指出，这不仅是中国的现象，而且也是西方乃至整个世界出现的一个现象，面对这种物欲横流、人文精神下滑的现象，一切有着社会良知的中国人文知识分子理应对之作出回应。正如钱中文所注意到的，中国实行改革开放以来，西方的各种理论和价值观蜂拥进入中国，这对于中国人走出自我封闭的圈子了解外部世界无疑是有益的，但是一部分中国文化根底浅薄且一味追逐西方新潮的中国学者的极端做法则是他无法苟同的。他也不像那些恪守传统价值观的保守人士那样,一味地反对新生事物的出现,而是试图透过纷纭繁复的现象究其本质特征,从那些极端的理论思潮中寻觅出合理的因素并加以肯定。他再次从巴赫金的对话理论中获得启示,及时地调整自己的批评策略,使之直面当下的社会文化现实,提出独具中国特色的新理性精神建构,并在这方面发表了一系列文章加以阐述。在《文学艺术价值、精神的重建:新理性精神》①一文中,钱中文针对整个世界出现的物欲横流、人文精神下滑的现象,发出了这样的警醒:"文学艺术意义、价值的下滑,人文精神的淡化与贬抑,是一种相当普遍性的现象",今天,在不少西方学者看来,这也"死了",那也"死了",甚至传统的人文主义价值观也消解了,我们人文知识分子还有什么作用?我们如何面对这一现象?他认为,"一些人文知识分子正在寻找一个新的立足点,重新理解与阐释人的生存与文学艺术意义、价值的立足点,新的人文精神的立足点,这就是新理性精神"。那么这种新理性精神的特征究竟体现在何处呢?在他看来,新理性精神"将从大视野的历史唯物主义出发,首先来审视人的生存意义"②。面对商品经济大潮的冲击,虽然新理性精神"难以力挽狂澜于既倒,但它绝不会去推波助澜。它要在大视野的历史唯物主义的观照下,弘扬人文精神,以新的人文精神充实人的精神"。他所说的这种新理性精神具体体现在这样几个方面:首先,新理性精

---

① 钱中文:《文学艺术价值、精神的重建:新理性精神》,《文学评论》1995年第5期。
② 《钱中文文集》,上海辞书出版社2005年版,第303页。

神"坚信人要生存与发展,人理解自己的存在。人的生命活动不仅是为了维系其自身的生命";其次,"人文精神是一种历史性现象。例如爱国主义精神,历来就是指对自己的国家爱、文化遗产的爱,不同时期指向相同,但其内涵是不断变化的,特别是在多民族国家里";再次,"人文精神具有强烈的理想风格,在不同国家、民族的人文精神共同性的基础上,又各具自己的传统的理想色彩"①。有鉴于此,新理性精神实际上就是一种新的人文精神,而"新的人文精神的建立,看来必须发扬我国原有的人文精神的优秀传统,在此基础上,适度地汲取西方人文精神中的合理因素,融合成既有利于过去不被允许的个人自由进取,又使人际关系获得融洽发展的、两者相辅相成互为依存的新的精神";此外,"新理性精神主张以新的人文精神来对抗人的精神堕落与平庸";再者,"新理性精神将站在审美的、历史社会的观点上,着重借助于运用语言科学,融合其他理论与方法,重新探讨审美的内涵,阐释文学艺术的意义、价值"②。当然,他并不赞成后现代主义的那些促使"语言能指的无节制膨胀"以及"本文的自恋和语言的自我运动"等极端做法,认为,"新理性精神重视'语言论转折'的重大成就",因为将语言论引入文学理论,可以促使"文学理论流派不断发生更迭,不断出新"。一方面,对传统的东西也不应全然抛弃,所以他提出的新理性精神依然要"重视传统,因为传统是文化艺术之链,是精神之续",抛弃这个民族传统,文学艺术将一无所成。另一方面,他又从巴赫金

---

① 《钱中文文集》,上海辞书出版社2005年版,第308—309页。
② 同上书,第315页。

的对话主义中获得启示,认为"新理性精神在文化交流中力图贯穿对话精神,文化交流应在文化的对话中进行",因此,"新理性精神就其文化精神来说,将是一种更高形态的综合"①。通过具体的阐发,他进一步总结道,"总之,新理性精神意在探讨人的生存与文化艺术的意义,在物的挤压中,在反文化、反艺术的氛围中,重建文化艺术的价值与精神,寻找人的精神家园"②。应该承认,在当时的那种人人侈谈"后现代主义"的年代,钱中文依然保持冷静的头脑和批评的主体性,绝不人云亦云。他一方面恪守传统的人文精神,另一方面又从新的社会文化现象中不断地抽取其合理部分,包括非理性主义的一些合理因素,加以改造和扬弃,从而建立自己独具特色的"新理性精神",这确实要具有一种理论探索的胆识和批评的前瞻意识。

关于新理性精神与现代性的关系,钱中文也作了详细阐发,他认为,"新理性精神需要在对它们进行现代文化批判的基础上,汲取它们的合理因素,从几个方面,确立自身的理论关系:这就是'现代性''新人文精神''交往对话精神'、感性与文化问题"③。关于新理性精神与传统的关系,钱中文也作了辩证的阐释,他认为,"继承传统,并非就是面对往昔、迷恋过去,继承的目的在于吸收它的优秀成分。在传统文化中,实际上不仅有着过时的东西、惰性的东西、妨碍进步的东西、需要不断给以剔除的东西,同时在

---

① 《钱中文文集》,上海辞书出版社2005年版,第316—321页。
② 同上书,第322页。
③ 同上书,第327页。

传统文化中，还存在着属于未来的东西、全人类的东西，这正是传统文化的真正价值所在"①，这些东西也许在未来能够发挥其价值和作用。他之所以要建构新的理性精神，并非是要全然排除传统的东西，而是要兼收并蓄，以便推陈出新。这应该是我们今天对待传统和外来文化的辩证态度。在这方面，正如有评论所指出的，"从某种意义上讲，钱中文的文学理论研究是最具典型性的个案，既浓缩了中国当代文学理论的艰难探索、成就和困境，又向世界展示了一个具有悠久传统的文学大国对文学的一种理解"②。

如前所述，巴赫金的学术和批评生涯充满了对话精神，这一点深深渗透在钱中文的批评生涯中，同时也体现在他对自己提出的新理性精神的理论建构的不断完善中。在2001年撰写后来又修改发表于2002年的《新理性精神与文学理论研究》一文中，钱中文又进一步阐明了新理性精神的"对话交往性"："新理性精神努力奉行'交往对话精神'。需要确立人的生存是一种对话关系，人的意识是一种独立的、自有价值的意识的思想，人与人是一种相互交往对话的关系"，从而"确立起一种新型的平等的交往对话关系，以促成学术界的一种普遍的追求真理之风，提倡学术自由的思想、独立的精神"③。关于新理性精神与感性、非理性甚至反理性的关系，钱中文也作了辩证的分析和论证："新理性精神承认非理性乃至反理性的存在的合法性，它们具有思想的、现实的特殊的创造力，这在文

---

① 《钱中文文集》，上海辞书出版社2005年版，第329页。
② 李世涛：《钱中文与新时期文学理论建设》，《文学理论前沿》2008年第5辑。
③ 《钱中文文集》，上海辞书出版社2005年版，第333页。

第五章 关于批评大家的讨论(二)

学艺术中尤其如此,所以需要吸取它们的合理性方面,成为自身的组成部分。但是新理性精神反对以反理性的态度与反理性主义来解释生活现实与历史。极端的非理性、反理性主义,蔑视对人的终极关怀、对人的命运的叩问与人文需求,无度张扬人的感性和特别是人的生理享乐的本能、解体了人的感性。"[1] 总之,在钱中文看来,新理性精神并非是排他的,而是一种兼容并蓄的综合体。

现代性问题虽然在后现代主义讨论如火如荼时被当作一个"过时的"话题,但在关于后现代主义的讨论趋于终结时,一批西方理论家重新回过头来反思现代性,并对所谓"单一的"现代性提出了质疑[2],同时也呼唤一种"多元现代性"的出现。[3] 钱中文作为一位中国学者和理论家,虽然没有直接介入国际性的后现代主义和现代性问题的讨论,但是他从中国的具体实践出发,敏锐地感觉到这个话题的重要意义和前沿性,从文学理论建构的角度切入,指出建构一种文学理论的现代性是可行的。他认为,当今"文学理论要求的现代性,只能根据现代性的普遍精神,与文学理论自身呈现的现实状态,从合乎发展趋势的要求出发,给予确定。我以为当今文学理论的现代性的要求,主要表现在文学理论自身的科学化,使文学理论走向自身,走向自律,获得自主性;表现在文学理论走向开放、多元与对话;表现在促进文学人文精神化,使文学理论适度地

---

[1] 《钱中文文集》,上海辞书出版社2005年版,第335页。

[2] 参见 Fredric Jameson, *A Singular Modernity: Essay on the Ontology of the Present*, London and New York: Verso, 2002.

[3] 参见 Mark Wollaeger and Matt Eatough, eds. *The Oxford Handbook of Global Modernisms*, Oxford and New York: Oxford University Press, 2012.

走向文化理论批评,获得新的改造"①。这应该是钱中文从中国当代文学和文化的现状出发对全球现代性理论建构作出的独特的基于中国经验的贡献。

全球化时代的到来,使得一度在西方处于边缘地带的文化研究长驱直入进入中国,并在中国酿起一股文化研究的热潮。钱中文虽然对文化研究的侵入文学理论和文学研究的领地持有保留意见,但他依然认为文化研究的引进中国在一定程度上丰富了文学理论研究的多样性,打破了过去那种一种理论思潮独霸天下的"独白"情势,为一种多元"对话"的情势铺平了道路。②在他看来,即使"文化全球化、一体化是具有现实性的,因为已经存在这类现象,而且可能还会扩大着范围。但是深层意义上的文化全球化与一体化,又具有难以实现的不可能性。只能各国文化相互接近,取长补短,互为丰富与交融,实行更新与创造,这大概是不同的、多元的文化互为依存的和发展的方式"③。这实际上正是全球化的一个悖论。同样,世界文学现象的出现也是如此,全球化时代的来临,使得沉寂已久的"世界文学"问题又进入了当代比较文学和文学理论学者的视野,钱中文也敏锐地洞察到这一现象的潜在研究和批评价值,及时地提出了自己的见解。但他同样认为,世界文学与民族性并不矛盾,基于对歌德的"世界文学"概念和詹姆逊对之的阐释的准确把握,钱中文提出了自己的言简意赅的看法:

---

① 《钱中文文集》,上海辞书出版社2005年版,第359页。
② 同上书,第512—525页。
③ 同上书,第547页。

第五章 关于批评大家的讨论(二)

"看来,文学的巨大生命力,存在于民族性与世界性之间,而不在于越是民族的就越好,或是越是世界的就越高,而是民族性的与世界性的完美的结合。这样,上面两个争论的口号,就需要做些修正:文学既是开放的民族的,又是世界的;既是世界的,又是开放的民族的表述,可能更合乎其自身发展的情况。"① 虽然他的这篇文章《文化"一体化"、民族文学与世界文学问题》写于2002年、发表于2003年《中国文化研究》第1期,但却与在此前后发表的美国学者戴维·戴姆拉什(David Damrosch)的著作《什么是世界文学?》(2003)中的核心思想大致吻合。可见,虽然两位学者没有任何沟通和交流,切入的视角和表述的语言也不同,但在把握前沿理论方面却几乎是同步的。可见,正如歌德所言,不仅不同民族的文心相通,来自不同民族文化的理论也应该是相通和可以交流的。

综上所述,钱中文的批评范围并不局限于对巴赫金的研究和评论,他早期也曾对果戈理的讽刺艺术作过深入的研究,并发表过讨论果戈理的"怪诞现实主义"的文章。② 此外,他在考察巴赫金的理论建树时再次阅读了陀思妥耶夫斯基的作品,发现了一些国内批

---

① 《钱中文文集》,上海辞书出版社2005年版,第567—568页。
② 参见钱中文《"怪诞现实主义"——〈果戈理全集〉中译本9卷集序》,载钱中文《文学理论:走向交往对话的时代》,北京大学出版社1999年版,第360—401页。

评家不曾发现的新的东西①，这些都为他后来直接进入批评争鸣和理论建构的层面奠定了基础，同时也为国内同行的这方面研究提供了具有理论意义的见解。可以说，在中国当代的外国文学批评界，我们恰恰需要钱中文这样既有深刻的理论思考又不乏批评洞见的批评大家。

第三节　柳鸣九的法国文学批评

虽然在当代中国的外国文学批评界，占主导地位的是从事英美文学研究的学者型批评家，但是法国文学由于其辉煌的遗产和众多内容丰富、质量一流的优秀作品，再加之那一座座丰碑式的文学大师，它在中国的外国文学经典文库中也占有重要的一席，因而自然也具有很高的批评和研究价值。中国高校的法语语言文学专业多年来培养出一大批自己的学者和理论批评家，柳鸣九就是其中的佼佼者。他在中国的法国文学批评和研究中是一个无法绕过的人物，他的批评风格独树一帜，有着广泛的影响。此外，由于他广博的多国文学知识和深厚的中国文学修养，他始终编、著、译，留给当代文学批评界众多的成果，成为我们在撰写中国当代外国文学批评史时不得不提及的一位批评大家。

柳鸣九（1934—　）出生于湖南长沙，1953 年毕业于湖南省立一中，同年考入北京大学西语系法语专业，毕业后被分配到中国科

---

① 参见钱中文《瞬间、共时艺术中的现实、梦幻与荒诞——陀思妥耶夫斯基其人其书》，载钱中文《文学理论：走向交往对话的时代》，第 402—431 页。

学院哲学社会科学学部文学研究所工作，后转到单独成立的中国社会科学院外国文学研究所。自1981年以来，他曾多次赴美国、法国进行学术交流和考察，退休前长期担任中国社会科学院外国文学研究所研究员、南欧拉美文学研究室主任、研究生院外文系教授、中国法国文学研究会会长和名誉会长、中国外国文学学会理事、中国作家协会会员、国际笔会中心会员等。他的主要理论批评著作有《法国文学史》（三卷本）、《走进雨果》、《法国二十世纪文学散论》、《为什么要萨特》、《理史集》、《凯旋门前的桐叶》等。翻译和编选有《雨果文学论文选》《萨特研究》《马尔罗研究》《新小说派研究》等多种，其中最负有盛名和影响的是《萨特研究》。2006年，柳鸣九当选为中国社会科学院荣誉学部委员，2018年获中国翻译界最高奖——翻译文化终身成就奖。

柳鸣九作为中国当代著名的外国文学研究者和批评家，在国内外学术界和批评界均享有广泛的知名度和影响力。他在长期的学术和批评生涯中，笔耕不辍，锐意进取，在法国文学史研究和法国文学理论批评等领域内均有多方面建树，其影响远远超过了外国文学批评和研究领域。柳鸣九的文学批评有着深厚的理论基础，他思维敏锐、才思泉涌，十分多产，在改革开放之初就率先涉猎西方现当代文学的研究和重新评价，写下了大量的批评文字。他的主要著作和译著均收入《柳鸣九文集》，共十五卷。由于他在中国的外国文学批评界的知名度主要基于他对法国当代文学的研究和批评，尤其在存在主义文学及其代表人物萨特的研究和批评中堪称一位先驱者和领军人物，本节主要讨论他在文学批评方面的贡献。

一 萨特研究和评论的先驱者

如前所述,柳鸣九在中国当代文学批评界和学术界的知名度在很大程度上得助于他对法国存在主义哲学家、思想家和作家让-保罗·萨特的全方位译介和评论。较之袁可嘉,柳鸣九更是毫无保留地表达了自己对萨特这位法国思想和文化巨人的偏爱。1980年4月15日萨特在巴黎逝世时,柳鸣九正在忙于编选《萨特研究》,他怀着对故人的怀念写下了这段充满激情的文字:

> 当这个人不再进行思想的时候,当他不再发出他那经常是不同凡响的声音的时候,人们也许更深切地感到了他的丢失了的分量。他在西方思想界所空下来的位置,显然不是短时间里就有人能填补的。不同观点的人,对他肯定会有这种或那种评价,但随着时间的推移,在将来,当人们回顾人类20世纪思想发展道路的时候,将不得不承认,萨特毕竟是这道路上的一个显著的里程碑。①

这段文字读来更像是一位生者对熟悉的死者的无尽悼念和缅怀,充分展示了柳鸣九的鲜明的爱憎好恶。多年后,当他在接受记

---

① 《萨特研究》出版三十年后,柳鸣九编选了一部专门研究萨特和波伏瓦的自选文集,其中对原先的"编选者序"作了少许修改,本节的引文引自柳鸣九《为什么要萨特》,金城出版社2012年版,第3页。

者采访时被问道,当年对萨特的评价是否有所改变时,他毫不犹豫地答道"没有"。这与批评界的那些人云亦云的"跟风派"不断修正自己观点的做法形成了鲜明的对比。尽管柳鸣九在写下上述文字时带有强烈的个人色彩和对故人的崇敬,但是确实随着时间的推移,萨特不仅在西方世界,而且在中国的语境下也成了我们无法绕过的一座思想文化丰碑。今天,不管我们是研究马克思主义的学者,还是专门研究法国文学的学者,或是专事存在主义哲学研究的学者,或是研究比较文学和文学理论的学者,都无法绕过萨特这个人物及其丰富的思想和理论。他的涉及多学科多领域的著述已经成为我们当代人文学科研究的重要课题,而他与中国的文学和思想的关系则更是当代及后代学者研究的重要课题。可见,柳鸣九作为一位有思想有理论的文学批评大家所具有的预见未来的能力和胆识在当代外国文学批评家中是十分鲜见的。

由于萨特既是一位哲学家,同时又是一位以文学创作来阐释自己哲学思想的大家,因此柳鸣九评价萨特并不局限于其文学创作,而是从他的政治立场、观点直到在全世界的影响,几乎都涉及了,他认为:

> 几乎可以说,萨特在精神文化、社会科学领域的多数部门中,都留下了丰硕的成果,仅仅只在其中一个部门里取得这样的成就已经是不容易了,何况是在这样多方面的领域里呢。无疑,这是一个文化巨人的标志。因此,萨特的影响不仅遍及法国和整个西方世界,而且还达到了亚洲、非洲的一些地区。现

在，当我们来估量萨特的历史地位时，已经很难想象一部没有萨特的当代思想史，一部没有萨特的当代文学史，会是什么样子。①

萨特的一生波澜曲折，他的政治立场和观点也复杂多变，尤其是他与法国共产党的错综复杂的关系和对马克思主义的不确定态度更是引发人们的争议，因此对他的评价在不同的人那里往往大相径庭。"文化大革命"前，对萨特及其哲学思想基本上在中国是无法公开讨论的，少数从事哲学研究的学者仅在一个封闭的小圈子里对他进行严厉的批判。而在改革开放初期，虽然文化学术氛围较之"文化大革命"前后有了很大的改善，但是"左"的思潮仍占据了相当一部分人的头脑和思维定势。为了能够顺利地合法地将萨特介绍给中国学界，柳鸣九绞尽脑汁尽量把他往革命阵营靠。当然，萨特确实曾对马克思主义发生过兴趣，并且一生都受其影响，但最终他却未能成为一位真正的马克思主义者，而是对马克思主义作了一些修正的"西方马克思主义者"。对于这一点柳鸣九自然很清楚。因此他也辩证地客观地指出了萨特的局限：

> 他无疑是资产阶级人道主义思想传统在20世纪最有创造性的一个继承者，他在20世纪资本主义社会现实荒诞的条件下，发扬了资产阶级人道主义的积极精神，追求人的真正的价值，

---

① 柳鸣九：《为什么要萨特》，金城出版社2012年版，第5页。

提倡人面对着荒诞的现实争取积极的存在的意义。特别难能可贵的是，萨特作为一个资产阶级思想家，对于马克思主义又始终抱着一种善意的亲近的态度，与某些资产阶级思想家本能的敌对和随意的谩骂是完全不同的。①

这就是柳鸣九试图将萨特介绍给中国的文学界和思想界的一个稳妥的出发点。确实，萨特与社会主义中国的关系是难以割舍的。尽管萨特的存在主义学说十分艰深抽象，即使在中国哲学界读者也不多，但由于他与社会、政治意识及文学的关系很近等原因，这一哲学思潮一旦进入中国就在当代文学和思想界迅速传播并风行了很长时间，在20世纪80年代初至中期，社会上酿起一股"萨特热"，与"尼采热"和"弗洛伊德热"一道风靡中国的文学界和理论界，吸引了众多青年学子和作家。从今天的角度来看，当年萨特的存在主义风行如此之长，影响如此之大，主要是由这几方面的因素造成的。首先，萨特本人同中国就有过直接的接触。早在1955年，萨特就携同他的终身伴侣西蒙娜·德·波伏瓦前来北京访问，并登上天安门城楼参加国庆观礼。他对中国革命始终抱有同情和支持态度，并对当时中华人民共和国的社会主义革命和建设事业的飞速发展大为惊喜。他回国后便发表访华观感，盛赞中国人民的新成就。后来尽管哲学界曾严厉批判他的存在主义哲学，但他本人在许多重大国际政治事件中仍和中国共产党保持相近的立场和观点，这就使柳鸣

---

① 柳鸣九：《为什么要萨特》，金城出版社2012年版，第6页。

九等人得以于"文化大革命"后立刻将他当作"无产阶级革命的同路人""进步作家"和"西方世界的叛逆者"介绍给中国读者。其中的一些评介文章还发表在《人民日报》等主流媒体上,并一度得到官方的认可。其后尽管萨特的学说在中国几经褒贬抑扬,但毕竟已经过鼓吹者和批判者们的通俗图解而在中国广大读者中产生了广泛的影响。其次,萨特本人是一位作家,这就使得他比叔本华、柏格森、海德格尔等另外几位非理性主义哲学家更容易为中国作家和广大读者理解和接受,他的影响面自然就更广泛了。1978年后,萨特最初是作为作家被柳鸣九等人介绍给中国文学界的,他的作品描写了人的异化、人与社会的格格不入,并主张恢复人的尊严和自由选择,这一切均与当时崛起于中国文坛的"伤痕文学"和对人的主体性的强调一拍即合,因此存在主义在中国当代文坛风行就不令人奇怪了。在当代作家戴厚英的《人啊,人!》、谌容的《杨月月和萨特研究》以及后来的刘索拉的《你别无选择》等小说中,我们都很容易窥见萨特式的人物和经过通俗化了的萨特的存在主义话语。

多年后,在纪念萨特诞辰一百周年时,柳鸣九在发表于《新京报》(2005年6月22日号)上的一篇纪念文章中回顾了当年由他肇始并推波助澜兴起于中国的"萨特热"的起因:

> 萨特热出现在20世纪80年代初,更为深刻的根由还在于当时的社会现实,那正是改革开放的春天,很多人正需要有助于释放主体意识与能动意识的哲理,萨特的"自我选择"哲理正投合了这种社会需要,事实上,当时很多中国人正在不同领

域、不同层面进行"自我选择"。现在很多领域里的精英，在20世纪80年代初都是意气风发的青年人，正处在重新调整自我价值取向、重新标定自我定位、重新选择自我道路的过程中，尤其是今天的文化学术界名士，当年恐怕都是受过萨特影响的。①

应该承认，他的这种判断是准确的。客观地说来，作为一位社会政治意识很强的存在主义作家，萨特除了写非理性主义的无意识心理，并偶尔在表现技巧上尝试一些创新外，他的创作基本上更具有传统的现实主义色彩，再者，他的作品说教意味较浓，无疑冲淡了其艺术性；他的创新尝试远没有那些表现主义、超现实主义以及新小说派作家那样走极端，较之他的哲学说教之特征更是黯然失色，因此他对中国文学和理论批评的影响主要表现在作家批评家的文学观和创作思想方面。

对于上述这些，柳鸣九自然是十分清楚的，因此他又提请人们注意萨特的另一个方面，即他始终对国内外主要社会政治事件的参与甚至干预："萨特另一个极为重要的方面，是作为一个思想家投入了当代政治社会的斗争。在这方面，他是资本主义社会现实的批判者，是反动资产阶级的非正义和罪行的抗议者，是被压迫者和被迫害者的朋友，是社会主义、共产主义的同路人。"② 由于柳鸣九的这种憎爱分明的政治立场，他甚至认为，"萨特应该得到现代无产

---

① 柳鸣九：《为什么要萨特》，金城出版社2012年版，第159—160页。
② 同上书，第10页。

阶级的接待，我们不能拒绝萨特所留下来的这份精神遗产，这一份遗产应该为无产阶级所继承，也只能由无产阶级来继承，由无产阶级来科学地加以分析，取其精华，去其糟粕"①。既然萨特对无产阶级比较亲近且对新中国态度十分友好，作为中国的文化人和人文学者，我们应该如何看待他之于中国的意义呢？对此，柳鸣九尽量将其往马克思主义创始人这边靠，他十分巧妙地作了这样的回答："萨特的逝世，给一个社会主义大国的理论界提出了一个艰巨的研究课题。我们相信，通过对萨特的研究人们将不难发现，萨特是属于世界进步人类的，正如托尔斯泰属于俄国革命一样。"② 他的解释是，"属于"并非等于，就像当年列宁评价托尔斯泰那样，认为他是"俄国革命的镜子"，我们照样可以说，萨特在某种程度上也可算作法国左翼运动和思想文化的一面镜子，对中国学者、作家及广大读者有着重要的认识价值。

如果从柳鸣九于20世纪80年代初率先将萨特介绍到中国开始，近四十年过去了，萨特在中国的精神之旅，或者说中国的萨特研究也经历了三个阶段：20世纪80年代作为存在主义作家率先被柳鸣九等人译介到中国；20世纪80年代后期至90年代初作为一位资产阶级文化人和哲学家在中国受到严厉的批判和清算；21世纪初以来又被当作西方马克思主义的重要理论家重新受到新一代学人的重视和研究。在这方面，柳鸣九的开拓性贡献是不容忽视的。

可以说，也正是抱着这样一种亲善和友好的态度，柳鸣九在编

---

① 柳鸣九：《为什么要萨特》，金城出版社2012年版，第12页。
② 同上。

第五章 关于批评大家的讨论（二）

选《萨特研究》时尽量把萨特往中国人民的朋友这方面靠，除了选择萨特的文论和哲学著作及论文外，他还选择了几部代表萨特的文学创作的小说和戏剧作品以及萨特本人的自述，这样一个真实的萨特便展现在中国读者和外国文学研究者眼前。当然，正如他自己所坦诚表达的，他如此不遗余力地推介萨特并非是因为他本人是萨特的一个"粉丝"，更重要的是萨特本人在法国乃至整个西方现当代思想文化界的重要性和广泛影响。实际上，柳鸣九对萨特的局限也予以了中肯的批评："萨特对马克思主义的保留，的确不容忽视。一个保留是，他力图以他的存在主义来补充马克思主义关于人生存状态与其自主意识的哲理之不足……再一个保留是，他要以心理分析学来补充马克思主义对于人自身机制缺少研究与论述之不足。"① 在他看来，这是很正常的，毕竟萨特不是一个马克思主义者，而是一个曾受到马克思主义影响并对之友好亲善的同路人，这样一位马克思主义的同路人能做到这样已经是难能可贵的了，我们无须对他求全责备。

尽管如此，柳鸣九本人照样连同他的《萨特研究》受到了严厉的批评甚至清算：欧力同的文章《评萨特文学的哲学倾向》（《社会科学》1982年第6期）列举了萨特作品中的消极和负面描写，将萨特的哲学批得一无是处，其字里行间不时地洋溢着某种大批判的遗风；刘放桐的文章《存在主义与文学》（《文艺报》1982年第7期）虽然语言较为缓和，但是却基本否定了柳鸣九上

---

① 柳鸣九：《为什么要萨特》，金城出版社2012年版，第49页。

述对萨特及其存在主义文学和哲学的正面评价。为此，柳鸣九选择了不反驳，也不答辩，他相信，随着时间的推移，一个真实的萨特及其遗产终究会得到中国学界的认可和接纳。直到后来的宽松文化气氛再度来临时，他才作出这样的反驳：那些发生在 20 世纪 80 年代的事件"只像一小片阴云从时代的晴空中匆匆而过。文化问题是全社会的需求问题，全社会自然会对文化作出合理的选择与评判，这不是少数人说了算的问题，更不是几个批判者批了算的问题，即使少数人甚至几个人说了算、批了算，历史终归会作出公正的裁决与结论"①。应该承认，在译介和评价萨特方面，柳鸣九充分展示了自己的批评个性和风格。

二 对波伏瓦及其他作家的批评性介绍

我们说，柳鸣九在中国当代批评界的声誉在很大程度上得益于他对萨特的译介和评论，这也并非意味着他对其他法国作家就没有研究。实际上，由他主编并领衔撰写的《法国文学史》（三卷）就代表了中国学者研究法国文学的最高水平。此外，他本人对法国文学史上的重要作家雨果、莫泊桑、左拉、马尔罗等也有着精深的研究，对当代的荒诞派作家和理论家加缪、后现代主义新小说派作家以及当前仍活跃在法国文坛的"新寓言派"小说的译介和评论也不

---

① 柳鸣九:《为什么要萨特》,金城出版社 2012 年版,第 61—62 页。

乏真知灼见。这些均体现在《柳鸣九文集》① 中。

柳鸣九在评介萨特时，免不了要涉及萨特的终身伴侣和志同道合的朋友——女权主义的斗士和先驱者西蒙娜·德·波伏瓦，因为她也是一位著名的存在主义作家，而且十分多产，仅仅在回忆录方面，就创作了四部，堪称20世纪法国文学史上"最大的回忆录作家"，在这些篇幅巨大的回忆录中，除了记载一些她个人的经历外，记载最多的就是关于她和萨特在一起的经历。为了更为直观地了解萨特和波伏瓦，柳鸣九在赴法国访问考察时还专门拜访了波伏瓦，并对她作了深度访谈。因此柳鸣九对波伏瓦的回忆录给予了格外的重视，在他看来：

> 这不仅仅是一个在此领域中有多大的写作规划、笔耕劳动量有多少的问题，更重要的是一个回忆素材有多大的储藏量以及这些素材具有多少社会价值的问题。写回忆录，首先要有"自我"的富矿，有可供回忆、值得回忆并且为世人感兴趣的生活经历。这种"富矿"，既不应该如我们所常见的那样是虚构装点出来的，也不应该是夸大膨胀而成的，而必须是一种客观的有价值的社会存在。②

因此，他认为，研究萨特和波伏瓦，必须阅读这些回忆录。毫

---

① 参阅《柳鸣九文集》（共15卷），海天出版社2015年版，尤其是第1—3卷的理论批评部分以及第9卷的作家论部分。
② 柳鸣九：《为什么要萨特》，金城出版社2012年版，第90页。

无疑问，随着时间的推移和故人的离去，这些珍贵的回忆录已经并仍将显示出越来越重要的认识和研究价值。此外，他还对波伏瓦的小说创作作了评论，他认为波伏瓦也是一位杰出的作家和女权主义斗士，她的《名士风流》体现了波伏瓦的创作思想，反映了第二次世界大战后法国的时代精神，也即展示了"自己的时代、自己的阶层以及她与萨特的精神境界、精神历程"①，揭示了一批精英分子试图在复杂的当代斗争中保持独立、自由和中立并开辟出一条所谓的"第三条道路"的不可能性："这是西蒙娜·德·波伏瓦让她的一代精英怀着这样一个善良的愿望与天真幻想投入严峻的现实社会，让他们碰壁，让他们感到尴尬、陷入困顿，从而作出否定的答案。这一批企图在政治上保持独立路线的知识分子，无一不尝到了这种独立路线带给他们的苦果。"② 波伏瓦通过在小说中对一些人物的两性关系的描写体现了她本人的女权主义思想："她论述了'女人并非生来就是女人，女人是被动地变成女人'的这一中心思想，揭示了在人类社会的历史过程中，男人是如何利用自己在社会生活中的优势地位，制造出关于女人的种种神话，强制妇女接受下来而永远处于从属的'女人'的地位。"③ 柳鸣九还将《名士风流》与法国作家拉法耶特夫人创作于17世纪的《克莱芙王妃》以及托尔斯泰的《战争与和平》相比较，认为"我不敢说《名士风流》在文学史上将享有《战争与和平》或《克莱芙王妃》那样的地位，但我可以

---

① 柳鸣九：《为什么要萨特》，金城出版社2012年版，第111页。
② 同上书，第119页。
③ 同上书，第121页。

说,《名士风流》的确实现了《战争与和平》与《克莱芙王妃》式的结合"①,因而是一部值得重视的优秀作品。

无独有偶,也许是出于对波伏瓦的这部小说的深刻印象或偏爱,柳鸣九自己也写了多篇散文,记载或缅怀他所曾求学过的北京大学和后来工作的中国社会科学院这座当代"翰林院"的一些名士,结集出版时取名为《名士风流:中国当代"翰林"纪事》(金城出版社 2011 年版),披露了自己与李健吾、朱光潜、钱锺书、杨绛、冯至、蔡仪、卞之琳、郭麟阁、吴达元、杨周翰、徐继增,以及马寅初、梁宗岱、何其芳、陈占元、闻家驷、吕同六等人交往过程中的所见所闻和所思所感,向广大读者揭示了罩在这些"名士"的光环背后的鲜为人知的一面。虽然这两国的"名士"所经历的事件大相径庭,但其中也不乏一些中外知识分子名士的相通之处。

熟悉波伏瓦生平和作品的读者一般都会得出这样的印象,她是从属于萨特的,而柳鸣九则认为她既是、同时又不完全是这样的身份。作为一位著名作家,她的作品自有其独特的风格和价值,这个价值就体现于:"她的力图表现某些存在主义哲理的作品,与萨特、加缪的哲理性作品是不能同日而语的",她另有自己的价值和意义,"她的价值与意义就在于她写出了她作为一个杰出的职业妇女在以男性为中心的现代社会里的思想观念、感受体验、精神优越与矛盾苦闷、欢乐与幽怨……而她这方面的重要代表作就是享有盛誉的理

---

① 柳鸣九:《为什么要萨特》,金城出版社 2012 年版,第 123 页。

论著作《第二性》、自传性小说《名士风流》与《女客》。正是这三部作品构成了一块支撑着西蒙娜·德·波伏瓦在法国20世纪文学中不朽地位的坚稳的基石"。①

柳鸣九虽然对萨特情有独钟，对他的创作思想和作品的研究、评论付出了大量的时间和精力，但他对萨特的论敌加缪也十分看好，并花了不少时间研究这位英年早逝的诺贝尔文学奖得主。他认为："加缪既是一个通今博古的现代文化人，又绝非一个只在书本中讨生活的书斋学者，绝非一个靠逻辑与推理建立起自己体系的理论家。他的理论形态充盈着生活的汁液，如果他不是从实际生活与书本知识两方面汲取了营养，他怎么能写出既有深远高阔的精神境界，又充满了对人类命运与现实生活的苍凉感的著作？"② 如果我们拿柳鸣九的这段评价用于评价他本人，也许我们会惊讶地发现，他本人与加缪也有几分相似，因而在某种程度上也带有一些"小西西弗"的精神。既然加缪是一位作家，那么他的文学成就应该更为显赫，对此柳鸣九也不否认，他指出：

> 在加缪这"三部荒诞"中，小说《局外人》与剧本《卡利古拉》在哲理的表现上固然有其形象生动、内涵蕴藉的优势，但在哲理的全面、完整、清晰、透彻的阐释上，则显然要以"直抒胸臆"的散文随笔《西西弗神话》为优。从这个角度来说，《西西弗神话》在加缪整个哲理体系中具有特殊的意义，

---

① 柳鸣九：《为什么要萨特》，金城出版社2012年版，第128页。
② 柳鸣九：《加缪总论》，载《柳鸣九文集》第8卷，第113页。

第五章 关于批评大家的讨论(二)

它是加缪荒诞哲理集中浓缩的体现,是最有权威的代表作。①

柳鸣九既然是一位有着自己评价标准和原则的文学史家,因而他对群星璀璨、大家辈出的法国文学史,尤其是20世纪的法国文学也十分熟悉,并对另一些大作家也作了讨论和评价。例如他对自己所钟爱的马尔罗就作了这样的点评:

> 他也是一位富于进取精神的作家,他考虑的中心问题也是关于人的生存问题……他对一些问题提出了很有意思的看法。比如对艺术,他认为,艺术是人对生存的荒诞性的一种永恒的报复。因为人虽无法逃避死亡的命运,但人所创造的艺术,则是永恒的、不死的。具体到文学创作中,他所塑造的形象,都是一些不怕痛苦,不怕流血,不怕死亡,敢于面对艰难险阻,去成就某种惊心动魄的伟业的硬汉。这就是他崇尚的英雄。他的作品读来很不真实,但能够给人一种力量。②

新小说派作为第二次世界大战后法国文学最重要的后现代主义文学流派之一,不仅在当代法国影响很大,而且在整个国际后现代主义文学运动中也有着极大的影响,新小说派在艺术上的创新也是有目共睹的,同时也引起了柳鸣九的批评性关注。虽然他将新小说

---

① 《柳鸣九文集》第8卷,第129页。
② 柳鸣九:《为什么要萨特》,金城出版社2012年版,第141页。

派当作现代派文学的一个流派明显不妥,但这并不影响他对新小说派作出评论。柳鸣九认为,新小说派虽然在艺术形式上有自己的创新但是它的盛期已过,"现在是可以对新小说派作历史结论的时候了。当一个文学流派已经展示尽自己全部的内容——思想方面的内容与艺术方面的内容,当一个文学流派再也跳不出自己的窠臼而一再重复自己的时候,我们就可以说它实际上已经宣告了自己的终结,到了可以'盖棺论定'的时候。新小说派目前的情况正是如此"。[①] 因此在他看来,"衡量一个流派的价值,主要还要看它的创作实践。在这方面,'新小说'已经有了30年至40多年的历史,它提供了足够的例证供我们对它在反映现实上、在思想性、社会意义上和在艺术技巧上的得失作出估价"。[②] 虽然他对新小说派的某些极端做法提出了尖锐的批评,但他依然承认,"新小说派是一个以在具体的写作方法上力求创新为其主要特征的大文学流派,是我们应该加以了解、进行研究的一个课题,而当我们做了一番了解与研究之后,就比较易于确定它对我们的意义了"[③]。应该承认,这种实事求是的态度是我们对一个复杂的文学流派进行评价时可取的。即使他对当今仍活跃在法国文坛的以尤瑟纳尔、图尔尼埃、莫迪亚诺等人为代表的"新寓言派小说"的创作也予以了关注,据说"新寓言派"这个标签就是柳鸣九本人在中国的语境下为其确定的,而且

---

① 《柳鸣九文集》第 8 卷,第 168 页。
② 同上书,第 172 页。
③ 同上书,第 175 页。

还得到了他所研究和讨论的法国作家的认可。① 这一点实属鲜见，至少说明研究对象对他的评论是信服的。

即使对杜拉斯这位在法国当代文坛备受争议的作家，柳鸣九也不忽视，而是在认真读了她的几部作品后作出自己的评判。他认为杜拉斯的创作态度是严肃的，并带有一种悲剧的情怀，并指出，"如果说，杜拉斯在《广岛之恋》与《琴声如诉》等作品里都显示出了她的独创性的话，那么，她在《长别离》中的独创性似乎更令人注意，因为在这里，她所选择的是一个不知被多少作家、诗人描写过、歌唱过的传统主题：夫妇的忠贞之爱。不言而喻，要以这样的老题材谱写出感人至深的新颖的篇章，更需要独特的才情"。② 而杜拉斯正是这样的一位作家。

虽然柳鸣九所研究和评论的许多作家都是现当代的法国作家，但是他对20世纪前后的古典和现代经典作家也有着独到的研究和评论。例如，他在评论20世纪的意识流小说家普鲁斯特时，就从追溯心理现实主义的源头开始，强调普鲁斯特的意识流杰作《寻找失去的时间》（*A la recherche du temps perdu*）中所蕴含的心理时间特征。③ 例如他在《法兰西文学大师十论》中，对蒙田、卢梭、司汤达、巴尔扎克和雨果这样的古典文学大师也作出了自己的评判，而对活跃

---

① 参见柳鸣九《从选择到反抗——法国20世纪文学史观》，文汇出版社2005年版，第333页。
② 柳鸣九：《一部可望获得经典地位的作品——玛格丽特·杜拉斯的〈长别离〉》，载《柳鸣九文集》第8卷，第310页。
③ 参见柳鸣九《心理现实主义的产生与发展》，载《柳鸣九文集》第7卷，第85—98页。

在世纪之交备受争议的左拉,他也提出了与众不同的看法。为了证明左拉不是一位"消极颓废"和"热衷于黄色描写"的自然主义作家,他还重新翻阅了马克思主义创始人对左拉的"定论式"的评判,提出了自己的全新看法:

> 今天,当左拉诞生150周年纪念将要来到的时候,在中国很有必要对恩格斯的定义与评论进行反思,很有必要强调左拉的一些强有力的方面,恢复它在文学史中应得的历史地位。在这里,我们可以着重指出的,至少有这样几个方面:在思想倾向上,左拉是一个伟大的激进民主主义者;在现实主义思潮的发展中,左拉是新阶段的承上启下的伟大代表人物;在艺术再现现实的成就上,左拉是自己时代社会的书记;在作品的认识价值上,左拉至今仍有巨大的、深刻的现实意义。①

应该指出的是,对马克思主义创始人的定评进行重新反思,确实需要很大勇气和深厚的理论功力,在这方面,柳鸣九相信的是真理,而不只是恩格斯在某个特定场合所讲的只言片语。

综上所述,我们不难看出,柳鸣九作为一位有着自觉的理论意识的批评家,不仅在具体的国别文学方面有自己的独特思考和批评观点,他还关注大的文学理论发展方向,并及时发出自己的倾向性意见。他深知,国内一些人对萨特的大批判式的批评并非空穴来

---

① 柳鸣九:《法兰西文学大师十论》,载《柳鸣九文集》第9卷,第181页。

第五章 关于批评大家的讨论（二）

风，而是表明长期以来"左"的文艺理论和路线已经渗入相当一部分的头脑中，使他们难以摆脱"左"倾思维模式的羁绊，因此在改革开放之初，他就感觉到了长期以来统治中国的外国文学批评和研究的一股无形的力量：苏联的日丹诺夫的"左"的教义。他针对日丹诺夫的巨大影响和遗风发起了猛烈的抨击。而具体到他的萨特研究时，他也针对这种遗风发出了自己的声音：

> 这种认识与这种态度是当时对待整个人类文化、特别是资本主义时代以来的人类文化的错误与偏颇的一部分，是一种历史性的文化蒙昧主义的表现，尽管它是以神圣的名义，采取了居高临下、道德化的形式，似乎带有一种巨大的道义上与思想上的优越性。这种文化蒙昧主义影响所及不是个别的人，而是整个一代人，以至在改革开放所开辟的一个实事求是、思想解放的新时期里，仍然有一部分人的头脑被这历史的亡灵所笼罩，这些同志总向往"穿着古罗马的崇高衣装"来演出威武雄壮的理论斗争的戏剧，并不时跃跃欲试。①

他的批评矛头所指是显而易见的，其中不乏自己的意气和偏颇之处，但当时的情况下却起到了令人振聋发聩的作用，这无疑充分体现了作为一个当代人文知识分子应有的社会良知以及严肃的政治和文化担当。

---

① 柳鸣九：《为什么要萨特》，金城出版社2012年版，第56页。

正如柳鸣九在对新小说派进行评价时所说的可以对之进行"盖棺论定"了，我们同样可以说，柳鸣九本人的学术盛期和批评活力也基本结束，随着十五卷本《柳鸣九文集》的出版，我们完全可以将他作为一个在当代外国批评界产生过重要影响的批评大家载入中国当代外国文学批评史。我们同样也可以指出他的局限：作为一位学者，他在研究法国文学时却很少引证国际学术同行的著述，而是我行我素，坚持自己所认定的方向和立场。这自然是他的长处，但也容易走向极端。他对西方现代主义文学的划分明显地受到早期袁可嘉的影响，而对20世纪80—90年代国际学界，尤其是英语文学理论界和比较文学界，如火如荼地进行的关于后现代主义问题的讨论不太关注，虽然他也关注后现代主义文学现象并编辑了这方面的专辑，但是他却始终坚持自己早期对现代主义文学现象的观点。这可能是他作为一位颇有个性的批评家的特色使然。我们无须对他进行求全责备，而要客观公正地对他进行研究并作出评价。

第六章　关于后现代主义的论争与批评

20世纪80年代后期和90年代初，在中国的外国文学批评界乃至整个中国文坛掀起了一场关于后现代主义文学问题的讨论，并逐步扩展到整个思想文化界。当然，也和在此之前进行得如火如荼的关于西方现代派文学问题的讨论一样，掀起这场讨论的主要是一些从事外国文学和文学理论批评、研究的中青年学者，并迅速得到了从事中国文学理论和比较文学研究的学者和作家批评家的响应。一时间，在中国的文学批评界，谈论后现代现象似乎成了一种时髦，而一些具有先锋意识的中青年作家则自觉地与后现代主义相认同。当然，这股"后现代主义热"也像在此之前的"现代派热"一样，并没有持续几年就逐渐冷却了。到了20世纪90年代中期，不少介入这场讨论的学者也冷静下来认真地阅读原著，以便对这一已成为历史的现象作出客观的基于学理意义上的分析评价。值得庆幸的是，参加这场讨论的少数具有国际前沿理论意识的学者、批评家则通过总结后现代主义在中国的接受以及其对中国当代文学创作和理论批评的启迪、影响，积极地投入国际学界关于后现代主义文学与文化问题的讨论,并用英文撰写论文发表在国际权威学术刊物上。可以说,这场关于后现代主义文学问题的讨论标志着中国的外国文学批评已经从封闭的"自说自话"式的独白状态摆脱出来,进入了一个与国际同行平等对话和讨论的境地。我们从今天的视角来看,并不难发现,这场讨论的学术价值和意义是深远和重大的,其中一个最主要的特征就在于,中国的外国文学批评家已经走出国门,以清醒的对话意识和国际视野参与到国际性的文学理论争鸣中,并开始发出"中国的声音"。多年后,对于这场讨论之于中国当代文学和文化的意义以及所取得的成果,曾经积极参加这一讨论并十分活跃的批评家陈晓明作了这样的总结:

> 80年代后期,"后现代主义"这种说法开始流行起来,其传播面其实并不广泛,只限于少数外国文学、文艺理论和当代中国文学研究者。80年代后期,在众多的外国文学研究者中,王宁是最早不遗余力地推介后现代主义理论的学者。在中国的外国文学研究和文艺理论研究领域,大凡涉及西方的理论思潮,免不了首先要以批判的眼光加以介绍,但王宁似乎怀着更大的肯定性热情加以阐发。事实上,后现代主义在中国一直是在批判与怀疑的语境中勉强长大的。最早进行后现代主义引介和阐释的研究者其实寥寥无几。一直到90年代初期,一部分翻译的理论论著才陆续问世。①

---

① 参见陈晓明为他主编的《后现代主义》一书撰写的"导言",河南大学出版社2004年版,第3页。

应该承认,陈晓明的这一概括性评价是比较准确和到位的,只是对于后现代主义的引进中国,除了王宁以外,早期的老一辈学者,如袁可嘉、陈焜、柳鸣九等,已经做了一些奠基性的工作,尽管他们并没有使用"后现代主义"这一术语,此外,还有王逢振、赵一凡、盛宁等专事外国文学研究的批评家,他们也在各种场合通过翻译介绍国外的最新理论思潮和自己直接著述,从不同的角度进入后现代主义的评介和讨论。这场讨论还吸引了更多的来自文学理论、比较文学以及中国现当代文学批评界的学者,他们的热情要高过外国文学批评家和研究者,其中这方面著述甚多且影响较大者包括陈晓明、张颐武、王岳川、王一川、周宪、陶东风等。如果再往前追溯的话,我们还发现,实际上,在王宁等人的翻译和推介之前,1985 年,美国的新马克思主义理论家、后现代主义批评家和研究者弗雷德里克·詹姆逊(Fredric Jameson)应邀来中国访问讲学,分别在北京大学和深圳大学就后现代主义与当代文化现象这个话题作了系列讲座,讲座文稿由唐小兵翻译,率先在西安出版,从时间上看却早于他出版于 20 世纪 90 年代初的英文专著《后现代主义,或晚期资本主义的文化逻辑》(*Postmodernism, or, The Cultural Logic of Late Capitalism*, 1991)。① 而到了 90 年代初,对这一新的理论思潮异常敏感并抱有浓厚兴趣的北京大学出版社连续出版了一系列关

---

① 值得一提的是,詹姆逊这样一位理论家在北京大学的演讲稿却没有为北京大学出版社接受出版,而是在一个不甚有名的西部出版社——陕西师范大学出版社出版,取名为《后现代主义与文化理论》(1986),最初的印数只有 3000 册。可见当时中国的权威学术出版机构确实对后现代主义不甚敏感。

于后现代主义的专著、编著和译著,其中包括佛克马和伯顿斯编、王宁等译的《走向后现代主义》(1991),王岳川的《后现代主义文化研究》(1992),王岳川和尚水编译的《后现代主义文化与美学》(1992),王宁的《多元共生的时代——20世纪西方文学比较研究》(1993),赵祖谟主编的《中国后现代文学丛书》(共4卷,1994)等。在这些学者的共同努力下,再加上当时中国社会科学院文学研究所和北京大学的研究人员陈晓明、张颐武等的推动,关于后现代主义问题的讨论在中国大地上如火如荼地展开了,其涉及的学科领域大大超越了外国文学批评界,进入了比较文学界和文学理论界,甚至对中国现当代文学批评和研究也产生了较大的影响。本章在对后现代主义讨论进行批评性总结之前,首先回顾一下后现代主义文学思潮在西方的兴起。

第一节 后现代主义:现代主义的叛逆与超越

不可否认,对于后现代主义的定义和内涵,参加这场理论讨论的批评家和学者都很难达成一致的意见,其实这也是后现代主义本身所主张的多元和消解中心之特征所决定的。但是,对于后现代主义在第二次世界大战后西方文学和文化中所一度占据的主导地位恐怕很少有人能否定,即使在那些曾积极引入现代主义文学的外国文学批评家看来,这也是一个不争的事实。他们在承认现代主义运动衰落于20世纪30年代的同时,也认为,第二次世界大战后,"现代主义思潮有所抬头",称之为"后期现代主义",并将

第六章　关于后现代主义的论争与批评

大量后现代主义的文学作品编入现代派文学作品选集。实际上，他们所认为的这种"后期现代主义"正是后现代主义（postmodernism），只是他们使用了不同的译法，究其原因，则在于他们只看到一些极端的后现代主义者的激进实验，错误地认为这是早先现代主义文学的自然延续，而未看到后现代主义的兴起恰恰是出于对现代主义的反叛和超越。

介入后现代主义讨论的东西方学者和批评家都一致认为，对于什么是后现代主义这个问题要远比什么是现代主义更难回答，用美国后现代主义批评家伊哈布·哈桑（Ihab Hassan）的话来说，"后现代主义这个问题至今仍既复杂又有讨论的余地"[①]；荷兰学者汉斯·伯顿斯（Hans Bertens）则认为，"尽管现代主义不像后现代主义那样具有不稳定性，但我们可以乐观地说，现代主义的任何特征描述都已被人们广为接受了"，而后现代主义却有着种种不确定的因素，对它的解释也大相径庭。[②] 这不仅在于后现代主义这一现象本身的复杂性，更在于它的内涵和外延的多元取向和不确定性。由此，伯顿斯总结道，如果以美国为中心地带，后现代主义的概念至今已经历了大致4个发展演变阶段，呈现出了诸多的形式：1934—1964年是后现代主义这一术语出现并内涵扩散的阶段；20世纪60年代中期，它具有美国的"反文化"（counterculture）运动的性质；

---

① Cf. Ihab and Sally Hassan eds., *Innovation/Renovation: New Perspectives on the Humanities*, Madison: University of Wisconsin Press, 1983, p.25.

② 参见佛克马和伯顿斯编《走向后现代主义》，王宁等译，北京大学出版社1991年版，第11页。

60年代末，后现代主义又作为对现代主义的一种智力反叛力量（intellectual revolt）而有了新的含义；1972—1976年，它发展为一种存在主义的后现代主义（existentialist postmodernism）而风靡美国。到了20世纪70年代后期，经过不断的讨论和论争，后现代主义的概念日趋综合，"从诸种后现代主义走向整一的后现代主义"（from Postmodernisms to Postmodernism）[1]。伯顿斯在这里所表达的意思是，介入后现代主义讨论的学者们可以大致描述出后现代主义的一些基本特征，因为它已经逐渐发展为一个具有"广泛包容性"的术语，把不归类为现实主义或现代主义的所有文学和文化现象都包容了进来。正如德国理论家麦克尔·科勒（Michael Köhler）于1977年所总结的那样：

  尽管就构成这一新领域的特征的成分仍有着持续的争论，但"后现代"这一术语此时已一般地应用于描述第二次世界大战以来出现的各种文化现象了，这些现象表明了情感和态度上的一个变化，并且使得当今时代成为一个"超越现代"的时代。[2]

---

[1] 伯顿斯在作出这种阶段的划分的同时，还评述了西方研究后现代主义文学的权威性学者伊哈布·哈桑、欧文·豪（Irving Howe）、哈利·莱文（Harry levin）、杰罗姆·马扎罗（Jerome Mazzaro）、让-弗朗索瓦·利奥塔（Jean François Lyotard）、苏珊·桑塔格（Susan Sontag）等人的观点。参见《走向后现代主义》，第11—25页。

[2] Cf. Michael Köhler, "'Postmodernismus': Ein begriffsgeschichtlicher Überblick", *Amerikastudien*, 22 (1977), p. 8.

第六章　关于后现代主义的论争与批评

显然，这里科勒再清楚不过地指出了，后现代主义是一个特定的历史时期——第二次世界大战之后的产物，它不仅仅同战前的"现代主义"有着一些延续性关系，而且在更大的程度上"超越"了它。它之所以不同于现代主义，是因为它不遵循现代主义文学的规则和美学倾向，因此，科勒进一步总结道：

> 后现代主义并不只是一种特定的风格，而是旨在超越现代主义的一系列企图。在某些情况下，这意味着各种被现代主义所"摈弃不顾"的艺术风格的"再生"。而在另一些情况下，它又意味着反对客体艺术（antiobject art）或包括你在内的一切东西。①

当然，这是早期的后现代主义批评家和研究者通过初步的研究所得出的结论。在其后几十年里关于后现代主义问题的讨论中，批评家和学者们大多认为，后现代主义虽然出现于现代主义之后，但二者在哲学基础、美学倾向和表达形式以及二者所产生的社会土壤和所处的条件都大相径庭。诚然，在受影响于非理性主义哲学这一点上，二者确实有着基本的一致性，因此一些人就此而认为，后现代主义在某种程度上是延续了现代主义的一些特征，它是一种"延长了的"现代主义（extended modernism）。但是另一方面，这二者的哲学基础又不同：现代主义的哲学基础主要是叔本华、柏格森、

---

① Cf. Michael Köhler, "'Postmodernismus': Ein begriffsgeschichtlicher Überblick", *Amerikastudien*, 22 (1977), p. 13.

尼采、弗洛伊德等人的思想和学说，而后现代主义则更多地受惠于存在主义者海德格尔、克尔凯郭尔、萨特以及福柯、德里达、利奥塔等人的思想和学说，并和近几十年内雄踞西方理论界的后结构主义和解构主义批评理论思潮有着共鸣。而后结构主义在欧陆的兴起，把原先仅仅局限于美国的文学和文化界的关于后现代主义的讨论扩展到了欧洲的哲学和思想层面。在文学创作上，现代主义在破坏了现实主义的创作原则后，并不止于此，他们试图创造出另一个假想的中心，而后现代主义则存心要消除这个"中心"，破坏现代主义精心建立起来的各种规则，把现代主义时期已见雏形的"多元"扩大到一个更大的范围。在语言的革命上，现代主义致力于革新，后现代主义则要求更新。曾经将早先的美国批评家——尤其是哈桑的——零散的后现代主义观念加以整合并上升到哲学层面的法国后现代主义理论家利奥塔说得更为透彻：

> 现代的美学是一种崇高的美学，尽管也是一种怀旧的美学。它允许见不得人的东西仅作为略去的内容而提出来；但是，形式（由于其可看出的一致性）却继续向读者或观察者提供使他们快慰和愉悦的东西……①

也就是说，现代主义文学仍然可以其自身的优雅形式和隐含深

---

① Jean-François Lyotard, *The Postmodern Condition: A Report on Knowledge*, trans. Geoff Bennington and Brian Massumi, Minneapolis, MA: University of Minnesota Press, 1984, p. 81.

第六章　关于后现代主义的论争与批评

邃的内容给人以美的愉悦和享受，而后现代主义文学则没有明确的美学主张，它是一种自由无度的、"破坏性的"（unmaking）文学，同时也是一种表演性的文学（a literature of performance）和活动经历或事件的文学（a literature of events）。诚如利奥塔所描绘的那样：

> 后现代的作家或艺术家处于一种哲学家的位置：他写下的文本、他创作的作品原则上是不受制于预先设定的规则的，因而不能根据某个既定的判断标准和运用为这些文本或作品所熟悉的范畴来评判它们。那些规则和范畴正是这些艺术作品自身要去寻求的东西。艺术家和作家并不按规则去创作，以便规定自己所要创作出来的作品的规则。①

也就是说，后现代作家在创作时，头脑里全然没有规则这一概念，他们有着高度的自由，构思和运用技巧具有某种"无选择性"（non-selection），但正是这种无规则的创作产生出的作品本身却形成了新的规则。当我们在考察荒诞派戏剧、新小说、黑色幽默、垮掉派诗歌、魔幻现实主义小说等后现代主义文学文本时，就可见出这种端倪。利奥塔对后现代主义理论的另一大贡献还在于打破了时空的局限，他认为，"一部作品只有先是后现代的才能算作

---

① Jean-François Lyotard, *The Postmodern Condition: A Report on Knowledge*, trans. Geoff Bennington and Brian Massumi, Minneapolis, MA: University of Minnesota Press, 1984, p. 81.

是现代的"①，从而消弭了后现代主义与现代主义在时间上的先后顺序，同时也使得包括中国的批评家在内的所有文学批评家和研究者能够用后现代主义的理论或后现代性阐释代码来分析并非出现在后现代时期的文学作品。

毫无疑问，后现代主义文学艺术运动在西方早已结束，但在世界上的其他地方仍然一度在苟延残喘，它的范围不断变化和扩展：从文学走向文化，又从文化体现在文学的创作和理论批评的各个方面。作为一个理论问题，它引起越来越多的学者对它进行考察和研究，而后现代主义理论也日趋变得体系化和完备了。但在20世纪80年代后期，后现代主义在西方世界仍然是一个相当时髦的辞藻。它之所以如此令人感兴趣，不仅因为它反映了第二次世界大战以来西方文学的一种主流嬗变和新的发展流向，更因为它已然成了一种涵义广泛的文化理论。这里有必要提及两位在中国的语境下广为人们引证的西方理论家和后现代主义研究学者对它的批评性描述。

美国的弗雷德里克·詹姆逊作为当今西方马克思主义最重要的理论家和文化批评家之一，从社会历史的高度对后现代主义作了全新的界定。詹姆逊的出场使得早先活跃在美国后现代主义讨论前沿的首席后现代主义批评家哈桑不得不退居二线，他在中国的知名度更多地取决于他对后现代主义的理论化和分析研究。詹

---

① Jean-François Lyotard, *The Postmodern Condition: A Report on Knowledge*, trans. Geoff Bennington and Brian Massumi, Minneapolis, MA: University of Minnesota Press, 1984, p. 79.

第六章 关于后现代主义的论争与批评

姆逊认为，在20世纪，现代资本主义经历了三个阶段：第一个阶段是国家资本主义阶段，这一阶段文学艺术的准则是现实主义；第二阶段是国家垄断资本主义，即帝国主义阶段，现代主义文艺就产生于这一阶段，随着第二次世界大战的爆发，这一阶段已成了历史，现代主义文学也已成了过去，因此到了第三阶段，资本主义便发展到了晚期，在战后的后工业后现代社会出现了后现代主义文学艺术。[①] 其特征就是全然摈弃"美"这个不带有商品价值的纯粹的东西，代之以各种东西都打上商品化的印记，反文化、反文学、反艺术已成了一种时髦，文学和历史的界限日益模糊起来，西方文学艺术可以说已发展到了其终极阶段。小说中可以没有情节、没有人物，戏剧中可以不发生冲突，电影可以无标题……一切都是这样无规则可循。这显然是第二次世界大战后的后工业社会的必然产物，而在第二次世界大战前就很少有这种局面出现。詹姆逊对后现代主义所作的描述是从广义的文化和历史角度出发的，比较准确地把握了后现代主义这一现象与特定历史时期的社会条件和文化背景的相辅相成关系，对于我们从一个更高的理论层次来理解后现代主义的特征和意义不无启迪性。但詹姆逊的描述却忽视或很少提及文学本体内部的运作规律对后现代主义文学运动的产生所起的制约和推动作用，这无疑是一个缺憾，同时也使他时常受到那些更加专注于后现代主义文学研究的学者们的诟病。

[①] 参见詹姆逊《后现代主义与文化理论》，唐小兵译，陕西师范大学出版社1986年版，第5—6页。

主张"文化相对主义"（cultural relativism）的荷兰学者佛克马（Douwe Fokkema）则从文学自身的运作规律及发展流向，对后现代主义作了一番精细的界定和描述。他认为，"后现代"（postmodern）这一术语突然出现于 20 世纪 40 年代①，其后迅速流传，一度成为一个近乎家喻户晓的术语。它广为哲学家、社会学家、艺术批评家和文学史家所使用。在佛克马看来，尽管后现代主义风靡于西方世界，但它仍有着自己的地理学的、年代学的和社会学意义上的界限，而且迄今为止，这一概念仍然毫无例外地几乎仅限于欧美文学界。显然，他是从后现代主义文学现象这一角度出发进行描述的。他还认为，在宽泛的意义上，"后现代"这一概念现在也适用于生活水平较高的东亚地区，例如日本和中国香港，但作为一种文学现象，后现代主义仍局限于某个特殊的文学传统。后现代主义文学不仅是接着现代主义文学而来的，而且还是与其逆向相悖的。②

诚然，佛克马的观点和他多年来一贯主张的"文化相对主义"是一脉相承的。文化既然具有某种相对性，一种文化既然是相对于另一种文化而存在的，后现代主义文化自然也就是相对于现代主义文化而出现并存在的。这无疑是正确的。如果把这个观点用于描述

---

① "后现代"这一术语最先出现于达德莱·费兹（Dudley Fitts）的著作中（1942年）；在此之前，弗雷德里克·德·奥尼兹（Frederico de Oniz）的著作中曾出现过"后现代主义"一词（1934年）。

② [荷兰] 杜威·佛克马：《什么是后现代主义》，王宁译，《文艺报》1988 年 3 月 26 日。还可参见他在哈佛大学的演讲集，*Literary History, Modernism, and Postmodernism*, Amsterdam and Philadelphia: John Benjamins, 1984。

第六章 关于后现代主义的论争与批评

欧美的后现代主义文化和文学，也同样是正确的，因为在那些国家和地区，现代主义文化曾有着可以扎根的肥沃的土壤，现代主义文学也曾雄踞文坛多年，因此后现代主义的出现就不无一定的基础和条件。日本也曾风行过现代主义文学（新感觉主义运动），但早在第二次世界大战前就因未能扎根而分化瓦解了，第二次世界大战后的日本虽然很快进入了后现代后工业社会，但正如当年的现代主义文学一样，后现代主义仍然未能成为战后日本文学的主流；中国香港地区长期以来被称为"文化的沙漠"，这倒不是因为这里没有文化，而是因为这里没有形成自己的文化，因此外来文化（包括现代主义和后现代主义文化）就很容易渗透进来。我们认为，在第二次世界大战后的日本、中国香港等地，不可能形成强大的后现代主义文学运动，只能隐伏和出现一些后现代主义文学的因素，因为在这些地区，尽管物质生活高度发展，客观上有着滋生后现代文化的土壤和环境，但从文学内部的运作规律来看，现代主义的基础很不牢固，或根本缺少，因此更谈不到产生以超越它为己任的后现代主义文学。

通过对以上各位西方学者所描述的后现代主义的介绍，我们大概对这一现象有所了解了。我们认为，诚如我们在描述当今西方的后结构主义理论思潮时所作的界定一样，它出现于结构主义时代之后，故称之为后结构主义（poststructuralism）；但它不仅仅只是沿袭了结构主义的某些特征，而是在更大的程度上构成了对结构主义的反拨和超越。同样，后现代主义文学的特征也可以这样来概括，即自20世纪30年代末现代主义趋向衰落以及第二次世界大战后逐渐退出历史舞台以来,在西方文学界逐步取代它的主导地位的是这样一种思潮:它发轫于第二次世界大战后的后工业后现代社会,与传统的现代主义有着一定的承继性,但在更多的方面,它却批判了陈腐的个性主义和现存的等级制度,反对一切假想的中心或权威,它对现存的制度从怀疑进而走向反叛,它所要追求的是一种绝对的自由选择。也就是说,在后现代社会,现代主义的文学经典(如艾略特、乔伊斯、福克纳、普鲁斯特、卡夫卡等人的作品)受到挑战和非难,文学走出了现代时期的自我表现和个性化的实验场所,面向两个新的极致:一极朝着更为激进的方向迈进,对文学传统和现代经典的反叛更为激烈;另一极则面对整个商品化了的社会,朝着通俗的方向迈进,虚构和事实的界限被打破,小说和非小说相混合,甚至加进了大众传播媒介的因素,这就是所谓"在后现代主义时代人人都成为艺术家"的一种特定现象。由此看来,我国的外国文学研究者一开始把"后现代主义"一词译成"后期现代主义",或称这种文学现象为"现代主义思潮的重新抬头",实在是一种误解,其原因恰在于,他们只看到了后现代主义对现代主义的部分继承(如同后结构主义对结构主义的那种部分继承),而忽略了这两者的对立和相悖。当然,我们也应该承认,当时国内研究资料的缺乏以及与国际同行交流的欠缺也是造成这种误解和误读的一个重要原因。但总的来说,随着后现代主义讨论的日益深入,同时也由于西方学者和理论家的不断来访,我们与他们的切磋和交流讨论也日益增多,因而所产生的滞后性和脱节性就较少。这也是中国的后现代主义讨论较之早先的现代主义讨论明显地更具有国际化和对话性的

第六章 关于后现代主义的论争与批评

一大原因。

就文学创作和理论批评而言,后现代主义文学的出现标志着当今西方文学的多元价值取向,它本身是一个远比现代主义文学更为复杂的混合体,它作为第二次世界大战后一场波及整个欧美的文化和文学艺术思潮,其主要成就体现于文学和建筑这两个艺术门类中,其中建筑中的后现代主义已得到公认,而文学中的后现代主义则精芜并存。当年曾活跃在文坛的思潮流派有美国的黑色幽默、女权主义文学,法国的新小说派、荒诞派戏剧,拉丁美洲的魔幻现实主义等。这些思潮流派无疑是后现代主义运动中的佼佼者,但像它们这样既产生过重大影响、又造就出一代艺术大师同时还能维系较长时间的思潮流派毕竟是少数,这同 20 世纪 20 年代现代主义处于高潮时的局面形成鲜明的对比。黑色幽默派作家的创作盛期是 20 世纪六七十年代,如今"第二十二条军规"(Catch-22)早已载入史册,成为一种新的"规则"和"经典";女权主义文学除了对女权运动和女权主义批评有着推动作用外,艺术上并无大的创新,经过后结构主义的冲击,女权主义批评越来越倾向于具有解构性的性别研究,并失去了以往反抗男权中心的战斗精神;新小说派虽然声势壮大,一度雄踞法国文坛,但毕竟娜塔丽·萨洛特(Nathalie Sarraute,1902—1999)早在去世前就已失去了创作能力,克罗德·西蒙(Claude Simon,1913—2005)荣获诺贝尔文学奖则表明,这一流派也已进入"经典"的行列了;荒诞派戏剧的"绝招"早已为后来者掌握,我们已经完全可以对这一流派盖棺定论了。唯有魔幻现实主义是文学史上的一个奇观,它是打着对现代主义顶礼膜拜①的旗号出场的,但它又不愿放弃现实主义的创作原则,它试图在这二者之中选择自己所需要的东西。这种自觉地将现实主义和现代主义两种创作方法结合在一起并加以创造性转化的美学倾向同样体现在索尔·贝娄(Saul Bellow)、威廉·戈尔丁(William Golding)等当代英美大作家的创作中,他们虽然生活在后现代社会,深受萨特的存在主义哲学的影响,但他们仍认真地思考人生,担忧人类的未来前途(如贝娄),企图在自己的作品中揭示出隐于人性深处的邪恶(如戈尔丁)。他们虽未置身于后现代主义运动,但是其创作又免不了受其影响。应该承认,戈尔丁的后现代主义特征较之贝娄要更为明显,而贝娄则在很大程度上依循的是现实主义的原则,或者说一种后现代时代的现实主义原则。当然,公开宣称自己是"现实主义者"的也依然大有人在(如美国的辛格等),但他们的力量毕竟有限,还远不足以形成一股思潮同后现代主义相抗衡,因此后现代主义在当代西方文学中的主导地位至少延续了一段时间。

　　在当今的西方文学批评界,后现代主义大潮早已成为历史,但是对后现代主义的研究则刚进入理论总结阶段。批评界和学术界一般认为,詹姆逊对后现代主义文化概念的创立有着卓越的贡献。按照他的理论,资本主义社会已经进入了自己的晚期,距离没落和寿终正寝已不那么遥远了;因此,西方文学既然发展到了后现代主义

---

① 加西亚·马尔克斯在多次谈话中均直言不讳地承认,对他的创作影响最大的作家有福克纳、海明威、卡夫卡等。中译文见王宁主编《诺贝尔文学奖获奖作家谈创作》,北京大学出版社1987年版,第486—501页。

阶段，那么也恰像它的孕育者资本主义社会一样，已经到了晚期，其分化解体或被超越之命运必将在所难免。诚然，资本主义社会的危机也许可以通过其自身来加以克服，但这种"自我调节"和"自我克服"的现象并不会一直延续下去，它终究会需要或借助某种外部力量来加速它的解体，并滋生一个新的制度。作为资本主义社会特定时期之产物的后现代主义文学，又将走向何处呢？这是值得我们思考并探讨的问题。① 从后现代主义之后的理论批评趋势来看，后结构主义大势已去，马克思主义、女权主义和新历史主义在西方批评界的大本营美国形成新的"三足鼎立"之格局，文学批评中"返回历史"的呼声一度高涨。而从这二十多年来的西方文学中理论与创作的关系看来，理论似乎总有着某种超前性。纵观西方后现代主义文学的发展流向，我们发现，其中的现实主义、现代主义甚至浪漫主义和自然主义的因素已愈益明显，现实主义大有回升之趋势。但是历史毕竟是向前发展的，过去的东西毕竟已过去，简单的复归是没有出路的。

第二节　后现代主义批评的多元视角

后现代主义作为第二次世界大战后西方的主导性文学和文化现象，已经成为历史。我们今天完全可以对之进行经验研究和盖棺定论。如果从历史的发展线索来追踪考察，批评界一般认为，作为一

---

① 关于后现代主义之后西方的文学和文化走向，参见王宁《后现代主义之后》，中国文学出版社1998年版，上海外语教育出版社2019年修订版。

种第二次世界大战后西方主要文学思潮和文学运动的后现代主义崛起于20世纪五六十年代，并迅速进入当代文学批评理论论争之中。① 其后，米歇尔·福柯、雅克·德里达等人的后结构主义学说由法国传入美国，人们发现，后结构主义的兴起无疑给关于后现代主义的论争增添了理论色彩。在其后的二十年里，西方学者就"后现代"或"后现代主义"问题展开了热烈的讨论，促进了这一理论课题的逐渐成型，从而成为国际比较文学和文学理论界公认的一个前沿理论话题。② 哈贝马斯和利奥塔于20世纪80年代初进行的论战虽曾震动过欧美知识界和文化界，激发过人们的思考热情，但这早已成了历史的记载。③ 伊哈布·哈桑在发出"后现代主义趋于终结"之叹息时也不得不承认，在当今时代，后现代主义已逐步发展

---

① 例如，汉斯·伯顿斯在长篇述评《后现代世界观及其与现代主义的关系》中就持有这种看法，他的观点实际上综合了各家之说。参见《走向后现代主义》第11页。但关于后现代主义的理论论争开始时仅局限于美国，直到法国学者利奥塔将美国学者（主要是哈桑）的零散观点加以"理论化"后才开始进入欧洲哲学和思想界。

② 自1984年以来，国际比较文学协会先后赞助或发起举行了三次专题研讨会，专门讨论文学中的后现代主义。第一次由佛克马和伯顿斯主持，于1984年在荷兰乌德勒支举行；第二次由卡利内斯库和佛克马主持，在第11届国际比较文学大会（1985，巴黎）期间举行；第三次由王宁主持，在第13届国际比较文学大会（1991，东京）期间举行，讨论的范围涉及一些非西方国家的文学。

③ 有关利奥塔和哈贝马斯的争论，Cf. Lyotartd, *The Postmodern Condition: A Report on Knowledge*; Habermas, "Modernity versus Postmodernity", *New German Critique*, Vol. 22 (1981), pp. 3-14; 以及 Richard Rorty, "Habermas and Lyotard on Post-Modernity", in Richard J. Bernstein ed., *Habermas and Modernity*, Cambridge: MIT Press, 1985, pp. 161-75; 此外，乔纳森·阿拉克也在《后现代主义与政治》一书的编者导言中，对这场论争作了较为全面的描述。Cf. Jonathan Arac et al, eds. *Postmodernism and Politics*, "Introduction", Minneapolis: University of Minnesota Press, 1986, pp. 9-43.

第六章 关于后现代主义的论争与批评

演变为一种研究"视角的多元主义"①。他意在告诉人们，对于后现代主义本身是否存在已无须争论，学者们所应当探讨的是后现代主义的不同形式，以便对之加以"理论化"；加拿大后现代主义女性批评家林达·哈琴则更为激进，她不仅从考察各门艺术形式入手，对后现代主义加以"理论化"，以建立一种"后现代主义诗学"②，而且，还将其与政治学、女权主义等关联起来进行考察③；比较文学学者卡利内斯库和佛克马则始终小心翼翼地与这场争论保持一段距离，他们摆出一种学者的姿态，试图从经验研究（empirical study）的角度对后现代主义文学的各个方面进行全面的客观的研究。在他们看来，作为一种文化现象和文学思潮，后现代主义虽已成了历史，但从学术研究的角度和目的出发，对这一历史现象进行深入全面的考察，仍有着不少工作值得学者们去做。④

既然要把后现代主义当作一个历史现象来考察研究，那就必然涉及这一研究对象的定义及其内涵和外延。但究竟什么是后现代主义呢？对此西方学者分别从不同的层面和角度对之作了种种描述，但谁

---

① Cf. Ihab Hassan, "Pluralism in Postmodern Perspective", *Critical Inquiry*, Vol. 12, No. 3 (January 1986), pp. 503 – 520.

② Linda Hutcheon, *A Poetics of Postmodernism: History, Theory, Fiction*, New York and London: Routledge, 1988, p. 3, p. 27.

③ 例如，在她的另一部专著《后现代主义政见》中，就有两章分别描述了后现代主义与其关系，Cf. *The Politics of Postmodernism*, New York and London: Routledge, 1989, Chapters 4 and 6。

④ 参见卡利内斯库的《导论：后现代主义，模仿的和戏剧的迷误》（*Introductory Remarks: Postmodernism, the Mimetic and Theatrical Fallacies*）和佛克马的《结语：研究后现代主义有前途吗？》（*Concluding Observations: Is There a Future for Research on Postmodernism?*），载二人合编 *Exploring Postmodernism*, Amsterdam and Philadelphia: John Benjamins, 1987, pp. 3 – 16, pp. 233 – 239。

也无法提供一个令人满意的定义。到了20世纪80年代后期，经过一番国际性的理论争鸣，学者们本应对后现代主义有一个大致相近的认识了，但哈桑仍然没有把握地说，"什么是后现代主义？我无法提出严格的定义，就像我无法定义现代主义那样"①。他的这番话至少从某个侧面给我们以启示，再讨论什么是后现代主义已令人腻烦。但我们完全可以从众说纷纭的各家定义中，归纳出后现代主义的一些普遍特征或不同形式，并以此为出发点来考察这一产生于西方社会的文化现象何以在某个东方国度（如日本和韩国）或第三世界国家（如中国和印度）被接受和变形的。它在进入这些非西方国家后，又是如何引起当地的批评性讨论和回应的。纵观20世纪80年代后期以来西方出版的各种研究后现代主义的专著或文集以及期刊的主题专辑，我们不难看出，一个明显的趋向就是从泛文化描述回归到文学本体的探讨，并由此出发深入到文学内部的风格体裁乃至人物性格和表现技巧的研究。②

有鉴于此，我们不妨从后现代主义在西方的兴起以及其在中国的接受之角度，提出我们对文学中的后现代主义诸种形式的理解和认识。我们认为，实际上存在着三个层面的后现代主义，首先是后结构主义层面的后现代主义，其思想基础主要是福柯的后现代历史观和德

---

① Ihab Hassan, "Pluralism in Postmodern Perspective", *Critical Inquiry*. Vol. 12, No. 3 (January 1986), p. 503.
② 在这方面，有两部专著值得一提：布莱恩·麦克黑尔（Brian McHale）的《后现代主义小说》（*Postmodernist Fiction*, London and New York: Routledge, 1987）；阿莱德·佛克马（Aleide Fokkema）的《后现代人物》（*Postmodern Characters: A Study of Characterization in British and American Postmodern Fiction*, Amsterdam: Rodopi, 1991）。

第六章 关于后现代主义的论争与批评

里达的解构主义哲学理论；其次便是文学上的后现代主义，这主要体现于先锋派的智力反叛和对现代主义经典的批判和超越；再者则是当代后现代社会的消费文化和通俗文学艺术。具体说来，后现代主义又可以描述为下列八种形式：（1）作为晚期资本主义后工业社会的一种文化现象，或曰后现代氛围，在这一条件下，传统的现代主义价值观念受到挑战，人为的等级制度被推翻了，所谓"自我""拯救人性"和"启蒙大众"等现代主义的理想统统破灭了；（2）作为一种观察世界的认识观念（episteme），也即一种后现代世界观（Weltanschauung），这只能产生于第二次世界大战后的时代，意在打破专制和极权，张扬更为无度的个性自由；（3）作为现代主义之后的一种文艺思潮和文学运动，它既与现代主义有着某种程度的继承性，同时又在更大的程度上把现代主义的成规习俗和原则推向极端，它自崛起以来曾一度取代现代主义而成为战后西方文学的主流；（4）作为一种叙述话语或风格，其特征是无选择技法，无中心意义，无完整的乃至"精神分裂式"的结构，意义的中心完全被这种叙述过程打破，散发到文本的边缘地带，对历史的表现成为某种"再现"（representation）甚至"戏拟"（parody）；（5）作为一种阅读的符号代码，也即所谓"后现代性"（postmodernity），它不受时空限制，可用来阐释过去的以及西方世界以外的文学文本；（6）作为当今的后工业和消费社会的哲学思潮，它与启蒙时代的精英意识背道而驰，或者作为一种体现了合法性和表征危机的后启蒙现象；（7）作为亚洲和第三世界国家的批评家在其经济现代化进程中所使用的一种文化策略，用以反抗第一世界的文化殖民主义和语言帝国主义入侵；（8）作为结构主义衰落之后的一种批评模式，其特征是以福柯和德里达的后结构主义和解构主义方法来探讨文学文本，这种阅读和批评模式曾一度占据当代文学和文化批评的想象。① 虽然福柯早在20世纪就已去世，德里达也已经去世十多年了，但是他们的文化和哲学遗产已经犹如幽灵一般崩裂成碎片渗入当今人文社会科学的各个领域，不断地启迪着新一代学人的思想和观念。②

这就是我们通过对西方后现代主义文学和文化现象的仔细考察研究并参照其在中国的接受所理解和建构出的后现代主义诸种形式。我们对这些观点的阐释用英文表达在国际学界发表后迅速得到了国际后现代主义研究界的高度认可，被认为是从中国的以及国际的视角对后现代主义的一种重构，并在一定程度上掌握了国际后现代主义研究的话语权。③ 当然，这八种形式的后现代主义

---

① Cf. Wang Ning, "The Reception of Postmodernism in China: The Case of Avant-Garde Fiction", in *International Postmodernism: Theory and Literary Practice*, Hans Bertens and Douwe Fokkema eds., Amsterdam and Philadelphia: John Benjamins, 1997, pp. 499 – 510; "The Mapping of Chinese Postmodernity", *Boundary* 2, 24.3 (Fall 1997): pp. 19 – 40.

② 关于德里达在中国的影响和接受，参见 Wang Ning ed. (with Kyoo Lee), *Derrida in China Today*, a Special Issue in *Derrida Today*, 11.1. (2018)。

③ 参阅王宁应邀为国际叙事学权威期刊《叙事》(*Narrative*) 编辑的主题专辑 *Postmodernist Fiction in the World* (co-edited with Brian McHale), a Special Issue *Narrative*, 21.3 (2013)。在这一期主题专辑中，王宁不仅发表了一篇论文 ["A Reflection on Postmodernist Fiction in China: Avant-Garde Narrative Experimentation", *Narrative*, Vol. 21, No. 3 (2013): 326 – 338], 还为该专辑撰写了导论 ["Introduction: Historicizing Postmodernist Fiction", *Narrative*, Vol. 21, No. 3 (2013): 293 – 300]。这充分说明中国学者和批评家在国际学界不仅就中国问题可以发声，即使对一些普遍的基本理论问题也有较大的发言权。

并非我们对后现代主义的重新定义，而是基于国际同行的先期研究为探讨后现代主义在中国文学中的接受和变形提供的一个参照框架。

毫无疑问，关于后现代主义的理论争鸣开始以来，迄今已经有了几十年的历史，一开始，几乎所有参加这场讨论的西方学者和批评家都认为，后现代主义是西方世界所特有的产物，它不可能被模仿，也不可能出现在经济基础薄弱的东方国家。20世纪80年代初，美国学者艾伦·王尔德（Alan Wilde）甚至排他性地断言，"后现代主义实质上是美国的一个事件"[①]。1983年，佛克马在哈佛大学作的题为"后现代主义的诸种不可能性"（*Postmodernist Impossibilities*）的演讲的结语中，再次强调：

> 后现代主义的代码可与一种特殊的生活方式和观念相联系，这在包括拉丁美洲在内的西方世界是常见的。文学上对无选择性的偏好与丰裕的生活条件所提供的某种"选择的困扰"（embarras du choix）是相符的，这使得不少人可以多种选择。后现代主义对想象的诉诸在伊凡·戴尼索维克的世界或在中华人民共和国则是不相适应的。可以从博尔赫斯的一篇小说中引申出中国的一则谚语，即"画饼充饥"。然而，在中国语言的代码中，这一短语却有着强烈的否定含义。鉴于此因或其他因素，

---

① Alan Wilde, *Horizon of Assent: Modernism, Postmodernism and the Ironic Imagination*, Baltimore: Johns Hopkins University Press, 1981, p. 12.

在中国赞同性地接受后现代主义是不可想象的。①

1990年，林达·哈琴也惊喜地获悉，中国也有人在研究后现代主义："我十分兴奋地读到中国当代文学是如何与（后现代主义）相适应的，因为我一直认为这是一种西方特有的模式。"②

应该承认，西方世界关于后现代主义的理论争鸣确实最早兴起于美国，几乎美国当时的主要批评家欧文·豪、哈里·莱文、伊哈布·哈桑、苏珊·桑塔格、莱斯利·菲德勒、艾伦·王尔德、雷蒙德·费德曼、威廉·斯邦诺斯……都介入了这场讨论，其中尤以哈桑最为多产，其观点也最有影响，因而他本人也被认为是"后现代主义之父"。后来直到70年代末，利奥塔才将哈桑的戏仿式的、断片式的观点加以系统化和理论化，而且利奥塔一反过去的那种清高做法，引证了美国学者哈桑的观点来作为他的专著《后现代状况：关于知识的报告》的开头。因此，在这个意义上说来，说后现代主义（直到20世纪70年代后期）仍是美国的一个主要文化现象，自然也是正确的。但由于利奥塔和哈贝马斯的论战具有哲学上的认识论和本体论意义，因此后来的学者（尤其是专事批评理论研究者以及欧洲大陆的一些经

---

① Cf. Douwe Fokkema, *Literary History, Modernism, and Postmodernism*, pp. 55 – 56. 当然，这是佛克马早期的看法，后来他在得知后现代主义对中国当代先锋文学有着启迪和影响时，便改变了上述看法。他不仅邀请王宁参加了他主持的大型国际合作项目"用欧洲语言撰写的比较文学史"的"后现代主义"分卷的撰写工作，而且他自己也在发表于2008年的一篇文章中，讨论了中国的后现代主义小说。Cf. Douwe Fokkema, "Chinese Postmodernist Fiction", *Modern Language Quarterly*, Vol. 69, No. 1 (2008): 141 – 165。

② 引自林达·哈琴1990年7月16日给王宁的信。

验研究者）总喜欢以这两位哲学家的论战为自己讨论后现代主义的出发点。再加之随着哈桑的后现代主义名单的日益扩大，后结构主义等批评理论、新小说等文学流派以及意大利的卡尔维诺、奥地利的伯恩哈特、爱尔兰的贝克特等作家均被放进后现代主义的序列，因此这一概念便失去了其一开始的"美国中心"地位，逐渐扩展到了包括拉丁美洲在内的整个西方世界。而后现代主义于20世纪80年代进入中国，并在其他亚洲国家得到接受，则全然打破了"西方中心主义"的后现代模式，为全球后现代性的形成铺平了道路。下面我们将着重考察后现代主义在中国的传播、接受和批评性回应。

第三节　后现代主义：从北美到中国

20世纪80年代的头几年，后现代主义文学虽已介绍到了中国，但并未吸引当时的主流理论批评家和学者的研究兴趣，甚至不少人还在热衷关于西方"现代派"问题的讨论，因此佛克马所提出的，后现代主义在中国不可能得到赞同性接受的断言确实有一定的正确性，但几年后中国先锋小说家和批评家对后现代主义着迷般的兴趣倒是出乎他意料之外。至于林达·哈琴的反应则是可以理解的，因为这位女学者专事西方文学理论和比较文学研究，从未到过中国，也很少了解中国现当代文学对西方文艺思潮的接受，① 因此自然会

---

① 林达·哈琴在1991年7月18日给王宁的信中披露，她对弗洛伊德主义在中国现当代文学中的影响和流变也一无所知："尽管我几年前写过一本关于弗洛伊德的专著……但我（也像大多数西方学者一样）对弗洛伊德在中国的影响一无所知。"

对后现代主义在中国产生的兴趣和影响感到惊讶,这也是颇为正常的。

但是,我们仍想从东西方文化和理论对话的角度指出,后现代主义本身确实产生于西方社会,它一般说来不太可能产生于经济不发达、仍处于"前现代"阶段或现代化进程中的东方和第三世界国家。但在当今这个信息爆炸的时代,互联网的普及又将我们所生活的地球连为一体,特别是像中国这样一个既是发展中的第三世界大国,同时又有着诸多后现代社会的文化因子,后现代文化很容易驻足。例如在北京、上海、广州和深圳这些国际大都市里,我们可以很容易地见到一些具有后现代特征的建筑物和一般只能出现在后现代社会的文化现象。这里引证的美国社会学家加斯利(Doug Gathrie)对上海(后)现代性的描述就是一例:

> 2011年,上海,人们站在上海的外滩,俯视着黄浦江,不可能看不到中国近二十年来的戏剧性变化,尤其是晚上更是如此。夜空中闪烁着霓虹灯;闪光灯在江面上翩翩起舞,仿佛宣告一个新兴城市的到来。一对对率先致富的暴发户夫妇在豪华的餐厅用餐,像我这样在外滩俯视着这一全景,享受着夜生活的景观,仿佛这些景致把他们带到了伦敦、纽约或巴黎。横跨江面,一道全新的景观仿佛拔地而起:90年代初,当我开始到中国从事学术研究时,浦东(黄浦江东边的地区)还是一片田野和一些老住宅改造场所;而今天这里却是一番满是高耸入云的华丽建筑的高科技城市景观,包括世

第六章　关于后现代主义的论争与批评

界上最高的摩天大楼。这番景致不禁使人想起一部未来主义科幻电影中的镜头。①

虽然这段文字写于21世纪的第二个十年之初，但是作者描写的这些现象却是20世纪90年代后现代主义进入中国以来出现的。这显然是后现代主义对中国当代社会文化的直接影响的结果。尤其在上海这座有着种种早熟的现代性特征的国际大都市里，后现代主义更容易在此登陆。

此外，现代主义曾于20世纪二三十年代和80年代两度在中国文化和文学界风行，这自然也为后现代主义文化和文学在中国的兴起打下了一定的基础，因而尽管在中国文化的土壤里生产不出后现代主义的苗子，但也不可排除可供外来思潮进入的文化氛围，也无法阻挡这块土壤在适应外来思潮方面发生的某些变化。因此当改革开放政策开始实施时，面对纷至沓来的各种西方文艺思潮，刚刚解除思想禁锢的中国青年一代知识分子自然会以各种复杂的心情来迎接这些思潮的冲击，但他们最终在经过严肃认真的思考后仍作出自己的判断和选择。正如陈晓明写于20世纪90年代初的一篇文章中所言：

> 总而言之，20世纪后期的中国作为一个发展中国家，或者说一个前现代化社会，它正面临着后工业化的各种因素的

---

① Doug Guthrie, *China and Globalization*, 3rd edition, New York: Routledge, 2012, p. 1.

全面入侵，这个社会在文化上生存于一个"巨大的历史跨度"之间，这个社会中的人们的"文化记忆"受到严重的损坏并发生各种错位，而政治无意识的压力则使这种错位的"文化记忆"产生多种变化，使这个时代的精神地形图变得更加复杂。正是在后工业化/前现代化，历史伪形/文化记忆，政治无意识/个人写作等等多元对立的历史情境下，20世纪末期中国的后现代主义找到了它生存的现实土壤。作为"文化记忆"危机的表达，当代中国的后现代主义有着非常特殊的本土含义。说到底，"后现代主义"仅仅是一种"命名"，在文化交汇、碰撞的十字街头，我们无法拒绝这种"世界性"的话语……对于我来说，"后现代时代"并不像利奥塔所构想的那样是一个充斥着"稗史"的时代，也并不是一个仅有着各种并列排法、反论和背理叙述的时代。后现代时代也有着某种历史的真实感……①

从上述概括性的表述，我们不难看出，作为中国当代文学和理论批评中最早接受后现代主义的某些观念的批评家之一，陈晓明虽然不是专事外国文学及其理论批评的学者型批评家，但他对西方最新理论思潮的敏感和直觉却反映了相当一部分中国当代批评家追求新生事物的热情。确实，作为当代一种最强有力的、最有发散渗透性的社会和文化艺术思潮，后现代主义自然很容易引起当代青年知

---

① 该文最初发表于《花城》1993年第2期，后收入陈晓明主编的专题研究文集《后现代主义》，河南大学出版社2004年版，第46—47页。

第六章　关于后现代主义的论争与批评

识分子的兴趣，同时也自然会对一时处于迷茫状态的先锋派作家产生某种鼓舞和激励，因此，后现代主义在中国很快被接受就不足为奇了。因为文化渗透在当今时代早已不只是通过一条渠道，而是呈发散辐射型的，它很容易在某个薄弱的环节予以突破进而渗透，如果碰上接受者的主动接受，便会与之发生交互作用，在这种作用的过程中，二者本来的一些成分失去了，结果便产生了某些新的变体。后现代主义在中国的接受以及所受到的批评性回应可以说正是中西文化相互交流和相互碰撞的一个直接结果，它既有接受西方后现代主义影响的成分，同时又有不少中国传统文化中的土生土长的成分[①]，更带有中国作家和批评家的创造性转化和理论发挥的成分。陈晓明对后现代主义文学的批评和研究特色以及所取得的成果绝不止于仅仅向中国作家批评家介绍这一源于西方的文学思潮，而更在于他从一开始就意识到了中国当代先锋文学中所蕴含的后现代因子和可供批评家从后现代理论视角予以阐释的后现代特征。[②] 这也是他从后现代主义的视角对中国当代先锋文学的批评性研究通过翻译的中介受到国际学界瞩目的一个重要原因。在这方面，张颐武也可算作另一个比较成功的范例。他也不是专门从事外国文学批评的，甚至与国际学者进行交流都有一定的困难，但这并不妨碍他通过阅读原著及译著再加之他本人的创造性解读和转化，最终创造出一种

[①] 在这方面，中国旅英学者赵毅衡的观点具有一定的代表性。参见他的文章《"元"小说在中国的兴起》，载乐黛云等主编《欲望与幻想——东方与西方》，江西人民出版社1991年版。

[②] 这方面可参见陈晓明和王宁的对话《后现代主义与中国当代先锋文学》，《人民文学》1989年第6期。

中国当代后现代主义批评的变体——后新时期的第三世界批评。关于这种批评的特征,张颐武在发表于20世纪90年代初的一篇文章《论"后乌托邦"话语——90年代中国文学的一种趋向》(原发于《文艺争鸣》,1993年第2期)提出了"后乌托邦"这一概念,虽然他在提出这一概念时也许并没有读到美国学者詹姆逊和欧洲学者佛克马关于乌托邦研究的一些批评文字,但在某种程度上却与这两位欧美学者的思考几乎是同步的。他在描述了20世纪90年代后新时期以来中国文学的发展走向后,提出了自己的看法:

> 在一个平面化的世界上,第三世界的知识分子不可能不面对他在这个世界上的边缘处境,他不可忽视在这里所引发出的不可解的矛盾、对立与冲突。正是这种矛盾使他不可能进入一种西方意义上的"后现代性"。他不可能在语言中隐遁得太久。他不可能不面对他周围的文化/历史的巨大压力。他也难于认同于虚无与游戏的策略,尽管他承认这些策略有其自身的可理解的前提。他还是需要理想和信仰,还是需要一种确定性支撑他的存在。因为这种"后乌托邦"的幻想,也是对我们第三世界文化处境的投射。它包含着第三世界知识分子在与西方思想及周围的文化语境的辩证的"对话"。①

显然,在张颐武的上述表述中,我们不难看出,他虽然并不否

---

① 陈晓明主编:《后现代主义》,河南大学出版社2004年版,第62页。

第六章　关于后现代主义的论争与批评

认自己所受到的西方后现代主义理论思潮的启迪和影响，但是他通过自己的思考和创造性转化，发展出一种并非"西方意义上的"后现代思想和批评，这种批评观念也不同于后现代主义式的虚无缥缈，而倒是更带有中国当代文学和文化批评实践的支撑，因而这样的批评性建构便能通过翻译的中介走向世界进而得到国际学术同行的认可。[①] 此外，中国当代文学和文化中所出现的后现代性因素以及种种后现代主义的变体本身也足以说明，作为一种国际性的文学艺术创作风格和批评模式，后现代主义也并非西方文学界的专利，这一点同时也为日本文学和印度文学中的后现代性所证实。[②] 因而后现代主义在中国的兴起一方面消解了"西方中心主义"式的全球后现代性的宏大叙事，另一方面也以中国的文学和文化实践为重构全球现代性和后现代性的理论话语提供了中国的经验。

对于后现代主义在中国的译介，王岳川也起到了一定的推波助

[①] 关于陈晓明和张颐武这两位批评家在国际上的影响，国内批评界知之甚少，这里仅举一例。20世纪90年代初，当美国学者阿里夫·德里克和他的学生张旭东受国际后现代研究的主要刊物《疆界2》（*Boundary 2*）邀请打算为该刊编辑一本题为"后现代主义与中国"（*Postmodernism and China*）的专辑时，他们和王宁商讨后，一致推荐陈晓明和张颐武作为中国当代文学和文化批评界最有影响的后现代主义批评家，并将他们的代表性论文译成英文发表于该主题专辑，参见 *Boundary 2*, Vol. 24, No. 3 (Fall 1997)。该主题专辑出版后在英语世界产生了极大的反响，之后出版该刊的杜克大学出版社决定在该专辑的基础上，将其扩充作为单本书于2000年出版，收入该书的论文除了大部分出自中国旅美学者外，还包括中国大陆学者戴锦华以及几位中国港台学者的论文。该刊以及后来的单本书在美国著名出版机构的出版，标志着中国当代后现代主义批评的一次集体亮相。

[②] 这一点可参见日本学者大久保、稻贺繁美和岸田俊子，印度学者阿弥亚·戴弗，中国香港学者周英雄以及中国旅美学者刘康在第13届国际比较文学大会上的关于后现代主义问题的专题研讨会上的发言，其中要点可参见《文艺报》，1991年10月5日第3版。

澜作用。他虽然不是专门从事外国文学教学和研究的，但是他对现当代西方文学理论却情有独钟，并在阅读了一些英文原著和大量中文译著的基础上，凭借着一种对西方前沿理论的敏感和直觉较早地进入后现代主义的译介和批评领域。尽管他对后现代主义提出了尖锐的批评，但他仍从学理的层面指出了其合理的方面。他认为，后现代批评的意义在于"对僵化话语的消解，开拓出一片思想的自由境界，从而促进了文化批评的转型"①。按照他的看法，这种转型体现在这样几个方面：第一是写作观的转型，第二是语言观的转型，第三是阐释观的转型，第四则是批评观的转型，第五便是价值观的转型。他进一步认为，在介入后现代主义批评和讨论的诸多中国学者和批评家中，大致可以分为三类：一是后现代主义的积极推动者，二是后现代主义的研究者，三是后现代主义的尖锐反对者。②这种高度概括和归类应该是比较到位的，而他自己所扮演的角色则是介于第一和第二类：既对后现代主义理论思潮保持清醒的头脑和理性的分析，同时又在实际上起到了在中国推进后现代主义批评和研究的作用。而他自己也与陈晓明和张颐武一样，其学术声誉在很大程度上得益于对后现代主义的译介和批评。

在中国当代批评家中，陶东风对西方的理论也异常敏感并有着较为独到的见解，这尤其体现在他在中国的语境下较早地打出"文化研究"的旗号，并努力将其体制化。陶东风对后现代主义的批评从文化研究的大众文化取向入手，分析了中国当代的各种文化现

---

① 陈晓明主编：《后现代主义》，河南大学出版社2004年版，第81页。
② 同上书，第81—84页。

象。针对20世纪90年代初中国文化界和思想界出现的"后现代主义热",他在一篇题为"后现代主义在中国"的文章(原发于《战略与管理》1995年第4期)中一针见血地指出:

> 在这些批评家那里,后现代主义成了争夺话语权的工具,他们捧出"后现代"这一武器,只是因为它新鲜时髦,而在一个惟新是从的商业化时代,新鲜时髦本身就是一种权力。于是许多人都不同程度地呈现出争"后"恐"先"、惟"后"是追的媚"后"心态,作家、艺术家以"后"为荣,争相进入"后"的行列,对"后"这一前缀的任意使用终至"后"的泛滥成灾。现在的中国批评界给人以这样的印象:只有后现代主义话语才是最先锋的话语,而只有最先锋的话语才是最有权力的话语。①

他认为这种现象是反常的,明显有悖于主张消解中心、崇尚多元并主张宽容的后现代精神。应该承认,他的这番告诫是经过深思熟虑后提出的。而他自己则从后现代的文化研究视角切入,对中国当代大众文化现象作了深入扎实的研究。王一川对后现代主义的兴趣和批评主要体现在对所谓"中华性"的强调和对张艺谋电影的"他者性"的批评和研究。可以肯定的是,后现代主义在中国的讨论在一定的程度上也使得上述这批有着先锋思想的批评家步入当代

---

① 陈晓明主编:《后现代主义》,河南大学出版社2004年版,第174页。

中国文学批评的前沿，并以其独特的批评话语和批评锋芒获得国际学界的青睐。此外，这场讨论也培养造就了一代具有国际视野和先锋批评意识的学者型批评家，使他们脱颖而出，多年后，这些学者中有些入选竞争力很强的教育部"长江学者"特聘教授，有些则当选为国际著名的科学院外籍院士，在中外文化学术交流以及国际性的理论批评论争中充当领军的角色。

第四节 后现代主义在外国文学批评界的回应

对于后现代主义的进入中国，中国的外国文学批评家和学者虽然较早地注意到了这一事实，但是他们仍保持小心谨慎的态度，认为这是西方文化语境中特有的产物，并不适用于中国的国情，甚至还有人认为这样一来就使得后现代主义在中国"变了味"。实际上，文化交流和碰撞无疑会使源文化失却一些东西，但是在异国他乡的接受则有可能使源文化在另一个新的语境中获得新的生命或"来世生命"。而没有这种"误读"或能动的阐释，即使是源文化中有价值的东西也会在异域处于"边缘化"或"死亡"的境地。后现代主义在20世纪90年代的中国文化和文学界掀起的波澜在一定程度上就说明了这一点。

由于后现代主义与其前身现代主义一样都是西方文化语境中的产物，因而对它的考察研究和批评性分析自然是中国的外国文学学者的一个任务，只是专事外国文学研究和批评的学者不满足于仅仅阅读翻译过来的资料，他们想方设法地从阅读原文入手，并尽可能地参考西方学界同行的研究成果,因此他们在后现代主义批评方面的相对滞后也不足为奇。不少专门从事外国文学批评和研究的学者认为,对后现代主义的研究和评介应仅限于学术的层面,或者更确切地说限于外国文学研究领域,这样一来,他们的批评著述所产生的社会文化影响就有所局限。但尽管如此,几位外国文学研究者的努力和著述依然应该得到重视。如前所述,詹姆逊1985年的中国之行和北京深圳两地的系列讲座直接催生了中国的后现代主义萌芽,在这方面,王逢振扮演了一个重要的中介角色。虽然他本人就后现代主义这个话题著述并不多,但是他一手策划了詹姆逊的中国之行,并被视作詹氏在中国的"代言人"。几乎詹姆逊在那之后的所有中国之行不是通过他的中介就是事先征求了他的意见。更值得一书的是,由他领衔主编的多卷本《詹姆逊文集》(中国人民大学出版社,2004—2015年)开启了一位仍健在的西方主要思想家和理论家率先在中文世界出版多卷本文集的先河。这套谓之《詹姆逊文集》的大型系列著作经作者本人授权,由王逢振担任主编和主要译者,囊括了詹姆逊的主要代表性著作,现已出版14卷,并且还将继续出下去。这些著作包括《新马克思主义》《批评理论和叙事阐释》《文化研究和政治意识》《现代性、后现代性和全球化》《论现代主义文学》《马克思主义与形式》《语言的牢笼》《政治无意识》《时间的种子》《文化转向》《黑格尔的变奏》《重读〈资本论〉》《侵略的寓言》和《萨特:一种风格的起源》,全面充分地体现了詹姆逊在文学、文化批评和研究、现代主义和后现代主义的研究和批评以及新马克思主义等领域内的理论建树。这其中不少著述都涉及后现代主义问题，为中文语境下的詹姆逊研究及西方马克思主义研究提供了十分宝贵的第一手资料。他的这项奠基性工作受到国内外学界的高度评价。

另一位值得一提的外国文学批评家就是盛宁。盛宁主要的研究领域是美国文学，更确切地说是美国文学批评。既然关于后现代主义的讨论率先在美国登场，从事美国文学研究的学者自然无法回避这一热点现象。可以说，盛宁从一开始就敏锐地感觉到了后现代主义在西方理论界的重要性，但他曾一度认为应与之保持距离，使对后现代主义的研究限于国内的外国文学理论批评界，因此他在中国的一些场合就此话题频频发言，提出自己的不同意见，可以看得出来，他对于后现代主义的进入中国始终持一种谨慎且较为保守的态度，认为对它的研究应限于特定的语境和范围，而不应无限制地扩大。尽管如此，他依然花费了大量时间阅读英文原著，以类似"十年磨一剑"的精神于1997年推出了专著《人文困惑与反思：西方后现代主义思潮批判》。当然，他在此之前也翻译了一些与之相关的西方文论著作，例如乔纳森·卡勒的研究结构主义的力著《结构主义诗学》，并就后现代主义文学现象写下了一些批评文字。而他的这本专著则是在国内关于后现代主义讨论近于冷却之时推出的，对于我们将之作为一个刚刚过去的历史事件来进行客观理性的研究提供了范例。该书广泛涉及西方人文学术的转型、现状及未来发展前景，具有较强的跨学科性。它的涉猎范围之广，从英美和欧陆关于后现代主义问题的讨论到主要的后现代主义理论家，如贝尔、德里达、福柯、哈桑、詹姆逊、利奥塔、鲍德里亚、哈贝马斯等，并触及了后殖民主义理论及其代表性理论家赛义德、霍米·巴巴等人的批评理论,使广大读者有了一幅较为全面的后现代主义文学、文化和理论的全景图。尤其值得一提的是,盛宁在一篇题为"危险的鲍德里亚"的短文(原发于《读书》1996年第10期)中的结尾一段话不无启迪:"我们对所有冠以'后现代主义'的话语看来都必须有一个新的认识:后现代主义话语所表达的是一个'阐释',而不是'事实';是有条件的'假设',而不是可以无条件接受的'真理'。"① 这一点尤其适用于新历史主义的历史观。② 确实,后现代主义更加注重阐释,在很大程度上使得长期不受批评家重视的读者得到了解放,此外,后现代主义的历史观也使得历史与虚构的界限变得模糊了。

另两位才子型批评家也在不同的场合向中国读者介绍了西方后现代主义文学和文化。曾经留学哈佛大学并获得博士学位的赵一凡博学多才,多年从事美国文学与文化研究,他主张学术研究要有思想性,但是在提出一种思想观点时又须有扎实的学术作为支撑。他虽然由于某种原因早早地淡出了当代文化批评界,但他仍不时地活跃在外国文学批评界,不时地提出一些具有关注理论创新意义的批评观点。他曾主持翻译了贝尔的《资本主义文化矛盾》,并独自翻译了利奥塔的《后现代主义》,为把这两位后现代理论家介绍给中国读者作出了贡献。此外,他还在《欧美新学赏析》(1996)等著

---

① 陈晓明主编:《后现代主义》,河南大学出版社2004年版,第203页。
② 参见盛宁《历史·文本·意识形态:新历史主义文化批评和文学批评刍议》,《北京大学学报》(哲学社会科学版)1993年第5期。

述中广泛涉猎了后现代主义及其相关的论题,照他自己的话说,他"企图以文化批评的轻松笔调,深入浅出,拐弯抹角,多少描绘出一些人家所谓的'新学'思路。可是由于手段笨拙,漏洞难免。明知'道不可言',偏要强词夺理,何况又是翻说洋人最感头痛的家务"。应该指出的是,他的这种文风颇有戏仿后现代理论家利奥塔和具有后现代特征的中国学者钱锺书的著述风格。陆建德在中国当代外国文学批评界也有着较为显赫的地位,这不仅因为他曾留学剑桥大学并获得博士学位,更在于他的广泛学术兴趣和较少著述,颇有一种名士的派头。他在学术会议上的不少发言都有一定的思想,但之后并没有付诸文字以学术专著的形式出版。但是他的著述风格也颇有后现代特色和钱锺书的风格。这恐怕与这两位才子型学者—批评家都在中国社会科学院这座学术"翰林院"工作不无关系。作为一位年纪稍长的文化艺术批评家,叶廷芳的兴趣却不限于文学,他对艺术理论和实践也颇有兴致,并不时地撰写一些艺术批评文章。但他的主要著述仍聚焦现代主义文学艺术,尤其是卡夫卡的作品。

  周宪虽然也不是专门从事外国文学研究和批评的学者,但是他的广博知识和富有灵感的悟性使得他对当代西方最新理论思潮十分敏感。他往往走在别人前面将其译介到中国,从而对中国当代的外国文学和文学理论研究也有着某种导引的作用。在关于后现代主义讨论如火如荼时,他并未过多地介入,而是在潜心读书,积累知识,其间完成了博士学位论文。但由于他的知识积累、对国际前沿课题的敏感和对国际性学术对话的重视,他不仅和许钧合作组织译介了大量西方文学理论和美学著作，而且自己也著述甚丰，对诸如审美现代性、后现代主义、文化研究以及后理论问题都发表了自己的见解。此外，他十分重视学术访问和与国际学界的直接交流，多次赴国外知名大学访学，并多次出席国际学术会议并用英文发言，这在中国的中国语言文学系的教师中十分罕见。在一篇题为"文化的分化与'去分化'——现代主义与后现代主义的一种文化分析"的论文中，周宪详细地梳理了西方历史上现代主义文化与后现代主义文化的分野，认为，"后现代主义的审美文化或者更准确地说'后审美文化'，在西方主要体现为以下几个方面的去分化。首先，艺术与非艺术的区别消失了……第二个去分化现象，则是艺术内部的界限的消失……后现代主义的第三个去分化现象，是把现代文化中高雅文化—大众文化的两极彻底抹平"[①]。这显然是他从阅读其他学科的著作受到启发而提出的一个洞见。和他合作将大量西方现当代人文学术著作译介到中国的许钧的主要学术兴趣并非文学，而是翻译和法国文学，但是他对法国理论家的精深研究也使得他对文学翻译之于经典重构的意义认识得很清楚，因而于世纪之交率先在中文的语境下挑起了关于《红与黑》的讨论，这些讨论吸引了文学批评界的关注，在某种程度上解构了文学经典翻译的"定本"说，为文学名著的重译和阐释铺平了道路。

金惠敏的学术道路比较独特，因而他的文学批评也就具有了跨学科的特征：既从哲学的高度来把握和概括文学艺术问题，同时又

---

① 陈晓明主编：《后现代主义》，河南大学出版社2004年版，第228—232页。

从西方文学理论的视角来反观中国当代文学和文化问题。他作为一个关注国际前沿理论课题的批评家,自然也对后现代主义问题情有独钟,20世纪末,他甚至不远万里赴当时美国后现代主义理论的大本营——加州大学厄湾分校访学一年,广泛接触了当时的前沿理论大师。受他们的研究的启发,他在21世纪初对业已趋于终结的关于后现代主义问题的讨论作出了积极的回应。他在一篇题为"后现代主义在中国的过去和未来"的文章(原发于《求是学刊》2001年第3期)中,为后现代主义之存在于中国及其之于中国当代文学和文化的意义再次给予了肯定。他认为,"其于中国当代文化发展的贡献有以下三点不应有疑":其一是"揭示了1985年后新时期文学的转折性特征";其二是"揭示了张艺谋电影的'东方主义'情结";其三则是"为'新左派'提供理论支持"[①]。由此,他认为,"后现代主义是一个具有多向可能性的理论范畴和文化现象。以上三点只是它在中国这一特殊语境中的一些特殊的实现(方式)……就此而言,我们似更可以说,后现代主义已经是我们的或中国的了"[②]。他甚至在举出一些理由后得出这样的结论:"如果可能的话,创造出我们自己的后现代主义理论。"[③] 他的这种看法至少在当时的中国文化学术界是十分大胆的,在某种程度上呼应了20世纪末出现在西方的建构性的后现代主义(constructive postmodernism)潮流。

既然我们并不否认,后现代主义的进入中国已经成为一个使我

---

① 陈晓明主编:《后现代主义》,河南大学出版社2004年版,第242—245页。
② 同上书,第245页。
③ 同上书,第246页。

第六章 关于后现代主义的论争与批评

们无法回避的历史现象,那么我们就在评述关于这一现象的批评性讨论之前,简略地回顾一下它进入中国的路径和所产生的批评性反响。根据我们的回顾和文献追溯,后现代主义文学最早进入中国大陆是 20 世纪 80 年代初,在此之前已经通过翻译的中介先行进入了中国香港和台湾地区,并引起批评界的关注和讨论。美国小说家约翰·巴斯发表于《大西洋月刊》(Atlantic Quarterly)1980 年 1 月号上的文章《补充的文学:后现代主义小说》(The Literature of Replenishment: Postmodernist Fiction)很快就被译成中文发表于同年的《外国文学报道》第 3 期。可以说,这是后现代主义最早进入中国文学批评界的一个标志。随后,一大批主流学术期刊和文学杂志不断地刊发评介后现代主义文学和理论的论文或译文,这些刊物包括中国社会科学院外国文学研究所主办的《世界文学》和《外国文学通讯》,上海译文出版社编辑出版的《外国文艺》,北京大学主办的《国外文学》,北京外国语大学主办的《外国文学》,南京大学主办的《当代外国文学》等,可以说,在较为全面地引入后现代主义方面,外国文学学者和批评家发挥了奠基性的作用,而且早在评介西方现代主义文学时,袁可嘉、陈焜以及柳鸣九等批评家的著述和编选的现代主义文学作品选集实际上就已经涉及了后现代主义文学现象,只是当时没有明确地使用"后现代主义"这一术语,甚至还误以为这是现代主义在第二次世界大战后的延续。当然,上述这些权威性的主流刊物不仅发表了大量后现代主义作家的作品译文,包括加西亚·马尔克斯、博尔赫斯、纳博科夫、巴斯、巴塞尔姆、赛林格、梅勒、海勒、贝克特、品钦、冯尼古特、罗伯-格里耶、卡尔维诺等,而且还配有中国学者撰写的评介性文章,以便读者能够了解这是西方继现代主义衰落之后的最新文学思潮。在此之后,更多的文学和批评理论期刊以及一些综合性的人文社会科学期刊也相继发表这方面的论文,其中包括极具权威性的《中国社会科学》,该刊于1989年和1992年连续发表了王宁的两篇论文:《现代主义、后现代主义与中国现当代文学》(1989年第5期)和《接受与变体:中国当代先锋小说中的后现代性》(1992年第1期),对中国当代的后现代主义文学研究起到了奠基性的作用,并对其后的研究和批评也起到了某种导向作用。1995年和1996年,该刊又连续发表了徐友渔的短文《后现代主义及其对当代中国文化的挑战》(1995年第1期)和王岳川的论文《后现代主义与中国当代文化》(1996年第3期),从而把对后现代主义的批评性研究拓展到文化的领域。在广大人文知识分子中有着广泛影响的《读书》杂志也于1992年发表了孙津的具有后现代调侃意义的随笔式文章《后什么现代,而且主义》(1992年第4期),该文基于对佛克马和伯顿斯主编的《走向后现代主义》的阅读,通过模仿后现代作家的文风来评论后现代主义及其在中国的接受状况,在读者中产生了较大的影响,甚至被选为《读书》二十年十大名篇之一。该刊还于21世纪初发表了陆建德评论盛宁出版于1997年的论著《人文困惑与反思》的一篇文章《海上逐"后"》(2000年第2期),对当时中国学者中的追捧后现代主义的现象提出了一些批评。①

---

① 陈晓明主编:《后现代主义》,河南大学出版社2004年版,第167页。

第六章　关于后现代主义的论争与批评

另两位外国文学界以外的学者型批评家的著述也值得一书：曾赴美留学的哲学家王治河师承美国建设性后现代主义思想家格里芬，获得博士学位，回国后继续专攻后现代哲学，出版了专著《扑朔迷离的游戏：后现代哲学思潮研究》（社会科学文献出版社 1993 年版），《福柯》（湖南教育出版社 1999 年版）等，并主编《后现代主义辞典》（中央编译出版社 2004 年版），对于较为全面地向广大读者介绍和普及后现代主义理论作出了重要的贡献。更为年轻一些的汪民安可以说是伴随着后现代主义在中国的讨论而成长起来的一位有思想有理论的中青年批评家。他凭着自己的理论自觉和对各种艺术现象的敏感，对包括后现代主义以及其后的西方文论大家尤为关注，除了德里达、福柯、拉康这些已故理论大师外，他还对那些新近涌现出的阿甘本、巴迪欧、齐泽克、朗西埃、巴特勒等理论大师的著述格外关注。他一方面组织人力及时地将他们的著作译成中文，另一方面也着重对他们的代表性著作进行阐释和解读，抓住他们的主要理论思想的来龙去脉，将他们放在整个西方文论的传统中进行考察和定位。此外，汪民安显然受到后现代理论的启发，将批评聚焦于"空间""身体""情感""物质""动物""语言""生命"和"自然"这些跨越学科疆界的文化理论问题，对之作出批判性反思。他的这种跨学科和跨艺术门类的行文风格在同辈批评家中独树一帜，并得到法国文化部的重视而应邀前往法国访问考察，他的少数论文被译成英文后在欧美刊物上发表后也引起了国际学界的关注。

在这前后，一些严肃的学术刊物也争相发表讨论后现代主义文学和文化方面的文章，其中包括《北京大学学报》《当代电影》

《文艺研究》《文学评论》《外国文学评论》《文艺报》《通俗文学评论》等。甚至以发表文学作品为主且很少发表评论文章的《人民文学》《上海文学》《钟山》《花城》等杂志也不惜开辟栏目发表了数篇关于后现代主义及其与中国当代文学之关系的文章。此外，上述这些刊物以及另一些刊物还组织翻译并发表了一些西方学者和批评家的文章，其中包括哈桑、利奥塔、詹姆逊、斯邦诺斯、佛克马、阿拉克、哈琴、伯顿斯、伊格尔顿等人论述后现代主义的著述。显然，较之在此之前进行的那种封闭式的关于西方现代派问题的讨论是一大进步，它表明，中国的新一代学者和文学批评家已经开始自觉地关注西方乃至国际同行对后现代主义这一产生自西方文化土壤里的现象持何种看法，并及时地对之做出相应的回应。尤其值得一提的是，介入后现代主义讨论的中国学者和批评家已经不满足仅仅用中文与西方学者在文字上隔空讨论，而更愿意与他们进行直接的面对面的交流和切磋，因而一些蜚声西方乃至国际文学理论界和比较文学界的理论大家也应邀来中国访问，或者出席国际学术会议，或者在一些主要的高校和科研机构发表演讲。这些大家不仅包括哈桑、詹姆逊、佛克马、阿拉克、伯顿斯等对后现代主义有着精深研究的学者型批评家，而且还包括对后现代主义持有尖锐批评的英国马克思主义理论家和文化批评家伊格尔顿等。他们对后现代主义的不同观点对中国当代关于后现代主义文学和文化的讨论无疑具有某种启迪和借鉴作用。在这些来访的西方学者中，还包括两位虽不属于后现代主义批评家或主要研究者，但却对国际性的后现代主义讨论起着重要推进作用的理论大家：拉尔夫·科恩（Ralph Cohen）和

第六章 关于后现代主义的论争与批评

阿里夫·德里克（Arif Dirlik）：前者是英国人文社会科学院（British Academy）和美国艺术与科学院（American Academy of Arts and Sciences）的两院院士，长期担任国际文学理论顶级刊物《新文学史》（*New Literary History*）主编，早在20世纪70年代，就率先发表了当时仍处于学术发展期的中青年学者哈桑、詹姆逊等人评论后现代主义的文章，对于后现代主义讨论在北美的兴起起到了重要的导向和推进作用；后者则通过为国际后现代主义研究的权威刊物《疆界2》（*Boundary 2*）编辑"后现代主义与中国"主题专辑而将国际性的后现代主义讨论拓展到包括中国在内的非西方国家。他们的努力确实为提升中国学术界和批评界进行的关于后现代主义文学和文化讨论的理论和学术层次起到了重要的作用。我们从今天的角度来看，中国的文学理论乃至整个人文学术的走向世界可以说正是从关于后现代主义文学的讨论开始的。

如果说，在翻译和引进后现代主义文学及理论思潮方面，中国的外国文学批评界确实起到一定的奠基性作用的话，那么，这一来自西方的文化艺术思潮一旦进入了中国，就在中国的当代文学艺术批评界产生了极大的反响，并吸引了众多来自不同学科领域的学者的讨论。此外，经过上述学术期刊的努力和西方理论家的直接推进，以及国内的外国文学批评界的大力译介和评论，后现代主义作为一个前沿理论话题进入了中国，并且迅速地对中国当代文学和理论批评产生了空前的影响。但是任何西方文学理论思潮一旦进入中国就必然首先得到中国作家和学者的筛选和接受，并且加以创造性的建构，最终形成一种中国的变体。现代主义文学在20世纪中国的两次高涨就经过了这样一个路径，后现代主义自然也不例外。经过现代主义文学的洗礼，中国当代文学创作界和理论批评界很快便对后现代主义这一舶来品予以了有选择的批评性接受，并结合中国的实践产生出一些具有中国特色的后现代主义变体。

后现代主义在中国当代文学和文化中的第一个变体就是崛起于20世纪80年代中后期的先锋小说和实验派诗歌，分别介入这两场文学运动的作家包括刘索拉、徐星、王朔、孙甘露、余华、格非、叶兆言、洪峰、马原、莫言、残雪和吕新这样一些小说家，以及岛子、周伦佑和另外一些非非主义诗人，他们均以一种先锋实验意识强有力地挑战了先前的现实主义和现代主义文学经典，为20世纪八九十年代的中国文坛带来一股新风。

但随后不久，先锋小说的激进实验便受到另一股力量的挑战和反拨，这就是后现代主义在中国的第二个变体"新写实派小说"的崛起，从严格的意义上说来，这一流派比较松散，在一定程度上代表了文学创作中的一种倾向，即对先前的先锋派小说家的激进实验是一种反拨。新写实派小说的出现表面上看来标志着对传统的回归，但是实际上，却表现出对传统的现实主义和再现的戏拟以及对现代主义的超越。实际上，新写实派并非一个严格意义上的文学流派，尽管有批评家认为它实际上形成了一个松散的流派，这一创作群体包括这样一些作家：池莉、方方、刘震云、苏童以及叶兆言。

后现代主义的第三个变体倒是十分独特，即在当代文坛和批评界既颇受争议同时又受到追捧的"王朔现象"，这一现象代表了中国当代文学创作和文化生活中的商业化潮流，从另一个视角与后现代主义的消费文化相通，因而受到广大严肃的人文知识分子的严厉批评。但"王朔现象"却在普通读者大众中颇受欢迎，不仅是他的主要小说很快被搬上银幕，通过电影和电视的中介为更广大的受众所接受，尤其是那些青年大学生甚至将其奉为偶像。这一变体的特征在于拼贴各种不同的碎片式事件，描写那些痞子和反英雄人物，并对一些崇高的和高雅的东西予以肆意嘲弄，从而使得文学走下高雅的殿堂。

后现代主义的第四个变体也十分独特，其特征具体体现于对颇有争议的历史人物采取一种"新历史主义"的方法进行处理，也即重新以一种戏仿的方式讲述这些历史人物的野史和稗史，从而在文学创作和大众传媒中创造出一些通俗的戏仿式的历史故事。例如，同时出现在小说中的女皇武则天或影视作品中的武媚娘的故事就使得这一颇受争议的古代女皇变得几乎家喻户晓。

后现代主义的第五个变体与前四种变体迥然不同，具体体现于它与国际性的后现代主义辩论密切相关，具有鲜明的理论色彩。随着西方后现代主义和后结构主义理论思潮的引入中国，中国的批评家越来越受到后结构主义和解构主义的影响，尤其是福柯的权力、知识和话语理论，贯穿于这一理论的轴心就是权力产生知识，而知识的表达中介则是话语。此外，德里达的解构理论也对一大批学院派批评家的批评实践产生了巨大的启迪和影响。

后现代主义在中国的第六种变体实际上与20世纪80年代后期兴起于西方的后殖民主义理论思潮密切相关，这两股思潮交织形成一种中国的后殖民后现代主义。我们都知道，后殖民主义，尤其是与第三世界文化和批评相关的后殖民理论实际上是译介到中国来的另一种西方文化思潮，它对长期占据西方主流的殖民主义思维方式和话语构成了强有力的挑战。但是它在中国的语境下却被一些海外批评家，尤其是曾长期在英国工作的赵毅衡，认为是新保守主义的合谋者，当然，这一变体相当复杂，并有着很大的争议，因而在海外的中文刊物，例如《21世纪》上引发了激烈的辩论。

上述历史回顾无疑证明，后现代主义作为一种泛文化和文学艺术思潮及批评理论，确实于20世纪八九十年代全方位地进入了中国，并引起了中国人文学者的广泛兴趣，一时间，人人"争后恐先"，文学批评文章中言必称后现代，仿佛后现代主义文学果真比现代主义文学更好，至少更为先锋。而反对后现代主义的人则用尽批判和咒骂之词抨击后现代主义，仿佛后现代主义的到来果真会动摇我们的国家机器和传统的伦理道德观念与美学原则。几十年过去了，后现代主义大潮早已过去，但是后现代的多元精神和消解中心以及对非此即彼的思维模式的抗拒已经渗入当代人的意识和无意识，成为他们行动的准则，而它的虚无和怀疑一切的负面东西也逐渐被人们所抛弃。后现代主义作为一种文学艺术潮流也和它的前辈现代主义以及更早一些的现实主义和浪漫主义一道载入世界文学艺术的史册，成为我们研究的对象。① 后现代主义文学也和它的前辈

---

① 这方面的一个具有里程碑意义的著作就是由美国学者布莱恩·麦克黑尔和英国学者兰·普拉特合作主编的《剑桥后现代文学史》，其中王宁作为中国研究后现代主义文学的代表性理论家应邀为该书撰写了关于中国后现代主义文学的专章。Cf. Brian McHale and Len Paltt eds., *Cambridge History of Postmodern Literature*, Chapter 28: "Postmodern China", New York: Cambridge University Press, 2016, pp. 465-479.

第六章　关于后现代主义的论争与批评

现代主义文学一样,进入了中国的外国文学研究者和批评家的研究视野和课题,并在这方面取得了一些成果。这里仅作一简略的概述。

杨仁敬和胡全生虽然在后现代主义讨论得如火如荼时未介入这场讨论,但是他们对西方的后现代主义小说却作了较为全面和深入的研究,并提出了一些批评性的见解:前者主要专注美国当代后现代主义小说研究,从内容的解读和形式的分析都不乏批评性的洞见;后者的理论视角则是叙事学,也即胡全生更注重分析研究后现代主义作家在叙事艺术方面的贡献。他们的这些批评性见解虽然针对的是国外的作家,但对国内的中国文学批评也有着一定的指导作用。另两位从事非英语文学研究的学者的批评性著述也值得一书:专事意大利文学研究的吕同六(1938—2005)自改革开放以来,先后介绍和翻译了一百多位意大利小说家、诗人、剧作家、文论家的作品。并对意大利的后现代主义小说作了较为全面的评介和研究,发表了多篇批评性论文,编有《卡尔维诺文集》《莫拉维亚文集》等。可惜他的英年早逝使得中国的外国文学批评界蒙受了不可替代的重大损失。专事拉丁美洲文学研究的陈众议也发表了不少论文和专著,讨论拉丁美洲的后现代主义小说,从而使得中国的外国文学学者的后现代主义文学研究和批评不局限于英语世界。

陈众议早年在复旦大学读本科,其间赴墨西哥学院和墨西哥国立自治大学留学,1989年获文学博士学位。回国后一直在中国社会科学院外国文学研究所工作,现任外国文学研究所所长,中国外国文学学会会长,2018年增选为中国社会科学院学部委员。陈众议是一位才华横溢的作家兼批评家，除了出版多部专著和数十篇论文外，还著有长篇小说。由于他长期研究拉丁美洲文学，尤其在魔幻现实主义文学方面造诣颇深，这也多少影响了他的小说创作。就他的文学批评著作而言，代表性著作包括《魔幻现实主义大师》（1988）、《拉美当代小说流派》（1995）、《20世纪墨西哥文学史》（1998）、《加西亚·马尔克斯评传》（1999）、《魔幻现实主义》（2001）、《博尔赫斯》（2001）、《西班牙文学"黄金世纪"研究》（2007）、《塞万提斯学术史研究》（2012）等。与绝大多数专事西班牙语文学研究的学者不同的是，陈众议虽然在后现代主义文学讨论达到高潮时并未过多地介入，但他对当今的国际前沿理论问题却异常敏感，不仅结合拉丁美洲文学现象就后现代主义文学发表了一些文字，此外，还就一般的具有普遍意义的前沿理论课题，诸如世界文学、世界主义等，发表了一些批评性的见解，就其这方面的著述来看，他的批评风格并不是那种学院派的风格，倒是更接近批评家的文风，在他的那些批评文章中闪烁着批评的锋芒和能够引发讨论的思想。由于他目前所担任的职务，因此他的著述所产生的影响也是明显的。但是他与那些思想僵化的领导干部所不同的是，他更乐意将自己当作一位学者和文学批评家。确实，陈众议有着广阔的国际视野和理论素质，因而善于听取并集中各方面的意见，是外国文学界的一位理想的学科领军人物。由于他的著述的国际性影响，他于2016年当选为西班牙皇家学院外籍通讯院士，成为继冯至之后第二位入选国外院士的在岗的外国文学研究所所长。

第七章　21世纪以来的外国文学批评

曾经一度轰轰烈烈的国际性的后现代主义讨论大约在20世纪90年代后期消退，实际上它在20世纪80年代的西方世界就已经显露出消退的苗头了，但是由于这股大潮随即迅速地向西方世界以外的地区波及，并在一些东方国家，尤其是中国，酿起了一场关于后现代主义问题的讨论，从而促使后现代主义逐渐演变为一场国际性的文学艺术和文化理论思潮。在后现代主义大潮逐渐消退之后，人们不禁问道：后现代主义之后的西方乃至世界文学理论界还会出现何种大的理论思潮？确实，在后现代主义对西方文化的全面冲击之后，一切假想的"中心"意识和陈腐的等级观念均被打破，一些原先的边缘理论思潮流派不断地向中心运动，形成了一股日趋强烈的"非边缘化"（de‑marginalization）和"重建中心"（re‑centralization）的势头。在这一新的"多元共生"的"后现代"或"后当代"（post‑contemporary）时代，后殖民主义的异军突起，标志着当今西方文论的日趋"意识形态化"（ideologization）和"政治化"（politicization）倾向，而女权/女性主义的多元走向和日益具有包容性则在另一个方面体现了边缘话语对中心的解构和削弱尝试。进入20世纪90年代以来，文化研究的浪潮席卷全球，涉及当代各个文化艺术门类，尤其是通俗文学艺术和大众传播媒介的各个方面，对传统的精英文化、纯文学艺术创作和批评性研究构成了强有力的挑战，这一切均反映了当今西方文化理论界的最新发展走向。由于中国当代外国文学批评受到西方文学理论思潮的直接影响，因此参照这一新的批评语境对我们全面认识进入21世纪的中国外国文学和文化批评与研究也不无裨益。

进入全球化时代以来，素来以精英文学作为批评对象的外国文学批评也多少受到波及。就文学理论和批评而言，我们把当今的文学理论所处的时代称为"后理论时代"，西方和中国学界都有人这样认为，尤其是西方学者的命名还在我们之前，只是我们当时由于孤陋寡闻，竟然对之全然不知。①

现在，越来越多的迹象表明，从文学理论的视角来看，我们这个时代已经越来越带有了某种"后理论时代"的精神和特征。也许在一些不关心理论的人看来，在这样一个"后理论时代"侈谈文学理论未免有些不合时宜，但是作为专事外国文学理论批评的学者，我们确实是不得已而为之：我们不但要谈，而且还要借助这一国际平台为加快中国文学理论批评的国际化进程而推波

---

① 参阅 Ernesto Laclau, "Preface", in Martin McQuillan, Graeme Macdonald, Robin Purves and Stephen Thomson eds., *Post-Theory: New Directions in Criticism*, Edinburgh: Edinburgh University Press, 1999。

助澜。① 在这方面，从事外国文学批评的学者有着得天独厚的优势，而且有些学者已经先行一步了，他们对当代西方文论所处的困境的质疑以及对中国当代文论的发展和批评话语的建构成为本章写作的一个出发点。② 可以说，本章的讨论可以算作是对我们以往的主张的一个继续和深化。

第一节 "后理论时代"的来临

熟悉21世纪以来的西方文论的读者都知道，2003年和2004年间，西方的文化理论和文学批评界发生了三个对其后的理论思潮走向有着直接影响的事件。其一是后殖民理论家爱德华·赛义德的逝世，给了进入全球化时代以来再度兴盛的后殖民批评以沉重的打击。二是英国的马克思主义理论家和文化批评家特里·伊格尔顿出版了颇具冲击力的《理论之后》（*After Theory*, 2003）一书，为已经有的"理论的终结"或"理论的死亡"之噪音推波助澜。再者就是当代解构主义大师雅克·德里达的去世。毫无疑问，德里达的去世

---

① 这方面参见王宁的专著或论文《"后理论时代"的文学与文化研究》，北京大学出版社2009年版，2019年修订版；《"后理论时代"的文化理论》，《文景》2005年第3期；《"后理论时代"西方理论思潮的走向》，《外国文学》2005年第3期；《穿越"理论"之间："后理论时代"的理论思潮和文化建构》，中国台湾《"中央大学"人文学报》第32期（2007年10月）；《"后理论时代"中国文论的国际化走向和理论建构》，《北京大学学报》（哲学社会科学版）2010年第2期；《再论"后理论时代"的西方文论态势及走向》，《学术月刊》2013年第5期；以及《"后理论时代"的理论风云：走向后人文主义》，《文艺理论研究》2013年第6期。

② 参见张江《当代西方文论若干问题的辨识——兼及中国文论建设》，《中国社会科学》2014年第5期。

是后结构主义理论思潮在经历了福柯、拉康、德勒兹、利奥塔等大师级理论家和思想家的辞世以来西方思想界和理论界的又一次最重大的损失。如果说，20世纪80—90年代上述各位理论大家的相继去世标志着后结构主义盛极至衰的话，那么此时德里达的去世则标志着解构主义的终结，也就是说，当代哲学和人文思想已经进入一个"后德里达时代"（Post-Derridian Era），或者说一个"后理论时代"（Post-theoretic Era）。在这样一个"后理论时代"，文学和文化理论的命运及其在未来的前途将如何呢？正如伊格尔顿在书中所哀叹的："文化理论的黄金时代早已过去。雅克·拉康、克罗德·列维-斯特劳斯、路易·阿尔都塞、罗兰·巴尔特和米歇尔·福柯的开拓性著述已经远离我们几十年了。甚至雷蒙德·威廉斯、露丝·伊瑞格里、皮埃尔·布尔迪厄、朱丽亚·克里斯蒂娃、雅克·德里达、爱莱娜·西苏、于尔根·哈贝马斯、弗雷德里克·詹姆逊和爱德华·赛义德早期的那些具有开拓意义的著述也远离我们多年了。"[①] 他的这番描述向我们这些从事外国文学理论批评的学者提出了一个十分具有挑战性的问题：后结构主义之后的西方理论还剩下什么有价值的东西？理论果真就要趋于"终结"了吗？平心而论，按照伊格尔顿的看法，十多年内，随着上述理论大家的先后离去或逐渐年迈，当代文化理论再没有出现什么震撼人心的巨著，理论的衰落和虚弱无力使之无法面对严峻的现实，这已经成为无人可以挽回的趋势。因此在伊格尔顿看来，由于文化理论提不出什么新

---

① Cf. Terry Eagleton, *After Theory*, London: Penguin Books, 2004, p.1.

的思想观点,因此在"9·11"之后以及其后的伊拉克战争之后,"一种新的即将来临的全球政治阶段已经展现在人们眼前,对于这一点甚至最为与世隔绝的学者也不能不注意"。① 在列举了一系列令人沮丧的例子之后,伊格尔顿总结道:"文化理论简直无法使对阶级、种族和性别所做的同样叙述作出详细的说明……它需要不惜代价去冒险,摆脱一种十分令人窒息的正统性并且探索新的话题。"② 在文学批评领域内,理论的衰弱使之陷入了一种自我演绎乃至"自恋"的怪圈,理论家写出的著作并不是面对广大读者的,而是写给少数玩弄"元理论"推演的学者互相传阅并引证的。当然,伊格尔顿这本书出版时赛义德已病入膏肓,德里达的癌症也已进入晚期,因而他的预言确实有着一定的超前性,但同时也在西方文学和文化理论界引起了一场轩然大波。人们不禁要问道,难道理论真的像伊格尔顿所描述的那样已经"死亡"了吗? 如果答案是否定的话,那么当今文化理论的走向如何? 理论究竟还能产生何种功能?

由伊格尔顿这位曾在某种程度上借助于编写文学理论教科书而蜚声世界的文学理论家来宣布理论的衰落甚至"终结"确实是难以令人理解的,因此在理论界引起的争论就是理所当然的了。但确实,我们又不得不承认,赛义德和德里达的相继去世确实在某种程度上应验了伊格尔顿的预言。作为后结构主义大潮之中坚力量和后殖民理论批评之核心观念的解构主义已经不可改变地成了一个历史现象,但解构的批评原则却依然存在,它已经以不同的形式渗透到

---

① Cf. Terry Eagleton, *After Theory*, London: Penguin Books, 2004, p. 7.
② Ibid., p. 222.

了包括文学理论和文化批评在内的人文学科的各个相关领域。也就是说，曾被人认为"铁板一块"的所谓解构早已自身分化为碎片，渗透在研究者和批评家的批评意识和研究方法中。在今后的历史长河中，解构也只能通过其散发在各个时代的"踪迹"被后来的历史学家梳理和总结出一部解构主义的历史。我们今天从文学理论的角度来对"后理论时代"的西方理论思潮之走向作出描述，首先要搞清楚，在进入21世纪的头几年里，文学理论和文化批评将向何处发展？文学和文化理论将产生何种功能？对于上述这几点，虽然西方学者已经试图进行种种预测，[①] 但作为中国的外国文学理论和批评家，我们理应作出我们自己的反应，并以积极的姿态介入国际性的理论争鸣，从而在这种跨文化的理论争鸣中发出中国理论家的独特声音。

有鉴于此，我们认为，"后理论时代"的文学和文化理论已经具有自己的特色，并有着不同的发展方向，那么这些方向具体体现在何处呢？如果说，"后理论时代"的文学和文化理论确实有着与理论的"黄金时代"截然不同的特征的话，那么这些特征又体现在何处呢？对于上面这两个问题，无论在西方还是在中国，下面这几个方向都可以概括当今文学和文化理论的发展方向：（1）后殖民理论的新浪潮；（2）"流散"现象的突显及流散写作研究；（3）全球化与文化问题的研究；（4）生态批评和后现代生态环境伦理学建

---

① 在这方面尤其值得一提的是美国《批评探索》杂志举行的2003年编委研讨会，其主要理论性的陈述刊于 *Critical Inquiry*, Vol. 30, No. 2 (Winter 2004)，部分文章的中译文也可见《文学理论前沿》第二辑。

构；(5) 文化研究的跨文化新方向；(6) 性别研究、(女) 同性恋研究和酷儿研究；(7) 走向世界文学阶段的比较文学；(8) 图像批评与视觉文化建构；(9) 后人类现象的凸显以及后人文主义理论思潮的兴起；(10) 世界主义思潮及其关于世界主义问题的理论批评。① 有鉴于此，在这样一个后理论时代，文学理论已经不像以往那样纯粹地来自文学实践，它也来自其他学科或文化表现领域，而且来自文学理论界以外的一些理论家往往将自己的理论强制性地用于文学现象的解读和阐释，因而造成的一个后果就是文学理论越来越远离文学，甚至出现了一种"没有文学的文学理论"的现象。对此，伊格尔顿干脆笼统地称之为"文化理论"，并认为文化理论的"黄金时代"已经成为过去，我们应该回到前理论时代的天真烂漫的时代。② 人们不禁要问，情况果真像伊格尔顿所估计的那样悲观吗？如果说，文学理论的黄金时代已成为过去还说得通的话，那么称文化理论的黄金时代已成为历史则有些不合逻辑了：文学理论刚刚演变为范围更广的文化理论，远未进入所谓的"黄金时代"，怎么可能一下子又成为过去了呢？因此在我们看来，我们首先应该为当今的文学和文化理论作一个准确的定位，即它究竟较之传统的文学理论有何独特之处，以及它与传统意义上的文学理论是一种什么样的关系。

---

① 参见王宁《世界主义与人文社会科学的国际化》，《探索与争鸣》2012 年第 8 期；《世界主义与世界文学》，《文学理论前沿》第九辑，2012 年；以及《"后理论时代"的理论风云：走向后人文主义》，《文艺理论研究》2013 年第 6 期。

② Terry Eagleton, *After Theory*, London: Penguin Books, 2004, p. 1.

我们之所以称当前的时代为"后理论时代",并不否认理论的存在,而是在这样一个时代,理论的发展已经有了不同的方向和特征。上面所描述的"后理论时代"的理论走向虽然大多出现在西方的语境下,但这些理论思潮在中国的文学和文化理论界也产生了一定的反响,并滋生出不同的变体,因而具有相对的普适性意义,因此我们完全可以将它们在中国语境下所产生的变体也看作中国当代文论的一部分。而我们从事文学理论和批评的学者则应"穿越理论之间",即既穿越西方与中国的理论之间,同时也穿越文学理论与文化理论之间。这也许正是"后理论时代"的理论思潮所显示出的"混杂"和"多声部"特征。[①] 十多年来,全球化的浪潮席卷整个世界,并直接影响了中国的政治、经济、社会和文化的各个方面。在经济上,中国应该算是全球化最大的受益者之一,这一点尤其体现于中国经济在全球经济大萧条的形势下仍然一枝独秀以及中国在全球金融危机中所发挥的重要支撑作用。在文化上,中国也受益匪浅,只是我们目前还没有能够及时地把握这一机遇。在我们看来,这正是中国向国外推介我们自己的文学和文化理论的一个难得机遇。换言之,对于我们专事外国文学理论批评的学者而言,这也正是大力推进中国文论国际化的大好机遇,只是我们在推介我们的理论之前,首先要作出自己的梳理和建构,以辨识哪些是别人已经有的理论,哪些是在借鉴别人的理论并加以消化后逐步转变成了我们自己的理论,哪些才是我们自己所独有和原创的。否则的话,不了

---

① 参见王宁《穿越"理论"之间:"后理论时代"的理论思潮和文化建构》,中国台湾《"中央大学"人文学报》2007年第32期。

解国际文学理论界的发展态势，一味重复别人已有的成果，即使通过翻译的中介送出去了别人也不会接受。

在有着全球化特征的"后理论时代"，传统的注重形式的文学理论在很大程度上已经为更具有包容性的"文化理论"（cultural theory）或"理论"（theory）所替代，但这并不意味着注重形式的文学理论已经死亡，实际上它仍然在一个有限的空间发挥着应有的作用，例如叙事学就依然有着众多的研究者和关注者，而且从叙事学最近的发展趋势来看，它已经走出了形式主义的狭隘领地，进入了整个人文和历史的叙事宏大语境。① 在中国的语境下，叙事学在申丹、乔国强、尚必武等专事外国文学及其批评的学者的推进下，不仅形成了中国的特色，同时这些学者型批评家也充分发挥英语写作的优势，在国际学术刊物上发表了大量的论文，使得中国的叙事学研究在当代各种批评理论话语中独树一帜，并得到国际学界的承认。周启超坚持在巴赫金批评和文论研究领域辛勤耕耘，在对俄苏、英、美、法、德、意大利等国的巴赫金研究成果多方位检阅的基础上，精心编选并组织同行翻译"跨文化视界中的巴赫金"丛书（五卷本），从而将我国的巴赫金研究提升到一个新的水平，并受到国际学界的瞩目。在巴赫金研究和理论批评方面著述甚丰的学者型批评家还有张杰、董小英等，他们不仅关注俄语世界对巴赫金的批评性讨论，同时还紧密跟踪英语世界对巴赫金的批评性研究，因而他们的批评性著述所产生的影响就不局限于国内的俄苏文学理论

---

① 这方面尤其可以从 2014 年国际叙事学年会的一些分会和圆桌会议的主题中见出端倪。

界。乔国强自20世纪80年代开始从事美国犹太文学研究以来，迄今已经出版了多部专著和大量的论文，并对犹太作家贝娄的作品作了较为深入的研究，提出了出自中国视角的批评性见解。何成洲的易卜生研究和戏剧批评在国内和国际上也产生了一定的影响，但他还不满足于此，自21世纪初留学北欧回国后，他把原先的易卜生研究拓展到整个北欧文学的研究，并提出了一些批评性见解，引起了国际北欧文学研究界的瞩目。他一方面利用自己能阅读挪威语等北欧语言文献资料的优势，从新的文化研究理论视角来重新解读易卜生和北欧文学的经典，另一方面则深入考察和研究易卜生之于中国现代话剧的影响和意义，对中国当代话剧的创新和发展提出了不少新的批评性见解，受到国内外戏剧理论界的重视。

在"后理论时代"，中国的外国文学批评家和研究者不仅继续大力引进西方以及国际前沿理论，同时更注重与国际同行的交流和对话，并竭力将自己的批评性著述和观点推向世界。在这方面，聂珍钊也是一个比较成功的范例。他在众多的中国外国文学和批评理论研究学者中脱颖而出，其地位和所取得的成果均十分突出。他早年专注英国小说和英语诗歌形式研究，曾以代表性专著《悲戚而刚毅的艺术家：托玛斯·哈代小说研究》（1992）和《英语诗歌形式导论》（2007）而蜚声中国的外国文学批评界和比较文学研究界。进入21世纪以来，他有感于中国的外国文学研究"独白"状态之局限，试图自觉地走出国门与国际主流文学批评界进行交流和对话。聂珍钊以其独具特色的文学伦理学批评而引起国际学界的重视，成为中国第三位当选为欧洲科学院外籍院士的人文学者。他的当选理由主要是在国际文学理论界创立了文学伦理学批评,并影响了当今国际文学理论批评的格局,因而被誉为这一批评的"创始人和奠基人"。他在长期的外国文学教学和研究中,发现改革开放以来,大量西方文学批评理论被引入中国,这无疑极大地影响并推动了中国的外国文学批评和研究。但是中国的文学批评在走向繁荣的同时,也出现了文学批评远离文学以及文学批评的道德缺位问题。于是他也和张江一样,提出了文学伦理学批评这一新的命题,引起了国际学界的关注,同时也在这方面培养了一大批中青年研究人才。

由此可见,在"后理论时代",中国的外国文学理论批评依然十分活跃,取得的成果也越来越具有影响。当然,不可否认的是,任何一种出自西方的理论若要成为普适性的理论就必须能够用于解释非西方的文学和文化现象;但是具有悖论意义的恰恰是,任何一种出自非西方的理论一旦被西方理论界"发现",就有可能从"边缘"向中心运动,最后由一种带有本土特征的"地方性"(local)理论逐渐发展演变成"全球性"(global)的具有普适意义的理论。由一些具有第三世界背景的西方学者和前殖民地批评家共同发展起来的后殖民理论就是这样一个例子;同样,由一些具有中国文化背景的海外华裔学者发展建构的第三代"新儒学"也正在全球化的语境下经历着某种"非边缘化"和"重返中心"的过程。

第二节 后理论时代的外国文学批评

如前所述,我们现在确实处于一个"后理论时代",这样一个时代对于我们非西方国家的理论批评工作者有何意义呢？我们经常说，只有抓住机遇才有可能发展自身，那么"后理论时代"的来临为我们提供了何种机遇呢？我们认为，"后理论时代"的来临为我们非西方理论工作者步入当代批评理论前沿提供了难得的契机。虽然文学理论在西方遇到了困境，但这并不意味着文学理论在世界上其他地方也遇到了困境。中国是一个文学理论大国，光是各高校从事文艺学和比较文学教学的教师就数量众多，加上中国社会科学院以及各省市的社会科学院专事文学研究的学者，再加上中国作协以及各省市的作家协会中专门从事文学理论批评的人员，这个队伍在整个世界范围内说来都是最为庞大和独一无二的。但是我们进一步问道，我们的理论产出又如何呢？对此我们照样可以理直气壮地回答，我们的产出从数量上看确实是惊人的，在中文的语境下所产生的影响也是很大的。但是与我国的自然科学家在国际学术期刊上频繁发表论文并在国际学界产生较大的影响这一事实相比，我们马上就会无语了：中国的文学理论批评一旦走出国门，在中文世界以外所产生的影响简直微乎其微。即使就其数量来说也实在不敢恭维：西方的二流理论家或学者的著述很容易在中国找到译本并常常受到追捧，而中国的顶尖思想家和理论批评家的著作却难以产生世界性的影响，甚至在英语世界的权威学术期刊或著名的出版机构都很难有机会出版。这究竟是什么原因造成的呢？2012年，中国作家莫言荣获诺贝尔文学奖，至少是圆了中国文学界多年来的一个梦，另一位中国作家的问鼎诺奖也指日可待，这些都对我们从事外国文学理论批评的学者是一个巨大的激励和鞭策。中国文论进入世界主流话语并产生世界性影响的目标也应该提到我们的议事日程上了,在这方面,专事外国文学理论批评的学者应该大有作为。我们在这里先举几个发生在非西方国家以及我们身边的例子来证明实现这一目标的可能性和必然性。

我们经常说,中国的文学之所以能够走向世界,在很大程度上是因为世人想通过阅读中国文学来了解中国的社会和文化,这当然也有几分道理,因为毕竟文学的市场要大大地好于文学理论和其他人文学术著作的市场。因为文学除了具有"寓教于乐"的功能外,还可以给人们带来丰富的精神食粮,使人们在繁忙的事务工作和专业研究之余充分享受一个具有丰富想象的精神世界的快乐。而理论在一般的非专业人士看来则是十分枯燥乏味的,只有专注理论研究的学者才对之有着兴趣。当然,中国的文学理论和人文学术要想跻身国际主流还有一定的难度,但绝非不可能做到。我们完全可以通过一个当下的热门非西方主流国家的个案来说明这一可行性。近十多年来,来自斯洛文尼亚的中年理论家斯洛沃热·齐泽克(Slavoy Žižek,1949—)不仅在西方学界大获成功,而且又通过英语世界的中介旅行到中国,在当今的中国文学理论界也成了一个炙手可热的人物。显然,齐泽克在西方学界并不只是被看作一个来自前东欧阵营的异己分子,而更被看作是20世纪90年代以来最为耀眼的国际学术明星之一,甚至被一些国家的理论研究者奉为黑格尔式的思想家和理论家。连英语世界的文学和文论教师也很难在上面发表论文的国际顶级文学和文化理论刊物《批评探索》(*Critical Inquiry*)、《新文学史》(*New Literary History*)等也争相发表他的论文或访谈①，这些均为他的"非边缘化"和步入中心起到了极大的作用。此外，他还在一些世界一流大学受到了空前的"礼遇"：他以访问教授的身份出没于法国巴黎第八大学、美国明尼苏达大学、哥伦比亚大学、普林斯顿大学、芝加哥大学等数十所著名高校或研究机构发表演讲，并在各种哲学、精神分析学和文化批评方面的国际学术研讨会上作主旨报告，受到人们广泛的重视和主流媒体的追捧，大有超过当年印度裔学者斯皮瓦克和霍米·巴巴在美国受到追捧的情形。更有甚者，通过翻译的中介，齐泽克的主要著述被译成了20多种文字，并在中文的语境下有着众多的读者和研究者，一些出版社也争相出版他的著作甚至文集的中译本。这与中国的一流学者和文学理论批评家在西方世界所受到的"冷遇"形成了鲜明的对照。2011年，美国的东亚研究权威学术期刊《立场：东亚文化批判》（*Positions: East Asia Cultures Critique*）约请加拿大华裔学者吕彤邻主编一个主题专辑《从中国的视角讨论齐泽克和从齐泽克的视角看中国》（*The Chinese Perspective on Žižek and Žižek's Perspective on China*）②，该专辑发表了吕彤邻本人以及美国华裔学者刘康和中国学者张颐武、杨慧林等人的文章，再加之齐泽克本人的两篇文章和一篇针对刘康文章的回应性文章，形成了一种理论的争鸣和对话。虽然争论的双方所使用的理论话语都是出自西方，但所

---

① 据最新的统计数据表明，齐泽克自1998年以来，一共在《批评探索》上发表了11篇论文，是该刊有史以来发表文章最多的作者之一。专事文学研究的《新文学史》也于2001年发表了Christopher Hanlon的长篇访谈"Psychoanalysis and the Post-Political: An Interview with Slavoj Žižek", *New Literary History*, 32.1 (2001), pp. 1–21.

② Cf. *Positions: East Asia Cultures Critique*, 19: 3 (winter 2011).

讨论的问题却是中国当下的政治、社会和文化问题,通过这样的理论争鸣实际上实现了理论的双向旅行和重构。试想,一家以东亚研究为主的学术期刊竟以整个一期作为主题专辑来讨论一个非中国研究的东欧学者关于中国问题的著述,这实属罕见,这也充分说明了西方的中国研究学界也希望听到一些非西方和非中国的"第三种"声音,而齐泽克所扮演的正是这样一个独特的角色。这不仅意味着齐泽克是一位来自小民族的非西方阵营的学者和理论家,更意味着他已经被当成国际主流的一种声音,来和一些中国问题研究专家进行平等对话。这无疑对试图走向世界并在国际论坛上发出自己声音的中国学者和理论批评家是一个极大的启示。

另一方面,我们也可以从中国旅美人文学者和美学家李泽厚的论文《美学四讲》被收入 2010 年出版的国际权威的《诺顿理论批评文选》(第 2 版)这一事实看到希望。① 但是,同样令人遗憾的是,作为一位早在年轻时就已在中国成名并有着一定国际知名度的现已年过八十的老人,这一天的到来确实太晚了,因为和他同时收入《诺顿文选》的还有几位如日中天但却比他年轻近二十岁的理论家——齐泽克和巴巴,以及更为年轻的性别理论家朱迪丝·巴特勒(Judith Butler, 1956—)和新马克思主义理论家迈克尔·哈特(Michael Hardt, 1960—)。所以难怪李泽厚在一篇访谈中谈到自己对中国文化走向世界的看法时不无悲观地说了这样一番话:"我

---

① Cf. Li Zehou, "Four Essays on Aesthetics: Toward a Global View", in *The Norton Anthology of Theory and Criticism*, ed. Vincent B. Leitch, 2nd ed., New York: Norton, 2010, pp. 1748–1760.

估计中国问题让西方感兴趣要 100 年以后，100 年以后对我个人而言我早就不在了，但对历史长河而言并不漫长。"① 如果说李泽厚最近几年在国内学术界和出版界大力推广自己的新思想和新理论并取得显著效果的话②，那么他的那篇经过他本人修改的旧著被收入《诺顿文选》则意义更为深远：它一方面标志着国际权威的理论批评界认可了李泽厚本人的理论的普适意义和价值，为他的著述的大面积译介为英语和其他主要语种奠定了基础，另一方面则预示着曾长期为欧美理论家把持的国际文学和文化理论界也开始认识到西方中心主义的不完备了，它需要听到来自西方世界以外的理论家的不同声音，尽管这些声音中依然有不少西方的影响，但却带有更多的来自非西方国家的经验和文化精神。因此可以预言，在今后的十年，将是中国的人文社会科学全方位地走向世界进而进入国际学术理论前沿的时代，在这方面，中国的外国文学批评家和理论研究者理应充当先锋。毫无疑问，在改革开放四十年里，中国的外国文学工作者花费了大量的时间和精力着力译介国外的，主要是西方的，文学作品和理论批评著作，使得国内学者的研究几乎达到了与西方前沿理论同步的水平，但是却很少有人充分利用我们所习得和掌握的外语，尤其是英语，在国际学界讲述中国的故事。由此，《诺顿理论批评文选》收入李泽厚著作的意义体现在，国际权威性的理论

---

① 参见《文化重量与海外前景——王岳川与李泽厚在美国的学术对话（上）》，《中华读书报》2010 年 8 月 9 日"国际文化版"。

② 这方面尤其应该参见李泽厚、刘绪源的两本对话录：《该中国哲学登场了？——李泽厚2010谈话录》，上海译文出版社 2011 年版；《中国哲学如何登场？——李泽厚2011年谈话录》，上海译文出版社 2012 年版。

批评文选的主编已经意识到，要使得一部理论批评文选真正做到客观公正和经典性，就不能受制于西方中心主义的思维模式，而应当向更为广大的非西方世界开放，在这方面，中国的文学理论和批评有着自己的独特传统，因此随着中国文化和文学理论著作外译的步伐加快，随着中国文学理论家的更为频繁的国际学术交流，在未来的第三版和第四版中，《诺顿理论批评文选》将收入更多的中国当代理论家和批评家的著作，同时，另一些权威性的世界文学理论批评文选也会应运而生，到那时，我们就可以说，中国文学理论已经真正走向世界并对世界文论产生实质性影响了。下面要讨论的一个特殊个案就足以说明这一希望的征兆。

第三节 "强制阐释论"及其批评性回应

也许在进入21世纪以来的中国外国文学批评界，一个最重要的事件以及对整个当代中国文学批评都产生了最大影响的一个事件就是由张江教授发起的关于"强制阐释"问题的讨论。关于这个问题的讨论，始于张江的几篇文章和报纸访谈。张江（1954—　）虽然不是专门从事外国文学批评和研究的学者，但他却对前沿理论十分敏感，他阅读了大量中外文学和理论著作，积累了丰厚的知识和扎实的先期研究。2013年在出任中国社会科学院副院长后不久，他便把自己长期以来所思考的一些问题陆陆续续写成文字，最后写成一篇长篇论文《当代西方文论若干问题的辨识——兼及中国文论建设》（原发于《中国社会科学》2014年第5期），在这篇论文中，张江除了从坚持文学立场对20世纪自俄国形式主义以来的当代西方文论作了批判性反思外,还指出了西方文论所面临的一个困境和局限,即所谓的"强制阐释"。他认为这种对文学现象的"强制性阐释"背离了文学批评的初衷,使得文学理论批评进入一个难以摆脱的死胡同。文章发表后,张江还约请一些在中外文学理论批评界颇有声望和影响的学者型批评家王宁、朱立元和周宪等,就他的这篇文章以及其后发表的专论强制阐释的论文《强制阐释论》(原发于《文学评论》2014年第6期)中所涉及的一些理论问题展开通信式的讨论。这四位批评家在张江的引导下,就这个问题展开了历时一年的讨论,所发表的文章散见国内各学术期刊,最后结集由中国社会科学出版社于2017年出版,在国内学界产生了极大的反响。人们也许会问,在全球化时代的文学和文学理论进入低谷的情况下,强制阐释论的提出为什么会产生如此之大的反响呢?他给中国的外国文学批评带来什么样的启示呢?这正是本节所要回顾和讨论的。

关于"强制阐释论"的讨论,张江在他后来主编的一本文集中作了这样的说明:

> 2014年6月16日,《中国社会科学报》发表了一篇记者专访,题为《当代文论重建路径:由"强制阐释"到"本体阐释"》,初步表达了我对当代西方文论的一个基本认识,即它在阐释方式上的本质特征和缺陷是"强制阐释"。此后,在2014年第6期《文学评论》上补充发表《强制阐释论》一文,就强制阐释的概念及表现、来源、逻辑矛盾做了力所能及的系统阐

第七章　21世纪以来的外国文学批评

述。这个概念面世以后,引起学界关注,各方面表达了不同的意见。同年9月,在北京的一次重要学术会议上,我再次对"强制阐释"做了新的论述,但同时表示,此概念的定义、内涵还远未完善和确证,期待学界同仁做多侧面、多视角的认知与辨识,推动我们更准确地把握当代西方文论的意义和作用。我的观点和期望,得到朱立元、周宪、王宁等知名专家、学者的积极支持。无论赞成与否,大家一致认为,继续深入研究和探讨是必要的,共同的讨论是取得更多成果的有效方式。会议期间,我们商定,就相关问题以通信方式展开讨论,在我们乃至学界同仁之间征得更多意见,表达中国学者对百年西方文论的认识和检省,深入探索重建中国当代文论之路。[①]

这就是关于强制阐释问题的讨论的初衷和开始的原因。那么究竟什么是强制阐释呢?它为什么能够引起如此广泛的关注和影响呢?所谓强制阐释的定义及内涵究竟是什么?强制阐释与先前由西方理论家提出的"过度阐释"又有何区别?如此等等,张江在那篇同题论文中作了这样的阐述:

　　强制阐释是指,背离文本话语,消解文学指征,以前在立场和模式,对文本和文学作符合论者主观意图和结论的阐释。

[①] 参见张江《在对话与碰撞中前行——写在〈阐释的张力〉出版之际》,张江主编《阐释的张力:强制阐释论的"对话"》,中国社会科学出版社2017年版,第1—2页。

其基本特征有四：第一，场外征用。广泛征用文学领域以外的其他学科的理论，将之强制移植文论场内，抹煞文学理论及批评的本体特征，导引文论偏离文学。第二，主观预设。论者主观意向在前，前置明确立场，无视文本原生含义，强制裁定文本意义和价值。第三，非逻辑证明。在具体批评过程中，一些论证和推理违背基本逻辑规则，有的甚至是逻辑谬误，所得结论失去依据。第四，混乱的认识路径。理论构建和批评不是从实践出发，从文本的具体分析出发，而是从既定理论出发，从主观结论出发，颠倒了认识和实践的关系。①

概而言之，即当代西方文论的一个重大缺陷就在于其越来越远离文学本体，理论批评家热衷于用自己的源自非文学的学科理论来强制性地阐释文学问题，其结果并非有利于文学作品的解释以及文学理论的建设，而是更有利于证明这些理论家的理论观念的有效性。张江认为这显然不利于中国当代文学理论话语的建构。因此他在第一轮通信中再次提出了强制阐释问题，并分别就"背离文本话语""消解文学指征"和设立"前在立场和模式"等现象作了进一步阐发，他认为，"如果说强制阐释作为一种总体性缺陷，是20世纪西方文论诸多学说的明显特征，那么，这种缺陷在一些晚近的理

---

① 张江：《阐释的张力：强制阐释论的"对话"》，中国社会科学出版社2017年版，第408页。

论方法中表现得更加突出。比如'幽灵批评'"①,此外,"还有一种所谓'混沌理论批评',更加令人困惑",他问道:"套用这样的理论机械地阐释文本,其文学意义在哪里?还是不是文学的阐释?用场外理论对文本作非文学阐释,我视为强制阐释是不是有道理?"②他认为意大利符号学家兼小说家艾柯的过度阐释论倒是令人信服的,因为该理论概念对文学阐释设立了一个边界和限定。由此可见,他并不反对对文学作品和现象作理论阐释,哪怕是过度的阐释,其结果只要还停留在文学的范围内就必定给人以一定的启发,并有可能引发新的阐释和批评性讨论。张江所反对的主要是并非针对文学的那种带有强制性的主观臆断式的阐释,其目的并非丰富和完善文学作品的意义,而是证明理论家本人理论的正确和有效性。

就这个问题,三位批评家分别抒发了自己的看法,有些看法是对张江的强制阐释观点的补充,例如朱立元在赞同张江对强制阐释现象的高度概括后指出,"按照现代阐释学理论,任何理解和阐释都不可能没有阐释者先在的立场和前见,这是进入阐释的不可逾越的前提……事实上,不带任何立场的阅读和阐释是不可能的"③。王宁则接过张江信中所提及的"过度阐释"现象,作了进一步阐发,他认为,强制阐释和过度阐释的现象是普遍存在的,因此对此"不

---

① 张江:《阐释的张力:强制阐释论的"对话"》,中国社会科学出版社2017年版,第4—5页。
② 同上书,第6—7页。
③ 同上书,第12—13页。

能一概而论",他还举例证明:

> 马克思和弗洛伊德本人并不是文学理论家,但可以算作是文学批评家,他们确实很热爱文学,并且阅读了欧洲文学史上众多的文学作品,写下了大量的批评性文字,对于后来的理论家建构欧洲文学经典起到了极大的作用。他们用自己的先在理论去强行阐释一部文学作品也有他们的道理,因为他们需要通过对文学作品的阐释来证明自己理论的重要性。因此,我们对这些原创性理论家的强制阐释深表理解,但是对那些滥用他们的理论去强制阐释作品的批评家或学者的做法则不敢苟同,因为那样的阐释既无益于理论创新,也会破坏作品内在的肌理,使其破碎,不成为一个有机的整体和独特的世界。①

显然,王宁在赞同张江对强制阐释现象的批判的同时,也提出了自己的不同看法,但他认为应区分原创性的强制阐释与滥用现成的理论去强行阐释文学作品的现象。周宪也就强制阐释文学作品的现象提出了自己的进一步延伸性批评,他在批评"喜好理论预设,观念先行,把玩概念,把具体文学作品作为强制阐释其理论主张"②等现象的同时,也认为,既然文学批评不同于自然科学,那么对文学作品的理解和阐释就有着无限的可能性。因此在他看来,"'强制

---

① 张江:《阐释的张力:强制阐释论的"对话"》,中国社会科学出版社2017年版,第29页。
② 同上书,第31页。

阐释'颠覆了一些文学研究固有的游戏规则，打开了文学阐释的更多可能性，我们在注意到它的一些积极面的同时，对其存在的潜在危机不得不保持警惕"①。可以说，几位批评界同仁对此的扩展和批评性回应对张江进一步完善他的"强制阐释"理论起到了一定的启迪和帮助作用。

在接下来的九轮通信中，四位批评家除了就强制阐释的"场外征用""主观预设""前见和前置结论"等特征作了延伸性讨论外，还涉及了与之相关的另一些问题，例如"场外理论的文学化""批评的公正性""批评的限度与伦理""阐释的边界"等广义的文学批评和理论阐释问题，对于活跃21世纪以来的外国文学批评以及中国当代文学批评都有着积极的导引作用。这样一种围绕一个理论问题展开通信式的批评讨论在中国的外国文学批评史上确实不多见，它之出现在21世纪的中国批评界，不禁使人想起20世纪60—70年代活跃在美国的文学批评界的关于解构理论的讨论以及"耶鲁学派"的形成。

实际上，解构批评理论基于德里达的解构主义教义，它原先既是一种（后）哲学理论，同时又是一种用途很广的阅读策略，经过斯皮瓦克、卡勒和米勒等人的译介、阐释和批评性实践后一度成为极具美国本土特色的主要批评流派，并在很大程度上主导了20世纪70—80年代美国的学院派批评的想象力。曾经作为新批评派大本营的耶鲁大学也一度成为解构的重镇。由于解构批评主要在美国风行

---

① 张江：《阐释的张力：强制阐释论的"对话"》，中国社会科学出版社2017年版，第39页。

一时，而且在很大程度上是在德里达本人的参与下由耶鲁大学的一些批评家具体实践的，因此人们习惯于把德里达也归到耶鲁学派的旗号之下。另一个原因就是布鲁姆曾于1979年编选过一本耶鲁批评家的论文集，题为"解构与批评"（Deconstruction and Criticism），该文集把包括他本人在内的上述五位批评家的论文放在一起，从而形成了一个集体亮相的态势。但实际上，在上述四位耶鲁批评家中，布鲁姆恰恰是对德里达及其解构理论批评得最为激烈的批评家。因此，乔纳森·阿拉克等学者便在这种表面相似实则各有千秋的现象中看出了这五人之间的差异，在出版于1983年的一本论文集《耶鲁批评家：解构批评在美国》（The Yale Critics：Deconstruction in America）中，几位编者用了一个不太容易引起争议的名称"耶鲁批评家"来描述他们的以解构为特征的批评①，以说明他们当时的工作单位，这样才使得人们比较清晰地辨别出这五位批评家的既有相同又有更多不同的理论来源和批评倾向。

虽然在今天看来，"耶鲁学派"或"耶鲁批评家"们叱咤风云的时代早已成为历史，但无论如何，从当下文学批评的角度来看，对除了德里达这位公认的理论大师之外的上述四位耶鲁批评家的研究，应该是既有着批评史的学术价值，同时也更有着批评探索的理论意义，尤其对中国的外国文学批评的理论化和国际化而言，就更是如此。众所周知，美国的解构主义批评"耶鲁学派"早先都是从事浪漫主义

---

① Cf. Jonathan Arac, Wlad Godzich and Wallace Martin eds., *The Yale Critics：Deconstruction in America*, Minneapolis：University of Minnesota Press, 1983, "Preface", pp. IX – XIII.

诗歌或小说研究的重要批评家，因此他们对新批评的那套细读和文本分析方法掌握得十分娴熟，对文本的阐释丝毫不使人有"隔靴搔痒"之感。尽管他们（例如德曼、哈特曼和布鲁姆专事浪漫主义诗歌研究，米勒主要研究现实主义小说）主要研究的并不是当下最为走红的作家或文学现象，但是他们却致力于在理论视角和批评方法上更新，因而其研究实绩和批评洞见依然对后来的批评家和研究者有所启发。另一点则在于，尽管他们大都专注文本阅读，但也并非不重视理论，即使米勒受过现象学哲学的严格训练，但他的批评和理论阐释也大都基于对文学文本的仔细阅读。他们往往通过对文本的仔细阅读和批评性阐释来彰显其理论背景，而不是一开始就打出某种理论的旗号。仔细阅读他们的批评理论著述，我们便不难发现，他们的批评倾向并不像一般人所认为的那样是一致的：德曼和米勒是坚定的解构主义者，而布鲁姆和哈特曼只是解构主义批评的同路人，而且有时还是其激烈的批评者。四位批评家后来都由于各自的原因而各奔东西：德曼于20世纪80年代初去世，米勒于80年代中后期去了加州任教，哈特曼于90年代后期退休，只有布鲁姆至今仍执教耶鲁，但他早已与解构分道扬镳，越来越走向读者大众。他和米勒是当年的耶鲁批评家中仍活跃于美国文坛的两位大家：布鲁姆在当今的美国文学界和理论界一般被人们认为是保守派的一位领军人物，是各种文化批评流派的对立面和批判者；而米勒则与时俱进，不断地改变并更新自己的理论视角和批评方法，广泛涉猎全球化时代的文学和文化现象，同时又坚守解构主义的阅读和批评原则。在这四位当年的耶鲁批评家中，德曼和米勒甚至一度对马克思主义有兴趣，并在自己的著述中写下了一些批评性文字，至今仍为学界所讨论和研究。

由于耶鲁批评家们所讨论的问题不仅局限于美国的文学批评，还广泛涉及了整个西方的文学现象，具有一定的普适性意义，因此他们的著作经过翻译的中介已经成为一个有着世界性影响的批评学派和方向。这显然对张江等中国批评家有着启示，因为他们也试图将围绕强制阐释问题的讨论推介到国际文学理论批评界，从而在国际性的理论批评论争中发出中国批评家的声音。目前国际学界已有人开始关注中国的文学批评学派形成的潜力，并期待着21世纪的中国文学批评界出现类似于"耶鲁批评家"那样的批评群体，因此可以预言，中国批评学派的形成并得到国际文学理论批评界承认是指日可待的。

第四节　走向世界的中国文学理论与批评

诚如我们前面所言，文学和文化理论在西方进入低谷时，却在中国产生了不小的影响和效应，我们十分欣喜地注意到，对于中国当代文论的国际化问题，一些身居要职并有着广泛影响力的学者型批评家已经意识到这一重要性并开始具体行动了，前面提及的张江就是这些学者中的一个代表。他在繁忙的科研管理工作之余发表了一系列文章和访谈，不仅对当代西方文论所陷入的"强制阐释"之困境作了有力的批判，同时也对如何推进中国文论走向世界作了创造性阐述和具体的实践。我们在此所要强调的是，张江所提出的上述命题和看法确实是颇有见地的，即不仅要对国外的文学理论加以批判性吸收和借鉴，而且要更加注重中国当代文论的国际化和理论话语的建构,从而向国际文学理论批评界推出中国自己的文学理论批评大家,而不能仅仅纠缠在中国古代文论的现代转型这个老问题上。应该说,张江不仅从中国文学理论批评的实践出发,针对当代西方文论所遭遇到的困境提出了质疑和批判性分析,同时也基于中国学者的本土立场,提出了若干促使中国文论走向世界的对策。

我们都知道,中国的文学理论话语建构实际上包括文学本体、文学创作、文学接受和发展等各个方面的建构,是一个具体完整的价值体系,正如季羡林所认为的那样,中国文化博大精深,"我们在文论话语方面,决不是赤贫,而是满怀珠玑。我们有一套完整的与西方迥异的文论话语"。① 但令人遗憾的是,在长期以来的唯西方文论马首是瞻的语境下,中国文论的话语特征被遮蔽了。由此,张江的上述看法是基于他对当代西方文论若干问题的研究和反思提出的,有着很强的现实意义和可操作性。此外,他也根据国内文论界的现状,提出了重建中国文论的三个策略:(1)全方位回归中国文学实践;(2)坚持民族化方向;(3)外部研究与内部研究的辩证统一。如果说前二者是大的方向和方针的话,最后一点则告诉我们该如何进行具体操作。②

关于第一个策略,张江在文章中指出了这样一个紧迫的问题:"当前中国文学理论建设最迫切、最根本的任务,是重新校正长期以来被颠倒的理论和实践的关系,抛弃一切对外来先验理论的过分倚

---

① 季羡林:《季羡林人生漫笔》,同心出版社2000年版,第436页。
② 参见张江《当代西方文论若干问题的辨识——兼及中国文论建设》,《中国社会科学》2014年第5期。

重,让学术兴奋点由对西方理论的追逐回到对实践的梳理,让理论的来路重归文学实践。"① 这应该说也是我们每个从事外国文学理论批评的学者所共同关心的问题。面对文学理论的危机和困境,西方的一些理论大家表现出不同程度的担心:他们一方面眼看着理论的跨学科性和泛文化性愈演愈烈而无可奈何,但另一方面确实也在做一些力所能及的工作,以促使文学理论返回到对文学现象的研究。十多年来兴起于国际比较文学和文学理论界的关于"世界文学"问题的讨论就是专注文学研究的学者试图挽救文学批评和研究于危机的"最后一搏"。在这方面,中国的外国文学学者和批评家也积极地参与其中,并发出愈益强劲的声音,引起国际学界的瞩目。② 但是既然文学理论在当今

---

① 参见张江《当代西方文论若干问题的辨识——兼及中国文论建设》,《中国社会科学》2014 年第 5 期。

② 在这方面,王宁自 21 世纪以来,在主要的国际英文刊物上发表了二十多篇讨论世界文学和中国文学的世界性意义的论文,并为多家学术刊物编辑相关的主题专辑,在国际学界产生了较大的影响。参见他的下列论文:"Comparative Literature and Globalism: A Chinese Cultural and Literary Strategy", *Comparative Literature Studies*, 41. 4 (2004): 584 – 602; "Translating Theory: Toward a (Re) Construction of Chinese Critical Discourse", *ARIEL*, 34. 2/3 (2003): 95 – 113; "Canon Formation, or Literary Revisionism: The Formation of Modern Chinese Literary Canon", *Neohelicon*, XXXI (2004) 2: 161 – 174; "The Ends of Theory: The Beijing Symposium on Critical Inquiry", co – authored with W. J. T. Mitchell, *Critical Inquiry*, Vol. 31. No. 2 (Winter 2005): 265 – 270; "Translating Journals into Chinese: toward a Theoretical (Re) Construction of Chinese Critical Discourse", *New Literary History*, 36. 4 (2005): 649 – 659; "Death of a Discipline"? Toward a Global/Local Orientation of Comparative Literature in China", *Neohelicon*, XXXIII (2006) 2: 149 – 163; "Toward 'Glocalized' Orientations: Current Literary and Cultural Studies in China", *Neohelicon*, XXXIV (2007) 2: 35 – 48; "Rethinking Modern Chinese Literature in a Global Context", *Modern Language Quarterly*, Vol. 69, No. 1 (2008): 1 – 11; "Diasporic Writing and the Reconstruction of Chinese National and Cultural Identity or Identities in a Global Postcolonial Context", *ARIEL*, Vol. 40, No. 1 (2009): 107 – 123; "Ralph Cohen, *New Literary History*, and Literary Studies in China", *New Literary History*, Vol. 40, No. 4 (2009): 739 – 749; "Global English (es) (转下页)

第七章　21 世纪以来的外国文学批评

时代已经变得与以往面目全非了，我们还有必要再返回过去的老路吗？显然走回头路是没有出路的，而且实践也证明，它根本无助于挽回文学理论的衰落之境地。对此，西方的一些理论家已经提出了一些颇为有效的对策。

如前所述，十多年前，伊格尔顿在那本《理论之后》的小书中哀叹，"文化理论的黄金时代已成为过去"，但他在描述文化理论衰落的种种征兆之后又呼吁人们返回到"前理论的天真烂漫时代"（an age of pre‐theoretical innocence）。① 但这显然是不可能的，而且他自己也没有沿着这条道路走下去，他在其后的著作中依然徘徊在文学理论、文化批评和社会政治批评之间，并没有为挽救文学理论的危机作出什么卓有成效的工作。美国文论家卡勒早在 20 世纪 80

（接上页）and Global Chinese（s）: Toward Rewriting a New Literary History in Chinese", *Journal of Contemporary China*, 19（63）（2010），159–174; "World Literature and the Dynamic Function of Translation", *Modern Language Quarterly*, Vol. 71, No. 1（2010）: 1–14; "Rethinking Modern Chinese Fiction in a Global Context", *Neohelicon*, Vol. XXXVII, No. 2（2010）: 319–327; "What Is World Literature?"（co‐authored with David Damrosch），*ARIEL*, Vol. 42, No. 1（2011）: 171–190; "'Weltliteratur': from a Utopian Imagination to Diversified Forms of World Literatures", *Neohelicon*, XXXVIII（2011）2: 295–306; "Translating Modernity and Reconstructing World Literature", *Minnesota Review*, Vol. 2012, No. 79（Autumn 2012）: 101–112; "A Reflection on Postmodernist Fiction in China: Avant‐Garde Narrative Experimentation", *Narrative*, Vol. 21, No. 3（2013）: 326–338; "On World Literatures, Comparative Literature, and（Comparative）Cultural Studies", *CLCWeb: Comparative Literature and Culture* 15.5（December 2013）: Article 4; "Earl Miner: Comparative Poetics and the Construction of World Poetics", *Neohelicon*, XXXXI（2014）2: 415–426; "World Drama and Modern Chinese Drama in Its Broad Context", *Neohelicon*, XXXXVI（2019），1: 7–20; "Rethinking of the Crisis of Universalism: Toward a Pluralistic Orientation of Cosmopolitanism", *Interlitteraria* 24/2（2019），128–144。这些论文均收录国际权威数据库 A&HCI 或 SSCI，有些已被译成其他文字。

① Terry Eagleton, *After Theory*, London: Penguin Books, 2005, p. 1.

年代就面对文学理论的多学科来源和跨学科走向,主张用"理论"或"文本理论"等术语来概括这种情景,但他最近几年来,则重新拾起早被他抛弃的"文学理论"这一术语,提出了"理论中的文学性"(literary in theory)这一颇有见地同时又多少有些无奈的观点。在他看来,理论中的多学科来源和跨学科方向是一种大趋势,文学理论家所能做的就是在这些形形色色的(来自文学以外的)理论中发现文学的因素。这也是他的一个不得已而为之的权宜之计。卡勒于2011年应邀来中国访问讲学,在清华大学、北京大学、上海交通大学、南京大学等主要高校作了巡回演讲,他在演讲中反复描述了当代(西方)文学理论的方向,大致可以概括为这样六个方向:(1)叙事学的复兴;(2)更多地谈论德里达而较少谈论福柯和拉康;(3)伦理学的转向;(4)生态批评;(5)后人文研究;(6)审美的回归。[①]我们不难发现,这六个方向都与文学有着密切的关系,而对于性别理论、后殖民理论和马克思主义理论这些带有鲜明意识形态特征的理论却不在他归纳的范围。显然,卡勒的这个带有"去意识形态化"的描述试图把漫无边际的理论拉回到文学理论的轨道上来,和张江所担心的文学理论偏离文学批评实践的怪现象不谋而合。这也说明中国的文学理论家在讨论文学理论的基本问题时已经达到了与西方乃至国际同行平等对话的境地了。但是张江的努力还不止于此,他还进一步就中国文论如何走向世界的策略和路径作了阐述,在张江看来,中国文论的国际化有着广阔的前景,这主

[①] Cf. Jonathan Culler, "Literary Theory Today", 2011年10月25日在清华大学的演讲。

要体现在,"时代变了,语境变了,中国文学的表现方式也变了,甚至汉语本身也发生了巨大的历史变异。在此情势下,用中国古典文论套用今天的文学实践,其荒谬不逊于对西方文论的生搬硬套"①。在这里,张江正好说出了问题的两个极端:其一是对西方文论概念和术语的生搬硬套,"强制性"地用来阐释中国的文学现象,这一点他是坚决反对的;其二便是反其道而行之,用中国古典文论来套用今天的文学实践,这在他看来也是"荒谬"的。那么人们便问道,他所主张的是怎样一种批评阐释呢?

张江认为,在了解了西方文论中曾经历的内外部转向后,我们应该针对中国文论界的现状提出我们的对策,即要"融入世界,与西方平等对话",他认为一些中国学者已经有了这种愿望,这本身是无可指责的。但是他又强调,"对话的前提必须是,我们的理论与西方相比要有异质性,有独特价值"②。也即他所谓的"外部研究与内部研究的辩证统一",至于如何统一法,如何才能实现中国文论话语的重建,他在那篇长文中并没有作详细阐发。倒是在另一篇访谈中弥补了这一缺憾。在那篇访谈中,张江提出了自己的"本体阐释"的设想:

> 我提出一个新概念:本体阐释。确切表达,"本体阐释"是以文本为核心的文学阐释,是让文学理论回归文学的阐释。

---

① 张江:《当代西方文论若干问题的辨识——兼及中国文论建设》,《中国社会科学》2014年第5期。
② 同上。

"本体阐释"以文本的自在性为依据。原始文本具有自在性，是以精神形态自在的独立本体，是阐释的对象。"本体阐释"包含多个层次，阐释的边界规约本体阐释的正当范围。"本体阐释"遵循正确的认识路线，从文本出发而不是从理论出发。"本体阐释"拒绝前置立场和结论，一切判断和结论生成于阐释之后。"本体阐释"决绝约束推衍。多文本阐释的积累，可以抽象为理论，上升为规律。①

从这段简明扼要的界定来看，我们不难看出它既是对新批评派的专注文本的超越，同时又不是那种脱离文本规约的过度阐释，既不反对阐释本身，同时又拒绝前置立场和结论的"强制性阐释"。这应该是张江基于对强制阐释的批判后提出的一个建设性的批评概念。按照这一概念，它具体说来由三个层次组成：核心阐释、本源阐释和效应阐释。首先，它是对"文本自身确切含义的阐释，包含文本所确有的思想和艺术成果"；其次，它所阐释的是"原生话语的来源，创作者的话语动机，创作者想说、要说而未说的话语，以及产生这些动机和潜在话语的即时背景"；第三，是"对在文本传播过程中，社会和受众反应的阐释"。②

张江的这番努力建构可以概括为这样一句话，就是要使无所不

---

① 关于张江"本体阐释"的具体内容，参见毛莉《张江：当代文论重建路径——由"强制阐释"到"本体阐释"》，《中国社会科学报》2014年6月16日，后收入《阐释的张力：强制阐释论的"对话"》，中国社会科学出版社2017年版。

② 张江：《阐释的张力：强制阐释论的"对话"》，中国社会科学出版社2017年版，第461页。

在、无所不包的"理论"返回到它的出发点,即返回对文学现象的考察研究,而非用于解释各种文化和社会现象。这一点和我们前面所描述的"后理论时代"的文学理论状况基本一致,即在"后理论时代",理论将失去其大而无当、无所不能的功能,但是它将返回对文学现象的解释和研究上,它也许会丧失以往的批判锋芒,但却会带有更多的经验研究色彩和文本分析阐释的成分。也就是说,理论应该果断地回到它应该安身立命的地方,而不应该像过去那样包打天下和无所不能。这也是伊格尔顿十多年前就已经呼吁过的,在一篇题为"文化之战"的文章中,伊格尔顿在论述了文化研究的大行其道之后呼吁,文化的滥用已经使这个辞藻变得厚颜无耻,我们应该果断地"把它送回到它应该发挥作用的地方"。[①] 同样,张江的意思在我们看来也是如此,理论已经越来越远离文学本身,它的大而无当已经令不少从事文学批评和理论研究的学者感到讨厌,因此我们应该让它返回到它应该发挥功能的地方:对文学本体的批评和研究。

在阐述了中国当代文论的走向世界的必然性和可行性之后,我们在此再次强调,"后理论时代"的来临,虽然标志着文学理论在西方的衰落,但并不意味着它在其他地方也处于衰落的境地,可以说它为非西方文论从边缘步入中心进而与处于强势的西方文论平等对话铺平了道路。抓住这个机遇,大力发展和深化中国文学理论的现有成果,并把目光转向更为广阔的世界,我们就有可

---

① 参见[英]特里·伊格尔顿《文化之战》,王宁译,《南方文坛》2001年第3期。

能在西方文论界遭遇困境的地方作出我们自己的建树。这样,也就正如张江所说,我们就能够与西方乃至国际文论界平等对话,因为要想与国际同行进行平等对话,首先要具备一定的资格,即"我们的理论与西方相比要有异质性,有独特价值"。那么这种异质性如何产生呢?一味跟进别人便丧失了自我,而对别人的成果全然不顾、全部依赖自己提出的一套理论,这至少在现在是无法实现的,更无法让别人认可并接受。那么唯一可行的路径就是在跟进西方的同时加进本土的东西,使得西方强势话语的"纯正性"变得不纯,即取得中国文论的"异质特征",接下来在与西方理论进行对话的过程中对之进行改造或重构。张江不仅是这样说的,而且也是这样做的,由于他的目标很明确,同时对自己所要与之对话的国际学者的研究成果和理论思想也比较了解,因而也就能够取得预期的效果。下面所要讨论的他与美国文论大家米勒的对话就是一个成功的范例。这应该是我们中国的文学理论面对西方的强势批评话语所能采取的有效策略,同时,这也是我们十多年来通过与西方学界的交流和对话而不断地削弱西方中心主义强势话语的一点尝试。应该说,从这十多年来的实践来看,我们的目的已经初步达到了。

张江深深地知道,要想促进中国文学理论批评话语的建构得到国际学界的承认,就必须与当今国际文学理论批评界的大家直接对话,只有通过这样直接的对话才能促进中外文学理论的交流和交锋,并就一些共同关心的文学理论问题各抒己见。正是本着这一目的,自2015年起,他先后与英国、美国、法国、德国、比利时、俄

第七章　21世纪以来的外国文学批评

罗斯以及意大利的一些文学批评大家进行了广泛的交流，其中与美国解构主义理论家希利斯·米勒的七封书信来往最引人注目。这些往来的书信不仅很快在国内主流刊物上发表，而且还一次性地发表在国际比较文学协会和美国比较文学学会共同主办的权威刊物《比较文学研究》（*Comparative Literature Studies*）2016年第53卷第3期上，这也是该刊自创立以来首次发表一位中国文论家与西方文论家的多封通信式对话。这一事件已经并仍将在国际文学理论界和比较文学界产生广泛的影响。

该刊主编托马斯·比比（Thomas Beebee）在收到这七封信后，对之十分重视，他在广泛征求了各位编辑的意见后认为，这是一个让英语世界的比较文学和文学理论界更多地了解中国学者的思考和研究的好机会。他仔细地阅读了多遍这些书信，最后决定在该刊一次性发表这七封信，并邀请在国际学界有着重要影响的中国的外国文学批评家和比较文学学者王宁为这一组书信撰写导言。① 王宁在导言中首先指出，"我们的时代可以被称作'后理论时代'"，在这样一个后理论时代：

> 尽管文学和文化理论在西方处于低谷，但这一趋势并不一定意味着理论在其他地方也处于低谷。中国的文学理论家和学者们在过去的几十年里对各种当代西方文论的浓厚兴趣可以证

---

① 由于该刊从未发表过两位理论家的通信式对话，比比主编邀请该刊编委王宁为这组通信式对话撰写一个导言，一方面将张江介绍给英语比较文学界，另一方面对这些书信的起源和意义作一些阐发。

明这一论断。作为中国改革开放的一个直接结果，几乎所有的西方现代和后现代理论思潮和教义，或者通过翻译或者通过直接引进，均蜂拥进入中国，对中国文学创作和理论批评产生了巨大的影响。一些中国的文学研究者不得不叹道，我们中国的文学批评家没有自己的理论话语，我们所做的文学和理论批评研究根本无法超越西方中心主义的理论话语。甚至当我们撰写我们自己讨论中国文学的著述时，仍然自觉地运用已有的西方理论教义，试图证明它们在中国的文学批评实践中的有效性。毫不奇怪，我的一些中国同仁声称，中国的文学批评和研究患了"失语症"。即使如此，仍有一些杰出的中国文学批评家和学者在接受各种西方理论的同时，发展了自己对评价各种西方文学理论的批判性思考和理解，并提出自己的选择。这其中的一些人并不满足于在国内发表自己的观点，他们甚至试图从中国的和比较的视角出发与那些颇有影响的西方理论家进行直接的对话。

下面是中国和西方的两位文学理论大家的往来书信，这些书信将向国际读者揭示出中国的文学研究者是如何受到西方文论的鼓舞和激励，又如何认真地研读西方文论的重要著作并提出一些相关的具有挑战性问题的，他们又是如何以一种热切的心情与西方同行就相关的文学问题进行对话的。读者们将看到像希利斯·米勒这样的资深西方文论家又是如何耐心并认真地回答中国同行的问题并作出自己的回应的。这样，一个中西方文学理论的学术对话就通过国际通用的语言——英语的中介有

第七章　21 世纪以来的外国文学批评

效地展开了。①

米勒本人对通过书信的形式展开批评性对话给予了高度的重视，他甚至提议其中刚发表的四封书信作为附录收入他的一本中国演讲文集中文版。这应该是中国当代文学理论批评界近年来在国际化进程中所取得的最重要的进展之一。我们过去总是不惜代价地将西方文学理论大家请来中国演讲，却很少推出我们自己的理论大家，即使偶尔推出去了，也很少引起西方学界的重视。这样看来，米勒率先与小他一辈的中国学者张江平等对话便有着明显的表率作用，其深远的历史意义将越来越明显地彰显出来。

人们也许会问，张江与米勒的对话之意义具体体现在何处呢？我们认为这一对话的意义就具体体现在下面几个方面。首先，这是中国学者和美国乃至整个西方的著名文学理论家之间的几轮通信，这些通信告诉我们的西方以及国际同行和广大读者，中国的文学批评家和研究者即使在理论衰落之后的"后理论时代"仍然对西方文论抱有极大的兴趣，并仍在认真地研读其代表性著作，而且这种兴趣不仅体现于虔诚的学习，更在于对之的讨论和质疑。其次，这些书信也表明，中国的文论家并非那种大而化之地仅通过译著来阅读西方文论家的著作，而是仔细对照原文认真研读，没有远离文学文本。他们在仔细研读西方文论著作时，不时地就一些疑惑和不解之处提出一些相关的甚或具有挑战性的问题，通过与原作者的直接切

---

① Wang Ning, "Introduction: Toward a Substantial Chinese - Western Theoretical Dialogue", *Comparative Literature Studies*, Vol. 53, No. 3 (2016), pp. 562 - 563.

磋和对话从而达到某种程度上的共识。再者，两位批评大家在仔细阅读了对方的通信后，深深地感到中西方学者和理论家就一些相关的理论问题还存在着较大的误解和分歧，因此迫切地需要进一步沟通和对话，只有通过这样的对话才能取得相对的共识，并且推进国际文学理论批评朝着健康的方向发展。

如前所述，在过去的几十年里，随着中国改革开放的进一步深化，大量的西方学术理论著作，尤其是文学理论著作被译介到了中国，对中国的文学理论批评家的批评思想和研究方法产生了极大的影响。在今天的中国文学理论批评界，雅克·德里达、雅克·拉康、诺斯洛普·弗莱、罗兰·巴特、爱莱娜·西苏、米歇尔·福柯、爱德华·赛义德、弗雷德里克·詹姆逊、哈罗德·布鲁姆、特里·伊格尔顿、佳亚特里·斯皮瓦克、霍米·巴巴、斯蒂芬·格林布拉特、乔纳森·卡勒、朱迪斯·巴特勒以及米勒本人，高视阔步，频繁地出没于中国文论家和研究者的著述中。假如有哪位文学研究者或批评家不知道上述西方文论大家的名字，便会感到羞耻或被人认为是不学无术。甚至那些从事中国古典文学和文论研究的学者，也至少对上述文论大家的名字有所耳闻。中国学者不仅对他们的著作十分熟悉，而且还认真地将其运用于中文语境中的文学作品阅读和文学现象的解释。一些对西方现当代文论情有独钟的青年学者还以上述文论大家作为自己博士论文的研究对象。当然，所有这些对于我们了解西方乃至国际文学理论批评的历史成就及当下的前沿热点话题都有着重要的意义和价值。但是这只是实现中国文论国际化进程所走过的第一步，我们切不可仅仅满足于对西方文论的译介和"封闭式"讨论。就这一点而言，张江的尝试可以说跨出了新的扎实的一步，而米勒的回应则体现出一位西方学者对来自中国的声音的重视和认真态度。这应该是促成这两位文论大家进行对话的一个基础。

尽管两人对话的焦点首先是米勒写于20世纪80年代的经典著作《小说与重复》，但张江出于对阐释学和接受美学教义的不满，向米勒提出这样一个问题："一个确定的文本究竟有没有一个相对确定的主旨，这个主旨能够为多数人所基本认同？"[①] 令他不解的是，如果没有这样一个主旨的话，为什么米勒总是试图在阅读一些英国小说的过程中寻找一种具有普适意义的模式？针对这一问题，米勒的回答是，"我原本认为，确定一个主题只是一个对于特定文本深思熟虑的教学、阅读以及相关创作的开端"[②]。然后他通过说明乔治·爱略特的《米德尔马奇》作为一部有着多重主题的作品，为之作了辩护。当然，他也认识到中西方学者在阅读策略上的差异，因此在他看来，"我们倾向于认为只有具有原创性的解读才值得出版，而中国学者可能认为，通过在新的文章与书籍中进行重复来保持那些被普遍接受的解读是很重要的"[③]。虽然米勒并不想花费很多时间为别人的阅读寻找一种模式，但是他的这种"重复"对中国读者阅读和理解文学作品，却已经作为一种"模式"在发挥作用了，

---

① [美] 希利斯·米勒：《萌在他乡：米勒中国演讲集》，国荣译，南京大学出版社2016年版，第343页。
② 同上书，第350页。
③ 同上。

或者说他实际上已经确立了这样一种模式。

张江在信中表达了他本人以及许多中国文学研究者对解构主义的阅读和批评方法的兴趣,他想知道米勒本人究竟是否可以算作一位解构主义者,以及解构主义是否仅仅要摧毁文本还是同时也有着积极建构性的一面。正如我们所知道的,解构是20世纪80年代以来西方各种批评理论中影响最大的一种理论,甚至在它衰落之后仍然在中国有着巨大的影响,而米勒本人在中国的知名度则体现在他被认为是其影响力仅次于德里达的最杰出的解构主义批评家。这也正是张江对德里达的理论教义与米勒的批评实践之间的不一致性感到如此困惑的原因。而米勒则作了这样的回答:"如果说我是或曾经是一个'解构主义者'……的话,我可从来不拒绝理性,也不怀疑真理……我认为,我也不否定所有先前的批评……我希望以开放的心态进行我自己的文本阅读。"① 这就说明,米勒本人虽然曾一度沉溺于解构主义批评,但与他的其他耶鲁同行所不同的是,他的批评生涯是与时俱进的,也即他不断地在自己的批评实践中吸纳新的理论思想,即使对他的朋友德里达的理论也绝不盲从,因而他在长期的批评道路上逐渐形成了自己独特的批评风格,或者说建构了一套自己的理论批评话语。这一点也与张江相同:两人都不是大而化之地空谈理论,而是从阅读一部具体的文学作品入手讨论其中的理论问题。因而米勒在批评实践中显露出与解构的理论原则相抵牾的现象。可以说,米勒是一位有着开放心态并带有积极的建构意识的

---

① [美]希利斯·米勒:《萌在他乡:米勒中国演讲集》,国荣译,南京大学出版社2016年版,第351页。

解构主义批评家。

有鉴于此，对于米勒在阅读过程中转变注意力这一点，张江感到难以理解他的这种立场，或者说，他的这种转变立场是否说明了解构在理论与实践之间也有着不可调和的冲突。米勒回答道，确实，德里达基于海德格尔的"破坏"（destruktion）这一术语而发明了"解构"（deconstruction）这个术语，但是这个术语经过德里达的改造后同时也含有积极和消极两方面的含义：也即破坏和建构的成分并重。① 这样，米勒的回答便解决了缠扰许多中国文学批评家和研究者的困惑，他们过去确实对解构主义批评多有误解。而按照解构本身的含义，它在破坏了既定的结构主义教义的同时，也建构了一些新的东西，而这一点恰恰为大多数中国学者和批评家所忽视。在信中，米勒也进一步介绍了自己的批评立场，他想说明的一点是："我近来更愿意将自己所作的事情称为'修辞性阅读'，而不是'解构性阅读'（因为对'deconstruction'这一词汇的解读通常是你们的教科书或者美国大众媒体所假设的那个含义）。"② 我想这对于我们更为全面地理解米勒自 21 世纪以来在文学理论批评上的新进展是十分有益的。

他们在第二轮通信中，还涉及了其他一些理论问题，例如当代文学批评论著是否可以成为经典，如果可以的话，那么随着时间的推移，一部文学批评著作如何才能成为经典，等等。张江试图论

---

① [美]希利斯·米勒：《萌在他乡：米勒中国演讲集》，国荣译，南京大学出版社 2016 年版，第 353 页。
② 同上书，第 353 页。

证，米勒的《小说与重复》的影响显然超过了他写出的其他著作，至少在中国是如此。因此在他看来，"任何可以称为经典的著作，不会因为时间的流逝而被忘记"①，在这方面，欧洲的文论大家奥尔巴赫的《模仿论》、北美的文学理论大家诺斯罗普·弗莱的《批评的剖析》、M. H. 艾布拉姆斯的《镜与灯》等理论巨著早已在西方成了文学理论经典，经过翻译的中介进入中国后，也迅速成为中国的文学理论批评家和比较文学研究者的必读经典著作。对于这一点米勒是十分清楚的。他本人的这部著作也是如此，所以它在中国文学理论界的影响要大于他之后出版的其他著作。这也许正是米勒的这本书之于中国当代文学批评的意义，同时也正是张江要花那么多时间一遍又一遍地阅读这本书的原因，他的目的在于发现一些能够对他理解文学作品有所启迪的东西。更有意义的是，张江在信中还将米勒偏离解构的阅读方向与巴尔扎克对自己本阶级的背叛作了比较。因此他在进一步总结后问道，如果从历史的观点来看，而不是关涉阶级或政治倾向性的话，米勒的偏离解构的方向是否与巴尔扎克背离自己的贵族倾向相类似？米勒的回答是，文学理论总是试图将自己表述为具有普遍的适用性，解构当然也不例外，"每部作品都是独一无二的作品。在相当程度上说，文学作品超越理论的主要原因是，诗歌或小说并不是一个可以解决的数学公式，也不是可以判断正确与否的哲学论证"。② 即在一定的程度上，每一部作品都会

---

① ［美］希利斯·米勒：《萌在他乡：米勒中国演讲集》，国荣译，南京大学出版社2016年版，第357页。
② 同上书，第368页。

超出理论的预设,解读一首诗或一部小说显然不同于解答一道数学方程式或证明一个哲学论点正确与否。这样,他们的对话便从阅读一部作品开始,经过一番理论的阐述后,又回到了对文学作品的理解和阐释上。这显然是对当前风行的所谓"没有文学的文学理论批评"现象的一种反拨。

毫无疑问,关于强制阐释问题的讨论不仅在国内产生了极大的反响,也引起了国际学界的瞩目。国际著名的文学史和文学理论研究刊物《现代语言季刊》(*Modern Language Quarterly*)主编马歇尔·布朗(Marshall Brown)在得知关于强制阐释的讨论后立即邀请王宁和他共同为该刊编辑一个主题专辑,该专辑题为"中国与西方理论的邂逅"(*Chinese Encounters with Western Theories*)[①],该专辑问世以后立即在西方学界产生了较大的反响,据出版该刊物的美国杜克大学出版社网站显示,其中的几篇论文立即成为阅读最多的文章(most read articles),引起了欧美学界同行的瞩目。在两位主编的精心策划下,该刊邀请了当今中国文学理论界最有影响的三位理论家就这一论题分别撰写了论文,然后又邀请在欧美学界的三位院士级理论家对这三篇论文进行评论,这样便形成了中西文学理论的碰撞和对话。

中国学者的三篇文章各具特色,分别反映了作者近期的思考和研究。王宁的论文题为"法国理论在中国以及中国学者的理论重构"[*French Theories in China and the Chinese Theoretical (Re) con-*

[①] Cf. Wang Ning and Marshall Brown eds., *Chinese Encounters with Western Theories*, a Special Issue, *Modern Language Quarterly*, Vol. 79, No. 3 (2018).

struction］根据他 2015 年在巴黎索邦大学发表的演讲改写而成，该文首先回顾了三位法国重要的理论家——萨特、德里达和巴迪欧的理论在中国的传播、接受和变异，认为这三位法国理论家都是在英语世界获得更大的影响进而成为世界级理论家的。然后他指出，他本人受其启迪，也提出自己的"世界诗学"理论建构。他从六个方面较为全面地阐述了他所提出的"世界诗学"理论概念的内涵以及特征，认为这不仅是对国际学界关于"世界文学"问题讨论的补充，而且也是中国学者对世界文学理论作出的贡献。张江的论文题为"论强制阐释和中国的文学理论建构"（*On Imposed Interpretation and Chinese Construction of Literary Theory*），这篇论文经过他本人的多次修改和完善，并加进了他本人建构中国文学理论话语的思考。这是他首次在英语文学理论界阐述他提出的"强制阐释论"，但是他并不止于对当代西方文论的批判，他还提出了自己的理论建构。朱立元的论文《希利斯·米勒论文学终结》（*Hillis Miller on the End of Literature*）则以米勒对"文学的终结"论的批判性论述在中国的接受和误读提出了自己的辨析，他认为一种理论概念在异国的语境中受到误读有时并非坏事，它有可能引发另一语境中关于这一论题的持续性讨论，并滋生出一些新的观点。多年来，朱立元不仅身体力行，为高校的文学理论教学编写了一些影响面很广的西方文学理论教科书，他本人也对接受美学和后现代主义理论思潮有着精深的研究，并且从西方的和比较的理论视角针对中国当代的文学和文化现象提出自己的批评性见解。但是长期以来由于翻译的缺失，朱立元的西方美学和文学理论研究、批评思想并未得到国际学界的应有重视。而他此次在国际权威刊物上发表的这篇论文也奠定了他在英语文学理论批评界的地位，为他今后的更多著述得到国际学界的关注铺平了道路。

该专辑的两位客座主编为了推进中西文学理论的对话和讨论，还特地邀请了三位来自欧美并且有着不同背景的理论家就中国学者的论文进行点评和讨论，从而形成了一种讨论和对话的格局。美国艺术与科学院院士米勒除了对王宁和张江的论文进行点评外，还直接回应了朱立元的论文对他的观点在中国的误读和创造性接受。欧洲科学院院士、《欧洲评论》主编西奥·德汉则在评述三位中国学者的论文之余，发表了自己对中国的一些重要文论家——如钱锺书等——的理论著述的浓厚兴趣和阐述。欧洲科学院院士、美籍中国学者刘康则从三位中国理论家的文章入手，不仅阐释了西方马克思主义文学理论在中国的接受，还提出了基于美国的新马克思主义理论家詹姆逊的教义而在中国建构出的一种"詹姆逊主义"（Jamesonism）。尽管这些评论性文章与中国理论家的观点不尽相同，有些甚至直接相左，但是一种平等的理论讨论和对话的格局已经形成。中国文论家的一些理论概念的建构也进入了主流的英语文学理论界，并将产生积极的影响。两位客座主编认为这正是他们编辑这一主题专辑的初衷。可以说，这一主题专辑在国际权威文学理论刊物的发表和所产生的影响预示了更多的中西文学理论对话在未来的进行。

第五节 "强制阐释论"之于中国当代文学批评的意义

如前所述,关于强制阐释的讨论是继后现代主义和后殖民主义的讨论之后中国批评家在一个广阔的国际语境下讨论西方文论的有效尝试,同时也是中国的外国文学批评走向世界的又一次重要且有着重大影响的尝试。而此次的尝试与前两次的不同之处主要体现在,关于后现代主义和后殖民主义的理论讨论是由西方理论家或在西方高校工作的有着第三世界背景的理论家发起的,中国只有少数学者型批评家介入其中,发出的声音也不够强劲,充其量不过是从中国的实践和视角出发对源自西方的批评理论提出质疑和批评乃至局部的重构。[①] 而关于强制阐释问题的讨论则完全是由中国批评家提出的命题,并得到了西方主流理论家的回应,其论文在西方乃至国际学界的主流刊物上发表,在欧美学界产生了重大的影响,这在中国当代外国文学批评史上尚属首次。在这一部分我们所要说明的是,这场讨论的意义不仅局限于中国的外国文学批评界,也不仅限

[①] 在国际性的后现代主义讨论中,直接参与其中并发表多篇论文的中国学者仅王宁一人,间接参加者包括陈晓明、张颐武、戴锦华、王明贤等,由于这几位作者的论文是由别人翻译成英文的,并未与国际同行形成一种直接的对话。在后殖民主义讨论中,直接参加的中国学者也只有王宁等极少数人,参见王宁为国际后殖民理论刊物《国际英语文学评论》(ARIEL: A Review of International English Literature) 编辑的题为 "Postcolonialism and China" 的一组文章 (ARIEL, 28.4, 1997),以及主题专辑 Thinking through Postcoloniality (co-eds. with Shaobo Xie), a Special Issue, ARIEL, Vol. 40, No. 1 (2009)。

第七章　21世纪以来的外国文学批评

于中国批评家在国际学界发声，它还对国内的文学理论批评话语的建构以及文学理论学科的建设和发展起到了重要的推进作用，因而在中国当代的文学理论界和比较文学界引起的关注要大于在外国文学理论批评界所产生的反响。这一方面说明在中国的文学理论界占主导地位的仍是从事中国文学理论研究的学者和批评家，而从事外国文学理论批评的学者在中国的外国语言文学一级学科中不仅人数很少，而且目前仍处于相对的边缘地位；另一方面则说明，中国的外国文学批评和研究的一个特色，这些学者型批评家往往更注重对文学作品的解读和对外国作家的翻译和评介，而很少直接介入中国的文学理论批评论争。即使是在关于西方现代派文学的讨论和关于后现代主义问题的讨论也是如此：往往一开始发起讨论的是外国文学学者和批评家，而随着讨论的深入，参加者则大多数来自中国文学及文学理论界。这恐怕也是中国的外国文学批评的一个难以克服的局限。

尽管如此，"强制阐释论"的提出仍然在从事中国文学理论批评的学者中产生了极大的反响和回应，对之的反应大致不外乎这样三种：积极回应并予以肯定；保持中立和沉默；部分赞同但也提出不同意见。真正对之全盘否定者为数极少。对于这一命题的重要性，国内不少批评界同行从一开始就意识到了，并且积极地撰文呼应或直接参加讨论。尤其值得一提的是，一些文学批评和学术刊物的编辑对这一话题也异常敏感，并对这一讨论推波助澜，使之迅速成为一个热点话题。正如素来以理论争鸣和辩论著称的《文艺争鸣》杂志的主编王双龙所指出的，"《强制阐释论》甫一发表，我立刻意识到这是国内近些年思考如何破除西方话语霸权和重构中国理论话语的一篇力作。它一定会引起广泛关注与讨论。因此《文艺争鸣》特意在 2014 年第 12 期上转载该文，引起了不小的反响"。① 此外，该刊还于 2015 年全年开设了有关"强制阐释"的讨论，一共用了 12 期的版面发表了数十篇文章。虽然参加这场讨论的大多数人并非是专门从事外国文学和文论研究的学者，而多半是来自中国古典文学和文论以及中国现当代文学和文论研究的学者，这实际上充分说明了这一讨论所涉及的学科之广泛以及影响之大，连从事中国古代文学理论研究的学者也意识到了这一问题的严重性和影响。正如王双龙所介绍的，这些文章大体分为这样几类：一是剖析西方文论的理论弊病；二是反思中国文论话语存在的问题；三是反思和补充"强制阐释论"的相关说法；四是重估中国文论话语的理论资源；五是从具体文学研究现象入手为重构中国文论的话语体系提供思路。② 这里仅对发表在《文艺争鸣》上的一些具有代表性的文章中的主要观点作一评述。

以中国古代文论研究为主的蒋述卓在论文中指出，强制阐释的现象并不是孤立的和偶然存在的，而是在中国古代文论的研究中也有所表现，这一传统甚至可以追溯到 20 世纪初，"这种现象不仅存在于文学领域也存在于哲学、语言学等领域，也不仅仅是 20 世纪 80 年代才开始，而是在 20 世纪初就已开始，梁启超、王国维、胡

---

① 王双龙主编：《阐释的限度："强制阐释论"的讨论》，中国社会科学出版社 2017 年版，"序言"，第 4 页。
② 同上书，第 5 页。

适等学术大师就是先行者"。① 党圣元对此也有同感。因此，我们可以这样认为，在21世纪初由张江正式提出这个问题，在某种程度上具有反思和清算的意义。李春青在充分肯定了强制阐释这一命题的学术价值和理论意义后指出，"强制阐释"的主要症结之一"乃在于缺乏'对话'精神，完全是把阐释对象视为一堆可以任意剪裁、重构、评判的材料，忘记了任何文学文本，乃至一切文化文本都是一种言说，都是一种主体心灵与精神的话语表征"。② 从比较的视角专事文学理论一般问题研究的姚文放则从方法论的层面入手辨析了两种形式的"主观预设"，即马克思主义创始人的"主观预设"与张江所批评的今天的一些批评家的"主观预设"：尽管马克思的著作中也有不少"主观预设"，但他认为这是两种不同的"主观预设"，其界限有这样三条：

> 其一，马克思所说的合理的"预设"应是有大量的、深入的甚至是艰苦卓绝的研究工作在先的，而就张江批评的"主观预设"而言，这些前期的研究工作是缺位的、不在场的；其二，对于文学批评和文学理论来说，合理的"预设"其前期研究是以文学为对象或切近文学本身的，而张江批评的"主观预设"则是远离文学甚至是无关乎文学的；其三，合理的"预设"即便借鉴吸收其他学科的理论和方法也是时

---

① 王双龙主编：《阐释的限度："强制阐释论"的讨论》，中国社会科学出版社2017年版，第2页。
② 同上书，第24页。

时眷顾文学自身的内在动力,始终保持与文学经验密切联系的,而张江批评的"主观预设"则是生搬硬套其他学科的理论和方法而毫不顾及它与文学理论之间的互洽性和相融性的。①

应该说这样的辨析使人更加认识到张江的批评性反拨的重要理论意义。专事中国当代文论批评和研究的李遇春则认为,张江的强制阐释概念的提出"主要是为了给中国当代文学批评松绑,把那些长期压抑和捆绑中国文学批评的西方理论绳索解开,大胆指出现代西方文艺批评理论各流派的自相矛盾和不合逻辑之处,以此祛除国内批评家对西方批评理论的魅惑和集体无意识崇拜心理,继而回到中国语境,回到文学文本,回到中国文学经验"。② 因此就这个意义上说来,这一命题"正好回应了21世纪中国文学和文学批评发展中要求'再中国化'的内在呼唤,它必将引发更多的中国文学批评家开启中国文论的重建之路"。③

也有的学者认为,要想评估强制阐释概念提出的意义,仅仅就其文学批评而言还不够,因为张江的这一概念触及了哲学方法论的核心:阐释学,因此必须就阐释学本身的涵义加以追踪。在这方面,有着深厚哲学功底的批评家宋伟的文章可以说抓住了问题的症

---

① 王双龙主编:《阐释的限度:"强制阐释论"的讨论》,中国社会科学出版社2017年版,第37—38页。
② 同上书,第48页。
③ 同上书,第55页。

结。在他看来，张江提出这一概念有一种构建宏大叙事的"理论雄心"，这一点尤其值得肯定。这也正是这一概念"引起学术界广泛关注和高度重视的主要缘由，尤其是在'小叙事''微叙事'盛行的今天，我们似乎已经丧失了对'宏大叙事'的热情关注，或许，这才是'理论之死'的症结所在。然而，作为一种'理论奠基'，'强制阐释论'在方法视域、范畴确立、逻辑论证、体系建构等方面尚存在诸多有待进一步细化和完善的地方。因此，要真正实现其'理论雄心'，尚需扎实细致的'理论奠基'工作"。[①] 照他看来，"开展'强制阐释论'的理论奠基工作，最直接最有效的路径应该是从'阐释学'视域出发反思'强制阐释论'的哲学方法论问题，其具体问题大概是，'强制阐释论'的理论体系建构是否可以建基于阐释学的哲学方法论视域"。[②] 应该说，这样的理论概括是比较准确和到位的，对于张江今后重新审视和完善自己的理论概念不无裨益。

以马克思主义文论为主要研究对象的段吉方在充分肯定了强制阐释论的重大影响和意义后指出，张江"在一种难得的理论自觉中，深层次地触及当前文艺学研究的学科发展与理论拓展遇到的瓶颈和难题，这正是'强制阐释论'的批评学意义所在"。[③] 因为"强制阐释论"从"理论路径到批评生成的发展，由'强制阐释'

[①] 王双龙主编：《阐释的限度："强制阐释论"的讨论》，中国社会科学出版社2017年版，第171页。
[②] 同上书，第172页。
[③] 同上书，第202页。

走向'本体阐释',正是在这个意义上给我们提供了一条有效的思考样式"。①

专事中国现当代文学批评和研究的作家型批评家王尧认为,强制阐释论的提出在一定程度上改变了中西文论关系上的主仆地位,即在很长一段时间内,"我们和当代西方文论并不构成实质性的对话关系,而是'说话'和'听话'的关系,我们处在'听话'的位置上。我也曾消极地认为,如果要'对话',我们拿什么来对话?现在看来,在对当代西方文论已经有相当程度的接受和运用之后,提出一些质疑,应该是对话的开始"。② 前面提到的张江和米勒的对话就是代表两种文学理论观念的交锋和对话,而米勒在《现代语言季刊》上发表的评论文章也对中国当代文学批评和文学生态以及张江本人的研究方法提出了质疑和批评。③ 这种坦诚的切磋、质疑和批评是推进文学理论批评对话和争鸣的重要手段。

当然,与国内的中国文学理论批评界对张江的"强制阐释论"的热烈反应相对照的是,外国文学批评界对之的反应却不甚热烈,除了王宁直接参与了这场讨论并在国际学界策划、力推这场讨论的价值和意义外,国内外国文学界的其他主要批评家则很少直接面对这一理论概念发表见解。当然,对"强制阐释论"提出最激烈批评

---

① 王双龙主编:《阐释的限度:"强制阐释论"的讨论》,中国社会科学出版社2017年版,第208页。
② 同上书,第436页。
③ Cf. J. Hillis Miller, "Western Literary Theory in China", *Modern Language Quarterly*, Vol. 79, No. 3, 2018, pp. 341–353.

的是盛宁，他认为要与西方理论家对话首先要读懂他们，此外通过翻译其中必有误读的成分。但是他的批评见解只是作为会议发言，并未形成文字，因而在此不作评论。乔国强则在充分肯定了"强制阐释论"对推动中国当代文学理论批评的国际对话之作用后指出，强制阐释的一个核心概念"场外征用"既是对西方文论雄霸理论界的深刻反思，同时也对中国文论的建构产生了巨大的推动作用。但是乔国强也指出这一理论概念的不足，主要体现于试图返回文论的"纯粹性"，这显然在今天的跨学科文学理论批评的语境下是不可能的，也是不现实的。①

作为张江与米勒的往来书信的译者以及《强制阐释论》的主要英译者，王敬慧也在翻译张江和米勒的书信的过程中仔细研读了这两位文论大家的观点，并且不时地通过电子邮件或电话与两位作者保持密切的切磋和商讨，力图准确地将两位作者的本来意思表达出来。这种严谨的翻译态度确保两位无法直接用语言文字交流和讨论的中西方学者的对话能够顺利地进行。她认为："米勒与张江之间的对话的一个重要意义在于它又一次表明，中国学者对当代西方文论的态度已经从习惯性地仰视走向平等对话的理性回归。二人关于当代西方文论若干问题的探讨有效地促进了中国当代文学理论批评研究的发展，并且澄清了一些通过翻译而引入

---

① 参见"乔国强教授讲座综述：试谈文论的'场外征用'"，http://www.ils.shisu.edu.cn/a0/2e/c6634a106542/page.htm，2019年4月14日下载。

的理论概念的本来含义。"① 应该承认，她的这番坦言在相当程度上反映了相当一批专事外国文学和文学理论翻译、研究的外国文学学者的看法。

如前所述，国内一些主要学术期刊对这场关于强制阐释的讨论予以的关注和兴趣也使得这一讨论产生了极大的影响，除了《中国社会科学》和《文学评论》这两家权威刊物率先发表张江的主要观点外，另一些在学界有着较大影响的刊物也争相发表张江与王宁、朱立元和周宪的通信式讨论②，这种现象甚至较之20世纪50年代末和60年代初在美国兴起的关于后现代主义问题的讨论也毫不逊色，而所涉及的学科面甚至更为广泛。这在中国当代外国文学批评史上可以说是十分罕见的。

可以说，张江与米勒就强制阐释等相关的文学理论问题的讨论和对话预示着范围更广泛、内容更深入的中外文学理论对话和批评性论争的开始，更多的国际权威的文学理论刊物的主编已经对中国的文学批评以及人文学科研究表示了浓厚的兴趣，并有意要发表更多中国批评家的论文和著述，因此可以预见，中国的外国文学理论批评走出自说自话的边缘状态进入更加广阔的国际文学批评论争的日子已为期不远了。既然19世纪的德国作家和理论家歌德能够

---

① 王敬慧：《从解构西方强制阐释到建构中国文论体系——张江近年来对当代西方文论的批判性研究》，《文学理论前沿》2016年第14辑。
② 关于这四位批评大家的通信式讨论文章，参见《文艺研究》《探索与争鸣》《清华大学学报》《学术月刊》《学术研究》《社会科学战线》《北京师范大学学报》《求是学刊》《学术界》和《中国文学批评》。

预示"世界文学"时代的来临,我们中国的文学理论家为什么不能预示并建构一个"世界诗学"或预示一个"世界文论"时代的来临呢?①

---

① 关于"世界诗学"或"世界文论"的建构,参见王宁《世界诗学的构想》,《中国社会科学》2015年第4期,《比较诗学、认知诗学与世界诗学的理论建构》,《文学理论前沿》2017年第17辑;以及英文论文:"Earl Miner: Comparative Poetics and the Construction of World Poetics", *Neohelicon*, XXXXI (2014) 2: 415 – 426; "French Theories in China and the Chinese Theoretical (Re) Construction", *Modern Language Quarterly*, 79. 3 (2018): 249 – 267, 等。

参考文献

《列宁全集》第 2 卷，人民出版社 1959 年版。

《列宁全集》第 38 卷，人民出版社 1986 年版。

《毛泽东选集》第 3 卷，人民出版社 1991 年版。

《毛泽东选集》第 5 卷，人民出版社 1977 年版。

陈晨、尹星：《一场演讲与新时期学术转型——王宁、王逢振访谈录》，《中国图书评论》2007 年第 1 期。

陈厚诚、王宁主编：《西方当代文学批评在中国》，百花文艺出版社 2000 年版。

陈晓明主编：《后现代主义》，河南大学出版社 2004 年版。

陈众议主编：《当代中国外国文学研究（1949—2009）》，中国社会科学出版社 2011 年版。

[美] 阿里夫·德里克等：《当代视野中的现代性批判》，《南京大学学报》（哲学·人文科学·社会科学版）2007 年第 6 期。

[荷兰] 佛克马和伯顿斯编：《走向后现代主义》，王宁等译，北京大学出版社 1991 年版。

何望贤编选：《西方现代派文学问题论争集》（内部发行），上下册，人民文学出版社1984年版。

胡为雄：《马克思主义著作在中国的百年翻译与传播》，《中国延安干部学院学报》2013年第2期。

黄子平：《关于"伪现代派"及其批评》，《北京文学》1988年第2期。

季羡林：《季羡林人生漫笔》，同心出版社2000年版。

季羡林：《季羡林说国学》，中国书店2007年版。

《季羡林全集》，外语教学与研究出版社2009年版。

季羡林著、梁志刚选编：《季羡林谈义理》，人民出版社2010年版。

［美］弗·杰姆逊：《后现代主义与文化理论》，唐小兵译，陕西师范大学出版社1986年版。

李赋宁：《什么是比较文学》，《国外文学》1981年第1期。

李赋宁总主编：《欧洲文学史》（3卷本），商务印书馆2001—2002年版。

李世涛：《钱中文与新时期文学理论建设》，《文学理论前沿》2008年第5辑。

李泽厚、刘绪源：《该中国哲学登场了？——李泽厚2010谈话录》，上海译文出版社2011年版。

李章斌：《袁可嘉的比喻理念的重审与再出发》，《文学理论前沿》2013年第10辑。

梁启超：《小说与群治之关系》，《新小说》1902年第1卷第1期。

刘海平、王守仁主编：《新编美国文学史》（4卷本），上海外语教育出版社2002年版。

柳鸣九编选：《萨特研究》，中国社会科学出版社 1981 年版。

柳鸣九：《从选择到反抗——法国 20 世纪文学史观》，文汇出版社 2005 年版。

柳鸣九：《为什么要萨特》，金城出版社 2012 年版。

《柳鸣九文集》第 7 卷，海天出版社 2015 年版。

《柳鸣九文集》第 8 卷，海天出版社 2015 年版。

《柳鸣九文集》第 9 卷，海天出版社 2015 年版。

《鲁迅全集》，人民文学出版社 1981 年版。

［德］马克思和恩格斯：《共产党宣言》，人民出版社 1966 年版。

毛莉：《张江：当代文论重建路径——由"强制阐释"到"本体阐释"》，《中国社会科学报》2014 年 6 月 16 日。

［美］希利斯·米勒：《萌在他乡：米勒中国演讲集》，国荣译，南京大学出版社 2016 年版。

宁一中：《米勒论文学理论的翻译》，《外语与外语教学》1999 年第 5 期。

钱中文：《文学原理——发展论》，社会科学文献出版社 1989 年版。

钱中文：《文学理论：走向交往对话的时代》，北京大学出版社 1999 年版。

《钱中文文集》，上海辞书出版社 2005 年版。

钱锺书等著：《林纾的翻译》，商务印书馆 1981 年版。

沈雁冰：《小说新潮栏宣言》，《小说月报》1920 年第 11 卷第 1 号。

盛宁：《历史·文本·意识形态：新历史主义文化批评和文学批评刍议》，《北京大学学报》（哲学社会科学版）1993 年第 5 期。

王邦维选编:《中国文化书院九秩导师文集·季羡林卷》,东方出版社2013年版。

王富仁:《尼采与鲁迅前期思想》,《文学评论丛刊》第17辑,中国社会科学出版社1983年版。

王宁主编:《诺贝尔文学奖获奖作家谈创作》,北京大学出版社1987年版。

王宁:《弗洛伊德主义在中国现代文学中的影响与流变》,《北京大学学报》(哲学社会科学版)1988年第4期。

王宁:《现实主义、现代主义和后现代主义》,《文艺研究》1989年第4期。

王宁:《现代主义、后现代主义与中国现当代文学》,《中国社会科学》1989年第5期。

王宁编:《精神分析》,四川文艺出版社1989年版。

王宁:《后现代主义之后》,中国文学出版社1998年版;上海外语教育出版社2019年版。

王宁编:《易卜生与现代性》,百花文艺出版社2001年版。

王宁:《超越后现代主义》,人民文学出版社2002年版。

王宁:《作为艺术家的易卜生:易卜生与中国重新思考》,《外国文学研究》2003年第2期。

王宁:《"世界文学"与翻译》,《文艺研究》2009年第3期。

王宁:《消解"单一的现代性":重构中国的另类现代性》,《社会科学》2011年第9期。

王宁:《西方的汉学研究与中国人文学术的国际化》,《上海交通大学学报》(哲学社会科学版)2012年第4期。

王宁:《马克思主义与世界文学研究》,《文学理论前沿》2014年第12辑。

王宁:《世界诗学的构想》,《中国社会科学》2015年第4期。

王双龙主编:《阐释的限度:"强制阐释论"的讨论》,中国社会科学出版社2017年版。

《王佐良全集》第1卷,外语教学与研究出版社2016年版。

王佐良:《英国浪漫主义诗歌史》,《王佐良全集》第3卷,外语教学与研究出版社2016年版。

王佐良:《莎士比亚在中国的时辰》,《王佐良全集》第6卷,外语教学与研究出版社2016年版。

《吴元迈文集》,上海辞书出版社2005年版。

谢天振、查明建主编:《中国现代翻译文学史》,上海外语教育出版社2004年版。

余凤高:《"心理分析"与中国现代小说》,中国社会科学出版社1987年版。

余华、潘凯雄:《新年第一天的文学对话——关于〈许三观卖血记〉及其他》,《作家》1996年第3期。

杨周翰等主编:《欧洲文学史》上卷,人民文学出版社1964年版。

杨周翰等主编:《欧洲文学史》下卷,人民文学出版社1979年版。

杨周翰:《攻玉集》,北京大学出版社1983年版。

杨周翰:《十七世纪英国文学》,北京大学出版社1985年版。

杨周翰:《镜子和七巧板》,中国社会科学出版社1990年版。

［英］特里·伊格尔顿：《文化之战》，王宁译，《南方文坛》2001年第3期。

乐黛云：《尼采与中国现代文学》，《北京大学学报》（哲学社会科学版）1980年第3期。

乐黛云、王宁主编：《超学科比较文学研究》，中国社会科学出版社1989年版。

乐黛云、王宁主编：《西方文艺思潮与二十世纪中国文学》，中国社会科学出版社1990年版。

袁可嘉等编：《外国现代派作品选》（四册，八本），上海文艺出版社1980—1985年版。

袁可嘉：《现代派论·英美诗论》，中国社会科学出版社1984年版。

袁可嘉：《欧美现代派文学概论》，广西师范大学出版社2003年版。

张江：《当代西方文论若干问题的辨识——兼及中国文论建设》，《中国社会科学》2014年第5期。

张江：《强制阐释论》，《文学评论》2014年第6期。

张江主编：《阐释的张力：强制阐释论的对话》，中国社会科学出版社2017年版。

朱光潜：《文艺复兴至十九世纪西方资产阶级文学家艺术家有关人道主义、人性论的言论概述》，《社会科学战线》1978年第3期。

朱光潜：《悲剧心理学》"中译本自序"，人民文学出版社1983年版。

《朱光潜全集》，安徽教育出版社1987年版。

Anderson, Marston, *The Limits of Realism: Chinese Fiction in the Revolutionary Period*, Berkeley: University of California Press, 1990.

Appadulai, Arjun, *Modernity at Large: Cultural Dimensions of Globalization*, Minneapolis: University of Minnesota Press, 1996.

Appiah, Kwame Anthony & Henry Louis Gates, Jr. eds., *Identities*, Chicago and London: The University of Chicago Press, 1995.

Arac, Jonathan, Wlad Godzich and Wallace Martin eds., *The Yale Critics: Deconstruction in America*, Minneapolis: University of Minnesota Press, 1983.

Arac, Jonathan et al, eds., *Postmodernism and Politics*, Minneapolis: University of Minnesota Press, 1986.

Arac, Jonathan, "Postmodernism and Postmodernity in China: An Agenda for Inquiry", *New Literary History* 28: 1, 1997.

Ashcroft, Bill, Gareth Griffiths and Helen Tiffin, *The Empire Writes Back: Theory and Practice in Post-Colonial Literatures*, London and New York: Routledge, 1989.

Ashcroft, Bill, Gareth Griffiths and Helen Tiffin eds., *The Postcolonial Studies Reader*, London and New York: Routledge, 1995.

Bassnett, Susan, *Comparative Literature: a Critical Introduction*, Oxford UK & Cambridge, USA: Blackwell, 1993.

Baudrillard, Jean, *Selected Writings*, edited and introduced by Mark Poster, Stanford, California: Stanford University Press, 1988.

Benjamin, Walter, "The Task of the Translator", *Illuminations*, trans.

Harry Zohn, in Rainer Schulte and John Biguenet eds., *Theories of Translation*: *An Anthology of Essays from Dryden to Derrida*, Chicago and London: The University of Chicago Press, 1992.

Berheimer, Charles ed, *Comparative Literature in the Age of Multiculturalism*, Baltimore & London: The Johns Hopkins University Press, 1995.

Bernstein, Richard J. ed., *Habermas and Modernity*, Cambridge: MIT Press, 1985.

Bertens, Hans and Douwe Fokkema. eds., *International Postmodernism*: *Theory and Literary Practice*, Amsterdam and Philadelphia: John Benjamins Publishing Company, 1997.

Bhabha, Homi K. ed., *Nation and Narration*, London: Routledge, 1990.

Bhabha, Homi K., *The Location of Culture*, London and New York: Routledge, 1994.

Bradbury, Malcolm and James McFarlane, eds., *Modernism*: *1890—1930*, New York: Penguin, 1976.

Calinescu, Matei, *Five Faces of Modernity*: *Modernism, Avant-Garde, Decadence, Kitsch, Postmodernism*, Durham: Duke University Press, 1987.

Chen, Xiaomei, *Occidentalism*: *A Theory of Counter-Discourse in Post-Mao China*, Oxford: Oxford University Press, 1995.

Chow, Tsetsung, *The May Fourth Movement, Intellectual Revolution in*

Modern China, Cambridge, Mass.: Harvard University Press, 1960.

Culler, Jonathan, *On Deconstruction: Theory and Criticism after Structuralism*, Ithaca: Cornell University Press, 1983.

Culler, Jonathan, *The Literary in Theory*, Stanford, CA: Stanford University Press, 2007.

Damrosch, David, *What Is World Literature?* Princeton: Princeton University Press, 2003.

Damrosch, David, *How to Read World Literature*, Oxford: Wiley – Blackwell, 2009.

Deleuze, Gilles and Guattari, Felix, *A Thousand Plateaus*, Vol. 2 of *Capitalism and Schizophrenia*, Translated by B. Massumi. Minneapolis: University of Minnesota Press, 1987.

Dentith, Simon, *Bakhtinian Thought: An Introductory Reader*, London and New York: Routeldge, 1995.

Derrida, Jacques, *Of Grammatology*, Translated by Gayatri Chakravorty Spivak, Baltimore: Johns Hopkins University Press, 1976.

Derrida, Jacques, *Writing and Difference*, Translated by Alan Bass, Chicago: University of Chicago Press, 1978.

Derrida, Jacques, *Monolingualism of the Other; or, The Prothesis of Origen*, trans. Patrick Mensah, Stanford: Stanford University Press, 1998.

Dirlik, Arif and Xudong Zhang eds., *Postmodernism and China*, Durham and London: Duke University Press, 2000.

Duing, Simon. ed. , *The Cultural Studies Reader*, London and New York: Routledge, 1993.

Eagleton, Terry, *The Ideology of the Aesthetic*, Oxford: Wiley – Blackwell, 1990.

Eagleton, Terry, "The Contradictions of Postmodernism", *New Literary History*, Vol. 28, No. 1, 1997.

Eagleton, Terry, *After Theory*, London: Penguin Books, 2003.

Eco, Umberto, *Interpretation and Overinterpretation*, ed. Stefan Collini, Cambridge: Cambridge University Press, 1992.

Fiedler, Leslie, *Cross the Border – Close the Gap*, New York: Stein and Day, 1972.

Fiske, John, *Understanding Popular Culture*, London and New York: Routledge, 1989.

Fokkema, Douwe, *Literary History, Modernism, and Postmodernism*, Amsterdam and Philadelphia: John Benjamins, 1984.

Fokkema, Douwe, "World Literature", in *Encyclopedia of Globalization*, edited by Roland Robertson and Jan Aart Scholte, New York and London: Routledge, 2007.

Fokkema, Douwe, "Chinese Postmodernist Fiction", *Modern Language Quarterly*, Vol. 69, No. 1, 2008.

Fokkema, Douwe and Hans Bertens eds, *Approaching Postmodernism*, Amsterdam and Philadelphia: John Benjamins, 1986.

Foucault, Michel, *The Archaeology of Knowledge and the Discourse on Language*, Trans. A. M. Sheridan Smith. New York: Harper and Row, 1972.

Freud, Sigmund, "The Origin and Development of Psychoanalysis", *The American Journal of Psychology*, Vol. 21, No. 2, 1910.

Giddens, Athony, *The Constitution of Society: Outline of the Theory of Structuration*, Cambridge: Polity Press, 1984.

Giddens, Anthony, *The Consequences of Modernity*, Stanford, CA: Stanford University Press, 1990.

Guthrie, Doug, *China and Globalization*, 3rd edition, New York: Routledge, 2012.

Hanlon Christopher, "Psychoanalysis and the Post – Political: An Interview with Slavoj Žižek", *New Literary History*, Vol. 32, No. 1, 2001.

Hassan, Ihab and Sally Hassan. eds., *Innovation/Renovation: New Perspectives on the Humanities*, Madison: University of Wisconsin Press, 1983.

Hassan, Ihab, "Pluralism in Postmodern Perspective", *Critical Inquiry*, Vol. 12, No. 3, 1986.

Hardt, Michael and Antonio Negri, *Empire*, Cambridge, Mass: Harvard University Press, 2000.

Horton, Rod W. and Herbert W. Edwards, *The Backgrounds of American Literary Thought*, New York: Appleton – Century Crofts Inc, 1952.

Hutcheon, Linda, *A Theory of Parody: The Teachings of Twentieth - Century Art Forms*, New York: Methuen, 1985.

Hutcheon, Linda, *A Poetics of Postmodernism: History, Theory, Fiction*, New York and London: Routledge, 1988.

Hutcheon, Linda, *The Politics of Postmodernism*, New York and London: Routledge, 1989.

Hutcheon, Linda and Mario Valdés. eds., *Rethinking Literary History: A Dialogue on Theory*, Oxford and New York: Oxford University Press, 2002.

Iser, Wolfgang, *The Range of Interpretation*, New York: Columbia University Press, 2000.

Jameson, Fredric, "Postmodernism and Consumer Society", Hal Foster ed. *The Anti - Aesthetic: Essays on Postmodern Culture.* Seattle, Wash: Bay Press, 1983.

Jameson, Fredric, "Postmodernism, or, the Cultural Logic of Late Capitalism", *New Left Review* 146 (July - August), 1984.

Jameson, Fredric, "Notes on Globalization as a Philosophical Issue", *The Cultures of Globalization*, eds. Jameson and Masao Miyoshi., Durham, NC: Duke University Press, 1998.

Jameson, Fredric, *A Singular Modernity: Essay on the Ontology of the Present*, London and New York: Verso, 2002.

Jameson, Fredric and Masao Miyoshi. eds., *The Cultures of Globalization*, Durham, NC: Duke University Press, 1998.

Jauss, Hans Robert, *Toward an Aesthetic of Reception*, trans. Timothy Bahti, Minneapolis: University of Minnesota Press, 1982.

Kazin, Alfred, *Contemporaries: Essays on Modern Life and Literature*, Boston: Little, Brown and Company, 1962.

Kuhn, Thomas, *The Structure of Scientific Revolution*, 2nd ed. Chicago: University of Chicago Press, 1970.

Levenson, Joseph R., *Revolution and Cosmopolitanism: The Western Stage and the Chinese Stages*, Berkeley: University of California Press, 1971.

Li, Tonglu, "New Humanism", *Modern Language Quarterly*, Vol. 69, No. 1, 2008.

Lu, Sheldon, *Chinese Modernity and Global Biopolitics: Studies in Literature and Visual Culture*, Honolulu: University of Hawaii Press, 2007.

Lyotard, Jean-François., *The Postmodern Condition: A Report on Knowledge*, trans. Geoff Bennington and BrianMassumi, Minneapolis: University of Minnesota Press, 1984.

Man, Paul de., *The Resistance to Theory*, Minneapolis: University of Minnesota Press, 1986.

McHale, Brian, *Postmodernist Fiction*, London and New York: Routledge, 1987.

McHale, Brian and Len Paltt eds., *Cambridge History of Postmodern Literature*, New York: Cambridge University Press, 2016.

McQuillan, Martin Graeme Macdonald, Robin Purves and Stephen Thomson eds., *Post-Theory: New Directions in Criticism*, Edinburgh: Edinburgh University Press, 1999.

Miller, J. Hillis, *New Starts: Performative Topographies in Literature and Criticism*, Taipei: AcademiaSinica, 1993.

Miller, J. Hillis, "A Defense of Literature and Literary Study in a Time of Globalization and the New Tele-Technologies", *Neohelicon*, Vol. 34, No. 2, 2007.

Miller, J. Hillis, "Western Literary Theory in China", *Modern Language Quarterly*, Vol. 79, No. 3, 2018.

Mitchell, W. J. T., *Iconology: Image, Text, Ideology*, Chicago and London: The University of Chicago Press, 1986.

Mitchell, W. J. T., *Picture Theory*, Chicago and London: The University of Chicago Press, 1994.

Moretti, Franco, "Conjectures on World Literature", *New Left Review*, 1 (January-February 2000).

Poster, Mark. ed., *Politics, Theory, and Contemporary Culture*, New York: Columbia University Press, 1993.

Robertson, Roland, *Globalization: Social Theory and Global Culture*, London: Sage Publications, 1992.

Robertson, Roland, "Glocalization: Time-space and Homogeneity-heterogeneity", In Mike Featherstone et al. (eds), *Cyberspace/Cyberbodies/Cyberpunk*, London: Sage, 1995.

Robertson, Roland & Kathleen White. eds. , *Globalization: The Critical Concepts in Sociology*, Vols 1 – 6, London and New York: Routledge, 2003.

Robertson, Roland & JanScholte. eds, *Encyclopedia of Globalization*, Vol. 1 – 4, London and New York: Routledge, 2006.

Said, Edward, *Orientalism*, New York: Doubleday Books, 1979.

Said, Edward, "Traveling Theory", *Raritan*, 1 (3), 1982.

Said, Edward, *The World, the Text, and the Critic*, Cambridge, Mass. : Harvard University Press, 1983.

Said, Edward, *Reflections on Exile and Other Essays*, Cambridge, Mass: Harvard University Press, 2000.

Said, Edward, "Globalizing Literary Study", *PMLA*, Vol. 116, No. 1, 2001.

Saussy, Huan. ed. , *Comparative Literature in an Age of Globalization*, Baltimore: The Johns Hopkins University Press, 2006.

Spivak, Gayatri C. , *In Other Worlds: Essays in Cultural Politics*, London and New York: Routledge, 1987.

Spivak, Gayatri Chakrovorty, *The Post – Colonial Critic: Interviews, Strategies, Dialogues*, ed. Sarah Harasym, New York and London: Routledge, 1990.

Spivak, Gayatri Chakrovorty, *The Spivak Reader*, ed. Donna Landry and Gerald MacLean, New York and London: Routledge, 1996.

Spivak, Gayatri Chakrovorty, *A Critique of Postcolonial Reason: Toward a*

History of the Vanishing Present, Cambridge, Mass. & London: Harvard University Press, 1999.

Spivak, Gayatri Chakravorty, *Death of a Discipline*, New York: Columbia University Press, 2003.

Stallknecht, Newton and Horst Frenz. eds., *Comparative Literature: Method and Perspective*, Carbondale: Southern Illinois University Press, 1961.

Storey, John. ed., *What Is Cultural Studies? A Reader*, London: Arnold, 1996.

Turner, Bryan S., *Orientalism, Postmodernism & Globalism*, London and New York: Routledge, 1994.

Veeser, H. Aram. ed., *The New Historicism*, New York and London: Routledge, 1989.

Wang, Ning, "The Reception of Postmodernism in China: The Case of Avant-Garde Fiction", In *International Postmodernism: Theory and Literary Practice*, 1997a, Hans Bertens and Douwe Fokkema eds. Amsterdam and Philadelphia: John Benjamins, 499–510.

Wang, Ning, "The Mapping of Chinese Postmodernity", *Boundary* 2, 24.3, 1997b.

Wang, Ning, "Reconstructing Ibsen as an Artist: A Theoretical Reflection on the Reception of Ibsen in China", *Ibsen Studies*, Vol. III, No.1, 2003.

Wang, Ning, "World Literature and the Dynamic Function of Translation", *Modern Language Quarterly*, Vol. 71, No. 1, 2010.

Wang, Ning, "'Weltliteratur': from a Utopian Imagination to Diversified Forms of World Literatures", *Neohelicon*, 38 (2011) 2, 2011.

Wang, Ning, "Translating Modernity and Reconstructing World Literature", *Minnesota Review*, Vol. 2012, No. 79, 2012a.

Wang, Ning, "Multiplied Modernities and Modernisms?" *Literature Compass*, 9/9, 2012b.

Wang, Ning, "Ibsen Metamorphosed: Textual Re-appropriations in the Chinese Context", *Neohelicon*, 40.1, 2013a.

Wang, Ning, "A Reflection on Postmodernist Fiction in China: Avant-Garde Narrative Experimentation", *Narrative*, Vol. 21, No. 3, 2013b.

Wang, Ning, "Introduction: Toward a Substantial Chinese-Western Theoretical Dialogue", *Comparative Literature Studies*, Vol. 53, No. 3, 2016.

Wilde, Alan, *Horizon of Assent: Modernism, Postmodernism and the Ironic Imagination*, Baltimore: Johns Hopkins University Press, 1981.

Wollaeger, Mark and Matt Eatough. eds., *The Oxford Handbook of Global Modernisms*, Oxford and New York: Oxford University Press, 2012.

Young, Robert J. C., *Postcolonialism: A Very Short Introduction*, Oxford: Oxford University Press, 2003.

Zhang, Jiang and J. Hillis Miller, "Exchange of Letters about Literary Theory between Zhang Jiang and J. Hillis Miller", *Comparative Literature Studies*, Vol. 53, No. 3, 2016.

后 记

经过历时三年多的断断续续的写作，本书终于划上了一个句号。在书稿即将交付出版社付梓之前，我觉得有必要对我写作本书的动机和过程作一些交代，同时也向一贯支持本书写作的机构和个人表示感谢。

首先我想说明的是，本书的写作完全是张江教授的命题作文，自从2014年我们相识以来，他就不断地带领我和我的一些国内同行步入中国当代文学批评理论的前沿。他的一些关于强制阐释现象的论文发表后也首先发给我们，一方面征求我们的意见，同时也希望我们对之提出批评和讨论。可以说，正是在他的鼓励下，我和朱立元、周宪等好友在2015年一年内完成了关于强制阐释问题的讨论，我们的讨论文章或笔谈不仅见诸国内各主要刊物，有些还用英文改写发表于或即将发表于国际权威刊物，已经或即将产生更为广泛的国际性影响。正是在这样一种形势下，张江教授便有了一个更加庞大的计划，不止于对西方理论的批判性讨论，更要对中国当代文学批评作历史的概括和总结。于是他在接受国家哲学社会科学规划办公室的委托，领衔主持这一重大委托项目后，便分配给我一个任

后　记

务，就是独自撰写这本《当代中国外国文学批评史》，我当时并没有过多考虑就答应了下来。后来一旦开始收集资料写作，我才发现这是一块难啃的硬骨头：不仅前辈学者从未就这个题目出版过任何专著，而且与中国当代文学批评所不同的是，许多发表在报刊上的由国内的外国文学学者撰写的论文大多是向国内读者介绍外国文学，或者就某个国别文学现象和作家作品进行解读和研究，并未进入理论批评的层次，更谈不上引发或引领国内的批评性讨论和争鸣。好在既然前人从未就这个话题写过专著，本书就有着某种"拓荒"的意义，所留下的一些空白以及提出的一些问题将留待今后的研究者进一步深入研究和探讨。

其次，我想表达的是，本书的写作与国内外学界同行和朋友的帮助与支持是分不开的。熟悉我的学术生涯和批评道路的读者们都知道，我早年就是从事外国文学研究和批评的，并且一直关注国际、国内的比较文学和世界文学研究及理论讨论，因此正是在我的一些先期研究的基础上，我开始这一课题的研究和写作的。本书中的一部分章节曾以单篇论文的形式在国内外的一些中英文刊物上发表，在此我谨向下列国内学术刊物的编辑致谢：《中国社会科学》《文学评论》《文艺研究》《北京大学学报》《清华大学学报》《上海交通大学学报》《外国文学》《当代电影》《外国语言与文化》《中国文学批评》《探索与争鸣》《中国比较文学》《浙江社会科学》等。这些刊物编辑的青睐和约稿使我能够较早地听到国内同行的意见。此外，有些章节也曾以不同的形式在下列国际刊物上发表，如 *New Literary History*, *Boundary 2*, *Modern Language Quarterly*, *Modern*

Fiction Studies, *Comparative Literature Studies*, *Neohelicon*, *Narrative* 等。这些论文在国际权威刊物上的发表使我有机会倾听国际同行的意见，并在一定程度上加快了中国的外国文学研究和批评走向世界的步伐。有些章节则被我用作一些国外或境外高校的演讲稿，或在那里举行的国际学术会议的发言稿，在此我也向曾邀请我前往演讲或发言的朋友和学界同仁致谢：美国艺术与科学院院士、耶鲁大学东亚研究中心前主任孙康宜和已故比较文学系主任迈克尔·霍奎斯特（Michael Holquist），已故美国艺术与科学院院士、英国人文社会科学院院士、《新文学史》主编拉尔夫·科恩（Ralph Cohen），美国艺术与科学院院士、华盛顿大学前副校长詹姆斯·沃希（James Wertsch）和人文中心前主任杰拉德·厄利（Gerald Early），美国艺术与科学院院士、杜克大学威廉·莱恩比较文学讲席教授弗雷德里克·詹姆逊（Fredric Jameson），已故历史系教授阿里夫·德里克（Arif Dirlik），美国艺术与科学院院士、康奈尔大学1916级英文和比较文学讲席教授乔纳森·卡勒（Jonathan Culler），英国人文社会科学院院士、剑桥大学艺术与人文社会科学研究中心前主任玛丽·雅各布斯（Mary Jacobus），欧洲科学院院士、英国华威大学前任副校长苏珊·巴斯耐特（Susan Bassnett），欧洲科学院院士、德国美因茨大学美国研究讲席教授阿尔弗雷德·霍农（Alfred Hornung），瑞典皇家人文、历史、考古学院院士、斯德哥尔摩大学中文系前主任罗多弼（Torbjorn Lodén），葡萄牙阿维罗大学校长曼努尔·安东尼·阿桑索（Manuel António Assunção），克罗地亚教育和科技部前部长、萨格勒布大学人文学院讲席教授、欧洲科学院院士米列

后　记

娜·齐克·福克斯（Milena Zic Fuchs）、法国巴黎索邦大学比较文学系主任伯纳德·弗朗哥（Bernard Franco），香港人文学院院士、城市大学翻译及语言学系主任刘美君和助理教授李波等。他们的热情邀请和周密安排使我有机会在和国际学术界交流的同时听取同行专家的意见，从而对本书的部分章节进行修改。

此外，本书最终能以专著的形式出版，也得到了下列机构的资助和支持：国家哲学社会科学规划办公室的重大委托项目立项使我有较为充足的经费和时间写作本书；张江教授的不断敦促使我利用了整个寒假时间及本学期的头两个月最终修改完成了书稿，没有他的鼓励和敦促，我是不可能把许多工作搁置一旁花上如此多的时间和精力去完成这项任务的。在此，我也向为本书的出版提供帮助和支持的中国社会科学出版社社长赵剑英、总编辑助理王茵以及责任编辑张潜致以诚挚的感谢，没有他/她们的不断敦促和认真编辑，本书也不可能以现在的形式出版。最后我也感谢我的妻子和家人在我写作此书时给予我的支持和帮助。当然，书中的不当之处应由我本人负责。我殷切地希望广大专业工作者和读者给予批评指正，以便本书在将来再版时更趋完善。

王　宁

2019年6月于上海